KB058002

겐지이야기 源氏物語 병풍도

德川家康

도쿠가와 이에야스

3부 천하통일

32

입명왕생 立命往生

야마오카 소하치 대하소설

이길진 옮김

德川家康

도쿠가와 이에야스

3부 천하통일

32 입명왕생 立命往生

솔

## 『도쿠가와 이에야스』를 바로 읽기 위해

1. 본문 중 °표시가 된 용어는 용어 사전에서 풀이하였다.

2. 본문 중 ˙표시가 된 용어는 용어 사전 외에 부록 및 지도 등에서 설명하였다(다른 권 포함).

3. 인명과 지명은 원음 표기를 원칙으로 하며, 된소리를 피하고 거센소리로 표기하였다. 단 도쿠가와와 도요토미만은 원음과 차이가 있지만 일반인에게 익숙한 이름이기에 외래어 표기법에 따랐다. 장음은 생략하였다.

4. 인명, 지명 및 고유명사는 처음 나올 때 원어를 병기함을 원칙으로 하였으며, 강과 산, 고개, 골짜기 등과 같은 지명 역시 현지 음대로 강＝카와(가와), 산＝야마(잔, 산), 고개＝사카(자카), 골짜기＝타니(다니) 등으로 표기하였다.

5. 성과 이름 중간에 나오는 것은 대부분 관직명과 서열을 나타내는 것인데, 그 당시의 관습에 따라 이름과 혼용하여 쓰이는 경우도 있다. 각 관청 및 관직에 대해서는 부록에서 설명하였다.

   ex) 히라테 나카츠카사노타유 마사히데 → 히라테 마사히데(이름)＋나카츠카사노타유(나카츠카사의 장관), 아마노 아키노카미 카게츠라→아마노 카게츠라(이름)＋아키노카미(아키 지방의 장관)

6. 시간과 도량형은 에도 시대에 쓰던 것을 그대로 따랐으며, 역시 부록에서 설명하였다.

# 차례

## 《 닛코 토쇼구 주변 》

류코인

이에야스
묘소

토쇼구

스이반샤

후타라산 신사

이에미츠
묘소

인왕문

본전

사무소

황가문

야차문

사카모토 문

본전

혼지도

양명문

다이유인 사당

스이반샤

신큐사

정문

니
시
산
도

토쇼구
보물관

야마오카 소하치
문학비

오
모
테
산
도

린오사

린오사
본전

츄젠지 호 방향

닛
코
역
방
향

# 아사쿠사가와淺草川

## 1

마츠다이라 카즈사노스케 타다테루松平上總介忠輝의 에도江戶 저택은 오늘도 스미다가와隅田川를 오르내리는 배의 노 젓는 소리와 더불어 아침을 맞았다.

양지바른 정원에 면한 문을 열면 수면에 감도는 안개에 햇빛이 비쳐 버들가지가 선명하게 빛나 보였다.

다테伊達 부인은 이리가와入側°에 깔아놓은 양탄자 위에서 세수를 하고 나서 평소와 다름없이 먼저 천주님께 아침 기도를 드렸다.

"제 남편이 오늘도 무사하기를."

남편이 출전한 이후 계속하고 있는 그 기도에 오늘 아침에는 수면부족에 따른 개운치 않은 기분이 남아 있었다. 어제 저녁 타카다高田에서 알려온 서자 탄생 소식을 받고 나서부터였다.

다테 부인은 남편의 자식을 누구보다도 자기가 먼저 낳기를 바라고 있었다. 그런데 영지에 있는, 얼굴조차 잘 기억나지 않는 시녀에게 앞지름을 당하고 말았다.

분명 그 여자는 카스가야마春日山 근처에 사는 시골 무사의 딸로, 이름은 키쿠菊라고 했던 것 같다…… 언제나 고개를 숙이고 눈물에 젖어 있는 듯 쓸쓸해 보이기만 하던 처녀로, 그녀가 타다테루의 눈에 들게 되리라고는 생각지도 못했다.

그 키쿠가 임신했다……는 말을 들었을 때 다테 부인은 몹시 불결한 기분이 들어 적잖이 당황하기도 했다.

'주군은 그런 여자가 좋을까?'

다테 부인은 키쿠와는 반대로 늘 명랑하고 활달했다. 그녀는 아내라면 당연히 그래야 한다고 믿고 있었다.

질투……라고 하기에는 상대가 너무 약했다. 시샘을 하고 꾸짖으려 해도, 상대의 존재는 부인이라는 햇살 앞에 당장이라도 녹아버릴, 얇게 깔린 눈과도 같은 느낌을 주었다.

'받아들이기로 하자.'

다테 부인은 생각했다.

'모든 것이 신의 뜻일 테니까.'

그렇게 생각하면서도 결코 아이를 그 어머니에게 양육시켜서는 안 된다고 마음먹었다.

부러울 것 없는 환경에서 자란 자의 이기심은 불가사의한 형태로 자기방어의 구실을 찾게 되는 듯……

'남편의 자식인 만큼 아내인 내가 맡아 키워야 한다.'

타다테루의 행위를 나무라는 대신 부드럽게 용서해주자, 그리고 아들이든 딸이든 내 자식으로 키우는 것이 신의 뜻을 따르는 아내의 길이라고 다테 부인은 받아들였다.

"낳으면 즉시 알리도록."

이렇게 일러두었기 때문에 영지에서 ─

"옥동자가 탄생했다."

이런 소식이 전해져도 결코 동요하지 않을 결심으로 있었다.

그런데 어젯밤에 문득 한 가지 마음에 걸리는 일이 떠올랐다. 그리고 그 일이 엉뚱한 망상으로 발전하여 새벽이 되도록 다테 부인은 잠을 이루지 못했다.

역시 태어난 아기가 아들이었기 때문. 딸이었다면 데려다 기르는 데 아무런 불안도 느끼지 않았을 터였다. 그러나 아들을 자기 양자로서 데려오면 그대로 적자嫡子의 신분이 되고, 결국 그 아이가 집안을 상속하게 될지도 모른다.

'만약 내가 아들을 낳는다면……'

이렇게 일기 시작한 망상은 그녀의 마음에 묘한 갈등과 아픔을 점점 더 키워나갔다.

'이런 내 마음은 큰 위선이 아닐까?'


## 2


인간으로서 남을 속이는 일은 용서받을 수 없는 죄악이다. 그와 동시에 자신을 속이는 것 역시 죄악이다.

'가령……'

다테 부인은 생각했다.

'키쿠의 몸에서 태어난 아이를 내 아들로 삼은 뒤에 내가 아들을 낳는다면, 과연 두 아이에게 똑같은 애정을 쏟을 수 있을까……?'

그렇게 할 수 없다면…… 자기 자신을 괴롭히는 일이 되고, 상대에게도 크게 상처를 주는 결과가 된다……

이로하히메五郎八姫라는 이름으로 다테 가문에 있을 때부터 그녀는 주위로부터 사랑을 받아왔고, 또 아무도 그녀의 의사를 거역하지 못하

는 환경에서 자랐다. 아니, 그처럼 자유롭게 자랐기 때문에 신 앞에서
만이라도 엄하게 자신을 채찍질하고 반성해야 한다……는 생각이 매
일매일 다테 부인이 올리는 기도의 바탕이 되어 있었다.

'혹시 나는 키쿠를 미워해서…… 키쿠의 손에서 아들을 빼앗으려는
마음이지 않았을까?'

아니, 그렇지 않다! 그런 야비한 마음으로 어찌 신 앞에 설 수 있다는
말인가……

그러나 홀로 잠자리를 지키는 가운데 일단 눈을 뜬 그 갈등은 그리
쉽게 떨쳐버릴 수 있는 것이 아니었다.

언제나 명랑하고 화려하게 지내온 다테 부인은 남편을 닮은 두 아들
앞에 앉아 풀이 죽어 고개를 푹 숙인 자신의 환상을 보기도 했고, 야차
野叉처럼 길길이 날뛰며 화를 내는 모습을 연상하기도 했다.

'이 문제는 다시 한 번 곰곰이 생각해야 할 일이다……'

이렇게 생각했을 때는 벌써 날이 훤히 밝아 있었다. 그때부터 비로소
다테 부인은 1각 반(3시간) 가량 잠을 잤을까.

세수를 끝내고 대야를 치우게 한 다테 부인은 자기가 좋아하는 사향
을 피우도록 하면서 ―

"오노에尾上를 불러라."

로죠老女°를 부르게 했다.

로죠 오노에는 다테 가문에서 딸려보낸 사람이 아니었다. 타다테루
의 생모 챠아茶阿 부인의 추천으로 들어와 내전의 감독을 맡고 있는 남
자 못지않은 삼십대 여자였다.

"부르셨습니까?"

"오, 오노에, 이리 가까이 와요."

오노에는 그 말에는 대답을 않고 여자로서는 지나치게 큰 코를 실룩
거리면서 ―

"아침에 맡는 이 향기가 제게는 역겨워요. 마님은 짙은 것을 너무 좋아하십니다."

미소를 띠고 다테 부인 앞에 앉았다.

"오노에, 그대에게 묻고 싶은 말이 있어요. 어머니나 시어머니와 같은 입장에서 잘 생각해서 대답해주세요."

"시어머니와 같은 입장에서……?"

"그래요. 나는 영지에서 태어난 아이를 데려다 키우려고 해요. 그런데 이 생각을 하게 된 건 실은 키쿠를 미워하고 있기 때문일까요?"

오노에는 순간 망연한 표정을 지었다.

"아드님을 데려오신다…… 아직은 너무 어리지 않을까요……?"

"그러나 데려오고 싶어! 키쿠 곁에 두는 것이 두려워요. 그래서 데려오려는 거예요…… 키쿠를 미워하여 그 여자와 그녀가 낳은 자식을 억지로 떼어놓으려는 악귀 같은 마음이 아닐까…… 그대는 어떻게 생각하나요?"

오노에는 가만히 입을 벌린 채 어이가 없다는 듯 다테 부인을 쳐다보고 있었다.

"어서 대답해봐요. 데려다가 훌륭하게 키울 자격이 나에게 있을까? 없다면, 아기는 불행해질 텐데……"


# 3


오노에는 다테 부인의 성격을 누구보다도 잘 이해한다고 자부하고 있었다. 그러나 오늘의 이 질문은 너무나 갑작스러워서 그녀의 경험으로도 대답하기 어려웠다.

"마님, 한 번 더 말씀해주세요. 타카다에서 아드님이 태어나셨다……

그 아드님을 마님이……?"

"데려다 키우겠다고 했어요."

"그렇다면 당장 유모를 구해야 하는데요."

"그만둘까 하는 생각도 있어요."

"아니, 데려오시지 않겠다는 말씀인가요……?"

"아까도 말했어요. 데려오는 것이 좋을지 어떨지. 이 때문에 갈등이 생기는군."

"예……?"

"내가 아기를 데려오면 그 아기는 내 자식이 되겠지요?"

"예. 실자實子로 삼을 생각이시면……"

당시에는 양자를 실자라고 했다. 정실 부인의 실자로 키워지면 그 아들은 적자의 신분이 된다.

"그런 뒤에 만약 내가 아들을 낳는다면…… 그렇게 되면 집안은 누가 상속하나요?"

"글쎄, 그것은……"

"나는 마음이 곧지 못한 여자라서, 내가 낳은 아이에게 집안을 잇게 하고 싶다…… 그런 생각을 하게 될까요?"

"마님!"

"생각을 솔직히 말해보세요, 어려워하지 말고."

"마님, 그건 마님 자신이 생각하실 일. 저로서는 무어라……"

"그러니까 묻고 있는 거예요. 나는 내가 키운 실자도 내 몸에서 태어난 아들도 똑같이 사랑할 수 있는 아량을 지닌 여자인지 아닌지…… 그대의 눈에는 어떻게 보이나요?"

오노에는 다시 망연한 표정이었다. 겨우 묻는 말의 내용을 짐작했다. 그러나 이 물음은 남이 선뜻 대답할 수 있는 성질의 것이 아니었다.

"아직 모르겠어요?"

다테 부인은 천진난만하게 조바심이 나서 재촉했다.

"내가 두 사람을 차별하게 될 여자라면 단념해야 할 거예요. 천주님의 노여움을 사게 될 테니까."

"예……"

"나는 마음을 정하지 못하겠어요. 어쩌면 나는 아기의 생모이기에 키쿠라는 여자를 미워하고 있는지도 몰라요. 미워하기 때문에 어떻게든 그 어머니와 아들을 떼어놓으려고…… 만일 그렇다면 못된 악마의 마음…… 내 마음에는 악마나 야차가 살고 있는 것일까? 그 점을 좀 판단해주세요."

"마님, 그 말씀은 무리입니다."

"어째서? 그대 나름대로의 견해, 생각이 있을 텐데?"

"하지만…… 역시 무리예요. 그 문제는…… 좀 기다리셨다가 주군이 돌아오신 뒤에 결정하시도록……"

"주군과 상의하라는 말인가요?"

"예. 그렇게 하시는 편이 좋지 않을까 합니다."

"싫어요. 그렇게 하면 주군에게 지는 거예요. 주군이 돌아오기 전에 확정하고 싶어요. 아니면……"

그때 시녀 한 사람이 —

"방금 친정이신 다테 가문에서 사자가 오셨습니다."

공손히 입구에서 머리를 조아렸다.


# 4


"뭐! 다테 가문에서 사자가……?"

이야기가 중단되고, 다테 부인은 약간 불쾌한 빛을 보였다. 그러나 얼른 천성적인 명랑한 얼굴로 되돌아와——

"그래, 주군이 돌아오실 날짜를 알려주러 왔는지도 몰라. 어서 안내하도록."

이렇게 말하고는 당황하여 시녀를 불러 물었다.

"누가 사자로 왔느냐?"

"예, 엔도 야헤에遠藤彌兵衛 님과, 또 한 사람은 모르는 분입니다."

"아, 야헤에가 왔군. 그렇다면 주군이 언제쯤이면 에도에 도착하시게 될지 알리러 왔음이 틀림없어. 술을 한잔 대접해야겠어. 오노에, 그대가 가서 준비하도록 명하세요."

지시를 받고 시녀와 오노에가 일어나 나갔다. 그 뒤 다테 부인은 주위를 둘러보면서——

"늦었어, 이미 늦었어. 주군의 지시는 받지 않으려고 했는데……"

혼자 중얼거렸다.

이윽고 마사무네政宗의 요닌用人°으로, 다테 가문의 내전과 연락을 담당하고 있기도 한 엔도 야헤에가 낯선 무사 한 사람을 데리고 모습을 나타냈다.

"그동안 별고 없으셨지요……?"

야헤에가 두 손을 짚고 인사하려는 것을 다테 부인은 손을 들어 제지했다.

"아버님과 어머님도 안녕하시겠지요?"

"예."

"그런데, 같이 온 사람은?"

"예, 야규 마타에몬 무네노리柳生又右衛門宗矩 님입니다."

"야규……?"

마타에몬 무네노리는 똑바로 다테 부인을 바라보았다.

"쇼군將軍° 님을 측근에서 모시는 자입니다. 기억해주십시오."

다테 부인은 화사한 미소를 떠올리고 고개를 끄덕였다.

"역시 주군의 도착을 전하러 오셨군요. 자, 좀더 가까이."

"마님."

엔도 야헤에는 당황한 듯 무릎걸음으로 앞으로 나왔다.

"실은, 이렇게 마님을 찾아뵙게 된 것은 아버님의 하명이 계셔서가 아닙니다."

"그럼, 아버님은 모르시는 일……이라는 말인가요?"

"예. 어머님께서 은밀히 내리신 분부…… 그래서 사정에 밝은 야규 님을…… 이 역시 아버님은 모르시는 일입니다."

"아니, 어머님이 은밀히……라니 그게 무언가요? 답답하군요, 어서 말하세요."

"죄송합니다마는 사람들을 물리시지요……"

"오, 모두 물러가거라. 오노에에게도 다시 부를 때까지는 오지 말라고 일러라."

그리고 몸을 앞으로 내밀듯이 하며 물었다.

"무슨 큰일이 생겼군요."

엔도 야헤에는 신중히 주위를 둘러보고 나서 ──

"마님은 머지않아 이혼하시게 될지도 모릅니다."

상대를 놀라지 않게 하려는 듯 한마디 한마디 끊어가며 말했다.

"너무 갑작스럽게 알리면 각오가 서지 않을 터, 그러니 은밀히 알려 드리라고 큰마님께서 분부하셨습니다…… 그래서 수고스럽지만 사정에 밝은 야규 님을 함께 모시고 왔습니다."

다테 부인의 얼굴이 소녀의 놀라움으로 변했다.

"내가 이혼을……! 그건 안 돼요. 천주님이 택해주신 남편은 오직 한 사람뿐…… 이혼은 엄격히 금지되어 있으므로……"

그리고 잠시 사이를 두었다가 강하게 고개를 흔들었다.

# 5

"마님."

예기하고 있었던 모양인지 야헤에는 다시 조용히 말을 이었다.

"이혼이 신의 뜻을 어기는 것이라면 별거……라고 해도 좋습니다. 어쨌든 마님은 그대로 마츠다이라 가문에 계실 수 없게 되었으므로."

"그, 그건 어째서죠?"

"지금부터 마님께 순서대로 말씀 드리겠습니다. 마츠다이라 카즈사 노스케 타다테루 님은 이번 출전에 잘못을 저질러 무거운 벌을 받게 되었습니다."

"아니, 주군이……?"

"예. 그러므로 며칠 후면 주군이 에도로 돌아오시겠지만, 마님과의 대면은 하실 수 없습니다. 어느 한 방에서 근신하며 칩거하시게 되었습니다. 그때 마님은……"

"잠깐. 그때 내가 찾아가 법을 어기는 일이 있어서는 안 되므로 은밀히 일러주라고 어머니가……"

"그렇습니다…… 그리고 대면하실 수 없다고 해도 주군을 원망하지 마시라는……"

"정말 이상하군요!"

다테 부인은 강하게 머리를 저었다.

"참으로 이상해요, 야헤에…… 주군에게는 말이에요, 영지의 여자에게서 도련님이 태어났어요."

"그 일과 이 일은 아무 관계도 없습니다."

"아니, 그렇지 않아요. 이건 분명 누군가가 꾸민 음모…… 나는 주군 곁에……"

말하다 말고 그만 다테 부인도 섬뜩했던 모양인지 겁먹은 시선을 야규 무네노리에게 보냈다.

무네노리는 앉은 그대로 바위처럼 꼼짝도 않은 채 정원으로 시선을 보낼 뿐 대답하려 하지 않았다.

"야헤에."

"예."

"그럼, 주군이 무엇을…… 도대체 무엇을 잘못했다는 말인가요?"

"그 잘못은 세 가지입니다."

"말해보세요, 알고 싶어요."

"첫째는 출전 도중에 형님이신 쇼군의 가신 몇 명을 홧김에 불법으로 죽이신 일이라고 합니다."

"아니, 쇼군 님의 가신을?"

"예. 그리고 둘째는 야마토大和 어귀에서 벌어진 전투에 늦게 참가하신 일입니다."

"그 점도 납득이 안 되는군요. 주군에게는 아버님이 함께 계셨을 것, 그런데 아버님이……"

"우선 제 말씀을 들어보십시오…… 셋째는 큰 영지를 소유하고 계시면서도 불평불만을 일삼고, 오고쇼大御所° 님의 입궐 때 함께 가자고 하신 말씀을 거역하고 고기잡이를 하러 가신 일…… 이 모든 것은 한 영지, 한 성의 주인으로서 태만하기 이를 데 없는 일, 따라서 쇼군 님의 조치에 앞서 오고쇼 님 자신이 용서할 수 없다고 영원히 대면을 금지하는 처분을."

"영원히 대면을 금지……?"

"아버지도 아니고 자식도 아니다, 이승에서는 대면을 못한다…… 고. 그러므로 이 이혼은 마님으로서는 아무 잘못도 없는 일이고, 오로지 카즈사노스케 님이 저지르신 잘못…… 잘못이 있어서 처벌을 받는 죄인이 부인과 생활하는 것은……"

"잠깐, 야헤에!"

다테 부인은 큰 소리로 가로막고는 그만 입을 다물었다.

겨우 사태가 심상치 않음을 깨달은 모양이었다. 화사한 얼굴이 무섭게 일그러지고, 그 눈은 허공을 노려보기 시작했다.

"그 밖에 자세한 것은 야규 님이."

야헤에는 겁먹은 듯이 말하고 그 역시 침묵하고 말았다.


# 6


야규 무네노리는 문득 시선을 다테 부인에게 옮겨 무언가 말하려다 단념했다.

다테 부인은 타다테루를 사랑하고 있다…… 그것도 남다른 애정을 가지고…… 이 사실을 깨달은 무네노리는 지금은 자기가 말할 때가 아니라고 자중했다.

다테 부인으로서는 정말 뜻하지 않은 재앙. 아니, 다테 부인뿐만이 아니다. 타다테루에게도 이미 돌이킬 수 없게 된 사건이었다……

야규 무네노리는 이러한 불가사의한 희생을 자기 자식에게 강요해야 하는 이에야스家康의 고뇌도 알 수 있었다.

이에야스가 처해 있는 권력자로서의 지위는 절대적이다. 그런 지위에 있으면서 모든 백성들이 누리게 될 평화를 염원한다. 그렇다면 무네노리의 아버지가 칼을 쓰지 않는 병법을 창안할 때까지 쏟아놓은 각고의 노력이 당연히 이에야스에게도 다른 형태로 부과될 수밖에.

돌이켜보면 세상을 떠난 야규 무네노리의 아버지가 치른 희생도 결코 작은 것은 아니었다.

관직에는 오르지 말라는 유언에 따라, 물질적으로 볼 때 일족의 수입은 겨우 선조 대대로 내려오는 카스가 신사의 땅 3,000석뿐. 더구나 그 일족 중에서 오쿠하라 토요마사奧原豊政는 검도劍道의 길을 계승하는 자로서 지금은 어디론가 그 모습을 감추고 말았다.

이에야스 또한 그 엄격한 삶의 태도를 따르려 하고 있었다. 울면서 마속馬謖을 베었다는 중국의 고사故事도 있거니와, 이는 신불에 대한 양심의 '목욕재계'였다.

'그렇더라도……'

무네노리는 그만 숨이 막힐 것 같았다.

'아무 책임도 없는 위치에 있고, 아무런 악의도 없는 여자를 이처럼 희생시키다니…… 과연 신불이 이를 기꺼이 받아들일까?'

"납득되셨습니까?"

참다못해 야혜에가 다시 입을 열었다.

"주군은 쇼군 님의 엄한 벌을 받아야만 하실 분, 그러므로 마님도 이 혼하신 뒤 즉시 다테 가문으로 돌아가셔야 합니다. 너무 갑작스럽게 통고가 오면 당황해하실 것, 그래서 미리 이 야혜에가 은밀히 알려드리는 바입니다."

"……"

"마님으로서는 신앙의 계율로 보아 이혼을 승낙하지 않을지도 모른 다, 그렇다면 별거라도 좋다, 그러나 이 별거의 방법이 문제라고."

"……"

"다테 가문으로 돌아와 에도 저택에서 살아야 할지, 아니면 차라리 고향으로 돌아가야 할지…… 따님에게도 생각이 있을 테니 잘 듣고 오 라는…… 어머님이신 큰마님의 은밀한 지시였습니다."

"나는 모르겠어요!"

다테 부인은 비로소 야규 무네노리를 보았다.

"오고쇼 님은 영원한 대면금지를 명하셨다…… 그런데 이 일을 형님인 쇼군이 어째서 중재하시지 않았을까요? 주군이 쇼군 님과 불화가 있었나요?"

무네노리도 당장에는 대답할 말이 없었다.

"야규 님은 쇼군에게 병법을 지도하는 신임이 두터우신 분이라고 들었어요. 내막을 잘 알고 계실 것이니 주저 말고 말해주세요."

"예……"

무네노리는 다시 한 번 고개를 갸웃하고—

"말씀하신 것처럼 사이가 좋지 않으십니다."

딱 잘라 말하고 또 시선을 돌렸다.

"역시 그랬군요. 나는 그런 줄 몰랐어요."


## 7


"잘 말해주었어요. 쇼군 님과 사이가 좋지 않으시다…… 사실을 안 이상 아내로서도 해야 할 일이 있겠지요. 야헤에, 이혼 이야기는 입밖에 내지 마세요."

다테 부인은 엄하게 야헤에에게 이르고 나서 다시 무네노리를 바라보았다. 무네노리는 가슴이 철렁했다. 시선은 피하고 있었으나, 상대의 집중된 의지가 예리하게 가슴을 찔러왔다.

"원래 피를 나눈 형제분, 그 불화를 해소시킬 방법이 없지는 않을 거예요. 그 노력도 해보지 않고 별거한다면 나의 도리가 아니에요. 그렇지 않은가요, 야규 님?"

"옳으신 말씀……이라고 생각합니다."

"그렇다면, 야규 님의 지혜를 빌리고 싶어요. 어떨까요. 내가 친정아버님에게 사과하도록 부탁하면?"

야규 무네노리는 다시 가슴에 칼이 와닿는 느낌이었다.

'과연 외눈박이 용이 애지중지하는 딸…… 겉은 부드러우나 속은 강철과도 같다.'

"그 방법은 효과가 없을 거라 생각합니다."

"아버님이 사과해도 효과가 없을까요?"

"그렇습니다. 그 정도로 수습될 일이라면, 오고쇼 님이 처음부터 이런 조치를 내리시지 않았을 것이라고 이 무네노리는 생각합니다."

"아니…… 그럼, 주군이 잘못을 저지른 책임은 아버님에게도 있다고 생각하는군요."

"현명하신 판단에 맡기겠습니다."

"그럼, 내가 직접 찾아가…… 쇼군 님보다 마님께 직접 부탁 드리면 어떨까요?"

"좀처럼……"

무네노리는 고개를 저었다.

"마님을 만나실 수 없을 것입니다. 허락 없이 만나시면 일이 더욱 커집니다."

"그렇다면……"

다테 부인은 다시 물고늘어졌다. 눈이 무섭게 빛나고, 똑바로 바라볼 수 없을 정도로 진지했다.

"그렇다면…… 오고쇼 님이 요즘에 가장 신임하신다는 그 텐카이天海 대사에게 내가……"

"으음."

무네노리도 아직 생각지 못했던 착상이었다. 문제는 이에야스의 가슴에 싹튼 양심의 고민에 있었다.

만일 텐카이가 이번 일을 부처님의 가르침으로 교묘하게 설득한다면 혹시 무사히 수습할 수 있을지도 모른다.

"과연 그것도 한 가지 방법……일지 모르겠군요."

다테 부인은 크게 한숨을 쉬고 얼굴의 긴장을 약간 풀었다. 그러한 모습은 여자로서는 보기 드문, 굴할 줄 모르는 의지와 자신감의 미소로 보였다.

"야헤에, 들었지요? 지금은 성급하게 이혼 이야기를 꺼낼 때가 아니에요. 어머님에게 그렇게 말씀 드리세요. 아직 쇼군 님으로부터 무슨 지시가 내린 것도 아니니 나도 모른 체하고 주군을 맞겠어요."

"그러나……"

야헤에는 입을 열었다. 그러나 차마 말할 수 없었다.

야규 무네노리는 아직 눈치채지 못했는지 모르지만, 주군 마사무네는 이 일을 통해 벌써 충분히 위기를 깨닫고 있었다. 그래서 마사무네는 일전도 불사할 각오로 에도에 도착한 즉시 저택 내부 개조에 착수하고 있었다.

"알았지요? 알았으면 당분간 그 일은 나에게 맡기시라고 어머니에게 전하세요."

## 8

엔도 야헤에는 난처한 표정으로 다시 무네노리를 흘끗 바라보았다.

'무네노리의 조언이 필요하다……'

그러나 무네노리에게 주군 외눈박이 용의 속셈이 알려질 우려가 있어 섣불리 말할 수도 없었다.

다테 마사무네의 귀에 타다테루 처벌 소식이 전해진 것은 그가 슨푸駿府에 들렀을 때였다. 이에야스가 부자 대면을 허락하지 않는 바람에 타다테루가 슨푸에서 그대로 에도로 떠났다는 말을 듣고 마사무네는 입을 일그러뜨리고 비웃었다.

"잔재주를 부리는군. 물론 쇼군과 상의하고 한 일일 테지."

이 뜻하지 않은 문제에도 다테 마사무네는 이에야스나 히데타다秀忠를 별로 겁내지 않았다. 그가 겁내지 않는 근거는 두 가지였다. 그 하나는 이에야스의 노령이었고, 다른 하나는 히데타다에 대한 그의 인물 평가에 있었다.

"이번에야말로 오고쇼는 오래가지 못할 거야."

다테 마사무네는 측근에게도 태연히 이런 말을 하고 있었다.

"나를 못마땅하게 여긴다 해도, 나 역시 팔짱만 끼고 있지는 않아. 무슨 트집을 잡더라도 자기 생전에는 해결이 안 될 것이야. 해결이 안 될 일에 손을 댈 만큼 경솔한 오고쇼는 아니지."

곧, 다테 마사무네는, 이에야스가 무언가 자기에게 잘못을 발견하고 트집을 잡더라도 그 사실을 얼버무리곤 한다. 그러다 보면 이에야스는 자기가 살아 있는 동안에 마사무네를 처치할 수 없음을 깨닫고 칼을 거둘 것이 틀림없다……고 보고 있었다.

다테 마사무네는, 쇼군 히데타다는 더욱 경시하고 있었다. 지금 에도의 저택 내부를 개조하고 있는 것은 히데타다가 그를 체포하기 위해 군사를 보냈을 경우에 대비하기 위해서였다. 그러나 표면적으로는 오사카大坂 전투의 종결을 축하하는 의미에서 쇼군 히데타다를 초대하고 싶어서 하는 수리라는 구실을 내세우고 있었다.

"쇼군이 그런 초대에 응할까요?"

엔도 야헤에가 의심스럽게 여기며 물었을 때 외눈박이 용은 웃으면서 대답했다.

"와도 좋고 안 와도 좋아. 이를 가리켜 선수를 친다는 것일세. 상대가 트집을 잡으려 하고 있을 때 집을 개조하고 초대한다. 상대가 당황하는 것만으로도 재미있는 일이지."

그리고 이렇게도 말했다.

"내가 쇼군을 초대한다. 오사카 전투도 끝났으니 허심탄회하게 천하 평정을 축하한다고 말이야. 쇼군에게는 이 초대에 응할 만한 용기도 담력도 없다……고 하면, 손해를 보는 것은 이쪽이 아니야. 만약 우쭐해서 나타난다면 그때 제거할 수단도 없지 않아."

그러나 측근은 마사무네만큼 대담하지 못했다. 더구나, 에도 도착과 동시에, 쇼군으로부터 타다테루 처벌에 대한 암시와 함께 이로하히메의 이혼 이야기가 도이 토시카츠土井利勝를 통해 측근에게 넌지시 통보되었기 때문이다.

마사무네는 그런 말에 전혀 구애되지 않았다. 다만, 저택을 수리하여 쇼군의 왕림을 청한다……는 계획 아래 움직이고 있을 뿐이었다.

"엔도 님, 어떨까요? 다테 마님 말씀처럼 우선 텐카이 대사와 상의해 보는 것이?"

그때 무네노리가 이렇게 말해왔다. 그 말에 엔도 야헤에는 팔짱을 끼고 생각에 잠겼다.

9

야규 무네노리가 자기 의견에 찬성한 줄로 믿고, 다테 부인은 애처로울 정도로 활기를 되찾았다.

"생각할 것까지도 없어요, 야헤에. 대사님은 지금 슨푸에 있나요, 에도에 있나요? 바로 알아보세요. 어디에 있는지만 알게 되면 그 다음 일은 내가……"

사실 야헤에는 말릴 수밖에 없는 입장이었다. 무엇보다도 이 문제에 타인의 개입을 꺼려야 할 이유가 있었다.

"죄송하오나 이 문제는 어디까지나 은밀히…… 처리해야 한다는 것이 큰마님의 생각이십니다."

"그렇다면 텐카이 대사에게도 말하면 안 되나요?"

"예…… 아니, 저로서는 큰마님의 허락을 받아야 한다고……".

"그러면 이렇게 하기로 해요. 내가 서신을 쓰겠어요. 대사에게 부탁한 것은 그대가 나서서 한 일이 아니라 내가…… 카즈사노스케 타다테루의 아내가…… 남편을 위해 도모한 일이므로 야헤에 그대의 책임은 아니라고……"

"그러나……"

"그러나, 어쨌다는 말인가요?"

다테 부인이 다그쳐 묻는데, 야헤에의 얼굴에서 순식간에 핏기가 가셨다.

당연한 일이었다. 이 일을 말한다면 텐카이는 틀림없이 다테 마사무네와 도쿠가와德川 부자간의 불화를 깨닫게 될 터.

'긁어 부스럼을 만든다……'

아니, 그보다 주군 마사무네의 속셈이 간파되어 오히려 전쟁의 도화선이 될지도 모른다.

'그렇게 되면 다테 가문의 사활과 관계되는 큰 문제.'

더구나 눈앞에는 야규 무네노리라는, 이 역시 방심할 수 없는 쇼군의 측근이 태연하게 앉아 있었다.

"그러나 이 일은…… 일단 큰마님에게 말씀 드리고 나서…… 그렇게 했으면 좋겠습니다."

"원, 이런……"

다테 부인은 못마땅하다는 듯이 혀를 찼다.

"내 서신만으로는 부족하다는 거예요?"

"예. 일단은 지시를 받은 제가…… 아무튼 아시는 바와 같이 큰마님은 신앙이…… 텐카이 대사는 부처님을 섬기시는 분이어서."

"호호호……"

다테 부인은 입을 가리고 웃었다.

"그것이었군요, 그대가 걱정하는 것은……? 그렇다면 별로 염려할 것 없어요. 어머니는 내가 카즈사노스케 님에게 출가할 때 주군의 분부라면 개종해도 좋다고 하셨어요. 그대가 생각하는 것처럼 융통성이 없는 분이 아니에요."

야헤에는 더욱 당황했다.

바로 이때였다. 무엇을 생각하고 있었는지 갑자기 무네노리가—

"시각이 많이 지체됐습니다, 야헤에 님."

입을 열었다.

"어떨까요, 별실에서 식사 대접을 받고 싶은데…… 마님에게 청을 드리지 않겠습니까?"

야헤에는 순간 깜짝 놀랐다. 그러나 곧 웃으면서 고개를 끄덕였다.

"그렇게 합시다. 때가 되었으니 청을 드려…… 그렇지. 그 자리에서 둘이…… 그게 좋겠소."

그러면서 머리를 조아려 숨막힐 듯한 다테 부인의 추궁을 피했다.


# 10


손님 쪽에서 먼저 시장하다고 했으므로 다테 부인도 이야기를 중단하는 수밖에 없었다.

점심을 들기 위해서는 별실로 가야 한다. 거기서 두 사람은 무언가 의논할 일이 있는지 모른다…… 다테 부인은 이렇게 생각했다. 야헤에도 무네노리가 적절한 때 구원의 손길을 뻗어주었다고 해석했다.

다테 부인의 지시로 두 사람의 상이 준비된 방은 넓은 객실이 아니었다. 강가에 있는 쵸교덴釣魚殿이라 불리는 작은 정자였다.

타다테루는 이 정자에서 종종 술을 마시면서 창 밖으로 낚싯대를 드리워 물고기를 낚았다고 한다. 그러고 보니 선반에는 붉고 푸른 두 벌의 비단 주머니에 넣은 조립식 낚싯대가 얌전히 얹혀져 있었다.

"카즈사노스케 님은 술과 낚시를 함께 즐기신 것 같은데, 성급한 분이라 생각되는군요."

안내된 방안을 둘러보면서 야규 무네노리가 태연하게 말했다.

"아까는 정말 큰 도움을 받았습니다."

야헤에는 먼저 아랫자리의 상 앞에 앉으며 말했다. 그러나 순간 등골이 오싹해졌다.

'야규가 무언가 눈치를 채지 않았을까……?'

그에 대한 불안스러운 마음이 창 밖의 갈매기소리와 함께 가슴을 스치고 지나갔다.

"야헤에 님, 나는 별로 도와드리려고 그랬던 것은 아닙니다."

"그야…… 그렇기는 합니다마는, 제게는 큰 도움이 되었습니다. 마님은 달리 부르는 이름이 카츠히메勝姬였는데, 어릴 적부터 일단 말을 꺼내면 물러서지 않는 성품이시라……"

"우선 시중하는 사람들을 물러가게 해주십시오."

"좋습니다. 시중은 내가 들 테니 그만 물러가도록."

야헤에의 말에 따라 시녀들이 물러갔다. 시녀들의 발소리가 멀어지자 그는 엄한 표정으로 무네노리를 바라보았다.

"야규 님은 지금도 역시 마님에게 텐카이 대사한테 탄원하도록 권하시렵니까?"

"그렇습니다."

"대사라면 오고쇼 님이나 쇼군 님의 결심을 움직일 수 있다고 생각하십니까?"

무네노리는 직접 손을 뻗어 밥통을 잡더니 자기 앞으로 끌어당기면서 불쑥 물었다.

"그럼, 엔도 님은 이대로 두어도 좋다고 생각하십니까?"

"이대로 두어도……?"

"그렇습니다. 이대로 두면 전쟁이 일어납니다. 피냄새가 풍기지 않습니까?"

순간 야헤에의 얼굴이 다시 백랍처럼 하얗게 변했다.

"나는……"

무네노리는 조용히 밥을 푸면서 말을 이었다.

"쇼군 님으로부터 다테 마님의 기색을 살피고 오라는 지시를 받았을 뿐입니다. 어째서 쇼군 님이 그런 말씀을 하셨느냐 하면…… 그 이유는 얼마 전에 오사카에서 에도로 돌아오신 센히메千姬 님에게 있다……고 생각합니다."

"센히메 님에게……?"

"그렇습니다. 센히메 님은 현재 성안 키요미즈타니淸水谷에 새로 거처를 마련하여 기거하고 계십니다마는, 실은 잠시도 눈을 뗄 수 없습니다. 언제 자결을 하시게 될지 모르는 형편이어서……"

"……"

"그래서 이와 비슷한 일이 이 댁 마님에게도 생길까 걱정되어 쇼군께서는 이 무네노리를 보내셨습니다. 남편을 생각하는 아내의 진심이란 무서운 법이다, 다테 부인이 무어라 할 것인가? 혹시 우리가 미처 생각지 못한 지혜를 짜낼지도 모르는 일이니 잘 살펴보고 오라고 당부를 하셔서……"

무네노리는 담담하게 말하고 밥통을 야헤에의 무릎 앞으로 밀었다. 그러나 야헤에는 밥을 먹을 엄두가 나지 않는 모양이었다.

# 11

'혹시 야규 무네노리가 우리 주군의 생각을 꿰뚫어보고 있지는 않을 까……?'

이런 생각만 해도 야헤에의 무릎은 덜덜 떨릴 지경이었다.

"야규 님."

"예, 말씀하십시오."

움직이던 젓가락을 멈추지도 않고 무네노리는 가볍게 말했다.

"귀하는 아까 피냄새가 풍기지 않느냐고 하셨지요?"

"그렇습니다. 이번 일에 모두가 진지하게 대처하지 않으면 오사카의 재판이 되기 쉽습니다. 그렇게 되면 오고쇼 님이 모처럼 고민 끝에 내리신 결단도 쇼군 님의 염려도 허사가 됩니다."

"그것과…… 그것과 이 댁 마님을 텐카이 대사와 만나게 하는 게 어떤 관계가 있다……고 생각하십니까?"

"엔도 님, 마님은 보시다시피 부도婦道를 지키며 한 걸음도 물러서지 않으실 각오. 그야말로 진지함 그 자체입니다."

"그러기에 대사와 만나시게 하면……"

"그것이 잘못이오, 만나시게 하여 납득하게 만든다…… 잔재주를 부리면 후일을 위해 이롭지 못합니다."

엔도 야헤에는 파랗게 질린 표정으로 생각에 잠겼다. 아니 생각에 잠긴 이유를 깨닫지 못하게 하려고 자기도 얼른 공기에 밥을 펐다.

"야규 님."

"예."

"엉뚱한 질문을 하는 것 같습니다마는, 쇼군 님은 우리 주군이 에도의 저택을 개축하고 초대하신다면…… 그 초대에 순순히 응하시리라 보시는지요?"

"글쎄요, 지금 상황으로는 어떨지."

"지금 상황으로는……?"

"그렇습니다. 엔도 님도 아시겠지만, 이번의 카즈사노스케 타다테루 님에 대한 조치도 따지고 보면 다테 가문에 원인이 있다…… 나는 그렇게 보고 있습니다마는."

"으음."

야헤에는 또다시 나직이 신음했다.

달리 도리가 없을 듯. 야규 무네노리는 처음부터 이번 문제가 된 상황을 모두 꿰뚫어보고 있는 것 같았다. 그렇다면 자기 역시 벌거숭이가 되어 그와 대하겠다…… 아니, 대하는 것처럼 꾸미는 수밖에는 달리 대응할 방법이 없다는 생각이었다.

"야규 님은 그런 일까지 아시면서 텐카이 대사와 만나는 것이 좋다고 하십니까……?"

"물론입니다. 다테 마사무네 정도의 기량을 가진 인물에게 생각을 바꾸도록 할 수 있는 사람이 있다면, 아마도 그 사람은 텐카이 대사뿐일 테니까요."

"우리 주군의 생각을 바꾸게 한다……?"

"예. 이미 천하는 도쿠가와 가문의 것으로 굳혀졌습니다. 이미 한두 사람의 뛰어난 인물이 책동한다고 해서 어떻게 되지는 않습니다. 오랜 전란의 시대는 가고 평화로운 세상이 찾아왔다……는 현실을 진심으로 이해시킬 수 있는 사람은 텐카이 대사밖에 또 있을 것 같지 않습니다. 이 댁 마님의 진지한 정성이 우연히도 찾아내셨습니다."

"그럼…… 그럼, 이번의 이혼은?"

"말할 나위 없이 다테 마사무네 공의 마음에서 기인한 것. 물론 이혼뿐만 아니라 카즈사노스케 님에 대한 처분도, 다테 가문의 에도 저택 개축도, 쇼군 님의 초대도 모두 근원은 마사무네 공. 그걸 아시게 되면 마님은 어떻게 하시려는지…… 역시 마님의 뜻대로 해드리는 것이 다테 가문을 위하는 일이 아닐까요?"

무네노리가 말하는 동안 야헤에는 그만 밥공기를 툭 떨어뜨렸다. 무네노리는 이러한 상황을 빗대어 피냄새가 풍긴다고 한 듯……


## 12


'모든 것을 다 알고 있다……'

야헤에는 떨어뜨린 밥공기를 집어들고 떨어진 밥알을 상 모서리에 주워놓으면서, 자기 목이 이미 동체에서 떨어진 듯 당황했다.

이 정도까지 알고 있는데 무엇을 감춘다는 말인가.

"그럼…… 야규 님은…… 무엇이든 마님에게 사실대로 알려드리는 것이 좋다고 보십니까?"

"그렇습니다. 이혼의 원인도, 카즈사노스케 님에 대한 처벌의 원인도 실은 모처럼 이룩한 평화를 유지하겠다는 오고쇼 님의 비원悲願에서 나온…… 그렇게는 알고 있습니다만, 이를 그대로 마사무네 공에게 고할 분은 달리 없습니다. 이 댁의 마님이 그 사실을 고하여 아버님을 움직일 힘을 가진 분이 될지도 모릅니다."

"야규 님!"

야헤에는 상 위로 몸을 내밀듯이 하고 말을 이었다.

"그럼, 이번의 이혼은 다테 가문에 대한 토벌준비가 아니라, 그 반대……라고 생각하십니까?"

야규 무네노리는 천천히 끄덕이고 젓가락을 놓으며 합장했다.

"오늘도 우리는 태평한 세상을 누리고 있습니다. 고마운 일입니다."

"으음, 그러면……"

말하다 말고 야헤에는 상을 옆으로 밀어놓았다.

"쇼군 님은 이미 에도 저택을 개축하는 의도를 알고 계십니까?"

"에도 저택뿐만이 아니라, 영지에서의 준비에 대해서도 모두 알고 계십니다."

"그렇다면 우리 주군도 에도를 떠날 수 없게 되신 것은……?"

무네노리는 다시 천천히 고개를 저었다.

"그 점은 염려할 것 없습니다. 그런 일이 없도록 하기 위해 오고쇼 님은 자신의 아드님에게 영원히 대면을 금지한다는 처분을 내리신 겁니다."

"납득이 되지 않습니다! 납득이 된다면 야헤에도 사나이, 결코 야규 님을 배신하지 않습니다. 그럼…… 오고쇼는 자기 자식을 처벌하는 한이 있더라도 다테 가문에는 상처를 입히지 않는다는 말씀입니까?"

"그럴 생각이신 것 같습니다."

"그 점을 알 수 없습니다! 대자대비하신 신불이라면 또 몰라도 틈만 있으면 자기 가문을 노리는 자인데, 내 아들은 처벌하면서도 그냥 내버려둘 까닭이 없지 않습니까? 여기에는 분명히 다른 뜻이 있습니다. 그 뜻을 알려주십시오. 결코 귀하를 배신하지 않겠습니다."

"배신이고 말고 할 것도 없습니다. 다만 엔도 님은 오고쇼 님을 아시지 못할 뿐…… 오고쇼 님은 다테 공과 같은 기량 있는 분이 아직도 반심을 가지고 있는 것은 자신의 덕이 부족하기 때문이라고 스스로를 꾸짖고 계십니다."

"아니, 뭐라고 하셨습니까?"

"도쿠가와라는 성을 가지신 이래 지금까지 잠시도 자기 반성을 게을리 하시지 않는 분. 그러기에 오늘날과 같은 평화를 이루실 수 있었습니다. 따라서 카즈사노스케 님을 다테 가문의 사위로 삼으신 것도 두 가문의 영원한 화목을 바라셨기 때문입니다. 그런데 그 사돈간의 관계

가 오히려 다테 공의 반심을 조장하는 원인이 되었다…… 이런 자책감
에서 잘못 이루어진 혼인관계를 끊으신다…… 그러면 다테 공도 생각
을 바꾸신다는 마음을 가지셨기 때문에, 설령 쇼군 님이 혈기에 못 이
겨 공격하시려 해도 오고쇼 님이 말리실 것이오…… 아시겠지요, 엔도
님. 오고쇼 님은 이처럼 진지하신 분입니다."


# 13


야헤에는 시선을 무네노리에게 향한 채 눈도 깜박이지 않았다.

'이에야스는 다테 마사무네가 반심을 버리게 하지 못한 것은 자신이
부덕한 탓이라고 여겨 스스로를 책망한다……'

결코 알아들을 수 없는 말은 아니다. 그러나 이렇게까지 관대한 인간
이 과연 이 세상에 있을까 하는 의문이 남는다.

'예사롭지 않은 함정 중의 함정, 책략 이상의 책략이 아닐까?'

무네노리는 그 의심을 눈치챈 듯 야헤에의 눈을 정면으로 바라보면
서 쓴웃음을 지었다.

"엔도 님, 병법 이야기를 한마디 할까요?"

"예, 꼭 듣고 싶습니다."

"병법가 두 사람이 서로 칼을 뽑아들고 마주섰다고 합시다."

"서로 칼을 뽑아들고……?"

"그런데 이 두 사람의 실력은 대등하지 않았다. 한쪽은 달인, 한쪽은
아직 미숙한 초보자."

"그렇다면 승부가 될 수 없겠지요."

"그러나 승부가 될 경우도 있습니다. 곧 달인의 눈에는 상대가 초보
자라는 사실이 확실히 보이지만, 초보자로서는 나보다 강한 것 같

다……는 점을 알 뿐, 상대가 차원이 다른 달인이라는 사실을 깨닫지 못하는 경우입니다."

"으음."

"그러므로 죽을 각오로 대들면 이길지도 모른다고 용기를 내어 덤벼듭니다. 달인으로서는 처음에 가볍게 다룰 생각이었으나, 너무 집요하게 덤비는 바람에 어쩔 수 없이 베어버린다. 나는 오사카 전투가 이런 경우였다고 생각하는데 어떻습니까?"

"으음."

"위층에서 내려다보면 아래층이 잘 보이는 법. 그러나 아래층의 사람은 아무리 발돋움을 해도 위층을 들여다볼 수 없습니다. 우리가 매일 주고받는 대화에도 언제나 이런 차이가 있지요. 오고쇼가 지금 자책하고 계시는 것은 치지 않아도 될 자를 쳤다는 반성…… 따라서 이러한 경우는 바로 세상의 일반적인 애증을 초월한 달인의 경지라고 이 무네노리는 보고 있습니다."

"그러니까 오고쇼 님은 달인이고, 우리 주군은 미숙한 초보자라는 말씀입니까?"

무네노리는 다시 희미하게 쓴웃음을 지었다.

"예를 들었을 뿐입니다. 센다이仙臺 공은 절대로 미숙한 초보자가 아닙니다. 그러나 오고쇼의 심정으로 본다면 위층과 아래층 정도의 차이는 있지 않나 생각합니다."

야헤에는 저도 모르게 고개를 끄덕이다가 섬뜩했다.

확실히 그렇기는 할 것이다. 지금 다테 가문에서 격문을 돌려 호응케 한다고 해도 그 수는 뻔하다. 사위 카즈사노스케 타다테루마저 이미 그의 병력과는 유리되어 있다……

'일백만 석과 팔백만 석의 차이……'

그렇다면 주군에게 무릎을 꿇게 해서라도 무사하기를 꾀하지 않으면 안 될 때인지도 모른다……

이때 로죠 오노에가 왔다.

다테 부인은 두 사람의 식사가 끝나기를 초조하게 기다리고 있었던 모양이다.

"잠시 후에…… 곧 가겠다고 말씀 드리도록."

아직도 결심을 못하고 있는 야헤에는 로죠를 보내놓고 한숨과 함께 계속 혀를 차면서 강으로 면한 미닫이문을 열었다.

비가 내려 강물 위에 작은 파문이 일고 있었다.

야규 무네노리는 그 비를 뚫고 하류로 내려가는 유난히 하얀 돛을 단 작은 배를 보며 눈을 가늘게 떴다.

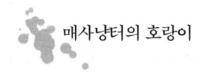

# 매사냥터의 호랑이

## 1

엔도 야헤에가 에도 저택으로 돌아왔을 때, 다테 마사무네는 마음에 드는 칸제 사콘觀世左近을 불러 사루가쿠猿樂° 이야기에 열중하고 있었다. 물론 가까운 시일 안에 쇼군 히데타다를 초대하여 '사루가쿠 관람'을 하게 할 속셈이 있어서였는데, 그때 자기는 어떤 연기를 했으면 좋을까 상의하고 있었다.

"「사네모리實盛」°가 어떨까?"

마사무네가 말했다.

"좋습니다."

"「사네모리」의 첫 대목이 무엇이었더라…… 사네모리가 항상 말하기를, 예순이 넘은 몸으로 전쟁터에 나가 젊은이와 선봉을 다투다니 점잖지 못하도다. 그러나 늙은 무사로서……"

마사무네는 흰 부채로 무릎을 치면서 「사네모리」의 첫 대목을 노래하기 시작했다.

사콘은 고개를 갸웃하고 말했다.

"역시 주군에게는 너무 늙은 사네모리가 어울리지 않습니다. 좀더 젊고 활기에 찬 역할이 좋을 듯합니다."

"하하하…… 나이에 걸맞은 역할이라야 한다는 말이로군. 그러나 이번 전투에서 나는 내가 늙었다는 사실을 절실히 깨달았어. 벌써 쉰이되었으니."

"차라리 취향을 바꾸어 「라쇼몬羅生門」°을 택하시면 어떨까요?"

"「라쇼몬」을 내가 해낼 수 있다고 생각하나?"

"모처럼 쇼군 님이 참석하시는 절호의 기회이므로."

"하하하…… 그기에 「사네모리」가 좋다고 한 거야. 나는 이미 젊은이들과 공명을 다툴 나이는 지났어. 그러나 만일의 경우에는 백발을 물들이고라도 싸울 결심……"

마사무네는 무엇을 생각했는지 갑자기 목소리를 낮추었다.

"나는 고맙게 여기고 있어. 오고쇼와 쇼군 님이 내 공로를 인정하고 맏아들 히데무네秀宗에게는 이요伊豫의 우와지마宇和島에 십만 석, 그리고 이 마사무네를 정사품하 산기參議°의 벼슬에 오르도록 천거해주었어. 그대가 쇼군 님에게 문안 드리러 가게 되면, 내가 그 은혜에 감격의 눈물을 흘리더라고 전해주게…… 알겠나, 내가 사네모리 역할을 맡고 싶은 것도 그런 마음에서야."

"으음, 그런 뜻이 계셨군요."

"나도 이제 늙었어. 그러나 필요하다면 사이토 사네모리齋藤實盛처럼 백발을 검게 물들이고라도 충성을 바칠 각오야."

"예. 문안 드릴 때 말씀 드리겠습니다."

이때 야헤에가 들어왔기 때문에 잠시 입을 다물고 있었다.

"야헤에, 무슨 볼일이 있나?"

"예. 큰마님의 지시로 아사쿠사 저택에 다녀왔습니다. 그 일로 드릴 말씀이 있습니다."

"알겠다. 우리 이야기는 이제 끝났으니 들어보기로 하지. 사콘, 다시 연락할 테니 그때 지도를 부탁하네."

칸제 사콘을 물러가게 하고—

"어때, 야규가 무언가 꼬리를 드러내더냐?"

아무렇지도 않은 듯 물었다.

야헤에는 눈이 휘둥그레졌다.

"아니, 제가 카즈사노스케 님에게 다녀온 것을 어떻게……"

"모를 줄 알았나? 내가 마님에게 시킨 거야. 그러나 걱정할 것 없어. 카즈사는 에도에 오지 않아. 내가 시나노信濃 가도를 통해 에치고越後로 빠져나가도록 조치를 했으니까. 아들도 태어났으니 일단은 타카다에 가고 싶을 거야."

마사무네는 애꾸눈을 가늘게 뜨고 싱글벙글 웃었다.


## 2


엔도 야헤에는 할말을 찾지 못했다. 그 자신은 마님의 심부름인 줄만 알고 아사쿠사에 다녀왔다. 그런데 이것은 마사무네의 지시였던 모양이다. 그리고 느닷없이 물어온—

'야규가 무언가 꼬리를 드러내더냐?'

이 말도 뜻밖이었지만, 이로하히메가 고대하는 카즈사노스케 타다테루가 에도에는 오지 않고 에치고의 타카다 성으로 갔다는 말도 아닌 밤중에 홍두깨처럼 놀라운 일이었다.

'주군은 무엇을 생각하고 무엇을 하려는 것일까……?'

조금 전에도 칸제 사콘에게는 쇼군 히데타다를 만나면 마사무네의 심정은 바로 사네모리의 충성심이라고 전하라……는 등 입에 발린 소리를 했는데, 마음속으로는 무엇을 꾀하고 무엇을 생각하고 있는지 짐작조차 할 수 없었다.

"하하하……"

어리둥절하여 눈도 깜빡이지 못하는 야헤에를 보고 마사무네는 다시 호탕하게 웃었다.

"놀랄 것 없다고 하지 않았나. 자, 마음을 가라앉히고 대답하게. 우선 이로하히메가 무어라고 하던가?"

"예…… 말씀 드릴 것도 없이 카즈사노스케 님이 돌아오기를 손꼽아 기다리시며……"

"그 카즈사를 내가 에치고에 보냈어. 곧바로 에도에 온다면 내 약점이 잡히니까."

"주군의 약점……이라니요?"

"거치적거린다……고 할 수 있겠지. 카즈사가 쇼군을 만난다. 당연히 카즈사는 변명을 하지 않을 수 없지. 그렇게 되면 그 지시를 내린 내가 잘못했다는 답이 나오겠지. 그건 나로서는 골치 아픈 일이야."

"주군!"

"아니, 그 얼굴이 왜 그래…… 내가 몰인정하다는 말이냐?"

"아닙니다! 이미 그런 것은……"

말하다 말고 야헤에는 엉금엉금 앞으로 기어나갔다.

"주군의 심중은 이미 쇼군도 오고쇼도 모두 알고 있습니다."

"하하하…… 알았네, 알았어. 야규가 그렇게 말했군."

다테 마사무네가 앞질러 말하는 바람에 엔도 야헤에는 다시 말문이 막혔다.

"염려할 것 없어, 야헤에!"

"예…… 예."

"이 마사무네는 그대들이 생각하는 것처럼 어리석은 인간이 아니야.

그러므로 오고쇼도 내 서자인 히데무네에게 십만 석, 나에게도 정사품 하 산기라는 벼슬을 내리도록 천거하지 않을 수 없었던 거야."

"그, 그러나……"

"이쪽을 방심케 하기 위한 미끼라는 말이지."

마사무네는 애꾸눈을 무섭게 부릅떴다. 그러나 얼굴에서 웃음은 지우지 않았다.

"내 아들 히데무네에게 이요의 우와지마에 십만 석을 내린 오고쇼의 속셈을 그대는 읽을 수 있나, 야헤에?"

"글쎄요, 그것은……"

"읽지 못했을 거야. 그것은 오고쇼도 쇼군도 이 마사무네를 극도로 두려워하고 있다는 증거야."

"……"

"알겠나, 수만에 달하는 히데무네와 나의 군사를 그대로 센다이에 돌려보내면 큰일이야. 그래서 반으로 나누어 시코쿠四國에 보내려는 책략이라고 생각되지 않나?"

"예?"

"우와지마의 십만 석…… 나는 아들을 위해 고맙게 받았어. 그 영지를 받아 가신을 둘로 나누어야 하는 이상 나에게도 준비가 없어서는 안 되는 거야."

마사무네는 쏘는 듯한 눈으로 크게 한숨을 쉬었다.


## 3


"그래, 오고쇼 부자는 이 험한 난세를 훌륭하게 살아남은 이름난 사냥꾼이야. 그러나 야헤에, 이 마사무네도 예사 호랑이가 아닐세. 저쪽에서 먼저 새끼호랑이를 시코쿠로 보내놓고 아비호랑이에게 총부리를 겨눈다…… 그렇게 되었을 경우의 대비를 게을리 할 정도로 어리석어서는 안 돼."

마사무네는 다시 훈계하듯 말을 이어나갔다.

"첫째도 대비, 둘째도 대비일세. 대비가 있으면 상대는 총을 겨누지 못해. 내가 염려하지 말라는 것은 이 점이야. 나도 아직은 충분히 사냥꾼을 두렵게 만들 수 있는 맹호라는 말일세."

엔도 야헤에는 와들와들 떨기 시작했다.

마사무네의 해석과 야규 무네노리가 한 말의 차이가 두려웠다. 마사무네는 상대가 자기를 노리는 사냥꾼이라 단정하고 대비하고 있는 데 반해 야규 무네노리는 덕德이야말로 양자 사이의 안개를 걷히게 할 수 있는 유일한 것이라 자신하고 있었다.

야규 무네노리가 내보인 자신감의 이면에는 물론 압도적인 무력, 실력에 대한 자부심이 깔려 있을 터.

'오사카 전투도 이러한 양자의 현격한 견해 차이가 가져온 결과가 아니었을까……?'

"왜 그러나, 야헤에?"

마사무네가 다시 조롱하듯 웃었다.

"저쪽이 난세에서 살아남은 아비호랑이를 어떻게 쏘아 잡을까 하고 틈을 노리고 있을 때, 아직 한 번도 총을 상대해본 적이 없는 또 한 마리의 새끼호랑이가 어정어정 나타난다면 거치적거릴 뿐이야. 카즈사를 에치고로 보낸 까닭을 알 수 있겠지?"

"……"

"하하하…… 아무것도 아니야. 나는 카즈사에게 이렇게 일러주었어. 이번 사건에 대해서는 내가 쇼군에게 사과하겠다. 모처럼 아들도 태어났으니 타카다 성에 돌아가 부자와 형제가 화해했다는 기쁜 소식을 기다리라고 말이야."

"하지만, 그것은……"

"안 된다는 말이지? 하하하…… 그 말이 옳아. 그러나 이것도 하나의 큰 전략…… 그렇지 않은가, 어정어정 에도에 나타났다가 쇼군에게 잡히면 그때는 단순한 인질…… 그러나 에치고의 들판에 놓아주면 어리기는 해도 역시 새끼호랑이. 쇼군에게는 방심할 수 없는 맹수로 보일 것일세."

"……"

"야헤에, 전쟁은 말일세, 우선 상대의 마음을 혼란케 하는 것이 첫 단계야. 마사무네 하나만으로도 큰 위협이 되고 있는데, 제 동생이 호랑이로 변하여 에치고에서 으르렁거린다…… 단지 거치적거릴 뿐이던 상대가 두려움의 대상으로 변한다면, 전쟁판을 교란시키는 하나의 요인이 될 수 있어."

"그러나 주군, 그러고도 쇼군을 초대하시려고……?"

"그래, 정중히 초대하겠어. 우와지마 십만 석과 산기로 천거해준 감사를 표하기 위해."

"그러나 쇼군은 오지 않습니다. 지금 상태로는 어려울 것이라고 야규 님도 말했습니다……"

"안 와도 좋아."

마사무네는 한마디로 대답하고 손을 저었다.

"처음부터 오리라고는 생각지 않고 있어."

"하지만 그렇다면……"

"목적은 이미 달성되었어. 집도 담장도 튼튼히 고쳤어. 대항할 준비가 된 줄 알고 오지 않는다…… 오지 않는다면 총도 겨눌 수 없게 될 것 아닌가?"

야헤에는 다시 등줄기가 오싹해졌다.

마사무네에게는 조심성은 있으나 두려움이 없었다. 그 어이없는 자신감이 야헤에에게는 두려움이었다.


# 4


"그러니까 야규의 말에도 특별한 것은 없었다는 말이지?"

잠시 후에 마사무네가 말했다.

"내가 초대해도 쇼군은 오지 않는다…… 이 정도의 것밖에는 모르더란 말이지?"

엔도 야헤에는 이대로 잠자코 있다가는 돌이킬 수 없는 일이 벌어진다고 생각했다.

자기가 이에야스나 히데타다의 마음을 몰랐던 것처럼 주군인 마사무네 역시 상대를 오해하고 있다. 이 오해와 자신감의 과잉이 전쟁도 불사하게 만든다면 오사카 전투의 재판……이라는 생각이 마음에 걸려 견딜 수 없었다.

"죄송합니다마는……"

야헤에는 주저하면서 말했다.

"야규 님의 말 중에 그냥 들어넘길 수 없는 것이 있어서 말씀 드리려 합니다."

"허어, 또 있었다는 말인가? 그래, 말해보게."

"실은 오고쇼도 쇼군도 이쪽 가문과는 추호도 싸울 생각이 없다, 오히려……"

"오히려?"

"예…… 예. 오히려 덕德과 의義를 통해 양자 사이가 영원히 무사하기를 바라고 있다고 했습니다."

"뭐라고?"

귀에 손을 대고 반문하고 나서 마사무네는 폭소를 터뜨렸다.

"야헤에, 웃기는구나. 와하하…… 암, 누구도 처음부터 싸울 의사를 갖는 건 아니야. 저쪽에서 하라는 대로 순종만 하면 말이지…… 와하하…… 좋아, 그런 이야기라면 들을 것도 없어. 그러나 마음에 새겨놓아야 해. 기르는 개도 주인의 손을 무는 일이 있어. 살기 위해서는 이런 조심성이 필요한 거야."

"죄송합니다마는……"

"그 밖에 또 있나?"

"저는 카즈사노스케 님의 부인…… 이로하히메 님의 말씀을 아직 드리지 않았습니다."

"뭐, 내 딸 말인가…… 무어라고 하던가?"

"이로하히메 님은 카즈사노스케 님의 영원한 대면금지 조치를 걱정하시고, 조죠 사增上寺의 스님을 통해…… 오고쇼의 신임을 받고 있는 텐카이 소죠僧正°를 만나겠다고 하셨습니다."

"허어…… 텐카이를 만나서 어떻게 하겠다고 하던가?"

"오고쇼에 대한 사과를 주선해달라……고, 그 일을 하지 않으면 아내의 도리가 아니라고 하시면서 직접 야규 님에게 그 연락을 부탁하셨습니다."

"뭐, 야규에게……?"

"예. 야규 님도 좋은 생각이라 동의하면서 승낙했습니다."

"야헤에! 어째서 그 말을 먼저 하지 않았지?"

"예, 말씀 드리려고 해도 주군이……"

"정신 나간 애로군…… 이미 타다테루는 에도 땅을 밟지 못할 몸이야. 그것도 모르고 텐카이에게……"

혀를 찼으나 다음에는 쓸쓸한 표정으로 입을 다물었다.

눈에 넣어도 아프지 않을 만큼 편애에 가까운 사랑을 기울여온 이로 하히메.

이러한 그녀가 남편을 사모한다는 지극히 당연한 말을 했는데도 마사무네가 크게 당황하게 될 줄이야……

"그래, 야규 녀석이 찬성했다는 말이지?"

"그리고 또 하나……"

"또 있나? 어서 말해라."

"오고쇼는 이쪽과 싸우게 되는 것이 싫어 카즈사노스케 님을 처벌하셨다, 내 자식을 죽이는 한이 있어도 평화만은 지키실 각오라고 야규 님은 말했습니다마는, 이 문제를 어떻게 생각하시는지요?"


# 5


다테 마사무네는 무서운 눈으로 야헤에를 노려보았다. 마사무네는 일찍부터 야규 무네노리라는 인물에게는 불가사의한 매력을 느끼고 있었다.

'무네노리에게는 욕심이 없다……'

인간이란 제아무리 입으로는 그럴듯한 소리를 늘어놓지만 녹봉이나 상금에는 혈안이 되어 덤벼들게 마련이다. 도요토미 타이코豊臣太閤°와 오고쇼도 그러한 성향을 잘 알고 있었기 때문에 천하의 영주들을 마음대로 요리했다……

그런데 야규 무네노리만은 예외였다. 실제로 오사카 전투 때도 무네노리는 쇼군의 측근에서 그 목숨을 구해주었다. 그런데도 녹봉의 증액 등을 한사코 거절했다고 한다.

마사무네도 실은 그 일로 쇼군 히데타다에게 은근히 포상을 권한 일이 있었다. 그때 히데타다는 이렇게 말했다.

"누구의 가신도 아니라는 긍지를 가지고 있는 모양이오. 녹봉 때문에 간언할 입이 봉해진다면 참된 충성은 할 수 없다, 이대로 있게 해달라면서 받지를 않소."

마사무네는 웃으면서 입을 다물었다. 그러나 그때부터 무네노리에 대한 관심은 남다른 것이 되었다.

'좀더 큰 포상을 노리고 있는 것일까? 아니면 달리 깊은 야심이 있는 것일까?'

그러한 무네노리가 자기 딸 이로하히메더러 남편의 구명을 텐카이에게 부탁하도록 말하고…… 오고쇼가 카즈사노스케 타다테루를 처벌하는 것은 마사무네와의 싸움을 피하기 위해서라고…… 평화를 제일로 생각하기 때문이라 했다고……

'무슨 생각을 하고 한 말일까……?'

마사무네는 잠시 야헤에를 뚫어지게 바라보다가 또 한 번 크게 한숨을 쉬었다.

"야헤에."

"예…… 예."

"야헤에 그대는 야규 무네노리의 말에 일리가 있다…… 이렇게 생각하고 돌아왔군."

"예. 이로하히메 님의 우려는 부도婦道에 맞는 진지한 것, 텐카이를 만나 설득시켜야 할 일이라고."

"그대는 텐카이가 이 사건에 개입하면 내 뜻이 세상에 드러난다는 생각은 하지 않았나?"

"물론…… 그렇다고는…… 생각했습니다."

"그렇다면 어째서 그 아이에게 분명하게 안 된다고 하지 않았나? 그대는 야규에게 홀려서 돌아왔군."

"죄송합니다마는, 아시다시피 이로하히메 님의 기질로 보아 제 말 같은 것은……"

"그만 됐어!"

마사무네는 신경질적으로 내뱉고 화제를 바꾸었다.

"야규는 분명히 그대에게 오고쇼와 쇼군은 싸울 뜻이 없다고 했다는 말이지?"

"예."

"그렇다면 싸울 마음이 있는 이 마사무네…… 그러니까 나 혼자 지레짐작으로 어쩌면 전쟁이 일어날지도 모른다…… 그런 말을 듣고 돌아왔나?"

엔도 야헤에는 필사적인 표정으로 머리를 조아렸다.

"그렇습니다."

그리고는 얼굴을 경련하며 고개를 들었다.

"말씀 드리지 않으면 불충……이 되겠기에 아뢰겠습니다. 야규가 말하기를 오고쇼와 주군은 다 같은 병법가이지만 큰 차이가 있다, 주군은 아래층에 계시므로 위층은 보시지 못한다고."

"뭐……뭣이?"

무섭게 일갈하고, 마사무네는 다시 방안이 떠나갈 듯한 목소리로 웃기 시작했다.


# 6


"와하하…… 야규 녀석이 그런 건방진 소리를…… 내가 아래층에 있기 때문에 위층을 보지 못한다…… 와하하하……"

퍼붓는 것 같은 마사무네의 폭소는 야헤에의 고지식한 감정을 적잖이 격분케 만들었다.

'나는 목숨을 내던질 각오로 간언하고 있는데 웃어넘기다니!'

"죄송합니다마는, 또 있습니다."

"이제 됐어. 듣지 않아도 알 수 있으니까."

"아닙니다. 들은 대로 말씀 드려야겠습니다! 야규 님은 이렇게도 말했습니다…… 오고쇼는 자기 자식을 벌하는 한이 있더라도 다테 님과의 싸움을 피하려 하신다. 그 점을 주군께 말씀 드려 이해시키고, 또 이번 일을 무사히 해결하려면 텐카이와 이로하히메 님을 만나게 하는 것이 첫째라고……"

"뭐…… 뭣이?"

"예, 야규 님이 그렇게 말했습니다. 이로하히메 님이 만약 진실을 아시게 되면 한치도 물러나지 않고 아버님에게…… 곧 주군에게 간언 드릴 것이다. 물론 텐카이도 지혜를 빌려줄 것이므로 가장 효과가 있다, 다테 가문을 위한다면 두 사람을 만나게 해야 한다고……"

"닥쳐!"

"할말은 하겠습니다. 또 한 가지 있습니다. 이로하히메 님이 전해달라고 하신 말씀이."

"뭐, 이로하히메의?"

"예. 이로하히메 님은 텐카이 소죠를 통해 사과를 드리고, 그래도 오고쇼가 받아들이지 않을 때는 이혼은 할 수 없기 때문에 자결하시겠다는 말을 전하라고."

"정신 나갔군! 자……자……자결은 천주교 신앙이 엄하게 금지하고 있어."

"물론 저도 그런 말씀을 드렸습니다…… 그러나 예외도 있다고 하면서 굽히시지 않았습니다. 아케치明智 가문에서 호소카와細川 가문으로 출가한 가라시아ガラシア 님의 예도 있다, 어찌 다테의 딸이 아케치의

50

딸에게 지겠느냐고…… 이로하히메 님의 말씀으로 미루어 누구도 꺾을 수 없는 결심으로 보였습니다."

"닥치라고 하지 않았느냐!"

"예, 이 야헤에, 이제는 입을 다물겠습니다. 다만 그런 결심을 하신 이로하히메 님이므로, 고대하고 계시는 어른…… 카즈사노스케 님이 실은 주군의 계획에 따라 타카다에 가시고…… 두 번 다시 에도 땅을 밟을 수 없다……는 사실을 아시면 어떻게 될지…… 자결하시느냐…… 아니면 혼자 영지로 탈출하시느냐…… 그 점이…… 그 점이 매우 안타깝습니다."

제지당하면서도 하고 싶은 말을 끝낸 야헤에는 자세를 고쳐 앉으며 말을 이었다.

"거듭 무례한 말씀을 올렸습니다. 각오는 되어 있습니다……"

자기 목을 베는 시늉을 하고 어깨를 들먹이며 울기 시작했다.

마사무네의 표정이 비로소 침울해졌다.

"얼빠진 녀석, 울지 마라."

"……"

"그대를 꾸짖은 게 아니야. 단지 염려 말라고 했을 뿐이야."

야헤에는 마사무네의 그 말에 더욱 슬픔이 치밀었다. 무슨 말을 해도 염려하지 말라니…… 그 두려움을 모르는 마음이 실은 제일 무섭다. 그러나 그것은 입에 올릴 수 있는 말이 아니었다.

"울지 말라고 하지 않았나. 이로하히메는 바로 내 딸이야."

"예. 그리고…… 카즈사노스케 님의 아버님은 오고쇼입니다."

"으음."

마사무네는 눈을 감고 팔짱을 끼었다.

"모두 이로하히메를 도와야 한다, 그 아이의 말을 잘 들어야 한다는 충고로군. 알고 있으니 염려하지 마라."

# 7

엔도 야헤에는 그 이상 아무 말도 하지 않았다.

마사무네가—

"염려하지 마라."

이렇게 말하면서도 고뇌에 찬 표정으로 생각에 잠겼기 때문이다.

'이번에는 좀 마음에 와닿은 모양이다.'

야헤에는 이렇게 생각했다.

이로하히메는 야규 무네노리의 주선으로 텐카이를 만날 것이 틀림없다. 그렇게 되면 타다테루 처벌의 배후에는 마사무네에 대한 경계심이 크게 자리잡고 있다는 사실을 그녀도 알게 된다.

'알고 나면 그녀는 어떤 행동을 취할 것인가?'

마사무네가 도저히 자기 의견을 받아들일 것 같지 않다고 판단하면 직접 오고쇼나 쇼군에게 부딪칠 각오를 하게 될지도 모른다.

'그렇게 되면 그야말로 다테 가문의 큰 파란……'

여간 아닌 마사무네도 깊이 생각하지 않을 수 없게 되었다……고 야헤에는 해석했다.

"으음."

마사무네가 다시 허공을 노려보면서 신음했다.

"오카츠於勝(이로하히메)가 그런 말을 했단 말이지."

"예. 일단 말씀하시면, 제 말 같은 것은 들으실 분이 아닙니다."

"카즈사를 타카다로 보낸 것은 잘못이었을까?"

"이로하히메 님은 며칠 안으로 만나실 수 있다…… 그러므로 돌아오시기 전에 일을 마무리짓겠다고 하시면서……"

"그런 말이 아니야!"

"그럼…… 어째서?"

"카즈사와 같이 매사냥을 했으면 좋았을 뻔했다는 말이야."

"매사냥을……?"

"그래. 사람의 몸이란 쓰지 않고 내버려두면 축 처져 녹이 스는 법. 녹슬지 않도록 하려면 매사냥이 제일이야."

엔도 야헤에는 어이가 없어 다음 말을 잇지 못했다. 당장이라도 이로하히메를 찾아가 설득하겠다고 말할 줄 알았는데 갑자기 매사냥 이야기를 꺼내다니……

'어쩌면 오기가 아닐까?'

문득 이런 생각을 했을 때 ─

"야헤에!"

마사무네가 무서운 눈으로 그를 불렀다.

"근성마저 녹이 슬어서는 큰일이야. 그래서 나는 매사냥을 가겠어."

"예…… 언제, 어디로 말씀입니까?"

"내일 아침 일찍, 장소는 오고쇼가 올봄 일부러 나에게 준 카사이葛西의 매사냥터가 좋겠어. 몰이꾼은 백 명 정도, 날이 밝기 전에 사냥터에 가서 내가 도착하기를 기다리라고 이르도록."

야헤에는 대답 대신 멍하니 마사무네를 바라보았다.

'대관절 무엇을 생각하고 있는 것일까……?'

그러나 이럴 때 반문하면 심한 욕설만 들을 뿐.

"알았느냐?"

"예…… 예."

"사냥감이 적으면 흥이 나지 않아. 카사이가 신통치 않으면 더 멀리 나가겠다. 그렇게 알고 준비를 단단히 하라고 일러라."

"알겠습니다."

"화가 나지 않도록 하라고 다짐을 받아두어라! 지금 나는 심기가 좋지 않다고 말이다."

"알았습니다."

"그렇다고 그대까지 위축될 것은 없어. 그대를 꾸짖는 것은 아니야. 심신이 모두 무디어지지 말라고 스스로 나 자신을 꾸짖고 있는 거야. 염려하지 마라."

"예…… 예, 물론 저도 잘 알고……"

야헤에는 어이없어하면서도 얼른 머리를 숙였다.

## 8

평소의 마사무네는 지나칠 정도로 거드름을 피웠으나, 일단 노기를 띠면 벼락치듯 성급한 면이 있었다. 그 일상적인 거동의 변화가 실은 가신들을 복종시키는 하나의 큰 매력이 되기도 하고, 수단이 된다고도 생각하고 있었다.

어떤 경우에도—

"큰일이다."

이렇게 약한 말은 하지 않고—

'염려하지 마라.'

큰소리를 치고 나서 터뜨리는 노기는 천근 같은 무게가 있었다.

참을성이 있다……고 하지만 이처럼 참을성 있는 사람을 야헤에는 아직 본 적이 없었다. 오랫동안 마사무네를 섬겨오는 동안 감기에 걸린 일이 있고 학질로 고생한 적도 있으나, 야헤에는 낮에 누워 있는 마사무네를 한 번도 본 일이 없었다. 고열로 얼굴이 삶은 것처럼 되어도 기둥에 몸을 가만히 기댈 뿐, 취침 때라고 미리 정해놓은 시각이 되기 전까지는 결코 자리에 눕는 일이 없었다.

여자에 대한 정력도 남달리 강하여 일본 여자만으로는 부족했는지 남만南蠻° 여자와 조선 여자까지 규방에 두었으면서도 기상 시각을 어긴 예가 거의 없었다.

그러한 마사무네가 노기를 띠고 내린 명령이므로 야헤에는 느닷없는 이 매사냥 준비를 서두르지 않을 수 없었다.

'사냥터에 가서 카즈사 님에 대한 일을 다시 생각할 작정이겠지.'

야헤에는 이렇게 해석하고 그날 밤에 매사냥을 위해 이것저것 지시하기 시작했다.

"심기가 좋지 않으시다. 몰이꾼들은 크게 명심하고 있거라."

이미 가을이었다. 그러나 아직 기러기나 학이 오기에는 이른 감이 없지 않았다.

"들오리도 별로 없을 거야. 사냥터 발광에 조심해야 돼."

사냥터 발광이란 사냥을 좋아하는 무사가 사냥감이 신통치 않을 때 발광상태가 되는 것을 말한다. 이런 경우를 당하면 몰이꾼이나 백성들이 종종 목숨을 잃게 된다.

"설마 우리 주군이 그러실 리야 없겠지."

그러나 워낙 엄하고 무서운 주군이므로 모두 잔뜩 긴장하여 준비를 갖추었다.

이튿날 아침에는 몰이꾼 120명이 배로 시바츠 어귀를 떠나 먼저 매사냥터에 도착하여 말을 타고 오는 마사무네를 기다리기로 하고 잠자리에 들었다.

엔도 야헤에는 물론 매사냥에는 참가하지 않는다. 그는 뒤치다꺼리를 하는 요닌, 주인이 없을 때 저택을 비울 수는 없었다.

'어쨌든 기분 좋게 떠나시도록 해야 한다.'

이튿날 아침이었다. 우선 선발대를 보내고, 다시 말을 탄 마사무네 등 12명을 전송한 뒤 야헤에는 한시름 놓고 거실로 돌아와 식사를 했다. 오늘은 날씨가 좋을 모양인지 정원의 동산 부근까지 꿩이 날아와

먹이를 찾고 있었다.

'그렇다, 기러기나 오리는 아직 이르지만 꿩이나 멧새들은 얼마든지 있을 것이다.'

이렇게 생각하며 엔도 야헤에가 젓가락을 놓았을 때 마님이 보낸 젊은 시녀가 왔다.

"엔도 님에게 말씀 드립니다."

"그래, 일찍부터 웬일인가?"

"마님께서 부르십니다. 주군이 영지에 가셨다는 사실을 빨리 성에 들어가 신고하시라고."

"뭐, 주군이 영지로……?"


## 9

엔도 야헤에는 허겁지겁 미하루三春 마님에게 달려갔다. 그녀는 혼자서 사방침 위에 마사무네가 써놓고 간 듯한 서신을 놓고 생각에 잠겨 있었다.

마님은 미하루의 성주 타무라 키요아키田村淸顯의 딸로 메고히메愛姬라고도 불렀다. 용모와 재능이 모두 뛰어난 재원으로 이미 마흔이 넘었는데도 그 단아한 얼굴에는 아직 잔주름 하나 없었다. 이로하히메와 적자인 타다무네忠宗의 생모였다. 자식들과 나란히 있으면 누구 눈에도 언니나 누님 정도로밖에 보이지 않았다.

아무리 거친 성격의 마사무네도 이 정실 부인에게는 큰소리를 치지 못했다. 어려운 문제를 만나면 늘 의견을 묻는 모양인지 여행 중에 보내는 중요한 서신은 주로 이 마님 앞으로 되어 있고는 했다.

"마님! 주군이 영지로 돌아가셨다니, 정……정말입니까?"

야헤에가 대들듯이 물었다.

미하루 마님은 양미간을 모으고 고개를 끄덕였다.

"난처한 일이 생겼어요."

"대관절…… 주군은 무엇을 생각하고 계실까요……?"

미하루 마님은 가만히 서신을 품안에 넣으면서 내뱉듯이 말했다.

"싸우실 생각이겠지요."

"예? 전쟁을……"

"선수를 쳐야 상대를 제압한다고 서신에 씌어 있어요. 곧 영지로 돌아가 카게츠나景綱(카타쿠라片倉)와 상의하여 일을 결정하겠다, 만일의 경우에는 이로하히메와 그대는 알아서 처신하라고."

야헤에는 두 주먹을 와들와들 떨면서 새파랗게 질리고 말았다.

'오고쇼나 쇼군에게는 싸울 뜻이 없다……'

야규 무네노리에게 이런 말을 들은 그였으므로 마사무네의 고집에 화가 치밀어 견딜 수가 없었다.

당시에는 아직 산킨코타이参觀交代° 제도가 엄격히 시행되고 있지 않았다. 더구나 지난해부터 올해까지 두 번이나 출진했으므로 신고만 하면 당연히 영지로 돌아갈 수 있는 허락을 받았을 터였다.

'그런데도 굳이 매사냥을 가장하고……'

바쿠후幕府°를 상대했을 때 정말로 이기리라 믿고 있는 것일까?

"야헤에."

"예."

"특별히 주군의 분부가 계신 것은 아니지만……"

"바쿠후에 대한 신고 말씀입니까?"

"그래요. 이렇게 신고하면 어떨까요, 주군이 매사냥을 떠나셨다고."

"사실이 그렇습니다마는……"

"그런데 전혀 사냥감이 없다, 그래서 화를 내시고 영지에 가서 사냥하시겠다고 그 길로 센다이로 향하셨다고 하면?"

"하지만 그렇게 되면……"

"물론 영지로 돌아가셔야 할 것이지만 일부러 에도에 머물렀던 것…… 바쿠후에도 볼일은 없으실 거예요. 신고하라고 매사냥터에서 지시가 계셨으므로 삼가 신고합니다…… 이렇게."

미하루 마님은 다시 깊이 생각에 잠겨 고개를 갸웃했다.

"역시 그래야 되겠어요. 오늘 저녁 무렵이 좋겠어요. 너무 이르면 사냥감이 시원치 않다는 말이 거짓말이 될 테니까."

엔도 야헤에는 계속 혀를 찼다.

'그래, 바쿠후에는 그렇게 신고할 수밖에 없겠지. 그러나저러나 주군은 힘든 분이야……'

미하루 마님은 아직도 허공을 응시한 채 꼼짝도 하지 않고 있었다.


## 10


"마님 말씀대로 하겠습니다."

야헤에는 이렇게 말하고 몸을 앞으로 내밀면서 목소리를 낮추었다.

"그런데 마님, 주군은 정말 전쟁을 하실 생각일까요?"

"글쎄…… 어떨지."

"마님은 바쿠후를 상대로 싸워 이길 수 있으리라 생각하십니까?"

미하루 마님은 천천히 고개를 저었다.

"이길 수 없다……는 것은 주군이 더 잘 아실 거예요."

"그렇다면…… 그렇다면 어째서 일부러…… 상대를 분노하게 하는 일을……"

미하루 마님은 그 말에는 대답하지 않았다.

"참, 신고할 때 한마디 덧붙이는 것이 좋겠어요."

"한마디……?"

"그래요. 모처럼 돌아가게 되었으니, 이런저런 영지의 일도 처리하고 싶다. 그러나 바쿠후에 용무가 생기면 즉각 돌아오겠다, 지체 없이 알려달라…… 이렇게 덧붙이면 모가 나지 않을 거예요."

"으음."

"주군은 그대나 내가 있기 때문에 안심하고 계실지도 몰라요."

야헤에는 다시 세게 혀를 찼다.

"어쨌든 바쿠후에는 신고해야겠습니다. 그러나 신고로 일이 끝나는 건 아닙니다. 한 가지 더 중대한 일이 있습니다."

"카즈사노스케 님의 아내 말인가요?"

"예. 이대로 있으면 이로하히메 님 쪽부터 불이 붙을지도 모릅니다. 이 일은 어떻게 해야 하겠습니까?"

미하루 마님은 조용히 눈을 감았다.

무척이나 그 일을 염려하고 있다…… 바르르 떨리고 있는 감은 눈꺼풀이 그 증거였다.

"이로하히메 님은 오늘이나 내일 중으로 반드시 텐카이를 만나십니다. 텐카이 소죠는 지금 카와고에川越에서 나와 조죠 사에 체류하고 있다고 합니다."

"야헤에."

"예…… 예."

"그대는 바쿠후에 신고하고 나서 그 길로 곧장 아사쿠사에 가도록 하세요."

"텐카이와 만나는 일을 중지하시라고……?"

"아니에요."

미하루 마님은 또다시 천천히 고개를 저었다.

"일단 마음먹으면 이로하히메 또한 주군의 딸, 여간해서는 단념하지 않아요. 그러니 이렇게 말하세요."

"예, 무엇이라고……?"

"주군은 카즈사노스케 님에 대한 처벌에 분개하시고 바쿠후와 일전을 벌일 결심으로 매사냥터에서 곧장 영지로 돌아가셨다, 호랑이 같은 분이라 천리를 한달음에…… 물론 카즈사노스케 님과도 상의하셨을 것이라고……"

"카즈사노스케 님과도 상의를?"

"그래요. 그대의 생각이 그렇다고 하면서 그 생각을 이로하히메에게 그대로 말해주라는 거예요. 카즈사노스케 님도 물론 주군과 뜻이 같은 모양인지 도중에 방향을 돌려 영지로 돌아가셨다, 이제는 일전을 피할 수 없다, 그러므로 이로하히메도 각오를 해야 한다고."

엔도 야헤에는 깜짝 놀라 단아한 마님의 얼굴을 바라보았다.

'그런 무서운 이야기를 태연히 하다니……?'

주군이 매사냥터의 호랑이라면 이분은 무엇일까……?

무릎에 얹은 야헤에의 주먹이 마구 떨리기 시작했다.


## 11


"야헤에, 알겠지요?"

또다시 조용한 미하루 마님의 목소리였다.

"카즈사노스케 님도 영지로 직행하셨으므로 이제는 일전이 불가피하게 되었다…… 이렇게 말하면 아마 이로하히메도 다소 놀랄 거예요. 그 다음 일은 내게도 생각이 있다고 그렇게 전하고 오세요."

"그러나…… 만일 그런 말이 바쿠후의 귀에 들어간다면……"

"상관없어요."

미하루 마님은 미소를 되찾으면서 말했다.

"지금 생각해보면 주군은 나나 그대를 속였어요."

"그야, 그렇습니다마는."

"속이고 나서, 만일의 경우에는 스스로 알아서 처신하라고 씌어 있어요. 만약 싸울 결심이더라는 소문이 난다고 해도 그것은 주군의 탓, 이번에는 주군이 알아서 하실 차례겠지요."

다시 말문을 막는 미하루 마님, 야헤에는 그저 망연히 상대를 바라볼 뿐이었다.

'어떤 소문이 나더라도 그것은 내가 알 바 아니다.'

이렇게 말하는 듯한 입가의 미소였다.

'도대체 이분은 진실로 주군을 사랑하고 계실까?'

똑같이 거센 기질을 가진 이 두 사람은 언제나 밑바닥에 무서운 대결 의식을 숨기고 싸워온 부부…… 이런 부부가 아니었을까?

"야헤에, 남자에게는 남자대로의 계산이 있을 거예요."

"그야 당연히……"

"이번에 주군이 바쿠후를 상대로 일전을 벌인다…… 그런 주군이라면 다테 가문의 앞날도 뻔해요. 깨끗이 일전을 벌이게 하여 멸망하는 것이 좋지 않겠어요?"

"무서운 말씀을……"

"호호호…… 그래요. 쉰 고개를 눈앞에 둔 분이 열아홉이나 스무 살 난 젊은이처럼 매사냥터에서 그대로 영지로 직행한다…… 그러고도 전쟁이 일어날 것이란 소문이 나지 않는다고 생각한다면, 눈도 하나 모자라지만 분별도 모자란다고 해야겠지요."

"……"

"영지에 돌아가면 반드시 은퇴한 카타쿠라 카게츠나와 상의할 거예요. 카게츠나는 주군보다 십 년이나 연상. 그렇게 나이가 지긋한 사람들이 이마를 맞대고 상의한 끝에 전쟁을 벌인다면 우리로서야 도리가 없지 않겠어요?"

야헤에는 맞장구를 칠 수 없었다.

"그러니까 야헤에, 그대와 나는 그저 주군을 괴롭히기나 하며 구경하는 것이 좋을 거예요."

"아니, 주군에게 괴로움을 드린다는 말씀입니까?"

"그래요. 주군은 싸우실 결심임이 틀림없어요. 그렇지 않다면 카즈사노스케 님까지 영지로 돌아가게 할 리가 없어요. 일전을 벌일 생각임이 틀림없다고 바쿠후에 신고한 뒤 우리 입으로 소문을 퍼뜨려 괴롭히자는 거예요."

"으음."

"그런 뒤 주군이 무엇을 생각하는가…… 구경하면 재미있을 거예요. 원래 다테 가문은 바쿠후에는 눈엣가시, 어차피 한두 번은 파란을 겪어야 할 가문이에요. 속담에도 귀여운 자식은 길을 떠나게 하라는 말이 있어요. 호랑이가 길 떠나는 것을 조롱하며 구경하자는 거예요."

미하루 마님은 이렇게 말하고 야헤에의 이해와는 멀리 떨어진 세계에서 입을 오므리며 웃었다.

야헤에는 지나칠 정도로 아름다운 미하루 마님의 얼굴에서, 무서운 투지를 숨기고 깃을 가다듬는 팔 위의 매를 떠올렸다.

# 새는 배, 불타는 집

**1**

9월 8일, 슨푸에 있는 이에야스에게 에도에서 연이어 두 사람의 사자가 찾아왔다.

사자 두 사람 가운데 한 사람은 야규 무네노리로, 그는 사자라기보다 이에야스가 불렀다고 해야 할 터. 이에야스는 그의 수많은 제자들이 수집했을 전국의 정보도 알고 싶었고, 평화로운 시대에 대처할 무사도에 대해서도 무네노리의 의견을 들어보고 싶었다.

또 한 사람은 이에야스가 전혀 예기치 않았던 사자였다.

표면적으로는 오사카에 있는 하타모토旗本°들의 전공을 이에야스에게 보고하고 그 포상에 대해 의견을 듣고 싶다는 용건을 가지고 코쇼小姓°의 책임자인 미즈노 타다모토水野忠元가 찾아왔다.

타다모토는 우선 혼다 마사즈미本多正純를 만나고 나서 이에야스의 거실로 안내되었다. 그는 곧 사람들을 물리쳐달라고 청했다. 히데타다가 직접 내린 밀령을 가지고 오지 않았다면 사람들을 물리치라고 할 수 없는 일이었다.

슨푸의 중신들에게까지 숨겨야 할 이야기……라면 심상치 않은 일일 터. 그렇게 알고 있는 만큼 이에야스까지도 이맛살을 찌푸렸다.

"또 무슨 귀찮은 일이라도 생겼느냐?"

'혹시 타다테루에 대한 처리를 상의하러 왔는지도 모른다.'

이에야스는 이렇게 생각하며 사람들을 물러가게 하고 씁쓸한 표정으로 타다모토에게 물었다.

타다모토는 잔뜩 몸이 굳어 있었다.

"예, 지난 팔월 이십팔일의 일입니다."

"이십팔일……이라면 열흘 전이로군."

"예…… 그 이십팔일에 다테 마사무네 님이 갑자기 에도에서 모습을 감추었습니다."

"타다모토! 그런 이상한 소리는 하지 마라. 마사무네가 모습을 감추었다……는 것은 누군가에게 살해되었다……는 말은 아닐 테지?"

"예. 에도 저택 공사가 완료되면 쇼군 님을 초청하여 사루가쿠를 공연하겠다고 했는데, 갑자기 영지로 돌아갔습니다."

"그렇다면 어째서 돌아갔다는 말을 하지 않고, 모습을 감추었다는 이상한 말을……"

"그런데…… 모습을 감춘 것과 다름없다……고 말씀 드리는 것은, 그 전날 밤에 느닷없이 카사이에서 매사냥을 하겠다고 하고는…… 매사냥 도중에 그대로 영지로 돌아간 모양입니다."

"허어, 매사냥 도중에?"

"여기에는 사냥감이 없다, 영지의 사냥터가 좋겠다. 이렇게 소리지르고 그 길로 돌아갔다고 합니다."

"집을 지키던 자들이 그런 말을 하더냐?"

"예, 그렇습니다."

"신고는 그 다음 날에 있었느냐?"

"그날 저녁 무렵입니다."

"으음, 그렇다면 짜증이 나서 그랬는지도 몰라. 염려할 것 없어."

"그런데…… 실은 에도로 오실 예정이던 카즈사노스케 타다테루 님도 곧바로 영지로 직행하셨습니다."

"뭣이! 왜 그 말을 먼저 하지 않았느냐?"

"순서가 바뀌어 죄송합니다…… 실은 카즈사노스케 님을 영지로 돌아가게 꾸민 것도 마사무네 님. 그래서 터무니없는 소문이 퍼지기 시작했습니다. 이로하히메 님과의 이혼 문제로 다테 님이 화를 내고 쌍방이 상의한 끝에 군사를 일으킬 결심을 굳힌 모양이라고……"

이에야스는 코웃음을 치며 씁쓸히 웃었다. 그러나 곧 진지한 얼굴로 생각에 잠겼다.


## 2


"이 문제에 대해서는 쇼군 님 측근의 의견도 둘로 갈라져 있다고 합니다."

미즈노 타다모토는 그 말이 불손하게 들리지 않도록 몹시 신경을 쓰고 있는 모양이었다.

"그 하나는 바쿠후를 무시한 용서할 수 없는 처사, 반드시 이를 문책해야 한다는 강경한 의견입니다. 또 하나는 염려할 것 없다, 이미 결정한 방침대로 카즈사노스케 님의 처벌을 먼저 명하시면 곧 불길은 꺼진다는 의견입니다."

이에야스는 아무 말도 않고 이마에 주름을 잡은 채 사방침 위에 놓여 있는 안경에 시선을 떨구고 있을 뿐이었다.

"쇼군 님의 분부는, 다테 님은 센고쿠戰國 이래 지금까지 오고쇼 님이 특별히 아끼시던 전쟁터의 동료이기도 하므로 나 혼자 결정함은 무엄한 일, 하문도 계시고 하니 사정을 자세히 보고하고 의견을 여쭙고 오라는 것이었습니다."

이에야스는 무슨 생각을 했는지 다시 코웃음을 쳤다.

"난처한 일이야."

"예……?"

"쇼군은 마사무네의 기세에 눌렸어. 그래서는 안 되지…… 아무튼 난처한 일이야."

"그러시면, 당장 바쿠후의 위신을 보여야 한다는 의견이십니까?"

"그렇지 않아. 말하지 않고 책하지 않아도 상대가 스스로 삼가도록 해야 한다는 말이야."

이에야스는 가볍게 말하고 나서 물었다.

"카즈사노스케의 아내는 받아들이겠다고 했나?"

"예. 아니…… 그 일에 대해서는 대답을 하지 않고 서둘러 영지로 돌아갔습니다."

"으음. 말을 전하는 방법이 경솔했군. 쇼군은 아직 노력이 부족해."

"예……?"

"원래 누구와 인연을 끊으려 할 때는 양쪽 사이에 오해나 감정의 갈등이 남지 않도록 또 다른 대가, 또 다른 배려가 중요한 거야."

"무슨 말씀이신지요?"

"나는 다테의 관직을 높여주고, 그의 서장자庶長子 히데무네에게는 우와지마에 십만 석을 주었어. 이러한 조처 모두가 그 대가야. 이렇게 함으로써 적의가 없다는 이쪽의 마음을 잘 보여주고, 그 다음에 카즈사의 아내를 데려가도록……"

말하고 말고 문득 생각난 듯이 ―

"그러니까, 카즈사의 아내를 데려가도록 하라, 그 대신 다테 가문을 계승할 적자 타다무네에겐 따로 쇼군의 딸 하나를 주어 두 가문이 친밀하게…… 이렇게 제의했더라면 상대도 화를 내지 못했을 텐데."

"아니, 쇼군 님의 따님을?"

"양녀라도 상관없는 거야. 요는 천하의 평화가 제일이야."

이에야스는 씁쓸한 표정으로 이렇게 말하고——

"좋아, 알겠다. 잠시 생각해볼 터이니 물러가 쉬도록 해라."

얼른 타다모토를 물러가게 하고 이번에는 면담을 기다리고 있는 야규 무네노리를 불러 물었다.

"마타에몬, 다테의 성급한 행동에 대해 소문을 들었나?"

"예. 에도에서는 그 소문이 과장되어, 전쟁이 일어날지도 모른다고 하는 사람도……"

"으음. 그렇다면 자네가 보기에는?"

"다테 님의 돌출행동이 이번에는 좀 도가 지나칩니다."

"그래, 자네도 그렇게 본다는 말이지. 그러나 예기치 않은 곳에서 엉뚱한 일이 생긴다는 말도 있어. 이쪽의 자세는 다이죠단大上段°이 좋을까, 아니면 세이간正眼°이 좋을까?"

### 3

이에야스의 질문은 검법의 자세라는 아주 가벼운 질문이었다. 야규 무네노리도 쉽게 대답했다.

"검법의 자세는 언제나 세이간이라야 한다고 생각합니다마는."

"으음. 세이간이 아니었기 때문에 지나친 돌출행동을 허락하고 말았다……는 뜻이 되겠군."

"오고쇼 님, 오고쇼 님은 돌출행동과 주정을 구별하여 생각하십니까, 아니면 같은 유형이라고 보십니까?"

"묘한 말을 하는군. 그럼, 다테 마사무네는 돌출행동이기는 하나 주정은 아니라는 말인가?"

"그렇습니다. 그분의 자세는 허점투성이…… 상대의 넋을 빼려고 이따금 이상한 자세를 취하기는 합니다마는, 자신이 무엇을 하는지조차 모를 정도로 주정을 한다고는 생각되지 않습니다."

이에야스는 혀를 차고 나서 빙긋이 웃었다.

"자네도 오사카 전투 이후 상당히 성장했군. 어떤가, 아직도 쇼군에게 녹봉을 더 받을 생각이 없나?"

"예…… 그러면 오사카 성이 함락되던 날 홀연히 사라진 오쿠하라 토요마사에게 비웃음을 삽니다."

"오쿠하라가 아니라, 세상을 떠난 세키슈사이石舟齋의 눈이 무서울 테지."

"그렇기도 합니다마는."

"부러워. 세키슈사이는 훌륭한 아들을 두었어."

"아버지가 지하에서 황송해하고 있을 것입니다."

"실은, 내가 자네를 부른 것은 다름이 아닐세. 나도 이제는 천명만 의지하고 있을 나이가 아니야. 그래서 내년 봄에는 다시 한 번 쿄토에 다녀올까 하네."

"다시 쿄토에……?"

"그래. 다시는 이 길을 지날 수 없다, 생각하고 마음속으로 작별을 고하며 한 여행이 이번으로 세번째가 될 거야."

"무슨 일로 가시려고 하는지요?"

"그 점에 대해 자네에게 부탁하고 싶은 말이 있어. 이번 상경은 삼 대 쇼군이 될 타케치요竹千代를 데리고 입궐하는 게 목적일세."

이에야스는 그로서는 보기 드물게 자조적인 웃음을 떠올렸다.

"우스운 일이야…… 마타에몬, 나는 달인이란 말이지…… 어느 나이에 도달하면 흔들림이 없는 안심입명安心立命의 경지에 도달할 수 있으리라 상상하고 있었어."

"으음."

야규 무네노리는 자신도 놀랄 만큼 날카로운 눈빛으로 마음의 귀를 기울였다.

"그런데, 좀처럼 그렇게 되는 것이 아니었어."

"그러시면……"

"살아갈수록 더욱 미망이 깊어지기만 해. 거의 타버린 생명의 불꽃을 바라보면서 이런 일에 망설이고 저런 일에 우는가 하면, 이것을 염려하고 저것을 걱정한다…… 마타에몬, 나에게는 깨달음의 경지라는 게 없어. 나는 보통 우둔한 자가 아닌 모양일세."

"황송합니다. 그렇게 말씀하시지만, 저는 아직 그 말씀의 의미조차 모르고 있습니다."

"난 생각했네…… 스스로 그 미망에 뛰어드는 수밖에 없다고. 그래서 타케치요를 확실하게 우리 가문의 후계자로 결정할 욕심이 생겼는데, 자네는 이 욕심을 어떻게 생각하나? 마타에몬, 지금 내 심정은 말일세, 불타는 집에 누워 있고, 물이 새는 배를 타고 큰 바다를 건너고 있는 기분이라네."

이에야스는 다시 금방 울음이 터질 것 같은 얼굴로 웃었다.


## 4


"불타는 집에 누워 계시고, 물이 새는 배로 큰 바다를 건너는 심정이라고 말씀하시는 겁니까……?"

야규 무네노리는 이처럼 꾸밈없는 술회를 지금까지 살아오면서 아직 들은 적이 없었다.

안심安心이란 만인이 한결같이 바라는 경지. 그러나 시시각각 변하는 주위의 움직임이 과연 확고한 안심의 경지를 개인에게 허락할 것인가? 자연의 이치는 어느 개인에게도 이 확고한 안심의 경지를 허락지 않는 것이 아닐까……?

그런 일을 계속 생각하고 있던 무네노리였으므로 이에야스의 말이 한층 더 강하게 그의 가슴을 찔렀는지도 모른다.

"그래."

이에야스는 꾸밈없는 표정으로 고개를 끄덕였다.

"나는 지금까지 자식들을 걱정하는 것만으로도 충분하다는 생각을 하고 있었네. 쇼군의 일, 카즈사노스케의 일, 오와리尾張의 일, 토토우미노츄죠遠江中將의 일…… 그런데, 이번에 막내녀석을 미토水戶에 보내는 것으로 끝날 줄 알았더니, 그렇지 않았어. 갑자기 타케치요의 일이 걱정되기 시작했어."

"그것이 자연의 이치 아니겠습니까…… 병법의 경우에도 똑같은 말을 할 수 있다고 생각합니다."

"그래서 자네에게 부탁하려는 거야. 자네는 아직 젊어. 어떤가, 타케치요에게 병법을 가르치기로 하고, 내년 봄의 상경 길에 동행해주지 않겠나?"

무네노리는 대답 대신 묵묵히 이에야스를 쳐다보았다.

"무슨 일이나 스승이 한 대에 그친다면 정성이 미치지 못해. 나의 욕심이고 망집일세…… 그런 줄 알고 내 말을 들어주게. 나의 불안은 한이 없게 되었어. 그 탓이라고 생각하며 들어주게."

"예…… 예."

"쇼군에게는 쇼군의 스승, 타케치요에게는 타케치요의 스승, 이렇게 스승이 다르다면 결국 부자 사이에 의사가 통하지 않는 별개의 사람이 될 것 같아 불안하기만 해. 부자간의 대립. 아니, 대립 이상의 불화도 생길 테지. 나와 쇼군이 겨우 다투지 않고 지낼 수 있었던 것은 쇼군이 어렸을 때 오아이於愛가 있었기 때문이야. 오아이가 이 아비의 뜻을 자기 아들인 히데타다에게 분명하게 전했기 때문일세…… 그리고 자라서는 혼다 마사노부本多正信…… 그 역시 내 뜻을 정확하게 전하여 실수가 없었어. 그런데 이 쇼군조차 실은 지금까지도 나에게 불안, 불만을 갖게 하고 있네……"

"……"

"그리고 말일세, 나는 머지않아 이 세상을 떠날 사람. 내가 떠나고 난 뒤, 지금대로라면 쇼군과 타케치요의 의사를 소통시킬 길이 없어. 그 길을 터놓지 않으면 물이 새는 배, 불타는 집의 불안이 더욱 커질 뿐이야. 어떤가, 자네가 두 사람의 스승으로서 그 다리 역할을 해줄 수 없겠나?"

야규 무네노리는 갑자기 눈시울이 뜨거워졌다. 이윽고 눈물 때문에 자기 무릎이 보이지 않게 되고 말았다.

'노인의 지나친 노파심……'

이렇게 생각하려고 했으나 감정이 이를 따르지 않았다.

'이것이야말로 참다운 사랑, 진정한 조심성……'

그러한 감동이 가슴을 바짝 죄어왔다.

"말씀이 그러하시니 불초 무네노리로서는……"

"맡아주겠단 말이지."

이에야스는 안도의 기색을 보이면서 ——

"그러면 또 한 가지. 어떤가, 쇼군이 카즈사노스케를 처벌할 수 있다고 생각하나?"

얼른 다음 불안으로 방향을 돌렸다.

# 5

"물이 새는 배를 타고 불타는 집에 드러누워 있다…… 이런 각오로 천하의 일에 임하는 자가 내 가족에 분쟁의 뿌리를 남기고 있다면 어떻게 평화를 정착시킬 수 있겠나."

이에야스는 다시 가볍게 말했다.

"싸우는 것이 번영의 길인가, 화목하는 것이 번영의 길인가는 세 살 먹은 아이도 알고 있네. 알고 있으면서도 눈만 뜨면 싸우기 시작한다…… 세상의 실정이 이렇다면 쇼군과 카즈사노스케 사이에도 역시 싸울 여지를 없애는 것이 내 역할…… 늙은이의 과욕이라는 말도 있으니 다시 한 번 허심탄회하게 자네 의견을 듣고 싶네. 어떤가, 카즈사노스케의 처벌을 쇼군에게 맡겨도 괜찮다고 생각하나?"

야규 무네노리는——

"글쎄요……"

이렇게 대답하고 생각을 돌렸다.

이에야스가 질문한 이면에는 타다테루를 그대로 두고는 다테 마사무네를 제압할 수 없다는 뜻이 포함되어 있었다.

'그렇다. 다시 다이죠단이 좋으냐 세이칸이 좋으냐는 질문으로 되돌아왔다……'

이 점을 깨닫는 순간 무네노리에게도 의견이 있었다.

"죄송하오나, 오고쇼 님은 다테 님을 어떠한 상대라고 생각하십니까? 쌍방이 칼을 뽑아들고 겨루었을 경우의 상대로."

"쌍방이 칼을 뽑아들고……라고 묻고 있나?"

"죄송한 질문입니다마는……"

"역시 다테는 무서운 상대일 테지."

이에야스는 대답했다. 그리고 말을 이었다.

"자네도 말했듯이 마사무네는 주정이 아니고 돌출행동을 하는 사나이…… 단둘이 대결하는 듯이 보이면서, 실은 사방에 우군을 매복시켜 놓았을지도 모르는 사나이야."

"과연 그럴지도 모릅니다."

"그러므로 무섭다기보다 방심할 수 없는 사나이라고 하는 편이 좋을지 모르겠네."

"죄송하오나 저도 그렇게 생각합니다. 다시 한 번 그 방심할 수 없는 다테 님과 쇼군 님이 칼을 겨루고 맞섰다…… 이런 장면을 상상하시기 바랍니다."

"으음."

"그쪽에서 우군을 매복시켰을지 모른다면, 쇼군 님 쪽에서도 이에 대한 어떤 대책이 있어야 합니다."

"그래. 그렇다면 역시 나는 쇼군을 도와야만 하겠지."

무네노리는 상대의 반응이 너무 활기찬 데 놀라 ──

"오고쇼 님은 계속 그렇게 하고 계십니다."

웃으면서 덧붙였다.

"그것도 쇼군 님 한 분만이 아닙니다. 평화를 바라는 다이묘大名°에서부터 백성에 이르기까지 큰 도움을 주고 계십니다. 바로 그 점에 저희를 감동케 하는 위업의 무게가 있다고 생각합니다."

"그런가? 알겠네, 알았어, 마타에몬."

이번에는 이에야스의 눈시울이 붉어졌다.

"내가 물이 새는 배, 불타는 집에 있다고 한 그 초조감을 자네는 모든 사람을 도와주려 한다는 조바심으로 본다는 말인가?"

"그렇게 하지 않고는 못 견디시는 분…… 계속 움직이시는 그 배려…… 배려 일변도의 생활이야말로 제가 보기에는 오고쇼 님의 움직일 수 없는 확고한 마음이십니다."

"움직이는 것이 바로 확고한 마음이라고?"

무네노리는 머리를 숙이고 나서 말했다.

"카즈사노스케 님의 처벌에 대해서는 쇼군 님에게 부디 도움을 주시기 바랍니다."

# 6

이에야스는 문득 히데타다가 무네노리에게 그런 뜻을 은밀히 지시하지 않았을까 하는 생각이 들었다. 그래도 상관없다고 생각했다.

'무네노리의 말에는 도리가 있다. 도리에는 따라야만 한다.'

말할 나위도 없이 평화로운 세상에서 아직 난세와 같은 권력쟁탈의 '기회'를 노리는 마사무네와, 이에야스의 뜻을 받들어 평화의 기초를 다지기 위해 심신을 바치고 있는 쇼군 히데타다와는 그 개인적 역량에서 차이가 너무 많았다.

그러한 다테를 무리하게 억제할 방법이 없지는 않았다.

"내 뜻을 거역할 셈이냐, 나는 쇼군이다."

이렇게 일갈해도 좋을 '권력'도 '실력'도 이미 쇼군에게는 있었다. 그러나 이 권력과 실력을 섣불리 이용하면, 이는 곧 '다테 정벌'이라는 전란이 된다. 전란이 일어나는 것 자체가 벌써 평화를 위해 중앙집권을 이룩한 이에야스 부자의 패배를 의미하는 결과가 되었다.

'따라서 지금은 쇼군 님을 도와서라도 전란이 일어나지 않도록 해야 합니다.'

이것이 무네노리의 의견이라고 이에야스는 받아들였다.

"자네의 의견은 잘 알았네."

이에야스는 다시 한 번 말하고—

"그런데 마사무네는 말일세, 무슨 생각으로 그렇게 일부러 비뚤어지게 나왔을까?"

그리고는 물었다.

"그것은……"

무네노리는 짐짓 웃으며 고개를 갸웃했다.

"병법으로 말한다면 탐색……이 아닌가 생각합니다마는."

"쇼군의 역량을 탐색하기 위해서란 말인가?"

"예. 더구나…… 쇼군 님 자신의 역량뿐만 아니라, 쇼군 님을 도와주실 오고쇼 님의 역량도…… 다테 님은 그 두 가지가 합쳐진 역량을 확인하지 않고는 자기 근성을 고치지 못하는…… 이 역시 큰 미망의 벽에 부딪쳐 있습니다."

"으음."

이에야스는 크게 고개를 끄덕이고 새삼 무네노리를 재평가했다.

'많이 성장했어, 마타에몬은…… 이 정도라면 이미 아버지 세키슈사이에게 뒤지지 않는다.'

"마사무네는, 자기에게 전의를 버리게 할 만한 실력이 과연 바쿠후에 있는지 없는지를 확인하려 하고 있다…… 그래서 카즈사노스케를 영지에 돌려보내고, 자신도 영지로 철수하여 그 반응을 보고 있다…… 자네는 이렇게 보고 있다는 말이지?"

"예, 그렇습니다."

"그렇다면 마사무네도 벽에 부딪친 것이라고 생각하나?"

"예. 그분 역시 인간으로서는 달인. 상대가 정녕 평화로운 시대를 유지할 만한 힘을 가지고 있다고 보았을 때는 마음으로부터 복종해야겠다…… 그런 생각으로 재빨리 철수한 것이 아닐까요?"

"그런 해석이라면 마사무네에게도 싸울 뜻이 없겠군."

"지는 싸움을 할 정도로 우매한 분은 아닙니다. 그리고 영지에는 카타쿠라 님도 계시고……"

"그렇다면 그대의 결론은 마사무네를 공격할 것이 아니라, 안심시켜야 한다는 말인가?"

"그렇지는 않습니다!"

무네노리는 뜻밖에도 단호한 어조로——

"다테 님은 도저히 상대할 수 없다! 이렇게 깨닫지 않고는 발톱을 감추지 않는 호랑이입니다."

무서운 눈으로 딱 잘라 말했다.

<br>

## 7

<br>

"그래, 호랑이에게는 안심이란 없을 테니까."

이에야스는 무네노리의 날카로운 시선을 받으며 가볍게 웃었다.

"싸울 뜻은 없으나, 그렇다고 복종할 마음도 없다. 평화로운 숲에는 사냥감이 없다는 사실을 알고는 호랑이가 화를 내고 빙빙 돌아다니는 형상이겠군."

"그렇습니다."

무네노리도 시선의 긴장을 풀고 웃었다.

"그렇기는 합니다마는, 과연 바쿠후라는 평화의 우리 속에서 길이 든 온순한 호랑이가 될지 아니면 여전히 사람을 해치는 호랑이로 날뛸지, 다이묘라는 숲 속의 짐승들은 마른침을 삼키며 지켜보고 있습니다. 여기에 쇼군 님이 채찍솜씨를 발휘하기가 어려운 점이 있지 않을까 생각합니다……"

"하하하…… 무네노리."

"예."

"공상을 하던 참이므로 한마디 더 묻겠네. 가령…… 이 호랑이를 그 냥 숲에 남긴 채 쇼군도 세상을 떠났다…… 물론 그때는 나도 살아 있을 리가 없지. 살아 있는 사람이라고는 자네를 스승으로 삼은 새로운 쇼군 타케치요뿐이라고 하세."

"예."

"그때 자네는 타케치요에게 이 호랑이를 어떻게 다루라고 가르치겠나? 그 방도를 생각해주지 않겠나?"

"정말 어려운 문제입니다!"

무네노리는 이렇게 말하기는 했으나 그래도 즐거운 모양이었다. 진지한 표정으로 고개를 갸웃하고 생각하다가……

"그때는……"

몸을 앞으로 내밀었다.

"늙은 호랑이를 제후들과 함께 새로운 쇼군 님 앞에 모이게 하여 선언하도록 하겠습니다."

"어떻게 말인가?"

"제후들 중에는 나의 할아버지나 아버지와 함께 난세를 겪으며 싸워온 사람도 물론 있을 터이다, 그 사람들은 할아버지나 아버지와는 친구들이다."

"으음, 친구란 말이지."

"그러므로 우정 때문에 양보도 했겠으나, 나는 태어나면서부터 쇼군이었다는 사실을 잊어서는 안 된다."

"허어."

"내 명에 복종치 않는 자가 있다면, 무례한 가신으로 간주하고 가차 없이 가문을 폐쇄시키겠다, 이 점을 명심하라."

이에야스는 저도 모르게 기성을 발하며 신음했다.

"으음. 타케치요 시대가 되면 태어날 때부터의 가신이란 말이지?"

"예. 전쟁과 같은 불필요한 흉기를 사용할 것도 없이 명령 하나로 단죄합니다. 그렇게 되어야만 호랑이들은 이빨도 발톱도 무의미한 줄 깨닫게 됩니다."

"알겠네. 공연한 걸 물었군. 이것은 비밀로 하세, 마타에몬."

"물론입니다."

"그러면 이만 물러가서 쉬게. 나도 어떻게 하는 것이 쇼군을 돕는 일이 될지 깊이 생각하겠네."

"되도록 칼을 뽑지 않고, 피를 흘리지 않고……"

"피를 흘리게 하면 이 이에야스의 패배…… 그런 말을 하고 싶겠지, 마타에몬?"

"황송합니다."

"잘 알겠어. 내년 봄의 상경, 그리고 타케치요 일을 잘 부탁하네."

이에야스는 차고 있던 단검을 얼른 무네노리 앞으로 내밀었다.

"이것을 주겠어, 비젠 카네미츠備前兼光의 명검일세."

"예."

# 뿌리와 열매

## 1

이에야스는 야규 무네노리를 물러가게 한 뒤 심각한 표정으로 생각에 잠겨 있었다. 그때 하세가와 후지히로長谷川藤廣 등이 외국과의 교역 때문에 슈인죠朱印狀°를 얻기 위해 일부러 나가사키長崎에서 찾아와 기다리고 있었다.

혼다 코즈케노스케本多上野介가 들어와 ——

"들라고 할까요?"

물었으나 이에야스는 고개를 저었다.

"자네가 알아서 처리하게. 끝난 뒤에 인사만은 받겠어."

코즈케노스케 마사즈미는 이에야스의 고민이 무엇인지 짐작하고 있었기 때문에 아무 말도 않고 그대로 나갔다.

그때 루손(필리핀), 코친(베트남), 샴(타이), 캄보디아, 타이완 등지로 나가기 위해 명明나라 사람과 서양인 등을 비롯하여 11명이 새로 슈인죠를 받으러 와 있었다.

오사카 전투도 끝났으므로 상인들도 다시 활발하게 해외진출을 시도하고 있었다. 이에야스는 이들에게 —

'자비는 초목의 뿌리, 인화人和는 그 열매……'

이렇게 쓴 종이를 보여주어 해외에서 일본인이 가져야 할 마음가짐을 가르치라고 마사즈미에게 명하고 있었다.

해외에서 소요를 일으키지 않는 비결은 인화에 있었다. 그러나 이 인화는 자비라는 초목의 뿌리를 길러야만 꽃도 열매도 맺을 수 있다. 그 뿌리를 기르는 노력 없이는 열매가 맺힐 리 없다.

"이 인정人情에는 일본과 외국의 차이가 없으므로 우선 자비의 뿌리를 내려야 한다…… 이러한 자세가 교역에 성공하는 기초임을 알고 항상 자비를 베풀도록 할 것."

그렇게 말한 뒤였기 때문에 야규 무네노리가 물러간 뒤 이에야스는 자기가 지적한 이 구절이 다시 가슴에 되살아났다.

'자비는 초목의 뿌리, 인화는 그 열매.'

다테 마사무네의 경우 역시 이에야스 자기에게 자비가 부족했던 것이 아닐까?

'마타에몬은 숲속의 호랑이를 바쿠후라는 평화의 우리 안에 가두라고 했지만……'

이 평화의 우리가 실은 무자비한 우리라면 어떻게 될 것인가?

사람과 사람이 대등한 입장에 있을 때는 자비라 하지 않고 동정이라고 한다. 따라서 자비란 언제나 상관이나 상사로서 월등한 권력을 가지고 우월한 입장에 있는 자가 아랫사람에 대한 마음가짐임을 잊어서는 안 된다.

'나는 과연 그런 생각으로 마사무네를 대해왔던 것일까……?'

반성을 하면서 이에야스는 어쩐지 낯이 간지러워지는 느낌이었다.

마사무네의 기량을 충분히 인정하고 있었던 만큼 어딘지 모르게 그를 두려워한 점도 있었을지 모른다. 이 두려움은 당연히 경계심이 되고, 조심스럽게 상대와 거리를 두는 냉정한 태도가 되기 쉬웠을 터.

'그 따위 마사무네 정도는……'

이에야스는 이렇게 생각하면서, 그 마음이 두려움……이라고 생각해본 일은 아직 없었다.

'이런 데 잘못이 있었는지도 모른다.'

이에야스가 4반각(30분)쯤 깊이 생각에 잠겨 있는 동안 창 밖에서는 짧은 해가 기울고 있었다.

"아직 등을 켜지 않아도 괜찮을까요?"

시녀가 와서 작은 소리로 물었다.

"아직 일러. 기름이 아깝다."

이에야스는 이렇게 대답하고 다른 지시를 내렸다.

"참, 이즈모出雲를 불러라. 카츠타카勝隆를."

겨우 생각이 정리된 모양이었다.


# 2


코쇼의 책임자인 마츠다이라 이즈모노카미 카츠타카松平出雲守勝隆는 이때 슨푸의 오반가시라大番頭°를 맡아보고 있었다.

마츠다이라 카즈사노스케 타다테루에게 '영원한 대면금지'를 통고하는 사자가 되어 그 임무를 무사히 수행한 공으로——

"그도 분별을 가릴 수 있는 자가 되었어."

이렇게 평가하고 발탁한 이례적인 승진이었다.

카츠타카는 타다테루에게 딸려 있는 중신 산죠三條 성주 마츠다이라 시게카츠松平重勝의 아들이었다.

그 카츠타카가 왔을 때는 이미 어둑어둑했다. 이에야스는 아직 불을 켜라는 말을 하지 않았다.

"카츠타카, 좀 어둡지만 참도록."

이에야스는 말했다.

"이 늙은이가 할 수 있는 건 고작 절약하는 일 정도야. 아직 일본은 가난하니까, 절약이 도덕의 첫째거든."

카츠타카는 이러한 말에 익숙해진 모양이었다.

"아직 말씀을 못 들을 정도로 어둡지는 않습니다. 분부하실 말씀을 들려주십시오."

"그래. 카츠타카, 그대는 아직 독신이지?"

"예……?"

"그대에게 여자를 주려고 하는데 받겠는가?"

카츠타카는 깜짝 놀라 자세를 바로 했다.

"마침 나이도 적당해. 코즈케(마사즈미)에게는 오우메お梅를 주었는데, 그대에게는 오마키お牧를 줄 생각이야. 오마키는 열여섯일세."

카츠타카는 더욱 몸이 굳어진 채로 침묵하고 있었다. 오마키는 이에야스의 소실 중에서 가장 연소한 여자로 새삼스럽게 나이를 따질 것도 없이 계속 카츠타카와 얼굴을 대하고 있는 사이였다.

그러므로 어쩐지 무서운 기분이 들었다.

"오마키는 늘 그대를 무사다운 무사라고 우러러보고 있어. 그리고 나도 이제는 젊은 여자를 정리해야 할 때가 되었네. 스무 살도 안 되는 여자에게 머리를 깎게 하는 무자비한 일은 하기 싫으니까."

"예…… 그러나."

"아니야, 그대도 오마키가 싫지는 않겠지. 그러니 오마키를 그대에게 주겠어."

이 시대에는 아직 여자들이 두 지아비를 섬겨서는 안 된다는 도덕이 그다지 엄격하게 시행되지 않던 때였다.

당시에는 지체 높은 사람이 세상을 떠나면 측근 남자 중에서는 순사 殉死를 하는 자가 나오기도 하고, 총애를 받던 여자들은 머리를 깎고 명복을 빌게 하는 관습이 뿌리내려 있었다.

이에야스가 죽게 되면 당연히 젊은 소실들은 어느 방 한구석에서 그 청춘을 묻어야 한다. 그래서 그는 요즘 젊은 소실들을 이 사람 저 사람에게 보내고 있었다. 혼다 마사즈미도 그 중 하나인 오우메를 얻었으며, 지금은 그의 정실이 되어 있었다. 기묘한 일이었으나 당시에는 이 일이 명예가 될망정 아무도 이상하게 여기지 않는 야만적인 풍습의 하나였다.

"어떤가, 오마키가 싫지는 않겠지?"

"예, 그야……"

"알았다! 어울리는 부부야. 오마키도 기뻐할 거야. 그런데, 일을 서두르는 것 같지만, 그대가 타카다로 심부름을 가야겠어."

"예……?"

"타카다에 다녀와서 혼례를 올려주겠어. 다소의 예물도 곁들여서. 그러므로 무사히 일을 완수하고 오게."

카츠타카는 ─

'아차!'

놀란 표정으로 입술을 깨물었다. 그 순간 이에야스의 생각을 깨닫게 되었기 때문이다.


# 3


"죄송하오나, 지금의 그 말씀은……"

당황하며 카츠타카가 입을 열었다. 그러나 이에야스는 시치미를 뚝

떼고 물었다.

"지금의 말이라니…… 오마키에 대해서 말인가, 아니면 타카다 사자 말인가?"

카츠타카는 문득 화가 치밀었다.

"그……그……그 양쪽 모두입니다."

"뭐, 양쪽 모두……?"

"죄송합니다마는, 오고쇼 님은 저를 타카다에 보내시는 일이 용건의 핵심이겠지요?"

"그렇게 받아들였다는 말인가, 그대는……?"

"타카다에 가는 사자는 예사 사자가 아니다. 카즈사노스케 님은 강한 기질을 가졌기 때문에 말을 잘 듣지 않을지도 모른다, 그런 경우에도 결코 성급하게 대해서는 안 된다, 무사히 일을 끝내고 돌아오면 혼례가 기다리고 있다…… 이렇게 말씀하시고 싶겠지요."

"그것 참 놀랍군!"

이에야스는 능청맞은 표정이었다.

"거기까지 알고 있다면 더 이상 말할 것이 없어. 카츠타카, 내일 떠나도록 하게."

"싫습니다!"

말하고 나서 섬뜩했다. 그러나 이 외침은 카츠타카의 억누를 수 없는 젊음의 반발이었다.

"뭐, 싫다고…… 내 명에 따르지 못하겠다는 말이냐?"

"아닙니다. 두 가지 이야기를 하나로 묶으시다니…… 불결하게 생각되어 싫습니다!"

"카츠타카!"

"예."

"그대는 나와 대등하게 인생을 말하며 논쟁을 벌일 수 있다고 생각

84

하나? 그대 생각으로는 타카다에 갈 사자는 죽을 각오를 하지 않으면 임무를 수행하기 어렵다. 그런데도 혼인을 미끼로 자중을 강요당한다, 아니, 혼인을 하고 싶어 사자로 갔다…… 상을 바라고 하는 충성이라고 여겨진다면 당치도 않은 일, 그래서 싫다는 말이겠지?"

"그렇습니다."

"머리를 굴리지 마라!"

"예……"

"그대가 생각하는 정도는 이 이에야스도 잘 알고 있어."

먼저 일갈하고 나서 목소리를 낮추었다.

"카즈사노스케는 물론 다루기가 쉽지 않다. 그대와의 약속을 어기고 에도로 갈 예정을 변경시킨 무엄한 자야. 하지만 그런 만큼 사자는 그대가 아니면 안 돼."

"……"

"그대라면 어째서 약속을 어겼느냐고 나무랄 수도 있어. 나무라면 사정이 밝혀질 것은 당연한 일. 그런 뒤 내 뜻을 전하면 상대로서도 적지 않은 약점이 된다."

"그러시면, 이번의 처벌은……"

"아직 일러! 그대의 각오가 앞서야 해. 알겠나, 상대가 약점을 인정하지 않을 수 없는 유리한 입장에 섰으면서도 이 정도의 임무도 수행하지 못한다면, 카츠타카 그대는 사나이로서의 구실을 다하지 못했다고 생각해야 해."

"……"

"내가 그대에게 오마키를 주겠다고 한 말은, 카츠타카라면 해낼 수 있다! 그렇게 본 신뢰의 증거. 그 증거를 그대에게 보여주었을 뿐이야. 그걸 엉큼하고 더러운 미끼라고 생각하는 그 따위 소견을 가지고 무슨 일을 할 수 있다는 말이냐?"

카츠타카는 눈이 휘둥그레져 한숨을 쉬었다.

'이 얼마나 기괴한 논리의 전개란 말인가……'


# 4


"내가 이번 사자로 그대를 택했지만, 이전처럼 부자의 정에 얽매인 간절한 부탁 때문이 아니야. 평화를 깨뜨리는 못된 싹을 어떻게 하면 잘라낼 수 있을까 하는 중요한 정치……"

이에야스는 다시 말을 계속했다.

"인간의 생활에는 항상 두 가지 면이 있다. 그 하나는 사사로운 정, 또 하나는 공적인 정…… 대부분의 사람들은 이렇게 두 가지로 나누어 생각한다. 그러나 둘로 나누면, 공적인 일을 위해서는 사사로운 정을 버려야 하는 고통만이 남게 돼. 여기에 인간이란 그릇의 크고 작음을 분간하는 중요한 잣대가 있다고 생각하라."

"죄송합니다마는……"

카츠타카가 가로막았다.

"그렇기 때문에 무사히 돌아오면 혼인을 시켜주시겠다는, 그 공과 사의 혼동이 싫습니다."

"그게 바로 어설픈 생각이야."

"예?"

"미숙한 증거라는 말이다. 공과 사가 항상 마음속에서 격투하고 있는 경지라면 인간의 일생은 희생의 연속…… 법을 지키고 질서를 유지하려 하면 할수록 고통은 심해진다. 훌륭한 인생일수록 생애는 고통스러워지는 거야."

"그러면…… 그러면 어떻게 생각해야 옳다는 말씀이십니까?"

"공과 사는 하나, 사사로운 일에 기뻐하는 것이 그대로 공과도 통한 다…… 이런 경지에서 활동해야만 큰그릇인 거야."

이에야스는 이렇게 말하고, 젊은 카츠타카에게 그런 경지를 요구하는 게 무리한 일이라는 생각이 들어 쓴웃음을 지었다. 그러나 훌륭한 말일수록 더욱 엄히 단련시켜야 한다.

"카츠타카, 나는 이미 카즈사노스케의 일로 괴로워하지는 않아. 그의 불행에 마음을 빼앗겨 삼 대 쇼군인 타케치요의 훈육을 그르치거나 천하대란의 싹을 방치한다면 큰일이야. 나에게는 이제 공도 없고 사도 없어. 공과 사가 하나 된 대도大道를 성실하게 걸어갈 뿐…… 알겠나, 그래서 오마키의 장래까지도 그대에게 부탁한 거야."

카츠타카는 고개를 갸웃하고 아직도 자신의 감정을 정리하지 못하고 있었다.

"내가 이런 말을 그대에게 하는 것은 말이야, 또 한 사람 공과 사의 틈바구니에서 괴로워하는 사람이 그대 주변에 있기 때문이야."

"제 주변에……?"

"그래. 그대의 부친 시게카츠일세. 시게카츠는 카즈사노스케에게 딸린 중신. 내가 그대를 통해 카즈사노스케에게 할복을 명한다고 하세. 그런데 카즈사노스케가 군사를 일으켜 다테 군과 연합해 일전을 불사하겠다고 고집한다. 이럴 때 그대 부친은 어떻게 해야 하겠나?"

"아!"

카츠타카는 저도 모르게 숨을 죽이고 그 자리에 얼어붙었다.

'그렇다! 그런 경우도 없지 않아 있을 터……'

"알겠나, 부친의 괴로운 입장을?"

"예……"

"깨달았으면 됐어. 시게카츠는 내가 보낸 사자인 줄 알면 카즈사노스케와 동석하여 내 뜻을 들으려 할 테지. 그렇게 되면 그대의 말 여하에 따라 공과 사 사이에 끼여 그대의 아버지 시게카츠는 괴로움을 견디다못해 자결할지도 몰라."

"예…… 예."

"바로 그것이야, 내가 그대에게 마음의 여유를 요구하는 이유는…… 알겠나, 카즈사노스케를 격분시키지 않도록, 아버지를 죽이는 일이 없도록, 그대도 살아 돌아와서 혼례를 올릴 수 있도록…… 그 정도의 일도 생각하지 못한다면 사람의 몫을 다했다고 할 수 없어."

## 5

카츠타카의 얼굴이 창백해졌다가 다시 붉게 물들었다.

그가 불결한 미끼라고 생각한 오마키 부인의 이야기는 아마도 이 어려운 문제를 풀기 위한 하나의 암시에 지나지 않았는지도 모른다. 문제는 '마음의 여유'를 가지고 대하라, 그렇게 하지 않으면 사방으로 불행의 파문이 번진다는 경고인 듯했다.

카츠타카는 물끄러미 이에야스를 쳐다보면서 한숨을 쉬었다.

'오고쇼 님은 정말 마음속으로 카즈사노스케 님을 이미 버리고 있는 것일까……?'

그럴 리 없다. 자식이 귀엽지 않은 아버지가 어디 있겠는가……

그리고 동시에 아버지를 걱정하지 않는 자식 또한 있을 수 없다. 그 증거로—

"아버지가 자결할지도 모른다."

이에야스에게 그런 말을 들었을 뿐인데도 카츠타카의 가슴은 터질 듯이 뛰고 있다……

"오고쇼 님께 여쭙고 싶은 게 있습니다……"

"무언가, 망설이지 말고 말해보아라."

"오고쇼 님은 카즈사노스케 님에게 할복을 명하시겠습니까?"

"그 일에 대해서는 아직 정하지 않았어."

이에야스는 또 카츠타카의 의심을 깊게 할 말을 태연하게 했다.

"그대 각오 여하에 달려 있어…… 나는 카즈사노스케를 증오하고 있지는 않아. 내 생각은 또다시 오사카 전투 같은 무의미한 전쟁이 일어나서는 안 되겠다는 거야. 그런 일이 되풀이되면 나나 쇼군은 천하를 맡을 그릇이 못 된다고 할 수 있겠지."

"오고쇼 님은 교활하십니다!"

카츠타카는 대담하게 대들었다.

"오고쇼 님의 결심도 알지 못하고, 이 미숙한 카츠타카가 어찌 각오를 할 수 있겠습니까?"

"카츠타카, 그대의 억지야. 공적인 일로나 사적인 일로 자식을 죽이고 싶은 아비가 이 세상에 있을 것 같은가?"

"그건 그렇습니다마는……"

"그렇다면 문제는 간단해. 근본 목적은 다테에게 난을 일으키지 못하게 하는 것…… 카즈사노스케를 살려두고도 그 목적을 달성시킬 수 있는가 없는가에 달려 있어. 히데요리秀賴 님의 경우도 그랬어. 이제 와서 생각해보니 카타기리 이치노카미片桐市正에게 좀더 마음의 여유가 있었더라면 하는 마음이 들어."

"그러면, 저에게…… 이 미숙한 저에게 카타기리 님과 같은 역할을 하라는 말씀입니까?"

"그래. 그대에게 좋은 생각이 있다면, 지금의 나로서는 기꺼이 따르겠어. 그런 의미에서 나는 백지상태인 거야."

카츠타카는 또 버럭 화가 치밀었다.

이 얼마나 교활한 노인의 책임전가란 말인가. 그렇게 되면 자기는 나무에 목을 매고 죽는 수밖에 없다.

"카츠타카, 다시 한 번 되풀이하겠어. 이 세상의 화목이라는 아름다운 열매는 하루아침에 열리는 것이 아니야. 그 밑에 깊은 자비의 뿌리가 없어서는 안 돼. 전란이란 어느 경우에나 원한의 뿌리에서 피는 앙갚음의 꽃…… 잘못 그 길로 들어서면 자르려 해도 이미 자를 수도 없는 거야."

"오고쇼 님! 그렇다면 이 사자의 임무를 제게 명하시는 데 그치지 않고, 오고쇼 님도 따로 어떤 자비의 뿌리를 심으려 하십니까?"

다그치며 물었다. 이에야스는 엄한 표정으로 고개를 끄덕였다.

"말할 것도 없는 일. 어찌 그대에게만 맡겨두겠나? 오사카 전투의 일은 정말 후회막급이야."

뜻하지 않은 메아리가 강하게 되돌아왔다.


# 6


이에야스가 너무도 강한 반응을 보였기 때문에 카츠타카는 그만 흠칫 놀랐다.

'나에게만 고통스런 입장을 강요하는 교활한 노인……'

이렇게 생각하고 있었던 만큼 오사카 전투의 일이 후회막급하다는 술회가, 느닷없이 따귀를 얻어맞은 듯한 충격을 안겨주었다.

"오사카 전투 때도 내가 몸을 아끼지 않고 나섰어야 하는 것이었어. 직접 히데요리 모자를 만나 설득을 했더라면 그렇게까지는 되지 않았을 텐데……"

"그러시면, 오고쇼 님은 다테 님에게 직접……?"

"물론이지. 마사무네가 순순히 에도로 돌아온다면, 나는 즉시 에도로 가겠어. 가능한 모든 방법을 강구하지 않으면 오사카 때처럼 이 나이에 또 갑옷을 입어야 하게 될 거야. 그것은 하나의 천벌이었어."

"그러니까 오고쇼 님도 머지않아?"

"그래. 나도 역시 그대 못지않게 노력할 결심. 나는 에도에, 그대는 에치고에…… 그러나 될 수 있으면 그대에게 에치고 문제가 어떻게 처리되었는지 보고를 듣고 에도로 갔으면 싶어."

카츠타카는 얼굴을 붉히고 고개를 숙였다. 이번에는 젊은이다운 수치감을 느끼면서……

"카즈사노스케의 처벌은 이미 결정된 일이야. 더 이상 여기저기에 상처를 입히지 말고 그대도 무사히 돌아와 혼인을 한다…… 그때는 한결 더 인간으로서의 그릇도 커져 있겠지…… 나는 그대를 볼 때마다 오사카의 겨울 전투 때 챠우스야마茶磨山로 나를 찾아왔던 키무라 나가토노카미木村長門守가 생각나…… 살려두었더라면 크게 소용이 될 훌륭한 청년이었어…… 전란이 일어나면 꽃이 열매도 맺지 못하고 떨어질 뿐 아니라, 또다시 원한의 뿌리를 굵게 만드는 거야. 세상의 큰 손해야. 이 점을 명심하고 자비의 뿌리를 뻗쳐나간다. 그러기 위해 무언가 생각을 해야 할 것 아닌가?"

"오고쇼 님……"

"알아들은 모양이군."

"부탁이 있습니다."

"그래, 말해보게. 주저할 것 없어."

"카즈사노스케 님에게 할복만은…… 미래는 어떻든지 지금으로서는 할복만은……"

"일 단계, 이 단계로 구분하라는 말인가?"

"예! 카즈사노스케 님 역시 아직 젊은 꽃입니다. 망집도 잘못도 있을 것입니다. 따라서 생각을 고칠 기회도 있고, 좋은 열매를 맺을 계절도 있는 몸이십니다."

"으음."

"그런데도 할복…… 꽃인 채로 지게 하신다면."

"잠깐…… 카츠타카, 나는 그 일에 대해서는 아직 백지상태라고 하지 않았는가."

"그러기에 부탁 드립니다. 공과 사의 구별이 없는 마음으로 자비의 뿌리를…… 이 부탁만 들어주신다면 불초 카츠타카, 무사히 사자의 임무를 다하고…… 돌아와 혼례를 올릴 수 있을 것 같습니다."

이에야스는 문득 시선을 돌리고 머리를 끄덕였다.

'카츠타카에게는 이런 인정이 있다. 이 인정이야말로 무사히 임무를 완수할 수 있는 가장 중요한 조건이다……'

그러나 이 인정을 앞세운다면 그는 아버지를 죽이고 자기도 역시 타다테루를 위해 순사하지 않으면 안 될 터. 이에야스는 그 점을 가장 두려워하고 있었다.

과연 타다테루를 살려두고 다테와의 인연을 끊을 수 있을까……?


# 7


"부탁입니다!"

카츠타카는 다시 진지한 얼굴로 머리를 숙였다.

"카즈사노스케 님에게 할복만이 처벌이 아닙니다…… 부디 재고하시기 바랍니다."

"……"

"이 부탁만 들어주신다면, 이 카츠타카는 당장 오늘밤에라도 출발하겠습니다."

이에야스로서는 아직 분명한 대답은 할 수 없었다. 입으로는 백지상태……라고 하면서도 마음속에서는——

'할복시킬 수밖에 없다.'

이 생각이 상당히 깊이 뿌리내려 있었다. 물론 타다테루의 젊음과 기질을 생각해서였다. 젊은이에게는 때로는 삶이 죽음보다 더한 고통이된다. 분노에 맡겨 할복한다면 모르지만, 자신을 꾹 억제하고 근신하며 살라고 하면, 그것은 견딜 수 없는 고통의 연속.

"카츠타카, 그대는 카즈사노스케의 경우에는 할복을 명하는 편이 도리어 아비의 자비……라고는 생각되지 않나?"

"당치도 않으신 말씀입니다!"

카츠타카는 강하게 고개를 흔들면서 저도 모르게 무릎걸음으로 다가앉았다.

"오고쇼 님은 늘 말씀하시기를 사람의 출생은 모두 신불의 뜻, 이를 끊음은 자연을 반역하는 죄……라고 하셨습니다. 살아 계시기만 하면 총명하신 분이므로 반드시 자신의 입장도 오고쇼 님의 고충도 이해하시게 될 날이 있을 것이므로……"

"으음…… 나는 타다테루를 그렇게까지는 평가하고 있지 않아."

"죄송합니다마는, 그것은 오고쇼 님의 부질없는 자격지심이라고 생각합니다."

"허어, 내 자격지심……?"

"예. 죄송합니다마는, 오고쇼 님은 히데요리 님을 돌아가시게 했다, 그러므로 내 자식도 희생시켜야 한다……고 아직 마음속에 그러한 자격지심을 가지고 계십니다…… 그러나 이 카츠타카는 그 반대라고 생각합니다."

"으음."

"카즈사노스케 님에게 할복을 명하신다면 이것도 후회 저것도 후회,

비통한 후회만 거듭될 뿐…… 그보다 일단 구명을 하시고 카즈사노스케 님의 반응을 기다리는 것이 신불의 뜻에도 맞는 일입니다."

"그러나 말이야, 카츠타카. 나는 머지않아 일흔다섯이야."

"그러므로 뒷일은 쇼군 님께 일임하십시오…… 과연 카즈사노스케 님이 천하의 방해자가 되실지. 쇼군 님에게는 미워할 수 없는 아우님이 십니다."

이에야스는 고개를 끄덕이고 눈을 감았다.

"알겠어, 좀더 생각해보겠네. 참, 오늘 저녁에는 나와 함께 저녁을 먹기로 하세. 이미 주위가 완전히 어두워졌어."

이에야스는 손뼉을 쳐서 시녀를 불렀다.

"불을 켜라. 이제는 카츠타카의 얼굴이 보이지 않는구나."

이렇게 말하고 무슨 생각을 했는지 ──

"내전에 가서 오마키에게 저녁상 시중을 들러 오라고 해라. 좋은 사람을 보여주겠다고."

깔린 목소리로 웃으면서 말했다.

"카츠타카, 이제부터 상의를 시작하세. 허심탄회하게 듣겠어, 그대의 의견을…… 오늘밤 안으로 결정하고 그대는 내일 아침 일찍 출발해야 하니까."

이때는 벌써 카츠타카의 얼굴이 윤곽밖에 보이지 않았다.

# 코시지越路의 기러기

## 1

겐나元和 원년(1615)은 윤년이어서 6월이 두 번 있었다. 따라서 겨울이 일찍 찾아오는 코시지越路˚에는 10월이 되기도 전에 첫서리가 내리고 있었다.

마츠다이라 카즈사노스케 타다테루는 그날도 점점 검은 빛이 더해지는 조수에서 계절의 발소리를 들으며, 자기 자신이 처한 미묘한 입장에 새삼 고개를 갸웃거리지 않을 수 없었다. 슨푸에서 에도로 가려던 예정을 바꾸어 거성으로 돌아왔을 무렵의 설레던 가슴은 이미 가라앉아 있었다.

이렇듯 단조로운 바다의 물결을 보고 있으려니, 모든 일이 믿어지지 않는 거짓처럼 느껴졌다.

"아버지는 정말 나를 처벌하려고 하셨을까?"

사실 아직까지도 아버지로부터 확실한 말을 듣지는 못하고 있다. 맨 먼저 그를 놀라게 한 것은 마츠다이라 카츠타카의 갑작스런 방문이었고, 두번째는 장인 다테 마사무네가 보낸 밀사였다.

마사무네는, 이대로 에도에 들어가면 쇼군 히데타다와 그 측근들에게 무조건 감금된다, 그렇게 되기보다는 영지로 돌아가 쇼군으로부터 정식 사자가 올 때까지 기다리는 것이 상책이라고 알려왔다.

영지에는 자신의 군사가 있다. 그러므로 소요가 두려워 섣불리 사자를 보내지 못한다. 자진하여 상대방의 덫에 걸려들기보다는 거리를 두고 상대에게 냉정하게 생각할 수 있는 기회를 주는 것이 분별 있는 행동이다.

"머지않아 에도의 정세는 이 마사무네가 자세히 알려줄 터이니 일단 영지로……"

이런 말을 듣고 타다테루도 옳다고 여겼다. 그러나 영지로 돌아와, 과연 쇼군이 어떤 처벌을 내릴까, 밤낮 없이 기다리는 그 초조감이 타다테루의 기질로는 도저히 견딜 수 없었다.

당연히 뒤쫓듯이 달려오리라 생각했던 사자는 아직도 오지 않고, 도리어 마사무네가 영지로 돌아갔다는 연락이 다테 쪽으로부터 있었다. 그리고 나서 벌써 한 달.

'아내는 에도에서 무엇을 하고 있을까……?'

돌아와서 어린 토쿠마츠마루德松丸의 얼굴을 볼 때까지는 묘한 흥분과 긴장이 있었다. 그러나 그것도 대면하고 보니 지극히 담담했다.

'인간에게 자식이 태어난다……'

단지 그뿐…… 갓난아기는 부모 중에서 어느 쪽을 닮았는지도 모를 정도였으며, 지금까지 상상했던 만큼 마음을 이어주는 대상이 되지도 못했다.

'이럴 줄 알았더라면 그때…… 차라리 그 길로 에도에 가는 편이 더 나았을 텐데……'

영지의 논밭은 이미 9할 9푼까지 추수가 끝나 백성들은 풍작을 기뻐하고 있다고 했다. 그러나 자신이 이 기쁨을 함께 나눌 자격은 이미 박

탈당한 상태였다.

'누구에게? 무엇 때문에……'

자기를 60만 석이라는 다이묘로 만든 이도 아버지, 지금 그 영지를 몰수하려는 이도 아버지…… 자기를 이 세상에 낳은 이도 아버지, 몹시 꾸짖고 지금 죽이려 하는지도 모르는 이 또한 아버지……

그렇다면 마츠다이라 카즈사노스케 타다테루란 인간은 무엇이란 말인가? 무엇 때문에 태어났고 무엇 때문에 공부했으며 무엇 때문에 무술을 연마하고 무엇 때문에 꾸중을 받아왔던가?

맑게 갠 날 아침 같은 때는 이런 의문이 씻은 듯 가시기도 했다. 그러나 오후가 되면 홋코쿠北國의 하늘과 바다의 음울한 분위기와 더불어 혼돈과 회의의 안개 속에 갇히게 되고는 했다…… 오늘도 타다테루는 그러한 오후의 음울 속에 있었다……


## 2


"주군, 산죠에서 중신이 오셨습니다."

토쿠마츠마루를 낳은 오키쿠於菊가 입구에서 두 손을 짚고 작은 소리로 말했다.

"좋아, 어서 들게 하고, 그대는 여기에 오지 마라."

타다테루는 내뱉듯이 말했다.

타다테루의 이 말은 아기 옆에 있으라는 위로의 말이 아니었다. 이 여자와는 전혀 반대의 성격인 정실 다테 부인에 대한 그리움에서 오는 차가운 말이었다.

"예."

상대는 순순히 발소리를 죽이며 사라져갔다. 그러한 태도 또한 음울

하고 숨막히는 느낌을 주었다.

"주군, 안녕하셨습니까?"

등뒤에서 아버지가 파견한 중신 산죠 성주 마츠다이라 시게카츠의 목소리가 들렸다.

타다테루는 잠자코 바다 쪽을 바라보고 있었다.

"오늘은 슨푸 일과 에도의 일을 자세히 말씀 드리려고 왔습니다."

"에도에서 처벌을 결정하고 알려오기라도 했나?"

시게카츠는 그 말에는 대답하지 않았다.

"좋지 않은 소문이 에도에 퍼지고 있습니다."

"마츠다이라 타다테루의 반역 이야기 말인가?"

"아닙니다. 그것과는 좀 다릅니다."

"어떻게 다른가? 말하도록."

"오는 정월에는 마침내 전쟁이 벌어질 것이라는 소문입니다. 그 때문에 오고쇼 님도 곧 슨푸를 떠나 에도 성에 오신다고 합니다."

"상대는…… 상대는 누구란 말인가?"

"말할 나위도 없이 다테 님…… 다테 님은 군사를 일으키기 위해 신고도 없이 영지로 돌아갔다, 이미 일전이 불가피하다는 소문이 자자하다고 합니다."

"흥, 그리고 다테와 공모한 자가 마츠다이라 타다테루란 말이지. 더이상 그런 소문은 귀담아듣고 싶지도 않아."

시게카츠는 그대로 물러갈 만큼 젊지도 않았으며 융통성이 없는 사나이도 아니었다. 그는 말을 타고 힘껏 달려온 듯 목덜미의 땀을 닦으면서 말했다.

"주군도 이제는 인생을 다시 생각하는 여유를 가지셔야겠습니다."

"뭐, 내게 여유를 가지라고?"

"예. 사람의 일생은 큰 안목으로 보면 실로 공평…… 결코 주군만이

유독 큰 파도에 시달리고 계신 것은 아닙니다. 모든 사람이 저마다 몇 번인가는 파도를 뒤집어쓰고 슬기롭게 헤엄쳐나가고 있습니다. 여유를 못 가진 자만이 익사합니다."

"흥, 또 늙은이의 설교로군. 좋아, 심심하던 참이니 들어보겠어."

타다테루는 신경질적인 표정으로 돌아보았다. 그러나 다음 순간 저도 모르게 웃음을 터뜨렸다. 시게카츠가 상체를 구부리고 땀을 뻘뻘 흘리고 있는 모습이 더운 물이 나오는 구멍에서 기어나온 두꺼비와 흡사했기 때문이다.

"노인, 꽤나 바쁘게 달려온 모양이군."

"예. 뒤따르는 기러기가 앞지르면 곤란하다 싶어섭니다."

"뒤따르는 기러기라니 무슨 말인가?"

"제 아들 카츠타카가 드디어 슨푸에서 사자로 오는 모양입니다."

"뭐, 슨푸에서 카츠타카가?"

"그렇습니다. 쇼군은 주군을 처벌하지 못한다…… 이렇게 보시고 오고쇼 님이 직접 보내시는 사자. 주군, 참으로 손에 땀을 쥐게 하는 일입니다."

이렇게 말하고 시게카츠는 갑자기 ──

"흥."

콧소리를 내면서 땀과 눈물을 동시에 닦았다.


## 3


"으음, 아버님이 직접 나섰다는 말이군."

드디어 기다렸던 것이 나타난다…… 이런 생각을 하면서 타다테루는 마음속의 응어리가 풀리는 기분이 들었다.

"노인, 울 것까지는 없어. 나는 음울했던 하늘이 개는 기분이야."

시게카츠는 이 말에는 대답을 않고—

"소문이 소문으로 끝날 또 하나의 소문도 없지 않습니다."

더욱 몸을 앞으로 구부리고 코를 풀었다.

"뭐, 소문이 소문으로 끝날······?"

"예. 전쟁은 일어나지 않는다는 소문······ 그 출처는 시중이 아니라 쇼군 님 측근에서 나온 것입니다."

"허어, 전쟁이 일어나지 않는다는 소문도 있다는 말인가?"

"예······ 다테 님의 영지에 있는 카타쿠라 카게츠나······ 분명히 올해 쉰아홉 살일 것입니다마는, 카게츠나의 병이 위독하여 재기하기 힘들다고 합니다."

"아니, 카게츠나가······?"

"중대한 일이 있을 때마다 마사무네 님은 카게츠나를 찾아가 상의하신다. 그런데 카게츠나가 재기하기 어렵다면 마사무네 님도 싸울 뜻을 버린다······ 이렇게 보는 것이 그 소문의 근거겠지요."

"으음, 그렇게도 생각할 수 있겠지."

"이제 주군은 어떻게 하시겠습니까?"

갑작스런 질문에 타다테루는 눈이 휘둥그레졌다.

"어떻게 하다니?"

"이삼 일 안으로 오고쇼 님의 뜻을 받든 제 아들이 도착합니다. 그 이전에 분명히 마음을 결정하셔야 하지 않겠습니까?"

"와하하하······"

타다테루는 저도 모르게 폭소를 터뜨렸다.

"시치미를 떼면 안 돼, 노인."

"예······ 예."

"나는 단지 아버님의 명을 받고 감시하러 온 그대의 포로에 불과해.

그대는 옥지기이고 나는 옥에 갇힌 죄수인지도 몰라. 그 죄수가 옥지기나 아버님의 뜻을 거스른들 무엇을 할 수 있겠나. 빤히 속이 들여다보이는 말로 나를 웃기지 마라."

"그러시면 오고쇼 님의 명을 순순히 받아들이시겠습니까?"

"따를 수밖에는 다른 무슨 방법이 있겠나? 마음에도 없는 말로 내 마음을 휘저으면 안 돼."

마츠다이라 시게카츠는 다시 고개를 푹 떨구고 울기 시작했다.

"울 것 없어…… 이 타다테루에게는 노인의 동정 따위 더 이상 필요치 않아."

"주군……"

"왜 그러나?"

"주군은 이 시게카츠가 이처럼 황급히 달려온 뜻을 모르십니다."

"그럼, 이 타다테루에게 아버지나 형에 대한 모반을 권하러 오기라도 했다는 말인가?"

"아닙니다. 물론 그렇지 않습니다. 그러나 주군이 그럴 결심이라면 부득이한 일이겠지요."

"뭐, 뭣이?"

"시게카츠도 깊이 생각했습니다. 사부였던 미나가와皆川 님이 주군 곁에서 물러나고 제가 주군에게 파견되었습니다. 그때부터 제 운명은 결정되었다고 말씀입니다."

"알아듣지 못하겠어! 그건 푸념인가 간언인가?"

"양쪽 모두입니다. 오고쇼께서는, 아버님께서는 타다테루가 천하를 그르치게 할 소행을 한다면 그대 손으로 찌르라고 이 단검을 제게 내리셨습니다."

시게카츠는 외치듯이 말하고 차고 있던 단검을 타다테루 무릎 앞에 던지고 심하게 흐느꼈다.

# 4

"아버님이 가신들에게 맡기신 아드님은 주군만이 아닙니다. 고로타마루五郎太丸(오와리 요시나오尾張義直) 님에게는 나루세 마사나리成瀬正成, 쵸후쿠마루長福丸(키슈 요리노부紀州賴宣) 님에게는 안도 나오츠구安藤直次. 그리고 두 사람 모두에게 이 시게카츠와 마찬가지로 단검을 하나씩 부탁의 말씀과 더불어 내리셨다고 들었습니다."

"그, 그러므로 나더러 자결하라는 말인가?"

타다테루의 얼굴에서 웃음이 사라지고, 이마에는 힘줄이 불끈 솟아올라 있었다.

"그렇지 않습니다. 우선 진정하십시오."

"멍청한 늙은이, 이 타다테루가 이제 와서 당황할 것 같은가. 잉어야, 타다테루는 도마 위의 잉어란 말이야."

"그러기에 아버님께서 맡긴 이 단검을 주군께 반납하려 합니다."

"뭐, 그 단검을 내게 돌려준다고……?"

"예…… 이 단검을 맡기신 뜻은 두 가지……라고, 이 시게카츠는 비로소 깨달았습니다. 그 하나는 주군이 나라를 문란케 하는 일을 저질렀을 땐 찌르라고 하신 말씀은 어디까지나 표면상의 의미…… 그 이면에는 큰 신뢰감이 있었습니다."

시게카츠는 이제 눈물을 닦으려고도 하지 않았다.

"그대라면 자기 자식을 그처럼 못난 자로 키우지 않았을 터. 그러므로 생살여탈生殺與奪의 권한을 주겠다고……"

"으음."

"따라서 이 시게카츠에게는…… 당연히 두 가지 책임이 있습니다. 아니, 그 책임은 둘로 보이지만 실은 하나…… 주군에 대한 충성, 주군에 대한 봉사에 정성을 다했다면, 주군을 찔러야 하는 결과는 나타나지 않았을 것이라는……"

"……"

"그런데 이런 일이 생겼습니다…… 전혀 뜻하지 않은 일들이면서도 이런 일이 생겼음은 오로지 시게카츠의 잘못…… 주군! 시게카츠는 깊이 생각한 끝에 이 단검을 주군에게 돌려드리려 합니다."

타다테루는 신경질적인 표정인 채 다시 한 번 단검과 시게카츠를 날카롭게 바라보았다.

"아직은 못 받겠어. 이해할 수가 없어."

시게카츠가 말을 이었다.

"이 단검을 돌려드리는 것은 유감스럽게도 시게카츠에게 오고쇼 님의 부탁을 이행할 만한 기량이 없기 때문…… 오고쇼 님에 대한 의리를 다하진 못했으나, 그렇다고 이 때문에 주군에 대한 충성까지 저버린다면 무사로서의 체면이 서지 않습니다."

"무슨 말을 하고 있는 거야? 아직도 모르겠다. 허둥대지 마라."

"허둥대지 말라니 당치 않습니다. 주군이 도마 위의 잉어라면 시게카츠도 주군의 잉어가 되지 않으면 안 되겠다고 단단히 결심하고 왔습니다. 주군! 주군의 뜻대로 결심하십시오. 슨푸에서 오는 제 아들을 그 자리에서 베고 군사를 일으키셔도 되고, 오슈奧州로 가 다테 군과 합세하셔도 되고…… 오늘부터 저는 이 단검을 돌려드리고 주군의 가신으로서 목숨이 있는 한 충성…… 분부대로 하겠습니다."

타다테루의 표정이 무겁게 변했다.

"그렇다면 노인은…… 이 단검을 내게 돌려주고 아버님의 측근이란 자리에서 물러나겠다는 말인가?"

"예. 카즈사노스케 타다테루 님 한 분만의 가신, 어떻게 하시든 마음대로 하십시오."

"뭐…… 뭐…… 그대의 아들을 죽여도 된다는 말이지?"

"그렇습니다!"

"다짐을 위해 다시 하나 묻겠어. 분명하게 대답하도록. 내가 슨푸에서 오는 그대의 아들 카츠타카를 죽인 뒤 군사를 이끌고 센다이로 가겠다…… 그래도 이의 없다는 말인가?"

"중언부언하지 않겠습니다! 뜻대로 하십시오."


# 5


중언부언이란 말을 듣고 타다테루는 그만 입을 다물었다.

아버지의 기대에는 보답하지 못했으나 타다테루를 위해서는 도리를 다하겠다…… 이렇게 단언한 마츠다이라 시게카츠의 말은 이상하게도 타다테루의 마음에 깊이 파고들었다.

'노인은 나를 불쌍히 여기고 있다……'

아니, 내가 놓인 묘한 입장에 연민의 정을 느끼고 있는지도 모른다. 그렇더라도, 슨푸에서 오는 아들 카츠타카를 죽이고 다테 군과 합류해도 좋다, 자기에게 맡겨진 병력을 이끌고 타다테루의 명에 따르겠다고 하다니……

이 얼마나 큰 변화인가……? 아니, 단순한 변화가 아니라, 이는 아버지에 대한 무서운 반역이다.

동생인 요시나오와 요리노부가 모두 아버지와 형의 따뜻한 비호 아래 번영의 길을 걷고 있는데, 자신에게 맡겨진 타다테루만이 뜻대로 되지 않았다. 그래서 자기도 같이 죽을 결심을 했다는 말일까……?

'그렇다고는 하나 이해할 수 없는 점이……'

이런 생각을 하다가 타다테루는 섬뜩했다.

인간의 입에서 나오는 말이 반드시 흉중의 생각을 그대로 쏟아놓는다고는 할 수 없다.

'늙은이가 머리를 굴리고 있는 모양이다.'

노인이 타다테루와 더불어 어떠한 오명이나 희생도 감수할 마음이라고 선수를 치면, 타다테루도 그 말에 감동하여 순순히 아버지의 처벌을 받아들인다……

'만약 이런 계산이 늙은이의 뱃속에 있다면?'

아들 카츠타카도 무사할 것이고, 늙은이의 책임도 모면되며, 아버지나 형의 생각도 쉽게 성공한다……

타다테루의 미간에서 의혹의 빛이 명멸했다.

"그런가, 노인은 그렇게 생각을 바꾸었다는 말이군."

"예…… 예."

"그렇다면 나도 한번 생각을 해보아야겠군."

탐색하듯이 말했다.

"실은 벌써 나는 결심하고 있었어. 노인이 감시하고 있으니 이제 꼼짝도 할 수 없는 죄수라고…… 그러나 노인이 그런 생각이라면 이야기가 달라지지. 두 번 다시 태어나지 못할 타다테루의 일생, 충분히 납득할 만한 삶을 살아야겠어."

"그렇습니다…… 저의 각오도 마찬가지입니다. 두 번 다시 오지 않을 인생, 그냥 무의미하게 보낼 수는 없습니다."

"그래, 잘 알았어. 그럼, 노인도 성에 머물러 있도록. 나는 지금부터 생각을 좀 해야겠어."

아직도 반신반의하면서 타다테루는 자리에서 일어났다. 더 이상 그 자리에 있을 수 없는 현기증을 느끼며 복도로 나와 아직 시선도 제대로 보내지 못하는 갓난아기의 방으로 발길을 돌렸다.

어째서 그리 갈 생각이 들었을까? 역시 시게카츠 앞에서 시게카츠를 의심하는 것이 괴로웠는지 모른다.

갓난아기는 복도 끝에 있는 오키쿠의 방에 있었다. 그곳으로 성큼성큼 들어가 우뚝 서서 아무 말도 않고 유모의 가슴에 안겨 있는 붉은 고깃덩어리 같은 자기 자식을 내려다보았다.

"어머, 주군!"

유모와 마주앉아 아기의 자는 모습을 들여다보고 있던 오키쿠가 황급히 그 자리에서 두 손을 짚었다.

"흥."

타다테루는 쌀쌀맞게 고개를 돌렸다.

'이 핏덩이에게도 두 번 다시 오지 않을 일생이겠지……'

# 6

"오키쿠, 그대는 이 아기가 귀여운가?"

우뚝 선 채 타다테루가 물었다.

오키쿠는 깜짝 놀라 얼굴을 들었다. 균형 잡힌 얼굴이었으나 혈색이 좋지 않았다. 오들오들 떨고 있는 것 같은 눈동자였다.

"이 아기가 귀여우냐고 물었어. 물었으니 입이 있다면 대답해야 할 것 아닌가."

"예…… 예, 귀엽습니다."

"내가 지금 이 핏덩어리를 찔러 죽이겠다……고 하면 그대는 어떻게 하겠나?"

잔인한 질문이었다. 그러나 타다테루는 그런 감정 따위는 생각하고 있지 않았다. 그보다 이 방에 들어와, 자고 있는 갓난아이의 얼굴을 본 순간 슨푸에서 올 카츠타카가 어떠한 명령을 받았을지 확실히 알 수 있을 것만 같았다.

'할복이 틀림없어!'

그 내막을 알고 있었기 때문에 시게카츠가 당황하여 이 성으로 달려왔다. 분명히 그러하다.

'그렇다면 타다테루의 뜻대로 하라고 말한 늙은이의 속셈은……?'

어쩌면 진실일지도 모른다……고 생각했을 때 오키쿠의 음울한 목소리가 들렸다.

"주군께 여쭙고 싶은 일이 있습니다."

"뭐 내게……? 내가 묻고 있는 거야. 그 아이를 내 손으로 찔러 죽이겠다……고 하면 그대는 어떻게 하겠어?"

"예……?"

"말없이 그 아이를 내게 건네주겠나, 그렇지 않으면……"

말하다 말고 스스로 자기 말에 초조감을 느꼈다.

"그대도 함께 죽겠나?"

갑자기 오키쿠의 시선이 어린아이의 자는 얼굴에 고정되었다. 겁을 먹은 시선이 아니라, 감정이 얼어붙은 듯한 소름끼치는 싸늘한 시선이었다.

"부탁입니다. 이 아기를 살려주십시오."

"그 부탁을 못 듣겠다고 하면?"

"부탁하겠어요, 몇 번이라도……"

"안 돼! 이 타다테루도 아버지의 노여움을 사서 할복을 명령받았어. 이 아이라고 해서 무사히 성장하기를 바랄 순 없을 거야. 가엾기 때문에 찔러 죽이겠다고 한 뜻을 모르겠나?"

오키쿠는 갑자기 아기와 타다테루의 시선 사이를 막아섰다. 이번에는 그 눈동자가 타다테루에게 겨누어지고 있었다. 감정이 없는 뱀의 눈과도 같은 응시였다.

"뭐야, 그 눈이…… 내 뜻을 따르지 못하겠단 말인가?"

"……"

"움직이지 않겠다, 찌르려면 같이 찌르란 말이지?"

"……"

"좋아. 그처럼 그 아이가 귀엽다면 같이 죽는 것도 좋을 거야. 나로서는 하나를 죽이건 둘을 죽이건 마찬가지……"

"아……"

유모가 비명을 지르며 몸을 움츠렸다.

타다테루가 정말 칼을 뽑을 줄 알았던 모양이다.

"떠들지 마라!"

무섭게 꾸짖고 타다테루는 다시 허공을 노려보며 말했다.

"그래, 슨푸에서도 챠아 부인이 아버지에게 탄원을 했겠지…… 그런데 이미 결정됐어. 절대로 움직일 수 없는 한 가지 이유가 아버지 마음에는 있어…… 그 때문에 결정된 거야."


7


유모가 다시 그 자리에 얼어붙은 듯이 못 박히고, 오키쿠는 눈도 깜박이지 않고 타다테루를 쳐다보고 있었다. 아무 감정도 나타나 있지 않은 어린아이의 자는 얼굴과 더불어 차디찬 도깨비불이 타오르는 것 같은 불가사의한 긴장과 냉정의 대립……

"그 이유는 노인도 납득할 수 없을 정도로…… 나의 탓……이라기보다 나와 상관없는 데서 생긴 이유였어."

타다테루는 혼잣말을 계속했다.

"그렇기 때문에 형님도 나를 처벌하시지 못한다…… 그래서 다시 아버지가 나섰다…… 타다테루만 사라지면 된다는 생각으로…… 그래서 시게카츠 노인은……"

허공에 새기듯이 중얼거리고 타다테루는 강하게 고개를 흔들었다. 아직도 시게카츠가 군사를 이끌고 센다이로 가도 좋다고 갑자기 태도를 바꾼 의미를 알 수 없었다.

시게카츠가 감히 그와 같은 반역을 감행한다면 그 자식들은 어떻게 될 것인가? 아니, 군사를 이끌고 센다이로 달려간다면 그때 이미 사자인 카츠타카는 처형되어 있을 터. 설사 타다테루가 베지 않더라도 살아 있지는 않을 카츠타카…… 그 성격으로 미루어 떠나지 않고 그 자리에서 할복할 터.

'노인도 그렇게 말한 이상 이미 각오하고 있을 것……'

"오키쿠……"

갑자기 부르는 바람에 오키쿠의 어깨가 꿈틀 움직였다.

"어린아이는 말이야."

"예…… 예."

"그대에게 맡기겠어. 만약 내 신상에 무슨 일이 생기거든 그대는 아이를 데리고 이 집에서 피신하도록."

"예…… 예."

"그리고 죽었다고 해도 좋고, 농부의 자식으로 키워도 좋아. 그만한 재주는 그대에게도 있을 거야."

오키쿠는 대답 대신 두세 번 쫓기듯이 고개를 끄덕였다. 입으로는 거의 의사를 표현하지 못하는 이 여자는 어쩌면 남보다 몇 갑절이나 더 안타까운 계산을 가슴속에서 되풀이하고 있는지도 모른다.

타다테루는 그대로 불쑥 복도로 나갔다.

시게카츠가 기다리고 있는 거실로는 돌아가지 않고, 성큼성큼 복도를 걸어가 스산하게 가을바람이 불어오는 정원으로 나갔다. 정원 한구석에는 그가 오사카 전투가 시작되기 전에 만들게 한 범선의 모형이 반쯤 부서진 채 내버려져 있었다.

"저 위에 눈이 내린다……"

타다테루는 중얼거렸다.

"그리고 모든 것이 하얀 지옥 속에 파묻힌다. 겨울! 그렇다, 내 몸의 겨울이다……"

타다테루는 지그시 눈을 감고 서리 기운을 머금은 공기를 깊숙이 들이마셨다.

연못에는 이제 잉어도 없다. 얼어죽지 않도록 다른 데로 옮겨져 거기서 겨울 식탁을 장식하기 위해 도마에 오를 날을 기다리고 있다.

"인간 역시 마찬가지야…… 나를 할복시키려는 아버지도 형도 노인도 카츠타카도…… 모두 세상이라는 우리 안에서 차례로 죽음을 기다리는 잉어에 지나지 않는다."

타다테루는 목을 움츠리고 복도로 들어와 이번에는 곧장 거실로 돌아갔다.

'큰 배를 타고 나갈 바다가 있다……는 생각은 허망한 꿈……'


# 8


"노인, 내 마음은 결정됐어."

타다테루가 거실로 돌아와 말을 걸었을 때 시게카츠는 귀찮다는 듯이 눈을 떴다. 피로에 지쳐 어쩌면 졸고 있었는지도 모른다.

"나는 아버지가 어떤 명을 내리든 할복하겠어. 아버지에게 의심을 받고 꾸중을 들었어…… 일의 잘잘못은 따지지 않기로 하겠어."

시게카츠의 눈이 대번에 크게 떠졌다. 주름살에 파묻힌 그 눈은 붉게 충혈되어 있었다. 그는 아무 말도 하지 않았다. 다만 무릎걸음으로 한

발 앞으로 나왔을 뿐.

"이유는 그대가 마음대로 생각해도 좋아. 나는 살기가 귀찮아졌어. 그러나 이 말만으로는 이유가 되지 않겠지. 참, 이렇게 말하는 게 좋겠군. 아버지나 형에게 의심을 받게 된 것은 오로지 타다테루의 부덕, 그래서 부끄러워 자결했다고 말이야."

"그러시면, 오고쇼 님의 명령과는 관계없이?"

"그래. 나는 살기가 싫어졌어. 그러나 이런 이유라면 후에 그대들이나 챠아 부인이 난처해지겠지. 그대가 적당히 알아서 처리하도록. 나만 없어지면……"

이렇게 말하면서 그 자리에 앉았다.

"카츠타카도 그대도 굳이 괴로워할 것은 없어…… 양쪽 모두 죽음을 서둘러서는 안 돼. 그대 부자는 하루라도 더 오래 살아……"

"주군!"

"염려 마라. 지금 이 자리에서 당장 할복하겠다는 말은 아니야. 카츠타카의 도착을 조용히 기다리겠어…… 알겠지, 아버님 말씀을 전해듣고 나서의 일이야. 그래, 순순히 듣고 나서 카츠타카와 노인, 이렇게 셋이서 술잔을 나누세. 안주는 잉어가 좋겠군. 세 사람이 유유히 이별의 잔을 나누고 자결하겠어. 필요하다면 목을 에도에 보내도 좋아. 그리고 시체는 말이지, 저 정원에 있는 범선 잔해와 함께 깨끗이 태워 없애도록. 이것만은 그대에게 엄히 명해두겠어."

말하는 동안 타다테루는 지금까지 울적했던 감정이 순식간에 사라짐을 깨달았다.

'그래, 이제는 완전히 기분이 맑아졌어!'

지금까지의 미망을 소리내어 웃고 싶을 만큼 가벼운 마음이었다.

'먼저 죽느냐, 나중에 죽느냐 하는 차이일 뿐……'

단지 그뿐인데도 불구하고 남을 어지럽게 하고 자신도 방황한다……

인간이란 이 얼마나 어리석고 또 얼마나 미숙한 것인가.

"노인, 더 이상 울 것 없어. 그대가 말한 대로 두 번 다시 태어날 수 없는 세상이야. 내 생각대로 죽어가도 좋지 않은가."

"그렇지만…… 그 일은……"

"슬퍼할 일이 아니야. 타다테루의 오기일세. 좋아, 물러가서 쉬도록. 그대가 염려할 일은 아무것도 없어. 알겠나, 더 이상 아무 말도 하지 말도록."

시게카츠는 아연한 눈빛이다가 온몸을 떨며 울기 시작했다.

타다테루는 그런 시게카츠를 내쫓듯이 별실로 물러가게 했다.

혼자 남게 되었을 때 새삼스럽게 실내를 둘러보면서 타다테루는 소리를 내어 웃기 시작했다. 이 역시 젊음일 터. 심기일전하여 바라본 이 세상은 그가 구애를 받고 헤매고 괴로워해야 할 정도로 매력이 있는 세계는 아니었다.

'이건 코 푼 휴지를 버리는 정도의 일 아닌가……'

# 9

그 이튿날—

타다테루는 유쾌한 기분으로 슨푸에서 온 사자를 맞이했다.

사자 마츠다이라 카츠타카 역시 타다테루가 상상하고 있었던 만큼은 굳어 있지 않았다. 만일을 위해 60명 남짓한 카치徒士°, 총포대 16명과 함께 말을 타고 들어왔다. 그러나 물론 소요가 일어날 리 없었다.

카츠타카는 자기보다 먼저 아버지 시게카츠가 성에 와 있다는 사실도 알고 있는 모양이었다.

"카츠타카인가, 잘 왔어. 나는 그때 에도에 갈 작정이었네만, 어린아이의 얼굴이 보고 싶어서 그만."

타다테루가 말했다. 카츠타카는 밝은 표정으로 손을 저었다.

"그런 말씀은 나중에 천천히……"

"알겠어. 우선 들어오게. 마침 그대의 아버지도 와 있어."

타다테루는 자신이 직접 정면 현관에서 나무향기도 새로운 객실로 카츠타카를 안내했다.

아버지 시게카츠는 객실 입구에 엎드려 사자를 맞았다. 아들이지만 오고쇼의 사자, 이 성의 중신으로서 깍듯이 예의를 차렸다.

'아버님의 눈이 붉어졌구나……'

카츠타카는 이를 깨닫고 더욱 마음이 놓이는 모양이었다.

객실로 들어간 타다테루는 아무 꺼림도 없이 말을 걸었다.

"먼길에 수고가 많았다. 그런데 아버님이 보내신 사자로서의 말을 듣기 전에 사사로운 일부터 말해도 괜찮겠나, 카츠타카?"

"물론입니다."

카츠타카는 시원스럽게 대답했다.

"이번 사자의 임무, 결코 심각한 것은 아닙니다. 우선 차라도 한잔 대접받고 천천히 말씀 드리고 싶습니다."

"허어……"

타다테루는 깜짝 놀라 눈을 크게 뜨고 웃으며 말했다.

"이 성에서는 어젯밤 그대를 맞이하기 위해 중신들이 이마를 맞대고 밤중까지 협의를 한 모양인데……"

카츠타카 역시 미소를 지우지 않고 말했다.

"오고쇼 님은 매우 건강하시어, 제가 돌아가면 몸소 에도로 가시겠다고 하셨고, 챠아 부인도 함께 가신다는 말씀이 계셨다고 합니다."

"그것 반가운 소식이로군. 그런데 카츠타카, 오늘밤엔 그대의 아버지를 포함하여 우리 셋이 이 설국雪國의 잉어를 안주로 하여 오붓하게 한잔 나누기로 했어. 이의는 없겠지?"

"어찌 이의가 있겠습니까. 이 카츠타카로서도 드릴 말씀이 산더미처럼 있습니다."

"그래, 그 말을 들으니 오랜만에 마음이 밝아지는군. 그럼, 이 자리에 중신들을 불러 사자의 말을 듣기로 하세."

"그럴 필요까지는 없을 것 같습니다…… 아버지도 이 자리에 계시니 두 분으로 충분합니다."

"뭐, 노인과 나만으로도 된다는 말인가?"

"예. 내용은 이미 알려져 있는 일. 그보다 꾸중하신 세 가지 조항에 대해 다시 말씀 드리려고 합니다."

"하하하…… 그래, 세 가지 조항이었지. 오사카 출전 때 형님의 가신을 죽인 일, 입궐 때 고기잡이를 나간 잘못, 세번째는 사치를 즐기고 무엄하다는 것이었지."

타다테루는 노래하듯 말하고 다시 웃었다.


## 10


아버지 마츠다이라 시게카츠로서는 두 사람의 부드러운 대화가 여간 걱정스럽지 않았다. 타다테루의 각오는 이미 들어 알고 있었다. 그러나 할복하느냐 않느냐는 오고쇼의 전갈을 확인한 후의 일. 경우에 따라서는 아들 카츠타카와 함께 이를 저지하지 않으면 안 되겠다고 생각하고 있었다.

"세 조목은 말씀 드린 것으로 하고……"

카츠타카는 옷깃을 여미고 자세를 고쳤다.

"오고쇼 님의 조치를 전해드린 뒤 천천히 대접을 받고 싶습니다."

"그래, 말하게. 타다테루는 삼가 그 말씀을 듣겠네."

카츠타카는 흘끗 시게카츠를 바라보았다.

"아버님도 잘 들으십시오."

"오, 그래."

"카즈사노스케 타다테루, 즉시 이 성을 떠나 부슈武州의 후카야深谷에 가서 칩거할 것."

카츠타카는 웃는 얼굴로 말했다. 그리고는 아버지 쪽을 향했다.

"성과 가신은 당분간 마츠다이라 시게카츠에게 맡긴다. 시게카츠는 깊이 명심하고 성주 대리로서의 소임을 다할 것."

타다테루는 망연한 표정으로 우선 시게카츠 쪽을 바라보았다.

시게카츠도 두 눈 가득히 의혹의 빛을 띤 채 타다테루를 응시하고 있었다.

"납득이 안 돼."

잠시 후 타다테루가 중얼거렸다.

"부슈의 후카야는 내가 케이쵸慶長 칠년(1602)까지 있었던 성으로 지금은 폐성…… 나에게 그리 가라는 말인가?"

"그렇습니다. 폐성이기는 하나 나날의 생활에는 불편함이 없도록 이미 수리가 끝났을 것입니다."

"으음."

타다테루는 다시 시선을 시게카츠에게 옮겼다.

"도대체 어떻게 된 일인가……?"

그 말은 시게카츠에게도 카츠타카에게도 아닌, 당혹감을 노골적으로 드러낸 독백이었다.

"오고쇼 님의 결정을 삼가……"

그 옆에서 시게카츠가 공손히 고개를 숙였다.

"부슈의 후카야는 주군이 마츠다이라 겐시치로松平源七郎 가문을 계승했을 무렵 맨 처음에 들어가셨던 인연 깊은 성, 그 성으로 옮겨 다음 명령을 기다리라는 말씀…… 삼가 받드십시오."

그 말을 마치기도 전에 —

"이것으로 끝났군, 노인이 말한 대로야. 그 성에 있을 때 나의 영지는 일만 석, 그 뒤 시모우사下總 사쿠라佐倉의 사만 석…… 그렇군, 사쿠라에 갔을 때가 열두 살이었지. 그 후카야에 가서 다음 명령을 기다리란 말이군."

타다테루는 태연하게 말하고 다시 웃는 얼굴을 되찾았다.

'살아서 무엇 한다는 말인가. 일단 버린 이 세상인데……'

다시 이런 각오가 그의 가슴속에 되살아났다. 그의 반발이 두려워 아버지가 영지몰수를 위해 놓은 또 하나의 징검돌로 해석되었다. 우선 성과 부하로부터 떼어놓은 후 그 다음에 처벌…… 분에 못 이겨 소동이라도 벌일까 아직도 아버지는 염려하고 있다.

'나는 이미 그런 경지에서는 벗어나 있다.'

"카츠타카, 이제 끝났어. 필요하다면 서약서를 쓰겠어. 자, 자세를 편히 갖게."

너무나 흔쾌하게 말하는 타다테루를 보고 오히려 카츠타카가 의아심을 갖게 된 것은 이때였다.


# 11


카츠타카는 공손히 서신을 아버지에게 건네었다. 아버지가 그 서신을 타다테루에게 보인 후 서약서를 작성하기 위해 방을 나갔다. 그는 그때 비로소 진지한 얼굴로 돌아와 타다테루 쪽을 향했다.

"카즈사노스케 님, 성급해지시면 안 됩니다."

타다테루는 시치미를 뗐다.

"성급…… 성급이란 무엇을 말하는가, 카츠타카?"

"성급에는 두 가지가 있습니다."

"허어."

"그 하나는 자결, 또 하나는 오사카의 히데요리 님이 걸으신 길."

"하하하…… 카츠타카는 재미있는 말을 하는군. 내가, 이 타다테루가 아버지나 형에게 반역할 자로 보이느냐?"

카츠타카는 이 말을 무시했다.

"오고쇼 님은 제가 돌아오기를 기다려 직접 에도로 가십니다."

"그 말은 조금 전에도 하지 않았는가? 챠아 부인도 동반하신다고."

"아버님께서 무엇 때문에 오사카의 피로도 풀리지 않으신 몸에 채찍질을 가하여 에도로 가시는지 아십니까?"

"설마, 나에 대한 처벌을 쇼군과 상의할 마음은 아니시겠지."

"다테의 반심을 누르기 위해서입니다."

카츠타카는 단호하게 잘라 말했다.

"해가 바뀌면 일흔다섯. 그런 노령으로 두 번 다시 전쟁이 일어나게 해서는 안 된다고 주야로 노심초사하시는 오고쇼 님…… 그 고통스러운 비명이 카즈사노스케 님에게는 들리시지 않습니까?"

"하하하…… 그대는 더욱 재미있는 말을 하는군. 그럼, 아버님이 밤마다 우신다는 말인가?"

"예!"

딱 잘라 말하고 카츠타카는 타다테루의 앞에 두 손을 짚었다.

"이 카츠타카, 청이 있습니다."

"뭐, 이 타다테루에게……?"

"예. 지금은 순순히 후카야로 가시고, 그곳에 계시면서 오고쇼 님과 쇼군 님 두 분께 탄원하시도록."

"뭐, 날더러 탄원을 하라고?"

"예. 표면적 이유는 아시다시피 세 가지 조항…… 그 조항은 어느 것 하나도 전혀 기억에 없는 일이라고 쇼군 님 측근에게 끈기 있게 탄원…… 이렇게 하시는 것이 효심이 됩니다."

타다테루는 그 말에 저도 모르게 몸을 내밀고 고개를 갸웃했다.

"그럼, 그대는 나에게 미련을 가지라는……?"

"예, 부탁입니다!"

"모르겠어, 모르겠다는 말이야…… 카츠타카, 나를 이처럼 괴롭히고 있는 것은 그 세 가지 조항 때문이 아니야."

"그러므로 후카야에 가셔서 우선 다테 가문과 인연을 끊으시고, 기억에도 없는 누명의 울타리를 없애야 합니다."

"그래도 납득되지 않는 점이 있어…… 그렇게 하면 어째서 효도가 된다는 말인가?"

"카즈사노스케 님. 자기 자식이 미운 부모가 있겠습니까. 이 카츠타카의 눈에는 그 비탄의 뿌리가 확실하게 보입니다. 그 뿌리는 순순히 후카야에 가시는 것으로 끊어지게 됩니다."

"그것은 다테와의 인연인가?"

"예. 그것이 끊어지면 나머지는 그 세 조항…… 덫에 걸려 깨끗이 목숨을 버리는 것만이 효도가 아닙니다. 미련을 가지시고…… 탄원하시기를…… 부탁 드립니다."

## 12

타다테루는 계속 머리를 조아리고 있는 카츠타카를 똑바로 바라보며 고개를 갸웃한 채 생각에 잠겼다.

'카츠타카는 도대체 무엇을 생각하고 있을까……?'

미련을 버리지 못하고 세 조항에 대해 변명하는 것이 과연 효도일까? 아니면 깨끗이 죽음으로써 사건을 해결하고 아버지를 이 문제로부터 해방시키는 것이 효도일까……?

지금의 타다테루는 이미 아버지를 원망하고 있지 않았다. 그런데도 카츠타카는 타다테루가 고민하는 줄 알고 동정을 하여 이런 말을 꺼낸 것은 아닐까?

"카즈사노스케 님!"

다시 골똘히 생각하는 어조로 카츠타카가 말했다.

"카즈사노스케 님은 자결하고 싶으십니까?"

"뭐, 뭐라고 했나?"

"얼굴에 분명히 나타나 있습니다. 죽음으로써 오고쇼와 쇼군을 안심시켜드리자…… 그렇게 하는 편이 깨끗하다고……"

타다테루는 당황하며 시선을 돌렸다.

'카츠타카 놈이 아주 날카로운 소리를……'

"그러나 무장으로서 비겁한 일이라 생각합니다."

"뭐, 비겁해?"

"예. 비겁한 것이 아니라면, 그 자결은 무사에게는 있을 수 없는 현실도피라고 바꾸어 말씀 드려도 좋습니다."

"으음."

"카즈사노스케 님, 정면대결을 두려워하여 도피한다, 따라서 비겁한 일입니다."

"카츠타카!"

"예."

"나와 그대 사이이므로 웬만하면 그냥 흘려넘기고 싶어. 그러나 이 카즈사를 비겁하다고 보다니 그냥 듣고 있을 수만은 없다."

"그러시면 순순히 후카야로 가셔서 제가 말씀 드린 대로 탄원해주시겠습니까?"

"……"

"오고쇼 님은 곧 일흔다섯이 되십니다. 그런데도 계속 노구에 채찍을 가하며 에도에 가셔서 평화로운 세상의 창조라는 비원에 심혈을 기울이신다…… 이것이야말로 살아 있는 인간의 참된 도리, 참된 용기라고 생각지 않으십니까?"

"건방진 소리……"

"그 건방진 제 눈에도…… 과연 오고쇼 님은 예사 분이 아니라고 비칩니다. 살아 있는 동안에는 이 비원 앞에서 한 걸음도 물러서려 하시지 않습니다…… 그런 용기가 계시기에 오늘날과 같은 위업이 이루어진 것이라고."

"……"

"그런데 카즈사노스케 님은 그 젊음을 가지시고도 조그마한 차질에 굴복하여 스스로 자신의 죽음을 서두르시다니…… 그러고도 아버님에게 부끄럽다고 생각지 않으십니까…… 아니, 용맹으로는 남달리 뛰어나신 카즈사노스케 님, 건방진 저의 참견을 웃으며 들으시리라 믿기 때문에 이런 간언을 드립니다. 오고쇼 님은 노력하고 계십니다. 카즈사노스케 님도 그런 아버님에게 지지 않게 노력하셔야만…… 그렇게 하셔야만 참된 효도입니다…… 카츠타카는 그렇게 확신하고 있기 때문에 감히 말씀 드립니다."

이때 아버지 시게카츠가 산보三方°에 공손히 서약서를 받쳐들고 돌아와서 카츠타카는 입을 다물었다.

"오고쇼 님에게 올리는 서약서입니다. 후카야로 출발하는 일은 될 수 있는 한 빨리 실행하겠으니 이 뜻을 잘 전하도록."

시게카츠는 자기 아들 앞에 정중하게 서약서를 내밀었다.

# 13

카츠타카는 서약서와 타다테루를 번갈아 바라보면서 얼른 손을 내밀지는 않았다.

타다테루의 입술이 약간 일그러졌다.

"카츠타카, 어째서 받지 않는가?"

"죄송하오나 그 이유는 카즈사노스케 님이 더 잘 아십니다."

이번에는 아버지 시게카츠가 깜짝 놀라 당황하는 시선으로 두 사람을 번갈아 바라보았다.

타다테루의 얼굴이 창백하게 변하기 시작했다.

"카츠타카!"

"예, 말씀하십시오."

"어서 서약서를 받아라. 정중하게 제출하는 것, 그대가 받지 못할 이유는 없다."

"그러시면 이 카츠타카가 드린 말씀, 순순히 받아들이시겠습니까?"

"그것과 이것은 별개의 문제야."

"아닙니다! 그렇지 않습니다."

"닥쳐!"

드디어 타다테루의 언성이 거칠어졌다.

"그대는 아버님의 사자, 타다테루는 공손히 맞아들였어…… 그리고 노인도 말했어. 후카야로 출발하는 일은 될 수 있는 한 빨리 실행하겠다고…… 이것으로 그대의 임무는 끝났어. 그대야말로 순순히 그 서약서를 가지고 돌아가면 되는 거야."

"그렇게는 할 수 없습니다."

카츠타카는 엷은 미소를 띠고 고개를 저었다.

"속담에 부처는 만들었으나 혼을 넣지 않았다는 말도 있고, 교각살

우교각살우矯角殺牛라는 말도 있습니다. 제가 이대로 돌아간 뒤 바로 뜻하지 않은 사태가 벌어진다…… 그러나 이는 저와는 상관없는 일……이라고 하게 되면 이 카츠타카가 비웃음을 당합니다. 아니, 오고쇼 님을 뵐 면목이 없습니다. 다시금 부탁합니다! 청을 들어주십시오."

한치도 물러서지 않는 태도로 산보를 도로 밀어냈다.

시게카츠는 그제야 사정을 알게 된 모양이었다. 그 역시 온몸을 굳히고 두 젊은이를 번갈아 바라보고 있었다.

기묘한 침묵이 흘렀다. 숨막히는 대결인 듯한 느낌뿐만 아니라, 쌍방이 당장이라도 울음을 터뜨릴 듯한 정의情誼가 숨겨진 위로의 긴박감으로도 보였다.

"카츠타카……"

"예."

"그대는 내가 생각을 바꾸지 않으면 죽을 결심으로 왔군."

"모르겠습니다."

"도대체 아버님은 에도에 가셔서 무엇을 하실 생각인가? 다테는 멀리 센다이 성에 있어. 설마 센다이까지 군사를 보내시려는 생각은 아닐 텐데……"

"모르겠습니다! 오고쇼 님의 깊으신 생각을 불초한 제가 어찌 짐작이나 할 수 있겠습니까. 그러나…… 카즈사노스케가 후카야의 옛 성에서 근신한다면 평화를 위해 이승에서의 마지막 봉사가 가능할 것이다……고는 말씀하셨습니다."

"으음."

"오사카의 경우도 마찬가지였다…… 히데요리 님이 그 성에 있어서는 안 되었다, 이유는 단지 그뿐이었다…… 그러나 그뿐인 일을 카타기리 이치노카미는 끝내 히데요리 님을 설득하지 못했다…… 여러 차례 이런 말씀도 하셨습니다. 이 카츠타카는……"

카츠타카가 이렇게 말했을 때였다. 그 말을 누르듯 타다테루가 엄한 목소리로 가로막았다.

"됐어! 더는 말하지 마라."


## 14

"그대는 이치노카미보다 훨씬 더 젊은 몸, 그러므로 목숨을 걸고 나를 설득하겠다, 한발도 물러서지 않을 각오로 왔다는 말이겠지."

타다테루의 어조는 점점 더 흐트러졌고 말을 끝냈을 때는 두 눈이 약간 붉어져 있었다.

"황송합니다."

"노인……"

"예."

"나는 카츠타카에게 진 모양일세. 아냐, 졌다고 할 수는 없고…… 설득된 것처럼 꾸미고 잠시 연기할 수밖에……"

"연기라고 하시면?"

"멍청한 것. 여기서 다툰다고 해도 일은 해결되지 않아."

"으음."

"아버님의 마지막 집념……이라면 내가 양보할 수밖에 없겠지."

타다테루는 이렇게 말하고 다시 한 번 산보를 카츠타카 앞으로 밀어놓았다.

"실은 말이지, 카츠타카. 노인은 인생의 모든 취사선택을 내게 맡긴다고 했어."

"예?"

"군사를 이끌고 센다이에 가서 합류해도 좋고, 이 자리에서 분사해도 좋다고."

"바로 그, 그렇게 되지 않을까 하여 이 카츠타카도 은근히 걱정하고 있었습니다."

"그래서 나는 생각했지…… 사람은 모두 이 세상의 나그네…… 태어난 그날부터 저마다 자기 수명을 지니고 죽음을 향해 걸어가는 것…… 빠르고 늦는 차이는 있으나 절대로 이 길에서 벗어나지 못한다. 그렇지 않으냐?"

"예, 그렇습니다."

"그렇게 생각하고 돌이켜보니 아버지나 형과 어렵게 신경을 써야 하는 일이 어리석게만 여겨졌어. 그래서 이런 귀찮은 세상에서 이 타다테루가 한발 먼저 떠나겠다고."

"그렇다고는 하나…… 그 생각은 큰 잘못이라 생각합니다."

"더 이상 말하지 마라. 그 죽음에 이르는 인생의 여행에도 진지한 여행이 있는가 하면, 고난을 피하기 위한 패배의 여행도 있다…… 그 정도도 모르는 타다테루가 아니야."

"황송합니다."

"그러므로 여기서는 일단 그대의 말에 따르겠어…… 그 대신 후카야에 가면 나의 추궁이 시끄러워질 것이다."

"예."

"아버님의 마지막 집념…… 그 귀추를 짓궂게 감시하면서, 쇼군이나 그 측근들에게도 사사건건 물고늘어지겠어…… 그래도 좋다고 생각하나, 그대는?"

"제 청을 들어주시어…… 감사하게 생각합니다."

"감사하기에는 아직 일러!"

"예."

"그런 뒤 천하를 맡은 두 분이 하시는 일이 납득되지 않으면 낱낱이 그 잘못을 폭로하여 문제삼겠어…… 그때 어이없는 독사를 살려두었다고 후회하는 일이 생겨도 나는 몰라."

갑자기 카츠타카가 어깨를 들먹이며 울기 시작했다.

"그것이…… 그것이…… 바로 오고쇼 님이 원하시는 일입니다. 오고쇼 님은 제게도 이런 말씀을 하셨습니다……"

"아버님의 말씀이 또 있었는가?"

"예. 생사에 대해서는 말하지 않겠다, 그러나 언젠가 만나게 될 곳은 한 군데, 그때 아비와 자식 중에서 누가 더 진지하게 살았는지 카즈사와 겨룰 것이니 그렇게 전하라고."

이번에는 타다테루가 얼굴을 일그러뜨렸다고 생각한 순간 느닷없이 개구쟁이처럼 몸을 비틀며 울기 시작했다……


# 15


부자가 언젠가는 만날 데가 있다. 말할 것도 없이 죽음의 세계……

그 죽음의 세계에서 만났을 때, 그 죽음에 이르기까지의 여행을 누가 더 진지하게 걸어왔는가? 이것을 겨루자고 이에야스는 말한 듯.

타다테루는 몸부림치며 계속 울고 있었다. 아니, 큰 소리로 웃고 싶었으나 왠지 끝없는 슬픔 속으로 빠져들어갔다.

'결국 이것이 인생…… 그 경쟁에 매달려 살아간다…… 그 밖에는 달리 구원이 없는 것이 진정한 인생의 모습.'

이런 생각이 무한한 슬픔과 무한한 해학으로 타다테루의 가슴을 짓눌러왔다.

물론 타다테루도 예외일 수는 없다. 결국은 죽는다……는 그 절대적인 길을 걸으면서도 후회가 없었다고 자신할 수 있다면, 그것은 오로지

걷게 할 만한 목표가 있었기 때문……

'그 목표가 아버지에게는 있고 나에게는 없다는 말인가……?'

그것이 이처럼 처절하고 슬프며 익살스럽기까지 할까……?

어린아이처럼, 개구쟁이처럼 몸을 뒤틀고 우는 타다테루를 카츠타카 부자는 한동안 말없이 지켜보고 있었다.

'마음껏 울도록 내버려두는 것이 좋다……'

카츠타카는 이렇게 생각했다. 생각하는 것과 동시에 이제는 서약서를 순순히 받을 때……라는 이성도 퍼뜩 가슴을 스치고 지나갔다.

"카즈사노스케 님, 이 서약서는 카츠타카가 틀림없이 받았습니다. 오고쇼 님은 이것을 보신 후 곧 에도로 떠나시리라 생각합니다."

"……"

"오고쇼 님이 에도에 가시면 물론 소요는 일어나지 않습니다. 그렇게 되면 혹시…… 후카야 성에서 대면……이 이루어질지도……"

"카츠타카!"

"예."

"내 마음을 이해할 수 있겠나…… 나는 아직도 고분고분하지 않아. 아버님이 살아가는 방식 말고는 다른 길이 없다……고는 생각하지만, 만일 있다면 내 손으로 찾겠어."

"지당하신 말씀. 저도 결코 납득하시지 못하는 일까지 권유하고 있지는 않습니다. 자결은 납득하신 후에도 충분히 하실 수 있는 일, 죽음을 서둘러 후회를 남기시지 않도록, 지금은 일단 후카야의 옛 성을 깊이 생각하시는 장소로 삼도록 부탁 드립니다."

"더 이상 듣고 싶지 않아. 마음을 정했으니까."

"예."

"내가 갈 곳은 후카야밖에 없다…… 이것이 그대의 신념임을 알았어! 나 또한 그렇게 생각한다. 후카야에 가서 죽고 싶으면 누구의 손도

빌리지 않고 죽을 것이다."

타다테루는 이렇게 말하며 몇 번이나 고개를 끄덕였다.

"노인……"

굳어 있는 시게카츠 쪽으로 향했다.

"이제 그대도 안심했겠지? 카츠타카는 아주 훌륭하게 이 타다테루를 설득시켰어."

"죄송합니다."

"좋아, 이것으로 나도 구원받았는지 몰라. 준비한 잉어를 내오도록 하게. 그리고 눈이 쌓이기 전에 정원에 있는 배의 모형을 태워 없애도록. 역시 내 미망의 원인은 그것이었어."

이렇게 말하고 이번에는 소리를 죽여가며 울기 시작했다.

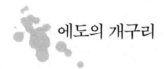

# 에도의 개구리

## 1

에도 성의 내전……이라고는 하나, 그것은 뒷날 칸에이寬永° 연간의 규모와는 비교도 안 될 정도로 간소했다. 쇼군 히데타다가 정무를 보고 돌아와 쉬거나 식사를 하고 또 침소로 쓰는 구역은 훗날의 나가츠보네 長局° 정도의 넓이도 되지 않았다.

쇼군 히데타다가 내전에서 접견하는 측근도 극히 제한된 인원…… 도이 토시카츠가 이따금 호출되는 일은 있었으나, 그 밖에는 서쪽 성에 있는 타케치요의 유모 오후쿠於福 부인, 미즈노 타다모토, 야규 무네노리, 그리고 요즘에는 오사카에서 돌아와 있는 센히메의 시녀 오쵸보 정도였다. 오쵸보는 지금 교부쿄刑部鄕 부인 대신 오타메於爲라는 이름으로 불리고 있었다.

히데타다가 정무에 관한 일을 내전에서 처리하는 경우는 거의 없었다. 그런 만큼 정실 오에요阿江與 부인은 정치적인 일에 참견하려 해도 거의 아무 것도 알고 있지 못했다.

그날 히데타다는 시무룩한 표정으로 내전에 들어왔다. 오에요 부인

이 아직까지도 고민하고 있는 센히메 이야기를 꺼내면서 ──

"차라리 좋은 상대를 찾아 재혼시키는 것이……?"

이렇게 말했으나 대답도 하지 않았다.

오에요 부인이 이렇게 말한 것은 이에야스의 손자뻘인 혼다 타다토키本多忠刻의 어머니로부터 은밀한 이야기가 있었기 때문이다. 그러나 히데타다로서는 아직 그런 일에 귀를 기울일 여유가 없어 흘러가는 말이 되고 말았다.

히데타다는 무언가 깊은 생각을 하며 식사를 끝냈다. 그리고 코쇼에게 명했다.

"바깥 대기실에 야규가 남아 있을 테니 불러라."

야규 무네노리는 이에야스의 부름으로 잠시 동안 슨푸에 머무르다가 오늘에야 돌아왔다. 물론 인사는 낮에 받았으며, 그때 이에야스가 했다는 말도 전해들었다.

내년에는 타케치요를 쿄토로 데려가 도쿠가와 가문의 후계자로 입궐시켜 벼슬을 받도록 할 것.

그때는 이에야스도 동반하는데, 경호를 위해 야규 무네노리를 타케치요와 동행케 할 것.

이 두 가지는 히데타다뿐만 아니라 히데타다의 중신들도 이미 예견하고 있던 일이었다. 그 밖에도 무언가 은밀한 지시가 있을 것이었다. 그러나 히데타다는 굳이 묻지 않았다. 중요한 일이라면 반드시 무네노리가 먼저 비밀리에 면담을 청하리라 생각했기 때문이다. 그런데 무네노리는 면담을 청하지 않고, 그렇다고 일찍 물러가지도 않은 채 대기실에 남아 기다리고 있었다.

히데타다는 자기 쪽에서 불러 물어볼 수밖에 없다고 생각했다. 이러한 일은 근래 이심전심, 이렇게 히데타다와 무네노리 사이는 자연스럽게 호흡이 맞았다.

이윽고 무네노리가 들어왔다.

"부르신다고 하시기에 마타에몬이 왔습니다."

무네노리는 먼저 정중히 히데타다에게.인사를 하고 나서 오에요 부인 쪽을 보았다.

"오고쇼 님은 마님의 소식을 알고 싶다……고 종종 말씀하고 계셨습니다마는."

평범한 이야기로 화제를 옮겼다. 히데타다는 눈치를 채고 오에요 부인에게 물러가라고 했다.


## 2


두 사람만 남았는데도 히데타다는 묵묵히 무네노리를 바라보기만 했다. 자기가 입을 열기 전에 무슨 말이 나오지 않을까 하고 생각했기 때문이다.

그러나 오히려 무네노리는 다시 머리를 조아렸다.

"부르신 용건을 말씀해주십시오."

시치미를 떼고 상대를 올려다보았다.

히데타다는 가볍게 혀를 찼다.

"아버님이 곧 슨푸를 출발하신다고?"

"예. 마츠다이라 카츠타카 님을 에치고에 파견하시어 카즈사노스케 님을 처벌…… 그 보고를 들으신 뒤 조동종曹洞宗°의 법문을 들으시고, 다시 센바仙波 키타인喜多院의 텐카이 대사를 초청하여 무언가 불법에 대해 질문하시고는 매사냥을 하셨습니다."

"설법을 들으시고 매사냥, 그것이 이번에 슨푸를 떠나시는 일과 관련이라도 있다는 말인가?"

"예."

무네노리는 진지한 표정이었다.

"불법은 자비, 매사냥은 살생…… 이렇게 두 가지로 나누어 생각하는 것이 저희들의 생각. 그러나 오고쇼 님은 살생 역시 자비의 발현…… 이라는 심경이신 줄 알고 있습니다."

히데타다는 고개를 갸웃하고 생각하다가 말했다.

"그렇다면 매사냥은 여행을 위한 체력단련…… 그렇게 보았겠군."

"그렇습니다. 이미 여간해서는 여행하시기 어려운 연세…… 그걸 굳이 감행하시는 조심성. 여전히 엄격하신 데 놀랐을 뿐입니다."

"으음."

"이번에 뵈었을 때 이 마타에몬은 또 하나 큰 교훈을 얻었습니다. 마음에 자비가 없는 정직은 비정한 것……이라는 말씀이었습니다."

"뭐, 자비가 없는 정직……?"

"예. 정직은 원래 인간의 보배이긴 하나 마음에 자비가 없는 정직으로는 상대에게 상처를 줄 뿐…… 부모가 자식을 타이르는 마음가짐이라고 깊이 마음에 명심하고 돌아왔습니다."

"으음."

히데타다는 다시 한 번 고개를 갸웃했다.

"카즈사노스케의 처벌을 가리키는 말인가?"

"예. 아니, 카즈사노스케 님과 다테 님을 포함하여…… 남의 위에 있는 인간의 마음가짐을 가르치신 것…… 매사냥으로 몸을 단련하시고 오고쇼 님이 슨푸를 출발하시는 일은 이달 말쯤……이 되리라고 저는 생각하고 있습니다마는."

"이달 말쯤……?"

"어떨까요, 그 전에 도이 님을 슨푸로 보내시어 여행에 관해 상의하도록 하시면."

히데타다는 이 말에는 대답을 하지 않았다.

"마타에몬."

"예."

"그대가 보기에, 아니 생각하기에 아버님은 얼마나 에도에 체재하실 예정인 것 같은가?"

"그것은 알 수 없습니다."

뜻밖일 만큼 단호하게 무네노리는 고개를 저었다.

"뭐, 모른다고……?"

"상대가 있는 만큼 상대에 따라 달라진다, 다테 님이 언제 망상을 버릴지, 다테 님이 망상을 버리기 전에는 돌아오시지 않을 결심……이라고 저는 추측하고 있습니다."

당연하지 않느냐는 듯한 무네노리의 대답이었다.


# 3


히데타다의 얼굴이 당황하여 붉게 상기된 것은——

'으음, 그래서 에도에 오시는군.'

아버지의 뜻을 미처 알아차리지 못한 자신의 어리석음이 부끄러웠기 때문이다.

"그럼, 아버님은 다테의 태도 여하에 따라서는 영지몰수도 불사하겠다는 각오로 오시는 것일까?"

"그렇지 않습니다."

무네노리는 비웃듯이 다시 고개를 저었다.

"허어, 그것도 아니란 말인가?"

"황송하오나, 오고쇼 님은 앞서 오사카를 설득하기 위해 직접 나서지 않은 일을 신불 앞에 부끄러워하고 계십니다."

"뭐, 오사카를······?"

"예, 이에야스에게는 일생 일대의 불찰······ 게을렀던 탓이다, 나이를 이기지 못하고 지위에 오만해져 마지막 노력을 게을리 했다, 그 벌이 바로 오사카 전투······ 전쟁을 없애려는 자가 게을러서야 어찌 되겠느냐······고 말씀하셨습니다."

히데타다는 눈이 휘둥그레져 잠시 동안 숨도 쉬지 못하고 무네노리를 바라보고 있었다.

"아버님이······ 그런 말씀을······?"

"예. 그리고 체력단련을 위한 매사냥을······ 이미 그 일정도 직접 기록해두셨습니다······ 그러므로 다테 공이 무익한 야심을 버렸다고 보일 때까지는 슨푸에 돌아가시지 않을 것이라고."

히데타다는 긴 한숨과 함께 고개를 끄덕였다.

"그렇다면······ 당연히 토시카츠를 파견하지 않을 수 없겠군."

"오고쇼 님은 이런 말씀도 하셨습니다. 에도의 개구리들에게 좀더 나의 생활태도를 보여주지 않으면 정말 우물 안 개구리가 되고 말 것이라고."

히데타다의 얼굴이 대번에 붉어졌다.

"으음, 에도의 개구리들을······ 그럼, 곧 서쪽 성을 비워야겠어."

"예······ 뭐라고 하셨습니까?"

"타케치요는 아직 어린아이일세. 아버님이 잠시 체재하신다면 서쪽 성을 비워 불편이 없도록 해드려야지."

"주군!"

"왜 그러나, 이것도 그대의 의견과는 다른가?"

"그렇게 하시면 부모의 마음을 자식이 모른다고 크게 꾸짖으실 것입니다."

"허어……"

"오고쇼 님은 다테 문제를 처리하시고 나서 직접 타케치요 님을 동반하여 쿄토에 가십니다. 이 두 가지만은 오고쇼 님이 생존하고 계신 동안 반드시 끝내야 할 일로 생각하시는 것 같습니다."

"고마운 일이야."

"따라서 에도에 오시더라도 서쪽 성에는 드시지 않으리라 생각됩니다. 그 성은 오고쇼 님과 쇼군 님의 비원을 계승하실 삼 대 쇼군 님의 처소입니다."

"그럼 본성에 체재하신다는 말인가?"

"당치도 않습니다. 본성은 세이이타이쇼군征夷大將軍°이신 주군의 처소…… 오고쇼 님을 위해 준비하신다면 둘째 성…… 둘째 성이라면 기뻐하시되 꾸중은 하시지 않으리라 생각합니다만."

"무네노리!"

"예."

"그대는 모르는 것이 없군. 아버님의 일정을 비롯하여 숙소에 이르기까지…… 짓궂은 사나이야. 이쪽에서 묻지 않으면 아무 말도 하지 않을 생각이었나?"

히데타다가 언성을 높이고 다그쳤다. 무네노리는 시치미를 떼고 고개를 숙였다.

"그렇습니다."


## 4


무네노리의 태연한 대답에 히데타다는 버럭 화가 치밀었다. 직선적인 그의 성격으로 볼 때 이런 태도는 예의를 벗어난 야유처럼 비쳤다.

"그런가. 그대는 모든 것을 다 알고는 있으나, 내게 보고할 생각은 없다……는 말이군."

"그렇습니다."

다시 무네노리는 태연히 대답했다.

"어디까지나 쇼군 님과 오고쇼 님 사이에 빈틈없이 호흡이 맞아야만 하는 일…… 저 같은 자가 개입한다는 것은 당치도 않은 일. 그러므로 오고쇼 님이 말씀 드리라고 하신 일 말고는 쇼군 님의 특별한 질문이 없는 한 절대로 입을 열지 않겠습니다."

히데타다는 쓸쓸한 표정으로 다시 가볍게 혀를 찼다.

"그럴듯한 이론이군."

"그렇게 이해해주신다면 무네노리도 체면이 서겠습니다."

"마타에몬, 오고쇼가 에도에 머무르시는 동안 숙소는 둘째 성으로 정하겠네. 그러나 아버님은 이미 노령이시고 더구나 오사카 때의 피로도 그대로 남아 계실 거야. 따라서 자식으로서는 가능한 한 속히 일을 결말짓고 슨푸로 돌아가시도록 하고 싶어."

"그것이 바로 효심인 줄로 압니다."

"그래서 묻겠는데, 다테를 에도로 불러내어 두 마음이 없다는 서약을 하게 한다…… 그것으로 일이 해결되리라 생각하나?"

"글쎄요, 그것은……"

"……일단은 끝나겠으나, 나중에 다시 소요가 일어난다……면 종기의 뿌리는 뽑히지 않아. 이 점에 대해 아버님은 어떤 생각을 가지고 계실까? 또 아무 말씀이 없었다 해도 어떤 생각을 가지고 계신지…… 마타에몬, 그대가 알고 왔다면 나의 사범으로서 그 생각을 나에게 말해주지 않겠나?"

이번에는 무네노리도 적잖이 당황했다. 분노는 할망정 이처럼 은근하게 반문할 줄은 몰랐다.

"황송합니다."

이렇게 말하려다 말고 무네노리는 얼른 참았다. 밑에서 간하는 자가 없다면 위에 앉은 사람의 자만심을 누를 길이 없다. 자기야말로 엄하게 간언하는 자가 되겠다고 여태껏 벼슬도 가봉도 모두 거절하고 측근에서 섬기고 있지 않은가.

"그렇게 물으신다면 말씀 드리겠습니다."

일부러 거만한 자세를 취했다.

"실은 오고쇼 님이 제게 짓궂은 질문을 하셨습니다."

"허어, 어떤 질문을 하셨는가?"

"이건 공상 끝에 하는 말인데…… 이렇게 서두를 꺼내시고, 세상에는 숲에서 뛰어나와 새로운 세상의 질서인 우리 안으로 들어가려 하지 않는 식인食人 호랑이가 아직 한 마리 남아 있다……"

"식인 호랑이란 말이지……"

"예. 그 식인 호랑이를 남겨둔 채 만약 쇼군이 세상을 떠나는 일이라도 생긴다면, 그대는 타케치요를 받들고 어떻게 하겠는가…… 이런 뜻하지 않은 짓궂은 질문이었습니다."

"으음, 과연."

"쇼군이 세상을 떠난 뒤라면 나도 역시 이미 죽은 후가 된다. 그러면 다시 식인 호랑이가 날뛰게 될지도 모른다. 그러면 어떻게 할 작정이냐……고."

무네노리는 이에야스가 말한 이상으로 의미에 힘을 주면서 히데타다의 표정이 어떻게 변하는지 주시했다.

히데타다는 눈을 감았다.

새로운 질서의 우리 안에 들어가지 않는 식인 호랑이…… 이 말에서 히데타다는 지금 두 사람을 뇌리에 떠올리고 있다. 그 한 사람은 다테 마사무네, 그리고 또 한 사람은 동생 타다테루……

# 5

"이대로 두면 그 식인 호랑이는 반드시 양민들이 사는 시중에 뛰어들어 엄청난 피를 흘리게 할 것이다……"

무네노리는 남의 일처럼 말했다.

"그렇다고 해서 허겁지겁 총포를 들고 나와 쏘아대며 쫓아다니면 호랑이 발톱에 상하는 자가 생길 뿐만 아니라, 유탄에 상처를 입는 자, 쓰러져서 다치는 자…… 아니, 당황하면서 피하다가 강에 빠지는 자, 불을 질러 집을 태우는 자, 한없이 소요가 확대된다. 더구나 그 식인 호랑이를 놓치기라도 하면 당분간은 전국이 전전긍긍하여 생업이 손에 잡히지 않는다…… 그러한 뜻이 뒤에 숨겨진 질문이었기에 이 무네노리도 대답이 궁했습니다."

히데타다는 가만히 고개를 끄덕이며 눈을 떴다.

"그것이 다름 아닌 전쟁인데, 그대는 무어라고 대답했나?"

"대답할 말이 없기에, 타케치요 님에게 호랑이를 노려보시게 하겠다고 말씀 드렸습니다."

"뭐, 타케치요에게 호랑이를 노려보게 한다……?"

"예. 이분에게는 도저히 당할 수 없다…… 이분이 총포를 들고 나오시기 전에 얌전히 우리 안으로 들어가는 것이 내 몸의 안전……이라고 생각할 정도로 위엄 있는 눈으로 호랑이를 무섭게 노려보시게 한다…… 그러면 유탄에 맞는 자도, 호랑이 발톱에 찢기는 자도, 또는 익사와 화재의 소동도 없게 될 것이므로……"

"으음."

히데타다는 신음했다. 그의 고지식한 기질로는 이러한 비유가 희롱하는 말로밖에 들리지 않았다. 무엇이 어째서 어떻게 되었다고 하는 이치의 뒷받침이 없으면 납득하지 못하는 성격이었다.

"아버님은 납득하시던가……?"

"예."

무네노리는 대답하고 나서 지니고 있던 단검을 히데타다에게 꺼내 보였다.

"그렇게 하면 될 것이라고…… 이 칼을 상으로 주셨습니다."

"으음."

"아직도 납득이 안 되시는 점이 있으면 망설이지 마시고……"

"무네노리, 만일 타케치요에게 그만한 능력이 없다면 어떻게 하겠 나? 식인 호랑이가 겁낼 만한 기량이 말일세."

"아닙니다. 틀림없이 가지고 계십니다."

무네노리는 가슴을 젖히면서 호언장담했다.

"과연 그럴까?"

"무슨 말씀을 하십니까…… 그런 능력이라면 주군도 이미 지나칠 정 도로 가지고 계시지 않습니까."

"뭐, 내가……?"

"그렇습니다. 벌써부터 오고쇼 님이 하야시 도슌林道春을 비롯한 많 은 학자에게 가르치게 하고 계신 평화스러운 시대를 사는 성인의 길, 이 길을 가르친 유학儒學과 또 하나는 일본의 모든 다이묘들을 날개 밑 에 거느리신 세이이타이쇼군의 무력…… 이 두 가지 앞에 움츠리지 않 을 자가 있겠습니까. 움츠리지 않는다면, 이쪽에서 그 위력을 깨닫지 못하여 노려보지 않기 때문입니다."

"으음."

다시 히데타다의 얼굴이 붉어졌다. 아마도 수치감 때문인 듯.

"그런가, 내가 마음이 너무 약하다는 말인가."

"약할수록 얼른 칼에 손을 대려고 합니다. 칼에 손을 대는 것은 쓸데 없이 총을 쏘아대는 호랑이 사냥과 마찬가지…… 호랑이를 광란케 만들면 민중들까지 상처를 입게 됩니다. 그러므로 신카게류新陰流°의 검법에서는 마음의 수련을 쌓아 칼을 뽑지 않는 것을 승리의 요체로 삼고 있습니다."

## 6

히데타다는 잠시 동안 묵묵히 무네노리를 바라보고만 있었다.

자세도 표정도 단정 그 자체였다. 그러나 무네노리는 그 마음 깊은 곳의 심한 동요를 읽을 수 있었다.

'필사적으로 무네노리가 한 말의 의미를 이해하려 하고 있다.'

그런 의미에서는 보기 드물 정도로 솔직하고 고지식한 분…… 그러한 성품이 오고쇼 정도나 되는 인물로 하여금 내 가문의 후계자는 히데타다……라고 결정하게 한 원인, 그리고 신뢰의 바탕일 터.

"그런가, 아버님 말씀과 그대가 말하는 검법의 길과는 일치해 있었다는 말이지?"

"황송합니다마는, 그렇습니다."

"무네노리."

"예."

"그대 덕분에 나도 아버님의 마음을 알게 되었어. 곧 오이大炊를 불러 아버님의 여행을 상의하기 위해 슨푸로 파견해야겠어. 아직 오이가 성안에 있는지 모르겠는데, 있거든 이리 오라고 전해주게."

야규 무네노리는 공손히 인사하고 자리에서 일어났다.

'깨달으신 모양이다.'

그렇게 생각하면서도 아직 약간의 불안은 남아 있었다. 그러나 그 불안을 지금 입밖에 낼 수는 없다고 스스로를 납득시켰다.

도이 토시카츠가 슨푸에 간다. 그렇게 되면 히데타다의 생각은 다시 한 번 이에야스에게 시험을 당하게 될 것이다.

'부족한 점이 있으면, 오고쇼 님이 직접 가르치시겠지.'

이렇게 생각하고 긴 복도를 지나 바깥채로 나왔다. 거기에는 도이 토시카츠뿐만 아니라 혼다 마사노부, 사카이 타다요酒井忠世, 미즈노 타다모토 등이 남아 이에야스의 슨푸 출발에 대해 한참 논의를 벌이고 있었다.

무네노리는 그 논의의 내용을 듣지 않아도 짐작할 수 있었다. 그는 도이 토시카츠에게 히데타다가 부른다는 말을 전하고는 곧장 성에서 나왔다.

도이 토시카츠는 급히 히데타다에게로 갔다. 히데타다는 팔짱을 낀 채 눈을 감고 잠이 들었나 싶을 정도로 조용히 앉아 있었다.

화로의 숯불은 하얀 재로 변하고, 촛대의 불똥이 길게 붙어 있었다. 그동안 아무도 출입하지 않았던 모양이다.

"부르셨습니까?"

토시카츠는 앉으면서 불똥을 잘라내고 나직한 소리로 물었다.

"오이, 아버님이 슨푸를 출발하시는 이번 일에 모두의 의견이 일치되었는가?"

히데타다는 눈을 뜨지 않고 팔짱만 풀었다.

"일치되지 않았습니다."

토시카츠는 고개를 흔들고 무릎걸음으로 다가앉았다.

"출발하시면 즉시 센다이의 저택을 접수하고 다테 큰마님과 타다테루 부인을 인질로 삼는다…… 그 다음 상대의 태도를 지켜본다……는 것이 혼다 사도노카미의 의견, 그 밖에는 모두 이보다 훨씬 더 과격한 주장을 펴고 있습니다."

"으음. 과격한…… 주장이라면, 에도에 올라와 있는 다테의 가신들이 반항할 터이니 그들을 피의 제물로 삼자는 말인가?"

"그보다도……"

토시카츠가 대답했다.

"오고쇼 님이 오신다……는 것은 몸소 에도 수비를 담당하시려는 뜻. 그러므로 쇼군 님은 다테 정벌에 출전하실 각오가 필요하다는 의견이었습니다."

그 말에 히데타다가 비로소 눈을 떴다.


## 7


"오이, 아버님의 생각은 그런 곳에 있지 않아."

히데타다는 저도 모르게 입가에 미소를 떠올렸다. 무네노리가 말한 '우물 안 개구리'를 풍자한 '에도의 개구리'를 상기했기 때문이다.

"그러시면 오고쇼 님은 어떤?"

"아니, 특별한 말씀은 없었지만, 생각하시는 바는 대강 알았어. 그래서 그대는 급히 슨푸로 가야 하겠네."

"제가 슨푸로……?"

"그래. 아버님은 이달 안에 슨푸를 출발하실 예정인 것 같아. 그 여행에 관한 상의를 드려야 하겠기에 말일세."

"그야 당연한 일…… 그러나 오고쇼 님을 맞이하기 전에 일단 저희들의 의견을 결정하는 게 순서가 아닐까 합니다마는."

"그럴 필요 없네. 이미 내 마음은 결정되었네."

"주군의 마음이……?"

"그래. 슨푸에 가거든 아버님께 이렇게 말씀 드리게. 매사냥 범위를 어디까지로 정하셨는지 상세하게 여쭙고 오라는 지시였다고……"

말하다가 문득 히데타다는 머리를 저었다.

"아니, 그래선 안 되겠어. 그러면 꾸중을 들을 것일세."

"예……? 무어라고 꾸중하실까요?"

"그건 사냥감에 달려 있다…… 사냥감에 따라서는 오슈까지도 갈 것이라고."

"그러시면 주군께서는 오고쇼 님이 직접 다테 정벌에 출전……하신다고 보십니까?"

"그 반대일세. 하하하……"

"그 반대?"

"아버님은 말이야, 다테라는 호랑이를 노려보기 위해 슨푸를 떠나시는 것일세."

"노려보시기 위해……?"

날카로운 두뇌를 가진 도이 토시카츠도 그만 눈이 휘둥그레져 고개를 갸웃했다.

"그래. 평화로운 세상의 질서라는 우리 안에 들어가지 않는 다테 마사무네라는 호랑이를 말일세. 이 호랑이를 두려워하면 전쟁이 된다. 호랑이 한 마리 때문에 전쟁을 하는 어리석은 일을 아버님께서는 좋아하시지 않아."

"예……?"

"그러므로 이 호랑이를 몸소 노려보신다. 노려보시고 또 노려보시어 호랑이를 우리 안에 넣기만 하면 되는 거야…… 참, 이렇게 말씀 드리게. 아버님 뒤에서 저희들도 호랑이를 노려보겠으니 노려보는 요령, 그 급소를 먼저 가르쳐주십시오…… 이렇게 말씀 드리면 이번 여행의 상의는 끝나게 될 것일세."

"예……"

도이 토시카츠는 다시 한 번 고개를 갸웃하고 생각하다가 무릎을 탁

치면서 말했다.

"과연! 바로 그것이었군요."

"오이, 아버님은 나와 그대들을 가리켜 에도의 개구리……라고 하셨다는군."

"우물 안 개구리…… 말씀입니까?"

"우물이 아니라 에도일세. 시끄럽게 울어대기만 할 뿐 중심이 하나 빠졌다는 비유시겠지. 돌이켜보면 우리는 너무 서두르는 겁쟁이 같은 면이 있었어."

히데타다는 이렇게 말하고 비로소 화로에 손을 뻗어 높이 쌓아올려진 재 속에서 새빨간 숯불을 파냈다.

"그리고 또 하나는 카즈사노스케 문제인데, 카즈사는 순순히 후카야로 옮길 것이네. 에도로 오는 길에 한 번만이라도 대면을 허락해주실 수 없겠느냐고 부탁을 드려보게."


# 8


도이 토시카츠는 상체를 똑바로 세우고 히데타다를 노려보는 자세를 취했다.

'오고쇼 님에게는 싸우실 마음이 없다.'

히데타다는 이렇게 말하고 있다.

그러나 이대로는 둘 수 없기 때문에, 더 무엄한 행동을 하면 용서하지 않겠다고 마사무네에게 시위하기 위해 에도에 오는 것…… 이를 히데타다는 노려보기 위해서라는 말로 표현했을 터.

여기까지는 알 수 있었다. 그러나 마지막의 카즈사노스케 타다테루에 대한 언급이 토시카츠로서는 아직 납득되지 않았다.

인간의 말에는 항상 안팎 두 가지 의미가 있다. 히데타다는 진심으로 타다테루를 아버지와 만나게 하려는 것일까? 아니면 사실은 탄원의 뜻을 곁들여 처벌을 재촉하려는 것일까? 그 점이 애매했다.

토시카츠는 타다테루의 구명에 반대였다. 뱀을 죽이려다 살려주면 더욱더 반감을 살 뿐⋯⋯

"죄송합니다마는, 카즈사노스케 님과는 대면할 수 없다⋯⋯고 하시면 어떻게 하시렵니까?"

토시카츠는 교활하게 반문했다. 대답을 통해 히데타다의 진심을 알아내자는 속셈이었다.

"제 생각으로는 카즈사노스케 님의 처벌 자체가 이미 다테 마사무네에 대한 커다란 위협이라고⋯⋯ 곧 노려보는 방법의 하나라고 생각합니다마는."

"그러니까 이 일에는 간여하지 말라는 뜻인가?"

"예. 섣불리 간여하면 오고쇼 님의 마음을 어지럽힐 뿐⋯⋯ 후카야에 근신하고 있으므로 그대로 두시는 편이 마사무네를 두렵게 만드는 결과가 되지 않을까 하고⋯⋯"

"으음."

히데타다는 뜻밖일 정도로 고분고분했다.

"그대로서는 형제의 정을 모른다. 탄원해보겠다!"

참으로 타다테루를 구하고 싶다면 이렇게 말했을 터. 그런데──

'으음.'

외마디 신음만 했을 뿐 그대로 말을 끝냈다. 토시카츠는──

'역시 본심이 아니었던 모양이다.'

이렇게 해석했다.

"모처럼 오고쇼 님이 다테를 노려보시기 위해 제물로 삼은 희생자, 그 효과를 반감시키는 참견은 삼가야 한다고 생각합니다마는."

"그래. 내 생각이 부족했는지도 몰라. 좋아, 그렇다면 카즈사노스케의 일에 대해서는 문제가 끝날 때까지 가만히 있기로 할까?"

"그렇게 하는 편이 좋을 듯합니다."

"그럼, 이 일은 나중으로 미루고…… 아버님이 곧 출발하신다면 나도 카와사키川崎 부근까지는 마중을 나가야겠군. 도중에 어디를 경유하실지는 알 수 없으나, 고령이시니 만일의 경우라도 생기면 큰일이니, 경비는 말할 것도 없고 무리한 일정이 되지 않도록 코즈케노스케와 잘 상의하도록 하게."

"그야 물론 충분히……"

"내일이라도 출발하도록. 에도의 개구리들에게도 개구리다운 생각이 있었다…… 이렇게 여기시게 하지 않으면 불효. 이 기회에 마사무네를 대번에…… 이런 경솔한 의견은 절대 말씀 드리지 말아야 해."

도이 토시카츠는 안도하는 표정으로 머리를 조아렸다.

실은 토시카츠도 싸우고 싶지 않았다. 그러나 어떻게 하면 다테 마사무네가 진심으로 갑옷을 벗어던지도록 할 수 있을까? 하는 문제에 이르면 아직 확고한 자신이 없었다. 역시 이에야스의 지혜를 빌려야 한다고 생각했다……

# 칸토關東 대연습

## 1

이에야스는 우선 카즈사노스케 타다테루를 후카야의 옛 성에 근신
시켰다. 그러고 나서 에도에서 온 도이 토시카츠와 밀담을 거듭한 끝에
드디어 슨푸를 떠나 에도로 향한 것은 음력 9월 29일.

앞서도 말했듯 그해는 윤년이었다. 양력으로는 벌써 11월 말. 74세
의 고령인 이에야스로 말하면 서서히 동면의 계절로 접어들고 있다고
도 할 수 있었다.

그러한 이에야스가 슨푸를 떠나 칸토에서 대대적으로 매사냥을 하
겠다고 한다. 그러므로 다이묘들이 그 의도에 대해 이런저런 소문을 퍼
뜨리는 것은 당연한 일이었다.

다이묘들만이 아니었다. 상인과 농민들도 ——

"아무래도 무슨 일이 있다."

이렇게 일단은 고개를 갸웃거리게 될 터. 그리고 이 의문은 당연히
에도의 낭설과도 결부될 터였다.

"다테 님이 일전을 불사할 각오로 영지로 돌아갔지 않은가. 그래서

다테를 정벌하시려 한다더군."

"그래. 다테의 사위 마츠다이라 카즈사노스케 타다테루 님은 벌써 체포되어 후카야 성에 유폐되셨다고 해."

"그러면 친아들이면서도 장인의 편을 들어 아버지 오고쇼를 치려 했단 말인가?"

"그런 일이 있어서 부자의 인연을 끊으셨겠지…… 아니, 체포되고 말았지 않은가?"

"결국 오는 정월쯤에는 다테 정벌이 시작되겠군."

"그런데 에도에서는 그렇게만 생각지는 않는 것 같아. 다테도 보통 인물이 아니다, 저쪽에서 먼저 쳐들어와 에도에서 전투를 벌이게 될지도 모른다는 거야…… 떠돌이무사들 중에는 갑옷상자를 메고 오슈로 가는 자들이 끊이지 않는다는 소문이야."

"그럼, 칸토의 매사냥은 사실상 전투를 위한 출진이란 말이지?"

"그래. 민심의 동요가 두려워 매사냥을 가장하지만, 실질적으로는 출진이야."

이런 소문은 에도의 하타모토에게까지 퍼져 그들 중에는 태연히 ──

"다테 군은 벌써 센다이를 출발했다."

이렇게 말하기도 했고 ──

"에치고 군도 주군 타다테루를 되찾으려 타카다를 떠났다."

등등의 소문을 퍼뜨려 백성들을 놀라게 했다.

이러한 소문과 함께 무사들이 일단 보관했던 창을 다시 꺼내고, 활을 점검하며 총포를 닦는 사태로까지 발전했다.

에도의 센다이 저택 세 군데 모두 굳게 문을 닫아걸고, 체류하고 있는 무사들은 만일에 대비하여 각각 무장을 하고 있었다. 아사쿠사 강가에 있는 마츠다이라 타다테루의 에도 저택은 요네즈 칸베에 미치마사 米津勘兵衛田政에 의해 접수되었다. 또 타다테루의 부인 이로하히메는 이노우에 카즈에노카미 마사나리井上主計頭正就가 센다이 저택으로 호송했다는 소문이었다.

이러한 소문이 떠도는 가운데 이에야스는 슨푸를 출발하여 유유히 동쪽으로 향했다. 누마즈沼津에서 숙박하고 다시 미시마三島에서는 이즈伊豆의 지방관들을 소집하여 훈시를 했다. 그리고 하코네箱根를 넘어 오다와라小田原에서는 대규모의 매사냥을 실시했다.

이러한 행위 또한 한층 더 백성들 소문의 파문을 크게 만들었다.

행렬은 가마를 타고 가면서도 갈아탈 말을 세 필씩이나 거느린 거창한 규모였다. 수행하는 자는 가벼운 무장을 하고 있었다. 따라서 이러한 행렬이 소문을 부채질할 것은 당연한 일이었다.

이에야스가 카와사키에 도착했을 때 거기에는 노신과 하타모토들을 거느린 쇼군 히데타다가 늠름한 사냥복 차림으로 가문의 문장을 새긴 장막을 치고 기다리고 있었다.


## 2


이에야스가 가마에서 내렸다. 히데타다는 여느 때와 다름없는 정중한 어조로 마중 인사를 했다.

이에야스는 그 인사를 흘려듣듯이 하고 장막 안으로 들어갔다. 누구의 눈에도 전에 없이 거만한 태도로 보였다. 그 태도는 결코 이에야스가 히데타다를 가볍게 보아서가 아니었다.

지금까지는 필요 이상으로 제후들 앞에서 히데타다를 추켜세웠다. 그렇게 하지 않으면 히데타다가 제후들에게 경시될 것 같아서였다. 그러나 지금은 이미 그럴 필요가 없다는 생각인 듯했다.

"히데타다 님."

이에야스는 걸상에 앉아 히데타다를 수행한 중신들의 얼굴을 확인하면서 입을 열었다.

"오이노카미大炊頭와 합의했으나, 나는 변경하기로 했어."

"변경……하시다니요?"

"나는 타케치요가 있는 서쪽 성에 머물겠어. 이 역시 중요한 매사냥의 하나일 것 같아."

히데타다보다 두 사람의 걸상을 에워싸듯이 하고 대령하고 있던 중신들이 깜짝 놀랐다.

히데타다를 따라온 중신은 아오야마 타다토시靑山忠俊, 안도 시게노부安藤重信, 미즈노 타다모토, 나이토 마사츠구內藤正次, 그리고 이이 나오타카井伊直孝와 야규 무네노리의 모습도 보였다. 도이 토시카츠와 사카이 타다요는 성에 남아 지키고 있는 듯.

"그러나 에도에 올라와 있는 제후들이 문안인사를 하러 오리라고 생각합니다마는……"

"그때는 본성에서 만나기로 하겠어. 나는 짧은 동안만이라도 타케치요 님과 함께 지내고 싶어졌어. 타케치요 님의 손님이 되려고 해."

이 말에 히데타다도 이의를 달 수 없었다.

"그럼, 곧 준비시키겠습니다."

"그래. 그리고 매사냥의 일정 말인데, 좀 바꾸기로 했어. 늙은이의 고집이라 생각하고 이해하기 바라겠어."

이렇게 말하고 이에야스는 자기가 데려온 마츠다이라 카츠타카를 돌아보며—

"츄자忠佐, 일정을 기입한 그 그림지도를 쇼군에게 보여드리게."

무표정하게 말했다.

"예."

카츠타카는 품속에서 미농지 넉 장을 붙여서 그린 칸토의 그림지도를 정중히 펼쳐 히데타다 앞에 내놓았다.

"오이노카미 님과 상의했을 때는 맨 처음 카사이에서 사냥을 시작하실 예정이었습니다마는, 이와 같이 무사시武藏의 토다戶田에서부터 예정을 바꾸어 카와고에川越, 오시忍, 이와츠키岩槻, 코시가야越ヶ谷를 방비하시도록……"

말하다 말고 흘끗 이에야스 쪽을 바라보고는 얼른 말을 바꾸었다.

"아니, 방비가 아니라 사냥입니다. 이 화살표 순으로 사냥하시게 될 것입니다."

히데타다는 그 화살표를 따라 시선을 옮기면서 —

"알겠습니다."

이에야스에게 대답하고 다시 시선을 얼른 그림지도 위에 떨구었다.

화살표를 한 붉은 줄은 코시가야에서 카사이로 향하고, 다시 시모우사의 치바千葉로부터 카즈사의 토가네東金, 시모우사의 후나바시船橋와 사쿠라佐倉로 뻗어 있었다.

겉으로는 사냥을 좋아하는 이에야스의 유람을 겸한 사냥으로 보이게 하고, 실은 에도를 둘러싼 북동쪽으로부터의 방위선 정비. 그 방위선이 타다테루가 유폐되어 있는 후카야까지 뻗쳐 있지 않는 것이 히데타다에게는 왠지 모르게 몹시 슬펐다.

"깊이 마음에 새겨두겠습니다."


## 3


"그런데, 그 후 칸토 팔 주八州의 소문은 어떤가?"

이에야스는 사카키바라 다이나이키榊原大內記가 건네는 보리차를 받아들면서 태연하게 물었다.

"예…… 이번 가을에는 철새들이 뜻밖에 많고 학도 가끔 보인다고 합니다."

"그래, 학이 왔다는 말이지. 그럼, 호랑이는?"

히데타다는 깜짝 놀라 이에야스를 쳐다보았다. 묻고 있는 것은 사냥감이 아니라 다테 마사무네를 가리키는 모양이었다.

'성급하시기도……'

히데타다는 성에 들어가 천천히 이 일에 대해 의논할 생각이었다. 그런데 오늘의 아버지는 전에 없이 성급했다. 어쩌면 모인 사람들에게 일부러 들려주려는 마음에서인지도 모른다. 이렇게 생각하고 히데타다도 대담하게 응했다.

"그 일에 관해, 호랑이에게는 실로 안타까운 일이 생겼습니다."

"허어, 충치라도 앓는다는 말인가?"

"예. 호랑이에게는 어금니이기도 했고 믿는 발톱이기도 했던 카타쿠라 카게츠나가 죽었다고 합니다."

"아니, 그건 다테 이야기가 아니냐?"

이에야스는 시치미를 떼었다.

"카타쿠라 카게츠나는 마사무네의 귀중한 오른팔. 그래, 죽었다는 말이지……?"

"예. 시월 십사일에 쉰아홉 살을 일기로 영원히 잠들었다고 합니다. 몹시 실망하고 있을 것입니다."

"참, 애석한 일이로군…… 그렇다면 즉시 조문을 해야겠지. 사자는 보냈나?"

"그런데…… 상대가 아직 상을 비밀에 부치고 있기 때문에."

"비밀에 부치건 아니건 상관할 것 없어. 알게 된 이상 조문을 해야해. 으음, 쉰아홉에 죽었군."

이에야스는 그 나이를 입에 올리며 문득 깊은 감개에 잠기는 듯했으나 그 이상은 전혀 동요를 보이지 않았다.

아마 이로써 다테 마사무네의 기세는 반 이상 꺾일 터. 따라서 마사무네의 반란만을 염려하고 있었다면 이렇게 무리한 일정의 위협적인 연습 같은 것은 필요 없게 되었다. 이미 카즈사노스케 타다테루는 군사를 넘겨주고 떠났으며, 펠리페 3세에게 사자로 간 하세쿠라 츠네나가 支倉常長로부터는 아직 아무런 연락도 없다. 거기에 다시 카타쿠라 카게츠나가 죽음을 맞았다……

히데타다는 아버지의 건강상태를 염려하여, 오랜 일정의 연습시찰을 중지하도록 만류할 작정이었다. 사실 에도 성에 도착했을 때부터의 느낌으로, 지난날과는 다르게 이에야스가 무뚝뚝한 것은 자신의 노쇠를 감추려는 의도도 있다고 생각했다.

이에야스는 카타쿠라 카게츠나의 죽음에 대해서는 더 이상 관심을 나타내지 않았다. 예정대로 점심식사가 끝나고는 벌떡 일어나 젊은 이이 나오타카를 놀리기도 했다.

"나오타카, 그대는 내 하타모토의 책임자이기에 묻겠네. 어떤가, 이 카와사키 앞바다에 남만 군이 큰 배를 띄우고 밀어닥치거나, 또 내가 적으로서 하코네를 넘어 오다와라를 함락시키려고 공격해왔다면 에도로 가는 길을 어떻게 막겠나? 그 공방문제를 상의하면서 성으로 들어가세. 알겠나, 틈이 있기만 하면 짓밟고 통과하는 것이야."

이이 나오타카는 분해하면서 계속 신음했다.


4


이이 나오타카는 로쿠고六鄕 제방에 하타모토의 정예를 매복시키고, 우선 앞바다의 남만선南蠻船에 야간기습을 가하겠다고 했다.

옛날 원元나라가 쳐들어왔을 때 몽고 대군을 하카타 만博多灣에서 맞아 싸운 코노河野 일족의 고사를 본받아, 적이 닻을 내리는 시기를 노려 작은 배를 띄워 습격하면 배를 송두리째 나포할 수 있다.

"예. 이 나오타카는 로쿠고 나루터 안으로는 적의 병사를 한 명도 들여놓지 않겠습니다."

나오타카가 이에야스의 가마 곁에 바싹 붙어 걸으면서 상기된 얼굴로 이렇게 대답했다.

야규 무네노리는 미소를 띠고 나란히 걷고 있었다.

"그런가. 그런데 그때 또 하나의 비보가 그대에게 들어온다. 그러니까 그대가 에도를 지키기 위해 용사들을 모두 데리고 히코네彦根로 나갔다…… 이를 알고 나의 한 부대가 쿄토의 궁전을 포위했다. 그러면 어떻게 하겠는가?"

"오고쇼 님의 본진은 어디란 말씀입니까?"

"그야 말할 것도 없이 슨푸일세."

"그렇다면 나고야를 통과하시지 못합니다. 나고야에는 오와리의 재상이 수많은 명장들을 거느리고 방비하고 있습니다."

"그럼, 나오타카는 다른 군사에게 의존하겠다는 말인가?"

이에야스가 다시 짓궂게 조롱했다.

"나 역시 나고야에 재상이나 나루세가 있다는 정도는 알고 있어. 그래서 나는 남만선을 이용하여 바다로 나가 사카이堺에 상륙하여 쿄토를 포위한다. 알겠나, 이이 가문은 이이 골짜기에 있던 옛날부터 황실에 대한 충성으로 이름난 집안, 그러기에 그대는 칸토의 책임자인 동시에 쿄토에서는 궁전의 수호를 담당한 막중한 임무를 맡고 있어. 자아, 어떻게 하겠나?"

이이 나오타카는 시커먼 수염을 초겨울 바람에 나부끼면서도 이마에는 땀을 흘리고 있었다.

하늘은 맑게 개어 있었다. 그리고 솔개의 울음소리가 그 맑은 창공에 스며들 것 같은 해변이었다.

"하하하……"

이에야스는 웃으면서 말했다.

"그만 됐어, 말을 타도록."

"예…… 그러나."

"지금 당장 대답하지 않아도 좋아. 참, 그대에게도 사냥에 수행하도록 명한다. 무사시의 오시 성에 갈 때까지 대답을 준비하도록. 대답이 나오지 않으면 셋이 망하게 된다."

"예?"

눈을 부릅뜨는 나오타카에게 이에야스가 다시 웃으면서 말했다.

"셋이 무너진다……는 것은 바로 일본이 무너진다는 의미가 되기도 해. 그 첫째는 이이 가문, 둘째는 도쿠가와 가문, 그리고 셋째는 소중한 황실…… 그러므로 절대로 패해서는 안 돼."

그 말을 듣고 야규 무네노리는 가슴이 뜨거워졌다. 이에야스가 이번에 무엇 때문에 슨푸에서 나왔나, 나오타카에 대한 이 조롱에도 확실히 그 의도가 드러나 있었다.

가장 큰 목적은 다테의 책동이 불발에 그치도록 하는 데 있었다. 그러나 결코 그것이 전부는 아닌 듯했다.

첫째로 도쿠가와 가문의 상속자는 타케치요……라기보다도 적자상속의 불문율을 도쿠가와 가문뿐 아니라, 다른 다이묘들에게도 지키게 하려는 것.

둘째는 일부러 예정을 변경함으로써 쇼군과 그 측근들의 임기응변하는 대처능력을 시험하려는 것.

셋째는 지금 이이 나오타카의 경우처럼 연습 중에 여러 가지 문제를 제기하여 상대방에게 뭔가를 가르쳐놓겠다는 것……

'역시 유언遺言 여행이다……'

이런 생각을 하고 있는 무네노리의 가슴에도 하늘의 솔개 울음소리
같은 겨울 바람이 울리고 있었다……


# 5


이에야스는 기분이 좋다기보다 피로를 무릅쓴 대화를 거듭하면서
스즈가모리鈴ヶ森에서 잠시 쉬었을 뿐 그날 안으로 에도 성 서쪽 성에
들어갔다.

서쪽 성에서 열세 살을 앞둔 타케치요와 어떻게 대면했는지 무네노
리로서는 알 길이 없다.

당시 에도 성에는, 지난날 상속은 히데타다인가 아니면 형 히데야스
秀康인가 하는 문제로 중신 오쿠보大久保와 혼다가 둘로 나뉘어 대립하
고 있던 때와 같은 공기가 감돌고 있었다.

유모 사이토 오후쿠齋藤於福는 타케치요 파, 부인 오에요는 쿠니마
츠國松 파. 오후쿠는 기회 있을 때마다 오고쇼에게 매달려 타케치요의
옹립을 호소했다고 전해진다.

야규 무네노리가 알고 있는 '후계자는 타케치요'라는 이에야스의 결
심은 그와 같은 타동적인 결정이 아니었다.

다 같이 형제로 태어나도 기량의 차이가 있는 것은 당연한 일. 실력
제일주의의 센고쿠戰國 시대라면 힘에 의한 우승열패優勝劣敗는 불가
피하다. 강한 자가 약한 자를 누르고 그 위에 군림한다.

"그러나 이는 야수의 세계와 다를 것이 없지 않은가."

이에야스의 지론이었다.

"평화로운 세상의 인간은 완력보다 이성과 지혜로 이루어진 질서에

의해 지탱되어야 한다."

이 말은 무네노리도 몇 번인가 이에야스로부터 듣고 있었다. 이에야스는 이 질서를 '장유유서長幼有序'라고 했다.

태어나는 자식이 누구이건 그 양친의 자식이기 전에 우선 이 세상을 지배하는 신불이 보낸 자…… 곧 천지의 자식이라는 것. 따라서 진리 앞에 경건한 자라면 여기에 사사로운 인정을 개입시켜 그 순서를 어지럽혀서는 안 된다.

이러한 점에 이에야스의 '적자상속'의 신앙적 근거가 있었다. 아니, 이 적자상속이야말로 많은 자식을 가진 이에야스가 마지막으로 도달한 결론이며 지혜라고 무네노리는 생각하고 있었다.

"인간이란 그렇게 하겠다는 마음을 먹고 교육하면 지와 덕을 어느 정도까지는 모두 닦을 수 있다. 그 노력을 하지 않고 자식들에게 좋고 싫고 또는 슬기롭고 미련하다는 차이를 두어서는 신불의 뜻을 어기는 일이다."

가장 뛰어난 자식에게 가문을 물려준다……고 하면 비록 양친이라 해도 그 선택에서 큰 혼란이 일어나기 쉽다. 선택에 부모가 망설일 정도이므로 중신들 사이에 파벌이 생길 우려 역시 부정할 수 없다. 예로부터 집안 싸움은 모두 이 상속문제로 인해 발생한 인간 애증의 혼돈이었다.

"이 순서를 세워놓지 않으면, 끝없는 소요가 싹터 평화로운 세상을 유지할 수 없다고 본다."

이에야스는 특별히 우둔하게 태어나지 않은 이상 우선 적자상속을 단행하는 것이 하늘의 뜻에 부응하는 일이라고 말하고 있었다.

이번 타케치요의 상속 확정도 결코 유모 오후쿠의 영향력 때문이 아니었다. 이에야스 나름의 심사숙고 끝에 하는 '유언'의 하나로 무네노리는 받아들이고 있었다.

나중에 알게 된 일이지만, 이에야스가 에도 성에 들어간 날 밤 오에요가 편애하는 쿠니마츠도 타케치요와 함께 인사하러 왔다. 그리고 나란히 두 아이가 상단에 올라와 인사하려 했다. 그때 이에야스는 조용히 쿠니마츠를 상단에서 내려서게 했다고.

"여기는 쿠니마츠가 앉을 곳이 아니야. 알겠나, 쿠니마츠는 타케치요의 가신이야."

이렇게 말하면서.


# 6


사실 이번 이에야스의 유언 여행으로 에도 성에 조금씩 일고 있던 상속을 위한 대립은 깨끗이 사라져버렸다.

이에야스로부터 제3대 쇼군이 될 타케치요의 손님이 되겠다……는 분명한 말을 듣고는 오에요 부인은 물론 중신들도 마음을 정할 수밖에 없었다.

첫날밤을 타케치요와 함께 서쪽 성에서 보낸 이에야스는 이튿날인 11일, 본성으로 히데타다를 방문하여 새로 대면했다. 그런 다음 제후들을 접견했다. 이때는—

"늙은이의 주책일 거야, 사냥을 좋아하다 보니 그만."

아무렇지도 않은 듯 말하면서 이에야스는 제후들에게 일일이 사냥터를 할당했다.

이번 사냥은 초대 같기도 하고 명령 같기도 했으나, 목적은 모두 한 가지…… 요컨대 철벽 같은 칸토의 수비태세를 과시하는 대연습이었다. 반란을 시도한다고 해도 어림없다는 평화의 집념에 의한 무언의 시위이기도 했다.

'칼을 뽑지 않는 것이 병법의 극치.'

무네노리가 서쪽 성으로 불려간 것은 12일 점심 전이었다.

이때 이에야스는 타케치요와 함께 있었다. 이에야스는, 야규 무네노리가 타케치요의 스승이기도 해야 한다고 처음으로 분명히 고하고 나서 셋이 함께 식사를 했다.

무네노리는 생각보다 이에야스가 더 피로해 보여 가슴이 아팠다.

'이삼 일 동안 더 정양해야지, 매사냥은 무리……'

이에야스도 그 필요성을 느낀 모양인지——

"이렇게 타케치요와 둘이 지내는 것은 처음, 사냥을 연기하고 조조사의 대사에게 정토종淨土宗° 설법을 듣기로 했네."

무네노리는 그 자리에 배석하고 싶었다. 지금부터 가르쳐야 할 타케치요를 좀더 깊이 관찰하고 싶었다. 그러나 이에야스는 끝내 그 말을 하지 않았다.

이 역시 후에 알게 된 일이지만, 정토종의 설법은 쇼군으로서 백성에게 임할 때 자비심을 갖도록 하기 위한 배려였다…… 이 일과 병법을 지도하기 위한 각오는 구별해야 한다는 이에야스의 생각 때문이었던 듯. 쇼군은 무사들을 통어通御하는 자이다. 따라서 무용은 표면이고 자비는 이면. 표면인 교양과 이면인 교양을 혼돈해서는 소년의 머리에 혼란이 일어난다.

그 대신 물러날 무렵 이에야스는 무네노리에게 이런 말을 했다.

"타케치요는 말일세, 아무리 엄한 수업도 마다하지 않고 해낼 수 있어…… 그래서 하는 말인데, 이번에는 그대도 양보하여 임관을 승낙해주지 않겠나?"

"임관……이라고 하시면?"

"그대의 아버지는 타지마노카미但馬守라고 불렸어. 그러나 이게 과연 정식 관직명이었는지…… 어떤가, 그대가 타지마노카미를 정식으로 계승하면?"

무네노리는 대답하지 않았다. 그에게 쇼군의 스승이란 긍지를 버리고 도쿠가와의 가신이 되라는 것에 지나지 않았다.

이에야스는 대답 없이 가만히 있는 무네노리를 보고—

"아니, 대답을 서두를 것은 없어. 그러나 타케치요의 스승……이라면 그대도 직위가 있는 편이 제후들과 접촉하는 데 편리하리라고 생각했을 뿐일세."

얼른 말을 돌렸다.

휴양하는 동안 우선 정토종의 설법을 듣고, 19일에는 시모츠케下野의 아시카가足利 학교에서 올라온 젠슈禪珠를 만났다. 그리고 나서 매사냥을 나간 것은 21일이었다.


# 7


인간의 성장은 나이에 따라서 정지되기도 하고 고갈되기도 하는 것일까.

현대의 생리학에서는 일찍부터 성장이 정지되는 부분도 있고 80여 세까지 성장을 계속하는 부분도 있다는 점이 증명되었다. 그러나 당시는 60세가 되면 인간은 누구나 노망한다고 믿고 있었다.

인체 중에서 시력은 12세까지면 완전한 단계까지 성장하여 그때부터 쇠하는 일은 있으나 성장하는 일은 없다. 완력이라는 말로 대표되는 체력으로 말하면 26, 7세까지가 한계이고 그때부터는 쇠퇴한다. 어느 정도 개인적인 차이가 있다고는 해도, 사춘기 이후에는 생식기능이 구비되고, 이것이 40세를 지나면 조락의 길을 걷는다. 그러나 판단력의 기초가 되는 대뇌의 성장은 15, 6세에 이르러서야 비로소 성장활동을

개시하여 84세 무렵까지는, 적절한 자극과 적당한 영양을 줌으로써 성장을 계속시킬 수 있다……

현대 과학은 이를 증명하고 있으나 이에야스가 살던 시대에는 그런 것이 알려져 있었을 리 없다.

인간을 깊이 관찰하는 자가 인생 50년이라고 말하던 시대에, 75세가 다 된 이에야스의 사려는 때로는 초인으로도 보이고 때로는 신불의 화신인 것처럼 보이기도 했을 터.

이에야스의 신변경호를 위해 히데타다의 밀령을 받고 에도 성을 출발한 야규 무네노리는, 그 임무조차 잊어버리고 이에야스의 언행에 매혹되어갔다.

'어떻게 이 노인은 그런 불가사의한 지혜의 축복을 받았을까?'

첫날은 토다와 이와부치岩淵 나루터 부근에서 사냥을 했다. 그곳은 아라카와荒川를 끼고 나루터가 몇 군데 있어, 아주 좋은 사냥터가 되는 동시에 천연의 요새를 이루고 있어 북으로부터 쳐들어올 경우에는 긴요한 방비처가 될 수 있었다.

사냥감은 많았다. 따라서 사람들은 팔을 떠나 날아가는 매의 방향을 손에 땀을 쥐고 바라보았다.

이에야스의 눈은 모두 함께 사냥을 하는 때에도 결코 하늘만을 보고 있지는 않았다. 강폭의 넓고 좁음, 흐름의 방향, 깊고 얕음, 지형 등을 자세히 그림지도에 기입하게 하고—

"어디에 어떤 사냥감이 있었는지 기억해두는 것도 사냥에 못지않게 재미있는 일."

이렇게 시치미를 떼고는 했다. 그러면서 사원이 있으면 반드시 그곳에 들렀다.

타후쿠인多福院, 카이젠 사開禪寺, 그리고 니조新曾 마을의 묘켄 사妙顯寺 등. 그리고 만약의 경우 진지가 될 것 같은 절에는 얼마간의 땅을 시주하기도 했다.

카와구치川口의 젠코 사善光寺, 속칭 카와구치 사川口寺라는 절에도
들렀으며, 와라비蕨 서쪽 10리 거리에 있는 사사메고笹目鄕의 수호신
사인 비죠기 하치만美女木八幡에도 들렀다.

야규 무네노리는 마침내 이에야스가 들르는 신사나 절에서, 어떤 곳
에 땅을 시주하는지 알게 되었다.

'참으로 놀라울 정도로 진지한 평화에 대한 집념!'

이런 데까지 세심한 배려가 없이는 세상에서 전쟁을 추방할 수 없을
지도 모른다……

병법자로서 이에야스의 치밀한 마음가짐에 무네노리가 정말 감탄한
것은, 토다에서 사냥을 끝내고 카와고에로 가서 성의 남쪽 코센바小仙
波에 있는 키타인에 들렀을 때였다.

키타인은 호시노야마星野山에 있는 무료쥬 사無量壽寺라는 천태종
의 고찰……이라기보다 이에야스로서는 끊을 수 없는 관계를 가진 난
코보 텐카이南光坊天海가 지금 주지로 있는 절이다.

텐카이는 부랴부랴 이에야스 일행을 맞아들였다.


**8**


키타인에 들어간 이에야스는 수행원들을 경내나 창고에서 점심을
먹도록 하고 자신은 텐카이와 단둘이 주지의 방으로 갔다. 만약 텐카이
가 특별히 무네노리에게 귀띔을 하지 않았더라면, 무네노리는 그곳에
서 무슨 말이 나누어졌는지 상상조차 못했을 터였다.

결코 잊지 못할 28일, 일단 사냥이 끝난 미시未時(오후 2시)였다.

"야규 님에게 경호를 부탁할까?"

텐카이가 그런 말을 하며 눈짓으로 불렀다. 그래서 무네노리는 신변 보호자로서 정원을 향한 마루에 앉아 두 사람의 밀담을 등뒤로 엿들을 수 있었다……

"결심하셨습니까?"

단둘이 되었을 때 텐카이가 말했다.

"피로하시겠지요. 아무쪼록 무리는 하시지 말도록."

이에야스는 그 말에는 대답을 않고 ─

"역시 아직 생각이 부족해요. 그냥 두어서는 안 되겠다는 사실만은 알았소."

차분한 어조로 말했다.

무네노리는 그 말이 물론 '다테에 관한 대책'이라고 생각했다. 그러나 다음의 대화가 몹시 비약하여 그가 지닌 지식의 한계를 벗어났다.

"조정과 공경이 지켜야 할 여러 가지 법도…… 이런 선례가 없는 궁중의 일에까지 간섭한 것은 이 이에야스란 말이오."

"분명히 그렇습니다."

텐카이가 맞장구를 쳤다.

"그래서 어떻게 하실 각오입니까?"

"스님은 그 옛날 요리토모賴朝˚공이 야슈野州의 후타라산二荒山으로 잇폰 친왕一品親王˚의 왕림을 청한 선례가 있다고 했지요?"

"그렇습니다."

"단순한 간섭…… 사사로운 이익을 위해 궁중의 일까지 간섭한 것은 결코 아니라는 증거를 확실하게 후세에 남기지 않으면…… 나도 국체國體를 경시한 역적으로 전락하게 될 것이오."

"으음, 당연한 일이지요."

"그래서 스님에게 부탁하고 싶소. 후타라산 사찰을 부흥시키겠으니 선례에 따라 그 주지로 잇폰 친왕 한 분을 내려오시도록 조정에 청원해주지 않겠소?"

텐카이는 잠시 대답하지 않았다. 그 큰 입을 한 일 자로 꾹 다물고 날카로운 시선을 이에야스에게 던지고 있을 것이 분명하다.

"나는 각오를 했소이다……"

이에야스가 말했다.

"내가 죽었을 때는 다시 후타라산에 이장하라고 명하겠소. 나는 칸토 땅을 지키는 수호신이 되려 하오. 그래서 사찰의 건물도 재건할 것이니 그 주지로 친왕親王°을…… 이런 말을 하는 것은 아직도 궁중의 일이 불안하기 때문이오. 쿄토에 가까운 히코네에는 만일의 경우를 생각해 이이 가문을 배치했소. 반역의 책동을 봉쇄하고 또 책동하는 자의 정보를 얻기 위해 토바鳥羽 어귀에는 이시카와 죠잔石川丈山, 후시미伏見 어귀에는 코보리 엔슈小堀遠州, 그리고 탄바丹波 어귀에는 혼아미 코에츠本阿彌光悅 노인을 배치했소. 이들은 내 뜻을 알고 물샐 틈 없는 경계를 펼 것이오. 그들은 모두 다이묘나 공경들과 마음을 열고 사귀는 일류 인사들이오. 하지만 그 사람들은 이제 젊지가 않아요. 게다가 만일의 일이라도 있어 에도에서 원조의 손길을 뻗기 전에 왕통이 끊기는 불상사가 있게 되면, 이에야스의 불찰이 일본을 망친 결과가 됩니다. 아니, 그런 약점이 있으면 반드시 이를 노리고 궐기하는 못된 자들이 앞으로 나타날 것이오……"

# 9

"그래서요……?"

이에야스의 목소리가 열기를 띤 것과는 달리 이렇게 반문하는 텐카이의 어조는 이상할 만큼 조용했다.

"그래서 나는 히코네에 이이 나오타카를 배치하는 것만으로는 안심할 수 없어 키슈에 똑똑한 아들 하나를 옮겨놓을까 생각하오. 내 아들에게 의지하겠다는 것이 아니라, 그 아이에게 믿을 수 있는 가신을 딸려서 말이오."

"그러니까 토토우미노츄죠에게 안도 타테와키 나오츠구安藤帶刀直次를 딸려 보낸다는 말씀입니까?"

"그렇소. 스님도 이미 눈치를 채셨군. 그렇게 해도 아직 부족하오. 그래서 잇폰 친왕을 청하려는 것이오. 이 문제는 여간 이치에 맞지 않으면, 이에야스가 조정에서까지 인질을 잡았다…… 국체의 존엄성을 모르는 큰 속물俗物이라는 비난을 받게 됩니다."

"그렇겠지요."

"그래서 이렇게 스님에게 부탁하오. 분명하게 사리를 밝혀 어떤 경우에도 왕통이 끊어지지 않도록 친왕 한 분을 칸토로 보내주시도록……"

"그러면, 만일에 이를 조정에서 승낙하셨다……고 할 때 그 귀한 분을 후타라산에 두시렵니까? 아니, 그 야슈 산중으로 오시게 해서 경호가 가능하다……고 생각하십니까?"

"그렇게는 생각지 않소."

이에야스는 딱 잘라 말했다.

"후타라산에 계시게 하면 만일의 경우 경호를 할 수 없기 때문에 에도에 절을 하나 세워 그곳에 상주하시도록 하려 하오. 에도라면 내가 다져놓은 기초가 허물어지지 않는 한 안전…… 어떤 일이 있더라도 지킬 수 있을 것이오."

"과연…… 그렇겠습니다만."

다시 텐카이는 냉정하게 말했다.

"잇폰 친왕의 거처……일 경우, 에도 성을 쌓는 것만큼이나 큰 공사가 될 터인데 그래도 괜찮겠습니까? 쿄토에도 귀하신 분이 주지로 계신 사원은 많습니다. 더구나 그것을 에도에…… 할 때는 웬만큼 큰 칠당가람七堂伽藍 정도로는 안 될 것입니다. 규모가 작아진다면 그야말로 사람들은 오고쇼가 인질을 잡았다고 할 테니까요."

이에야스는 나직이 웃었다.

"그런 염려는 하지 않아도 좋소. 한 영지에 성 하나, 전국에 쓸데없이 성을 쌓는 낭비를 없애고, 그 대신 평화로운 시대를 상징하는 데 이용한다…… 쿄토에 왕성을 수호하는 히에이잔比叡山이 있는 것처럼, 칸토의 히에이잔이라 부를 수 있을 만한 규모의 사원을 건립하여 여기서 평화가 영속되기를 기원한다…… 이로써 전쟁을 없애고 전쟁에 소비되는 눈물과 피와 돈의 낭비를 덜 수 있다면 굳이 비용을 아낄 필요는 없을 것이오."

이에야스의 말을 듣는 동안 야규 무네노리는 온몸이 경직되어옴을 느꼈다.

'귀신이다! 그야말로 섬뜩할 정도로 철저한 집념…… 위대한 평화의 귀신이다!'

이 얼마나 웅대한 생각이란 말인가. 혈안이 되어 살인을 일삼으며 나라를 빼앗기 위해 전쟁을 일삼던 난세의 무인들. 그런 가운데서 어떻게 이런 큰 시야, 큰 생각을 하는 인물로 자라났을까…… 이런 생각에 이르면 이에야스는 이미 하나의 작고 힘없는 개인이 아니었다. 바로 신불 그 자체일 듯……

이 무네노리의 감동은 드디어 텐카이에게도 전해진 모양이었다.

"그런 말씀을 듣고 어찌 싫다고 할 수 있겠습니까. 해보겠습니다. 될수 있는 대로 속히 쿄토로 올라가."

텐카이도 나직하게 웃었다.

원래 조정 및 공경들이 지켜야 할 여러 법도를 정할 때도 텐카이는 그 협의에 참여했다. 아니 협의……라기보다 그가 중심이 되어 그 법안을 짜냈다. 그 법안의 사활은 사실상 그 뒤에 있는 바쿠후의 태도 여하에 달려 있었다.

바쿠후의 시정에 결함이 있다면, 일본 황실까지 규제하려고 한 이 법도는 천황의 존재를 훼손하는 것이 된다.

텐카이는 어쩌면 그런 일을 생각하고 도리어 이에야스나 히데타다의 책임이 중대함을 더 깊이 자각케 하려고 했는지도 모른다.

그 제1조에 ——

"천자는 여러 가지 능력을 지녀야 한다. 그 첫째는 학문이다."

그 자격요건을 분명히 명시하고 있다.


천자는 여러 가지 능력을 지녀야 한다. 그 첫째는 학문이다. 배우지 않으면 옛 도리에 밝을 수 없다. 그러므로 정치를 잘하여 태평을 이룬 자가 지금껏 없었다.『정관정요貞觀政要』는 훌륭한 글이다.『칸표이카이寬平遺誡』에는, 경사經史는 다 배우지 않더라도『군서치요群書治要』를 공부하라고 했다. 와카和歌°는 코카쿠光格 천황 때부터 지금까지 끊이지 않고 있으며, 아름다운 말로 표현된 우리나라의 풍속이다. 버리지 말지어다.『킨피쇼禁秘抄』기록을 배워 크게 참고할 것.


제일 먼저 천자의 마음가짐으로 학문의 필요성을, 책이름을 거론하며 지시하고 있다.

『정관정요』는 당唐나라 태종太宗이 정관貞觀 연간에 군신들과 정치를 논한 일과 명신名臣들의 행적 등을 기록한 책이다.

『칸표이카이』는 칸표寬平 9년(897)에 우다宇多 천황이 양위할 때 아직 어린 다음 왕인 다이고醍醐 천황에게 내린 교훈이다. 그 안에는 공식적인 의식의 뜻, 임관과 서위敍位에 관한 일, 신하의 어질고 어리석음을 구별하는 법, 천황으로서의 행위와 학문에 대한 내용이 자세히 기술되어 있기 때문에 역대 천황들이 소중히 여긴 책이다.

또한 『군서치요』역시 당나라 태종 때의 명신 위징魏徵이 많은 책 가운데서 정치의 귀감이 될 만한 군신君臣의 언행을 집성한 책. 『킨피쇼』는 쥰토쿠順德 천황이 궁중의 의식, 제도, 고사 등에 관한 것을, 정신사적 입장에서 자손들을 위해 저술한 책이다.

이렇게 궁중 관원의 석차에서부터 그 임용에 이르기까지 17개 조항에 걸쳐 세밀하게 규정하고 있는 이 법도 넷째 조항에는——

셋케攝家°(다섯 셋케=코노에近衛, 큐죠九條, 니죠二條, 이치죠一條, 타카츠카사鷹司)라 할지라도 그 기량이 부족한 자는 삼공三公(나이다이진內大臣, 우다이진右大臣, 사다이진左大臣)이나 셋칸攝關(셋쇼攝政, 칸파쿠關白°)에 임용될 수 없다. 더구나 그 밖의 자는 말할 것도 없다.

엄격히 규제하고 있다.

따라서 이 법도로 신하인 자가 조정을 구속하려 하는 것이라고 해석한다면 그 이상의 무례가 없다.

그러나 반대로 오랜 세월에 걸친 전쟁으로 문란해진 조정의 풍기를 전통에 따라 바로잡지 않아서는 안 된다는 애정과 책임감의 발로라고 본다면, 이 또한 백성 통합의 정점에 황실을 두지 않으면 안 된다는 엄숙한 신념의 피력으로서 무한한 의미를 지니게 된다. 평화로운 세상을 다스리는 정치의 핵심은 어디까지나 도덕이어야 하며, 황실은 그 중심이고 정점이라는 확신으로 일관하고 있다.

이에야스가 잇폰 친왕을 동쪽으로 모시려는 뜻은, 일견 불손하게 보이는 법도 제정의 그늘에 숨어 있는 충성의 발로……임을 텐카이는 납득한 모양이었다.


## 11


"맡아주시겠소?"

이에야스는 안도한 듯 크게 숨을 쉬었다. 이어서 두 사람의 나지막한 웃음소리가 무네노리의 귀에 들어왔다.

"그렇게까지 황실의 일로 고심……하셨다니 거절할 수 없습니다. 텐카이도 이 땅에 태어난 백성이니까요."

"고맙소. 이로써 이에야스도 마음의 무거운 짐 하나를 덜었소."

"그러나 에도의 히에이잔이라고 할 수 있는 그 사찰, 과연 적합한 땅이 있을까요?"

"그것은……"

이에야스는 즉석에서 대답했다.

"히에이잔은 왕성 수호를 위해 궁궐의 귀문鬼門(꺼리고 피해야 할 방향)에 세워졌다고 들었소. 따라서 동쪽의 히에이잔이라고 할 에도의 그것은 에도 성의 귀문인 우에노上野 언덕에 세우면 어떨까 하오."

"허허허……"

텐카이는 나직하게 웃었다. 아마 텐카이도 그곳을 점찍었던 모양이라고 무네노리는 생각했다.

"과연 좋으신 생각…… 동쪽의 에이잔叡山이므로 토에이잔東叡山의 무어라고 하는 절…… 그렇군요, 연호 같은 것도 넣어 토에이잔 겐나

사元和寺, 무기를 거두고 평화시대를 상징하는 절을 창건한다……고
나 할까요."

텐카이는 문득 목소리를 낮췄다.

"그 뜻을 소승이 무츠陸奧 사람에게도 은밀히 알려주기로 할까요?"

무네노리는 흠칫하여 자기도 모르게 뒤를 돌아볼 뻔했다.

이에야스는 아무 대답도 없었다. 그러나 왕통문제에 이르기까지 이
처럼 세심한 준비가 되어 있었다고 무츠 사람…… 그러니까 다테 마사
무네에게 말한다면 이제는 마사무네도 새로운 시대 앞에서 야심의 투
구를 벗어던질지도 모른다.

'과연 두 분 모두 거목巨木이로군.'

"다테의 일은……"

잠시 후 이에야스가 말했다.

"내게 생각이 있으니, 조금 더 그대로 둡시다."

"알겠습니다. 그러나 필요하다면 언제든지……"

텐카이는 깨끗이 자기 말을 취소했다.

"그런데 카즈사노스케 님 말씀인데, 지금 무사시에 계시다고 하니
사냥하시는 도중에 한번 들르시지 않겠습니까?"

다시 무네노리는 모든 신경을 귀에 모았다.

타다테루는 텐카이를 통해 이에야스에게 사과하려는 생각인지도 모
른다. 아니, 타다테루만이 아니라, 지금 다테 저택에 돌아가 있는 이로
하히메도 그 어머니와 함께 텐카이에게 여러모로 도움을 청하고 있을
것이 틀림없다……

이에야스는 이때 역시 당장에는 대답하지 않았다.

'과연 이번 여행에서 타다테루를 만날 생각일까?'

야규 무네노리로서도 아직 알 수 없는 큰 수수께끼였다.

"카즈사노스케의 일은……"

잠시 사이를 두었다가 이에야스가 말했다.

"내 책임이므로 필요한 볼일을 끝내고 나서 천천히 생각해보려고 하오. 지금은 아직도 해야 할 일이 남았기 때문에."

그 말에 텐카이도 순순히 화제를 바꾸었다.

"그러면 시각도 많이 지났으니 이쯤에서 상을 들여오게 해도 괜찮겠습니까?"

이에야스가 고개를 끄덕인 모양인지 텐카이는 천천히 손뼉을 쳤다.

# 빛 속을 헤엄치다

## 1

야규 무네노리는 이에야스의 표정에서 큰 변화를 발견했다. 이에야스가 키타인에서 카와고에 성으로 돌아와 1박한 후 30일 그곳을 떠날 때였다.

당시 카와고에 성주는 사카이 사누키노카미 타다카츠酒井讚岐守忠勝로 후에 제3대 쇼군 이에미츠家光의 중신 마츠다이라 치에 이즈松平知惠伊豆로 바뀌었다. 지형적으로 보아도 이곳이 에도 성의 외곽방비를 위한 요충지임은 말할 나위도 없었다.

이에야스는 그곳을 출발할 때 타다카츠에게 ──

"타다카츠는 싸워 이긴다는 의미…… 그대 이름에 거짓은 없을 테니 별로 걱정하지 않아도 되겠지."

가볍게 농담을 던지고 가마에 올랐다.

그때의 웃는 얼굴이 묘하게도 무네노리의 가슴에 밝게 비쳐졌다.

'아니, 표정이 달라지셨다!'

여태까지는 어떤 무거운 응어리 같은 것을 마음에 남기고 있는 듯한 표정이었다. 어딘지 모르게 고민하는 그림자를 남기고 있었다……고 해도 좋았다. 그런데 카와고에 성을 나올 때는 놀랄 만큼 표정이 밝아져 있었다.

인간의 표정에는 경우에 따라 그때그때 음양의 두 가지 면이 있다. 하지만 이에야스의 두 얼굴은 극단적인 차이를 보였다. 어제까지 태양을 등지고 북쪽을 향한 얼굴이, 그날부터 태양을 바라보는 남쪽을 향한 사람의 밝은 표정으로 변했다.

'역시 잇폰 친왕의 영입에 대해 텐카이가 흔쾌히 그 교섭을 받아들였기 때문일까?'

무네노리는 이렇게 생각했다. 그렇게 생각하는 것 말고는 그 변화의 원인을 짐작할 수 없었다.

육체의 피로가 가신 것은 결코 아니었다. 아니, 피로는 나날이 더해가고 있었다. 그런데도 그 눈은 모든 그늘을 떨쳐버리고 갓난아이의 눈동자같이 더욱 맑아졌다.

나중에 생각하니 텐카이를 찾아가, 뒷날의 닛코日光에 대한 일과 토에이잔 칸에이 사寬永寺 건립에 대한 일을 부탁했기 때문에 안도했을 뿐만 아니라, 그때 이미 이번 사냥의 목적은 달성했다는 느낌을 받은 안도감 때문.

그때 70여 년 동안 고난과 대결했던 이에야스의 마음속에 비로소 햇빛이 들어앉았다고 해도 좋았다. 불교 신자라면 이런 경지를 가리켜 참된 깨달음이라 할지도 모른다.

그날 저녁 무렵. 무네노리는 오시 성에 도착하여 가마에서 내리는 이에야스의 몸에서 빛나고 있는 불가사의한 후광을 분명 본 듯한 감동에 사로잡히기도 했다.

오시 성은 한때 이에야스의 넷째아들…… 곧 히데타다의 친동생 타다요시忠吉가 살던 성이었다.

타다요시는 그 후 오와리의 키요스 성淸洲城으로 옮겼다가 케이쵸 12년(1607)에 28세의 나이로 세상을 떠났다.

"무네노리, 이리 좀 와보게. 타다요시 녀석이 마중하러 성문까지 나왔군 그래."

그 말을 들었을 때 무네노리는 당황하며, 주위를 돌아보았다.

죽은 자가 어떻게 마중을…… 한참 후에야 깨달았는데, 이에야스의 눈동자는 그러한 유계幽界까지 꿰뚫어볼 수 있을 듯이 맑았다. 오시 성에는 지금 성주가 없고 아베 분고阿部豊後가 성주 대리로 있었다.

그 성에서 이에야스는 싱글벙글 웃으면서 수행한 이이 나오타카를 불러 물었다.

"나오타카, 카와사키에서 그대에게 물었던 에도와 황실 쌍방을 완전히 수비할 수 있는 방법을 연구했느냐?"

이이 나오타카는 황송해하는 표정으로 이에야스 앞에 두 손을 짚고 갑자기 입술을 크게 일그러뜨리면서 —

"용서해주십시오."

울부짖듯이 말했다.


## 2


"용서하라니?"

이에야스가 부드럽게 물었다. 묻는 그 눈동자는 여전히 샘물처럼 맑디맑았다.

"용서해주십시오!"

이이 나오타카는 같은 말을 되풀이하고, 이번에는 손등에 눈물방울을 떨어뜨렸다.

"불초 나오타카, 그때부터 계속 생각했습니다마는…… 아직 방법이 떠오르지 않습니다."

지금 이이 나오타카는 이에야스가 카와사키에서 한 질문에 대해 대답하고 있었다.

도쿠가와 가문의 하타모토 8만 기騎의 책임자로서 나오타카가 칸토에 출전한 틈을 타 유력한 무장이 쿄토를 습격한다…… 그때 황실 수호의 책임도 함께 진 히코네 성주 이이 나오타카는 어떻게 하겠는가?

이것이 이에야스의 질문이었다. 나오타카는 그 후 줄곧 그 대답을 찾고 있었던 모양이다.

"그런가…… 그대에게는 묘안이 없다는 말인가?"

"예. 그야말로 무책임…… 사죄 드릴 말씀조차 없습니다. 그러므로 이 나오타카는 무능에 대한 책임을 지고 은퇴를……"

"잠깐, 나오타카."

"예."

"그대도 많이 성장했어. 잘 말해주었네."

"예……?"

"난세에서 약한 소리는 금물. 하면 된다는 기개가 제일이야…… 그러나 평화로운 세상의 마음가짐은 그것만으로는 안 돼. 첫째도 대비, 둘째도 대비일세. 자신을 가질 수 없는 일에 대해서까지 큰소리를 치는 것은 당치 않은 일. 잘 말했어, 훌륭해."

이에야스는 이렇게 말하고 주머니에서 준비했던 증서를 꺼내―

"그대가 지금 정직하게 말한 용기를 칭찬하여 오만 석을 하사한다. 받도록 하라."

웃으면서 말했다.

이이 나오타카는 깜짝 놀라 고개를 들었다. 수염투성이인 얼굴에는 아직도 얼룩진 눈물자국이 번쩍이고 있었다.

"아니, 이것은……?"

"걱정할 것 없어. 쿄토의 방비에는 내 자식 하나를 키슈 부근에 주둔케 하여 그대와 협력하도록 단단히 조처하겠어. 알겠나, 그러므로 어떤 일이 있어도 반드시 황실을 지키겠다……는 각오로 깊이 생각하도록. 이것은 그 일을 맡을 수고에 대한 보상이야."

나오타카는 망연한 표정으로 잠시 쳐다보다가 이윽고 그 의미를 알아차린 듯 크게 어깨를 떨었다.

야규 무네노리도 그때는 더 이상 놀라지 않았다. 이에야스의 이런 준비야말로 아버지 세키슈사이가 개발한 신카게류의 핵심. 이에야스는 지금 신카게류 비법을 이 세상을 위해 활용하고 있다. 어딘가에서 아버지가 회심의 미소를 띠고 고개를 끄덕이는 것 같은 느낌이었다.

이러고 있을 때 쇼군 일행이 왔다. 그리고 이번에는 부자가 함께 이와츠키, 코시가야, 코노스鴻ノ巣 등지로 나가 사냥했다.

쇼군 히데타다는 코노스에서 일단 에도로 돌아갔으나 이에야스는 아직 돌아가려 하지 않았다.

쇼군과 헤어진 후 다시 코시가야로 갔다. 이어서 카사이에서 시모우사의 치바로 향했다가 토가네의 혼젠 사本漸寺에서 머물렀다.

그 무렵에는 사냥을 하면서도 개간과 수리개발을 지시했으며, 16일에는 에도 성으로 돌아간 히데타다를 시모우사의 후나바시로 불러 둘이 함께 사냥하면서 사쿠라에 있는 도이 토시카츠의 성으로 향했다.


## 3


사쿠라 성에 도착한 이에야스 부자는 성주 도이 토시카츠와 함께 중요한 밀담을 나누었다.

이때도 야규 무네노리는 오고쇼와 쇼군을 경호한다는 명분으로 세 사람 곁에 대기하고 있었다.

11월 하순, 이에야스 주위에는 화로가 셋이나 놓여 있었다. 촛대도 네 개로 불어났다.

"나는 앞으로 이삼 일 동안 후나바시와 카사이 부근에서 사냥을 즐기다가 이십칠일에 에도로 돌아가겠어."

이에야스가 이렇게 말했을 때 도이 토시카츠는——

"그때까지 지시하신 일은."

황송한 듯이 대답했다. 무언가 이에야스의 뜻을 받들어 그 일을 실행하겠다는 의미인 듯했다.

'무엇일까?'

처음에는 무네노리도 그 내용을 알지 못했다. 그러나 이미 이에야스는 이번 여행의 목적을 다하고 있었다.

"무네노리, 불 가까이 오게."

이에야스가 말했다.

"……에도의 방비는 충분한 듯하네. 이제 안심하고 슨푸에 돌아가 설을 맞겠어."

히데타다는 여전히 근엄한 표정으로 앉아 있었다. 그러나 토시카츠는 무네노리를 돌아다보고 가만히 탄식했다.

"아직 오이는 걱정이 되는 모양이군. 하기는 워낙 에도의 소문이 대단하니까."

"에도의 소문……이라고 하시면?"

"다테 말일세. 그러나 다테는 이미 단념했어. 하세쿠라支倉에게서는 아직껏 소식이 없고, 카타쿠라 카게츠나는 죽었어. 그래서 이번에는 내가 도움을 주려고 해. 마타에몬, 그래도 되겠지?"

무네노리는 고개를 갸웃하며 그 다음 말을 기다렸다.

다테 마사무네가 반역할 뜻을 버렸다……고 이에야스는 말하고 있었다. 그러나 무네노리로서는 그리 쉽게 믿을 수 없었다.

'일단 창을 거두기는 했으나 그 기질로 보아……'

이에야스는 이러한 무네노리의 의문을 깨닫지 못한 듯 계속 말을 이었다.

"나는 다테에게 애석하게 여긴다는 서신을 보냈어. 이번 사냥은 다테와 둘이서 하고 싶었다고."

"다테 님과 둘이서……?"

"그래. 말할 것도 없이 이번 사냥은 에도 경비를 공고히 하기 위한 순회. 그대의 의견을 들으면서 부족한 곳은 다시 보완한다…… 그럴 생각이었으나 카타쿠라의 병으로 갑자기 돌아가게 되어 애석하기 짝이 없다…… 듣건대 카타쿠라가 죽었다고 하는데 얼마나 그대의 낙담이 크겠느냐고……"

무네노리는 깜짝 놀라 이에야스에게 시선을 보냈다.

마사무네가 갑자기 영지로 돌아간 것을 이에야스는 카타쿠라 카게츠나의 문병 때문이라는 구실을 만들어줄 모양이다. 그러나 이러한 호의를 곧이곧대로 받아들일 마사무네일까?

마사무네는 아마도—

"저 너구리가 또 잔재주를."

낯을 찌푸리고 조소할 것이 틀림없다…… 이렇게 생각했을 때 이에야스가 다시 믿을 수 없는 말을 했다.

"카즈사노스케의 아내에 대한 일도 사과했어. 자식이 미련했던 탓으로 이로하히메에게까지 뜻하지 않은 고통을 주어 미안하다. 그 대신 양가가 먼 후일까지 우의를 유지하기 위해 다테의 적자 타다무네에게 쇼군의 딸 하나를 보내겠다. 천하를 위한 일이므로 이의를 말하지 말고 받아주도록."

이에야스는 담담하게 다테와의 일을 설명했다. 그리고 나서 도이 토시카츠를 돌아보았다.

"오이는 반대했어. 그러나 이러한 조처로 전쟁을 막을 수 있다면 좋은 거야. 그렇지 않은가?"


# 4


무네노리는 살며시 도이 토시카츠의 얼굴을 살폈다. 확실히 토시카츠는 반대하는 기색이었다.

그러나 이에야스에게서는 토시카츠의 반감까지도 크게 감싸는 밝은 면을 느낄 수 있었다.

원래 히데요시秀吉의 미움을 받아 영지이전을 명령받을 뻔한 다테 마사무네였다. 그 마사무네에 대해 히데요시에게 잘 말하여 그대로 오슈에 있도록 해서 오늘날의 터전을 닦도록 한 것은 다름 아닌 이에야스였다.

그 이에야스가 이제 또다시 마사무네를 가신 일동의 증오로부터 벗어나게 해주려고 한다……

"무네노리."

이에야스는 다시 온화한 표정이 되었다. 그리고는 무네노리에게 시선을 옮겼다.

"병법과 인간의 길은 그 뿌리가 같지 않을까?"

"예…… 그렇습니다."

"……나는 말일세, 에도로 돌아가면 모두를 불러놓고 이렇게 말할 작정이네. 만약 천하에 큰일이 생기면, 이에 대비할 선봉은 토도 이즈미노카미藤堂和泉守, 제이군은 이이 카몬노카미井伊掃部頭, 기습부대는 호리堀(나오요리直寄)에게 맡기겠다고……"

"선봉에 토도 님을……?"

"그래. 그리고 다테 마사무네에게는 쇼군 곁을 떠나지 말라고 하겠어. 어떤가, 그대의 생각은?"

"황송합니다."

"그렇지 않은가. 마사무네는 천하를 위한 중요한 그릇, 그가 외눈을 번뜩이면서 쇼군 곁에 있으면 일단 천하에 큰일은 일어나지 않을 거야. 아무 걱정할 것 없어, 그렇게 하면 되는 거야."

무네노리는 그 후 이에야스가 타다테루 문제를 꺼내지 않을까 하고 은근히 가슴을 졸였다.

그러나 이에야스는 끝내 그 말을 하지 않았다. 그리고 이튿날 히데타다를 에도로 돌려보내고 나서 정말 즐거운 표정으로 사냥을 즐기는 것 같았다.

25일에는 다시 토가네에서 후나바시로, 26일에는 좀더 멀리 무사시의 카사이로 나가 사냥을 즐겼다.

'분명히 오고쇼는 사람이 달라지셨다……'

사냥하는 도중에 농부들을 만나면 가벼운 기분으로 말을 걸고 1단段 (약 300평) 당 얼마나 추수하느냐고 수확량을 묻곤 했다.

"공납은 어느 정도인가, 많은가 적은가?"

자기가 공포한 사공육민四公六民°의 제도가 잘 지켜지고 있는지 직접 확인하고 싶었는지도 모른다.

새로 개간한 토지의 공납은 7년 간 면제. 그 후 3년 간은 삼공칠민四公七民. 이렇게 10년 동안에 1급 농토로 만들어 사공육민의 제도를 고정시키면 일본에 식량부족은 없어진다.

"농민을 소중히 여겨야 한다. 농민이 일을 하면 상하 모두가 굶주림을 모르고 살 수 있다."

그때마다 측근에게 이 말을 되풀이했다.

"사실 농민들은 사공육민으로는 살기에도 급급할 터. 단지 전쟁이 없어져 죽을 우려가 없다뿐이겠지…… 그러므로 무사들은 농민들의 고생을 생각하고 절약을 첫째로 삼아야 한다…… 절대로 사치를 해서는 안 되는 법. 이를 어기면 안 된다."

그 이에야스가 27일에는 에도 성으로 돌아와, 서쪽 성에서 6일 동안 타케치요와 함께 보냈다. 이것이 제3대 쇼군 이에미츠에게 할아버지의 인상을 강렬하게 새겨주는 마지막 기회였다.

타케치요는 언제나 망연한 표정으로 그 할아버지를 쳐다보고 있었다. 감수성이 풍부한 소년의 눈에 비친 이때의 이에야스는 등뒤에서 찬란한 빛을 발하고 있는 거목으로 보였을 터이다.

이때의 인상으로 타케치요는 뒷날 10여 폭의 초상화를 그리게 하고, 현존하는 그 닛코의 화려한 토쇼구東照宮를 건립하지 않을 수 없게 되었을 것이다……

12월 4일, 이에야스는 다테 마사무네에게 반란할 힘이 없다는 판단을 내리고 에도를 떠났다……

## 5

야규 무네노리는 쇼군 히데타다의 밀령을 받고 다시 이에야스를 슨푸까지 호위하게 되었다.

그때는 히데타다도 무네노리를 제3대 쇼군 타케치요의 병법 사범으로 삼으라는 지시를 받고 있었기 때문에 일부러 이에야스를 모시고 가게 했는지도 모른다.

돌아가는 도중에도 이에야스는 빛 속을 헤엄치는 물고기처럼 명랑

했으나 육체의 피로는 감출 도리가 없었다.

'역시 이러한 여행은 무리……'

이에야스 자신도 느끼고 있었는지 이나게稻毛, 나카하라中原, 오다와라 등지에서 휴식을 취하면서 미시마에 도착했다. 그때 이에야스는 그 서남쪽 10리쯤 되는 곳에 있는 이즈미가시라泉頭 성터에 은거할 곳을 마련하겠다는 말을 꺼냈다.

이즈미가시라 성터는 도니와堂庭 북쪽 시미즈이케淸水池 옆에 있는데, 그 옛날 오다와라의 호죠北條 씨가 구릉을 등지고 별장을 세웠던 경치 좋은 곳이었다.

"마타에몬, 이리 와서 좀 보게. 여기는 말일세, 은거지로는 다시없는 곳인 것 같아."

에도로 갈 때는 매사냥을 구실로 살폈던 지형을 돌아오는 길에는 은거지로 삼겠다고 한다.

'역시 피로하신 것이다……'

시키는 대로 무네노리는 도보로 이에야스의 뒤를 따랐다.

계절이 봄이었다면 또 모르지만, 지금은 섣달 중순이다. 찬바람이 사정없이 살을 찌르고, 시미즈이케 부근의 절경도 삭막하고 메마른 들판에 불과했다.

이에야스는 그 구릉 기슭에 이르러 가마에서 내리더니 무슨 생각을 했는지 커다란 억새 그루터기 밑에 양탄자를 깔게 했다. 그리고는 그 위에 웅크리고 앉았다.

"마타에몬, 이리 오게."

"예, 무슨 일이십니까?"

"그대는 이번 수행에 동행하면서 어떻게 보았는가, 농부들이 행복해 보이던가?"

"예. 센고쿠戰國의 난세에 비한다면……"

"죽지 않고 살 수 있다…… 그 정도의 행복이라고 보았는가?"

무네노리는 대답할 수 없었다.

인간의 행복감은 분명 비참한 생활과 비교하는 것만으로는 얻어지지 않는다.

"으음, 대답할 수 없다면 하지 않아도 좋아."

이에야스는 머리 위를 스치는 찬바람 소리를 듣는 듯한 표정으로 눈을 가늘게 뜨고 말했다.

"무네노리…… 영주가 좋지 못한 자여서 내 지시에 잘 따르지 않는다고 하세."

"예?"

"공납으로 바치는 쌀 말일세. 농민들의 몫을 크게 착취하여 악정을 폈다고 하세."

"아, 그 말씀이군요."

"그럴 때 농민들은 누구에게 호소해야겠는가? 영주의 부하들은 어떤 호소라도 받아들이지 않을 테니까."

"그것은…… 그렇습니다."

"무네노리!"

"예."

"이 점에 대해서는 생각해볼 필요가 있어. 설사 소동을 일으킨다 해도 영주의 무력으로 진압되고 말아. 그렇게 되면 이럴 때의 무력은 방위나 경호의 무력이 아니라 농민들을 괴롭히는 무력이 된다."

이 말을 듣고 무네노리는 흠칫 놀랐다.

"그렇습니다. 그것은 무사도에 위배됩니다……"

"그래! 직접 호소할 수 있는 길을 터야겠어. 영주라도 학정을 했을 때는 쇼군에게 직접 호소할 길을 열어놓지 않으면 영주들의 횡포를 막을 수 없을 거야."

싸늘한 바람 속에 움츠린 이에야스의 눈동자도 이때만은 타는 듯이 빛나고 있었다.


# 6


솔직히 말해서 이때까지도 무네노리는 이에야스의 마음을 확실하게 알지는 못했다.

정치의 근본은 자비에 있다…… 자비는 불교의 근원. 이를 짓밟는다면 위정자가 될 자격이 없다…… 이러한 이에야스의 마음가짐은 기회 있을 때마다 자주 들어왔다. 따라서 무사도 불제자佛弟子이고 농민과 상인의 자식도 불제자, 자비라는 어버이의 불과佛果를 받는 데 불공평이 있어서는 안 된다…… 이러한 이에야스의 마음가짐은 무네노리도 알고 있었다.

그러한 무네노리도 어떤 기준으로 사공육민의 선을 긋고 이를 위반하는 것을 악정이라고 할지, 이런 점에 이르러서는 정말 애매했다.

"그러니까 영주가 백성을 괴롭힐 때는 직접 쇼군에게 호소하라……는 말씀입니까?"

"그래. 그렇게 하지 않고는 영주의 악정을 막을 수 없는 경우가 반드시 생길 것이야."

"쇼군이 농민의 소요를 눈감아줄 경우도 있다……는 의미가 될 것 같기도 합니다마는."

"그래. 사리에 맞지 않는 소요도 있겠지만, 영주의 악정 때문에 일어나는 소요도 있을 테지."

이에야스는 문득 생각난 듯이 —

"무네노리, 그대는 옛사람들이 일 단보段步를 삼백육십 보步(평)로

정한 까닭을 알고 있나?"

뜻밖의 질문을 했다.

"잘 모르겠습니다. 그러나 타이코 님의 토지조사 이래 일 단보를 삼백 보로 변경하여 현재 통용되고 있는 줄 알고 있습니다."

"바로 그 점이야. 타이코는 일 단보가 의미하는 것을 모르고 있었어. 날마다 전쟁에 몰두하여 옛일을 배울 틈이 없었지. 일 단보는 삼백육십 보가 되어야 해."

"그렇습니까."

"츠보가리坪刈り°라고 하는데, 일 보(한 평)에서 수확하는 곡식이 한 사람의 하루 식량일세. 일 년은 삼백육십 일 남짓, 그러므로 일 단보는 삼백육십 보…… 곧 일 단보는 농경에 종사하는 불제자가 일년 동안 먹을 양식…… 여기에서 모든 것이 출발하는 거야. 그런데 타이코는 단보 수를 늘리기 위해 삼백 보로 바꿨어. 그러나 옛날보다 농경기술이 발달했으므로 힘껏 일만 하면 그럭저럭 식량을 대어갈 수 있겠지…… 그러므로 타이코의 잘못은 일단 덮어두기로 하세."

"과연 그렇겠군요."

"그러나 잊어서 안 될 일은, 이 세상에 태어난 자는 어쨌든 한 사람이 하루에 일 단보의 땅만 경작하면 살아갈 수 있다, 이것이 이 세상에 태어난 자에게 평등하게 주어진 자비…… 태어난 이상 살아갈 수 있게 하려는 것이…… 신불의 크나큰 배려라는 점이야. 이런 하늘의 뜻을 저버려서는 안 돼. 알겠나, 모두가 나름대로 살아갈 수 있도록 하늘은 자비의 손길을 뻗친 거야."

무네노리는 숨을 죽이고 싸늘한 바람으로 소름이 돋은 이에야스의 옆얼굴과 목덜미를 응시했다.

은거할 집을 짓고 그곳에서 편안한 노후를 보내겠다……고 생각한 이에야스가 지금 무슨 말을 하려고 하는 것일까?

연못 위에는 바람이 물결을 일으키고 새털 같은 흰 눈까지 섞이고 있었다.

"그러므로 농민들이 온갖 고생을 하면서 한 단보에서 얼마간의 수확을 거두려고 하는데, 경작하지 않는 자가 그 사 할 이상을 빼앗으면 안 돼. 육 할은 땅을 맡아 경작하는 농민에게 주지 않으면 지신地神이 화를 내게 될 거야. 알겠나, 무사는 경작하지 않는 자들이야. 사 할로 만족할 수 없다면 무사는 쓸데없는 흉기가 될 것이야."

## 7

무네노리는 그 순간 주위에 쏟아지는 강렬한 햇빛을 느꼈다. 앙상한 나무에 온통 꽃이 피어 시야 가득히 첫여름의 경치가 펼쳐진 듯한 착각에 사로잡혔다.

'그렇구나, 그런 일을 걱정하고 계셨구나……'

"그래서…… 그래서…… 사공육민을 지키지 않는 영주는 용서할 수 없다고."

이에야스는 웃으면서 말을 이었다.

"사정을 무시하고 모두 다 용서치 않는다면, 그 또한 잘못이겠지. 때로는 예기치 않는 천재지변도 있을 것이고, 갑작스럽게 군사적인 용도도 생기겠지. 그러나 이럴 때는 사정을 알려 납득시켜야만 해. 그렇게 하지 않기 때문에 농민들이 들고일어나는 거야."

"으음…… 그들이 들고일어나 소동을 벌이면……"

"직접적인 호소를 허락한다…… 그러나 이 일은 자기의 영주에 대한 반역이기도 해. 그러므로 영주도 파면시키겠지만, 호소한 자 또한 처벌해야 하겠지."

"그 옛날, 무리를 지어 횡행하던 승병이나 난토南都 승병들의 호소도 있고 하므로……"

"결정했어! 결정했네, 마타에몬."

"예……?"

"직접 호소하는 길을 터놓겠어. 그리고 고발당한 영주는 파면, 호소한 백성은 책형磔刑이야."

"책형……을 말씀입니까?"

"하하하…… 이 모든 조처의 뿌리는 자비에 있어. 이 조처로 악정을 막을 수 있겠지. 이렇게 하는 게 공평해. 그대의 얼굴에도 반대하지 않겠다고 씌어 있네. 자, 이제 그만 돌아갈까, 마타에몬."

"그러면, 은거하실 곳의 건축은?"

"아, 건물 말인가? 건물 같은 것은 나중에라도 좋아. 나는 내년 봄에 올라올 때 해야 할 일을 열심히 찾고 있었어. 그것을 지금 발견했어. 추워지는군! 돌아가세."

이렇게 말하고 이에야스는 일어나 다시 한 번 싸늘한 바람에 목을 움츠렸다.

"정말 경치가 좋군, 이 부근은…… 아무리 황실의 안전만 열심히 생각한다고 해도 만민을 잊는다면, 산은 있으나 물이 없는 것과 마찬가지야. 산도 물도 변치 않는 모습을 지녀야만 태평이라고 할 수 있지…… 때가 오면 이런 것을 타케치요에게 잘 설명해주게."

그날 밤은 세코瀨子의 젠토쿠 사善德寺에서 보내고 이에야스가 슨푸로 돌아간 것은 12월 16일이었다.

이때 마사무네의 밀령을 띠고 유럽에 간 하세쿠라 츠네나가 일행은 로마와 치비타베키아를 거쳐 플로렌스에서 리보르노를 향해 여행하고 있었다. 물론 펠리페 3세가 원군을 파견할 수 있는 사정은 못 되었다. 그러므로 그 연락이 일본에 왔을 리도 없고, 타다테루는 후카야 성에 유폐되었으며 중신 카타쿠라 카게츠나는 이미 죽었다.

마사무네는 센다이 성에서 이에야스의 서신을 앞에 놓고, 몸에서 끓어오르는 반골의 피와 정면으로 대결하고 있었다.

이에야스는 시미즈까지 마중 나온 열번째아들 토토우미노츄죠를 데리고 슨푸 성에 들어갔다. 그리고는 그를 뒤쫓듯이 에도에서 온 도이 토시카츠와 대면했다.

도이 토시카츠는 다테 마사무네가 쇼군에게 정중한 답서를 보내왔다는 소식을 알리러 왔다.

이때 이에야스는—

"흥!"

코방귀를 뀌었을 뿐이다.

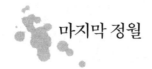

## 마지막 정월

### 1

이에야스는 이제는 마사무네의 반의叛意를 좌절시켰다고 믿었다.

'역시 다테 마사무네는 이시다 미츠나리石田治部처럼 앞뒤가 꽉 막힌 사나이가 아니다!'

이시다 미츠나리도 장래는 잘 내다보았다. 그는 타이코가 죽은 뒤 천하가 어떻게 바뀔지 잘 알고 있었다. 알고 있으면서도 감정에 치우치지 않을 수 없는 유형의 인간이었다. 결벽성이라기보다는 역시 감정을 조화롭게 규제할 수 없는 성격에, 커다란 역사의 흐름을 거슬러 자폭할 비극의 씨를 안고 태어난 사나이였다.

다테 마사무네는 이러한 미츠나리와는 전혀 달랐다. 그는 언제나 상황을 냉정하게 꿰뚫어볼 수 있는 사나이였다. 미츠나리는 시치미를 뗄 줄도 모르고 얼버무릴 줄도 모르는 고지식한 사나이였지만, 마사무네는 상황에 따라서는 연극도 하고 시치미도 뗄 줄 아는 인간으로서의 폭을 가지고 있었다.

마사무네는 이에야스가 직접 나와 에도 주변의 수비를 철저하게 점

검하기 시작했을 때 ──

"만사는 끝났다!"

이렇게 사태를 파악했을 것이 틀림없다.

이에야스가 에도에 온 것은 ──

'할 테면 해보아라.'

이러한 무언無言의 위압이라기보다는 하나의 커다란 주술呪術이기도 했다.

은밀히 기대를 걸었던 유럽으로부터는 아무 소식도 없다. 소년시절부터 함께 일을 도모하고 함께 싸워온, 그의 오른팔이기도 하고 한쪽 눈이기도 한 카타쿠라 카게츠나는 먼저 세상을 떠났다.

그리고 경우에 따라서는 방패로도 삼고 인질로도 삼을 작정이었던 사위 타다테루는 그가 생각지도 못한 이에야스의 무서운 결단으로 후카야 성에 유폐되고 말았다.

'사면초가四面楚歌!'

현명한 사나이인 만큼 분명히 자신이 처한 상황을 깨달았을 터. 따라서 이에야스가 지금 마사무네를 나무란다면, 이는 그를 궁지에 몰린 쥐로 만들어버릴 뿐 아무 소득도 없는 일이었다. 그렇게 되면 ──

'정치의 핵심은 불법佛法의 자비.'

이렇게 확신하고 있는 이에야스의 신조에 어긋난다.

이에야스는 자신의 신조에 따라 먼저 마사무네에게 마지막 손길을 내밀었다.

마사무네의 당돌한 영지로의 귀환을 중신 카타쿠라 카게츠나의 병 때문으로 생각하는 듯 조처했으며, 타다테루와 이로하히메의 불행에 대해서는 새로운 배우자를 보냄으로써 보상하겠다고 했다.

마사무네에 대한 이러한 조처는 현재의 이에야스가 당연히 밟아야 할 정도正道일 뿐 그릇된 책략은 아니었다.

'마사무네는 그 정도의 일은 능히 이해할 수 있는 사나이.'

슨푸로 돌아온 이에야스의 가슴에는 이러한 자신감이 크게 뿌리내려 있었다……

도이 토시카츠는 이에야스가 마사무네를 책하지 않을 뿐만 아니라 그의 적자에게 쇼군의 딸을 주겠다고 한 말은 지나치게 그의 비위를 맞추는 일이라 하여 불만이었다.

그러나 이에야스는 이 점에 대해서도—

"나이가 적당한 딸이 없으면 친척 중에서 양녀를 삼아 보내도 된다. 다테 가문에 한 사람 정도는 출가시켜야 한다."

마치 남의 일처럼 말하고 신년행사로 화제를 바꾸었다.

"새해가 되면 황공하게도 조정에서 칙사를 보낼 것인데, 이번만은 보내시지 말도록. 내년 봄 이에야스가 타케치요와 함께 상경하여 하례를 올릴 것이라고 정중히 사양하도록 하라."

그리고 자신은 그때의 일만을 열심히 생각하고 있는 것 같았다.


## 2


그때까지도 도이 토시카츠는—

'마사무네가 반심을 버렸다.'

이에 대해 아직 반신반의하고 있었다.

이에야스의 칸토 순행이 오히려 그의 투지를 부추겨—

"어차피 공격당할 바에는……"

궁지에 몰려 최후의 각오를 하게 될지도 모른다는 위구심을 가지고 있었다. 따라서 매일같이 에도와 긴밀히 연락을 취하면서 잠시 슨푸에 머물러 사태의 진전을 지켜볼 생각이었다.

사실, 다테가 군사를 일으킨다는 소문이 에도에 더욱 퍼진 것은 해가 바뀐 뒤였다.

"이번 정초에 방심한 틈을 찌를지도 모른다."

쇼군의 측근에서도 이렇게 보는 자들이 상당히 많았다.

이에야스는 전혀 문제시하지 않았다.

그는 요리노부, 요리후사賴房 두 아들과 함께 설을 맞이했다. 올해에도 또한 전에 몇십 번이나 되풀이해서 말한 그 시나노 가도의 고사를 두 아들에게 말해주면서 '토끼 찜'으로 설을 축하했다. 그리고 2일부터는 밝은 기분으로 가신들의 신년인사를 받았다.

지쳤다……기보다 시들어간다……는 기미를 느낄 수 있는, 더할 수 없이 온화한 이에야스가 맞는 연초였다. 도이 토시카츠와 함께 남아 있던 야규 무네노리가—

'과연 이런 몸으로 상경하실 수 있을까?'

문득 이런 걱정을 하게 된 것은 6일 조동종曹洞宗의 설법을 듣고 난 후였다.

조동종의 이 설법이 그해, 곧 겐나 2년의 '첫 공부'였다. 2각(4시간)가량 학습하고 자리에서 일어났을 때 그만 다리가 비틀거려, 곁에서 시중을 들던 챠아 부인이 황급히 부축했을 정도였다.

이에야스 자신은 전혀 개의치 않았다. 그는 9일, 도이 토시카츠에게 에도로 돌아가라고 명했다.

"그대가 곁에 없으면 쇼군이 불편할 거야. 이제 돌아가도 좋아."

이렇게 말하고, 자기도 매화꽃이 필 무렵에 다시 한 번 에도에 가서 열세 살이 된 타케치요가 쿄토에서 행할 관례 의식에 대해 상의할 것이니 준비해두라고 자세히 지시했다.

그 당시 타케치요의 사부로 임명된 것은 사카이 타다요, 도이 토시카츠, 아오야마 타다토시 세 사람이었다. 타케치요의 관례에 대해서는 이미 이에야스가 쿄토에 통보해놓았다. 도이 토시카츠는 명에 따라 에도로 돌아가기로 했다.

도이 토시카츠가 출발준비를 끝내고 이에야스의 거실로 인사를 하러 갔을 때 이에야스는 돋보기를 쓰고 책상 앞에 앉아 무언가를 부지런히 쓰고 있었다.

'쇼군 님에게 보낼 친서일까?'

이런 생각을 하며 기다리고 있었다. 그것은 실의에 빠진 센히메에 대한 위로의 서신이었다.

종종 전해주는 소식은 반갑게 받아 보았다. 이번 봄에는 어느 때보다 기쁜 일이 많기를 빌겠다. 별고 없이 지낸다니 반갑구나. 나도 별다른 일이 없으니 안심하기 바란다.

할아버지
사랑스런 센히메에게

그 서한을 토시카츠에게 보이고는 진지한 표정으로 말했다.

"이 서한을 센히메에게 전하게…… 사람은 누구나 저마다 짐을 지고 있는 거야. 무거운 짐을, 절대로 지지 말라……고 전하게."

"예…… 예."

토시카츠라도 그만 이때만은 목소리가 떨리고 눈이 붉어졌다.

3

토시카츠가 에도로 돌아간 뒤로도 야규 무네노리는 잠시 동안 더 슨푸에 남아 있었다. 이야기 상대……라기보다 이에야스의 일상생활을 눈여겨보았다가 앞으로 제3대 쇼군이 될 타케치요에게 그 정신을 전해야 한다…… 이런 절박함을 이에야스의 쇠약한 육체에서 느끼지 않을 수 없는 무네요리였다.

이에야스는 토시카츠가 돌아간 후에도 명랑했다.

11일에는 새로 명나라 사람 화우華宇와 삼관三官, 그리고 후나모토 야시로舟本彌四郎 등 세 사람을 접견하고——

"오늘은 창고를 열기에 좋은 날이다, 문을 열어라."

코친, 통킹 등 해외로 가는 교역의 슈인죠를 건네었다. 그리고 쿄토의 이타쿠라 카츠시게板倉勝重에게 타케치요가 상경한다는 통지를 보내라고 콘치인 스덴金地院崇傳과 혼다 마사즈미에게 명했다.

구술하는 내용을 듣는 동안, 이에야스는 봄에 타케치요와 함께 가려던 당초의 생각을 얼마간 변경하지 않으면 안 되겠다고 생각을 바꾸었음을 느낄 수 있었다.

'손자를 데리고 다니는 홀가분한 여행.'

너무 쉽게 움직여 가볍게 여겨져서는 안 된다. 제3대 세이이타이쇼 군이 될 사람의 관례…… 이에야스 자신이 먼저 상경하여 니죠 성에서 여러 가지 준비를…… 조정에 헌상할 물품과 공경에 대한 봉록의 가증加增 등의 준비였다. 이타쿠라 카츠시게 역시 옛 격식에 어긋나는 실례를 범하지 않도록 우선 상주관인 히로하시 카네카츠廣橋兼勝, 산죠니시 사네에다三條西實條 두 공경을 통해 천황에게 잘 상주케 하라는 내용이었다. 물론 이 '공문서'에는 혼다 코즈케노스케 마사즈미와 콘치인 스덴이 연서하고 여기에 이에야스의 화압花押이 찍혔다.

이에야스의 상경은 4월에서 5월. 타케치요는 준비가 완료되는 대로 위엄을 갖추고 에도를 출발할 터.

"부탁하네, 타케치요를……"

이에야스는 그 후에 다시 무네노리에게 말했다.

"이 할아버지가 데리고 가면 공과 사를 혼동하게 될지도 몰라. 타케치요는 소중한 일본의 쇼군이 될 몸인데……"

그 무렵부터 이에야스의 가슴속에는 그 여행과 의식이 가장 큰 비중을 차지하게 되었다.

이에야스가 갑자기 시다고리志太郡의 타나카田中로 사냥을 가겠다고 한 것은, 12일 이즈의 이즈미가시라 땅에 세우라고 한 별장 일을 중지시키고, 이어 19일 스덴과 총애하는 하야시 도슌을 불러서『군서치요』의 간행을 명한 직후였다.

"올해는 내 생애에서도 특히 중요한 해가 될 것이야. 나는 타케치요에게 내 뜻을 전하기만 하면 되는 게 아니었어. 뜻을 구하는 자에게는 뜻을 남긴다…… 그 방법은 책밖에 없어. 이것을 모르고 어찌 나라를 다스릴 수 있겠는가. 곧 쿄토로 사자를 보내『군서치요』간행준비를 하도록. 그 일에 종사하는 사람은 많을수록 좋아. 나무를 자르는 사람 둘, 조각하는 사람 셋, 식자공 열, 찍어내는 사람 다섯, 교정하는 사람 셋……을 쿄토에서 불러야 할 것이야. 서두르도록."

곁에서 보기에도 우스울 정도로 성급한 지시였다. 그 무렵부터 좀 이상한 생각이 들었다.

"서쪽 성에『재고품 일람』을 만들 때의 동활자銅活字가 있어. 그게 일만 삼천팔백예순여덟 자…… 그 전의 크고 작은 것들을 합해 팔만 구천팔백열네 자가 있다."

## 4

이에야스가 동활자의 수까지 정확하게 말하는 바람에 도슌도 스덴도 그만 눈이 휘둥그레졌을 뿐이다. 원래 이에야스는 박람강기博覽强記한 사람이었다. 그렇더라도 이처럼 동활자의 숫자까지 머릿속에 기억하고 있다니⋯⋯

"양쪽을 합쳐 십만 삼천육백여든두 자⋯⋯ 모자라는 것은 세 사람이 조각하면 되겠지. 그리고 이타쿠라 카츠시게에게 즉시 기술자 스물세 명을 모아 쿄토를 출발하라고 전하라."

『군서치요』는 50권. 이는 당나라 태종의 명신 위징이 칙명을 받아 수많은 서적 중에서 정치의 귀감이 될 명신의 언행을 집성한 책이다. 이에야스는 이 책을 간행하기 위해 진작부터 카마쿠라鎌倉 다섯 산의 사찰과 스루가駿河의 세이켄 사淸見寺, 린자이 사臨濟寺 등의 승려에게 명하여 베끼게 하고 있었다.

"잘 알겠습니다. 그럼⋯⋯ 지금 곧 이타쿠라 님에게 사자를 보내겠습니다."

"그래. 내가 상경하기 전에 완성시키도록. 좋은 일은 서두르라는 말도 있어."

이렇게 명하고는 그 이튿날에는 타나카에서 매사냥을 하겠다고 가벼운 기분으로 출발했다.

그날은 정월 21일. 이때도 마츠다이라 카츠타카를 비롯한 측근들이 고개를 갸웃거렸다.

이미 심한 추위가 풀리기 시작했다고는 하나 아직 매화의 봉오리도 딱딱한 채로 있었다. 감기라도 걸리면 어쩌나 싶었지만 아무도 이에야스를 만류하지 못했다.

이에야스의 노구에 깃들인 항상 외곬으로만 생각하고 있는 것 같은 불가사의한 기백, 그 이상할 정도의 진지함이 측근 모두의 입을 봉할 수밖에 없었다. 그리고 측근들도 그 매사냥이 무엇을 뜻하는지는 너무나 잘 알고 있었다.

"몸은 계속 단련해야 한다."

입버릇처럼 말하는 단련이란 말, 이 경우에는 두말할 것도 없이 타케치요 관례를 위한 상경에 대비하기 위해서였다. 이에야스는 이대로 슨푸에 머물러 있으면 몸이 쇠약해져 여행하기 힘들 것이라고 판단했음이 틀림없다.

후지에다藤枝 역참 동쪽에 있는 타나카 성은 옛날 타케다 신겐武田信玄이 성을 축조하고 바바 미노노카미馬場美濃守를 데리고 와서 잠시 체류한 일이 있는 작은 성이었다.

타케다 가문이 멸망한 후 이에야스는 한동안 이 성을 가신인 코리키 키요나가高力淸長에게 맡겼다. 그 후 칸토로 영지를 바꾸게 되어 슨푸는 나카무라 카즈우지中村一氏의 소유가 되었다. 그런데 세키가하라關ヶ原 전투 이후 나카무라도 영지를 옮기게 되어 지금은 슨푸에 속한 성이 되어 있었다.

이에야스는 성문 안 현관에서 가마를 내렸다. 그리고는 일부러 짚신을 신고 정원으로 나가 야이즈燒津 해변에서 불어오는 동풍을 향하고 서서 쿵쿵 땅을 굴러보았다.

"마타에몬, 사람이란 이렇게 때때로 땅을 굴러보지 않으면 약해지는 법이야. 내일은 이 부근에서 도보로 사냥하겠어. 할아버지가 늙으셨다……고 타케치요에게 웃음을 사지 않도록 말이야."

즐거운 듯 눈을 가늘게 뜨고 말했지만, 그날 중에 사냥하겠다는 말은 하지 않았다.

'역시 지치신 거야……'

야규 무네노리는 이렇게 생각하면서 잠시 이에야스 곁을 떠나 매부리들이 있는 작은 집으로 갔다.

성을 지키는 무사들이 일일이 찾아와 인사하는 것 말고도 영민들이 팔팔 뛰는 생선을 바치러 오기도 하고 뜻밖의 진객珍客이 슨푸에서 이에야스를 뒤따라와 면회를 청했기 때문이다.

이에야스의 진객……이란 한동안 나가사키에 있던 쿄토의 챠야 시로지로次屋四郎次郎였다.

# 5

지금의 챠야 시로지로는 이에야스의 명으로 챠야 가문을 계승한 초대 키요노부淸延의 둘째아들 마타시로 키요츠구又四郎淸次였다. 2대째는 얼마 동안 형인 키요타다淸忠가 계승했기 때문에 현재의 시로지로는 3대째였다.

쿄토 상인들의 단속, 오사카 부근 다섯 지방의 상인 감독, 상인 대표 등의 소임을 맡고 있었다. 더구나 그는 나가사키 부교奉行˚ 하세가와 사헤에長谷川左兵衛 휘하에서 이에야스가 직접 행하는 '생사生絲 무역'의 관리와 지배의 역할까지 맡고 있었다. 물론 그 순이익은 모두 특별회계로 이에야스의 수중에 들어가고 있었다.

이러한 일에 대한 보고와 신년인사를 겸하여 챠야 시로지로는 나가사키에서 쿄토로 왔다가 쿄토에서 다시 슨푸로 왔다. 슨푸에 왔지만 이에야스가 타나카로 사냥을 떠났다고 하는 말에 그는 짚신도 벗지 않고서 뒤따라왔다.

지난 오사카 전투 때 성의 텐슈카쿠天守閣˚를 공격하여 서군의 간담을 서늘하게 한 '대포'도 실은 챠야 키요츠구가 오란다(네덜란드)에서 구입하여 성 공격 때 큰 도움이 되었다.

이러한 챠야 시로지로가 멀리서 찾아왔다는 보고에 이에야스는 어린아이처럼 기뻐했다.

"그런가, 마타시로가…… 아니 마타시로가 아니라, 챠야의 주인이지. 챠야 시로지로 키요츠구를 어서 이리로 불러라."

타나카 성 내전은 고작 부농의 주택 정도였다. 그래도 남향으로 난 마루에는 잇달아 들어오는 백성들의 선물이 수북하게 쌓여 있었다. 그 중에서 특히 눈길을 끄는 것은 아직 팔팔 뛰고 있는 생선류였는데, 그 가운데서도 특히 한 자 다섯 치는 됨직한 대바구니 속의 도미는 정말 탐스러웠다.

시로지로가 발을 씻고 집안으로 들어갔을 때 이에야스는 마루의 담 요 위에 앉아 그 도미를 들여다보고 있었다.

"챠야 시로지로 키요츠구, 인사를 드리러 왔습니다."

"오오, 챠야. 잘 왔어, 어서 이리로."

"예. 변치 않으신 모습을 뵈오니……"

"시로지로, 여기는 니죠 성도 아니고 슨푸 성도 아니야. 인사는 생략 하게. 그대도 여전하니 반갑군. 처자도 모두 잘 있겠지?"

"감사합니다…… 모두 잘 있습니다."

"어머니는 어떤가? 그대의 어머니는 카잔인花山院 가문의 분가에서 출가한 나의 친척, 한번 만나고 싶어 니죠 성에 있을 때 불렀는데 때마 침 감기로 누워 있었어."

"염려해주신 덕에 그 후 완쾌되어 여전히 잔소리를 하고 계십니다."

"정말 다행이군. 노인은 집안의 보배일세. 잘 모셔야 해. 그런데 이 리 올 때 쿄토에서 이타쿠라를 만나고 왔나?"

"예. 쇼시다이 님은 올봄에 오고쇼 님의 상경, 타케치요 님의 경사가 겹쳤다고 활기에 넘쳐 계셨습니다."

"그대 선조의 위패를 모신 절은 사카이의 묘호 사妙法寺였지?"

"예…… 예. 기억해주시니 감사합니다."

"잊을 리가 없지. 그대의 아버지가…… 세상을 떠난 것은 쉰두 살이 되던 해인 케이쵸 원년(1596)…… 바로 내가 나이다이진이 된 해였어. 그로부터 벌써 이십 년…… 그런데 키요츠구, 그대의 아버지와 내가 생각했던 그 교역선, 그 당시에는 한 척도 없었는데 어제 허가를 내린 통킹 선까지 합하면 일백구십팔 척…… 이백 척이 눈앞에 보이게 되었어. 모두 그대들이 수고를 아끼지 않은 결과일세."

그리고 이에야스는 눈앞의 도미를 가리키면서 웃었다.

"정말 경사스러워. 하하하……"


# 6


"기뻐해주시니 아버님도 저승에서 좋아할 것입니다."

챠야는 문득 숙연해졌다. 오늘날처럼 교역이 활발하게 된 이면에서 그 자신도 청춘을 바쳐왔다. 아내 오미츠於みつ가 히데요리의 노리개가 된 사실을 알았을 때…… 아니 쿄토와 오사카 방면의 풍운이 급박해져 그곳이 언제 잿더미로 변할지 모를 그때, 그는 나가사키에서 한 손에 주판을 들고 똑바로 세계를 응시했다. 쿄토와 오사카, 사카이의 일은 모두 동생 신시로 나가요시新四郎長吉에게 맡긴 채……

동생 신시로는 오노 하루나가大野治長가 일거에 쿄토를 불사르고 니죠 성을 습격하려 했을 때 선수를 쳐서 그 흉도들이 이타쿠라에게 잡히도록 하여 쿄토를 구했다. 형인 키요츠구도 동생인 신시로도 철두철미한 이에야스 신봉자였다. 그들은 이에야스를 위해 일하는 것이 여간 즐겁지 않았다……

이에야스를 따르는 사람 중에는 그저 좋아하는 사람과 신앙처럼 받드는 두 종류가 있다고 동생인 신시로는 곧잘 말했다.

"나와 형님, 혼아미 코에츠, 코보리 엔슈 등은 모두 철저한 오고쇼 신자지요."

자랑스럽게 말하고는 했다. 그렇다면 쇼시다이인 이타쿠라 님과 아버지는 어떠했느냐고 물었을 때 신시로는—

"그분들은 오고쇼 님의 부하지요."

서슴없이 대답했다. 신시로의 말을 빌리면—

"부하는 주인에게 반해 생명을 바치는 특별한 인간, 이런 사람들은 거상이나 다이묘들에게도 모두 몇 명씩인가는 붙어 있지요."

그러나 이런 부하들만 데리고는 큰일을 할 수 없다. 부하들 외에 신자와 추종자가 있어야 한다. 추종자는 변덕이 심하다. 그러나 그때그때 힘이 되어 돕는다. 신자는 추종자와는 전혀 이질적인 경도자傾倒者로, 세상이 어떻게 바뀌어도 추종자가 아무리 떨어져나가도, 절대적으로 그 사람을 믿고 따르는 사람이다.

"형님도 나도 바로 그 신자예요."

그러나 챠야의 생각은 달랐다.

이 세상의 역사는 그 누구도 가로막을 수 없는 힘에 의해 일정한 방향으로 흘러간다. 이에야스는 그것을—

"민심이 향하는 곳."

이렇게 표현했다.

이 경우의 민심이란 대다수의 희망을 의미한다. 가장 많은 백성들이 바라는 것…… 역사는 항상 그 방향으로 조용히 흐르고 있다. 신자도 추종자도 그 거대한 흐름의 방향을 나타내는 데 지나지 않는다.

"현재 최대다수의 민심이 바라는 것은 평화야."

이에야스는 이렇게 말하고 있었다.

"그러나 앞으로의 흐름, 앞으로 당연히 생길 또 하나의 흐름도 생각해야 하는 거야. 알겠는가, 마타시로? 평화로운 시대가 온다, 생명의 위험이 사라졌다…… 생명만은 유지할 수 있게 되었다…… 이런 세상이 왔을 때 그 다음 희망은 무엇일 것 같은가?"

이에야스는 챠야가 마타시로라 불리던 스무 살 때 이처럼 간곡하게 가르쳤다.

"두말할 것도 없이 그 생활의 내용이지. 부富야, 풍요로움이야. 평화로운 시대가 오면 부를 찾아 방향을 돌리는 거야. 그래서 그 부의 길을 트는 일을 지금부터 그대에게 맡기는 것이야."

이 가르침은 지금도 챠야의 머리에 잊을 수 없는 메아리로 생생하게 살아 있었다.

챠야는 이에야스가 가리키는 큰 도미를 들여다보면서 —

"참, 저도 오고쇼 님에게 진기한 선물을 드리겠습니다."

행복한 표정으로 손뼉을 쳤다.

## 7

챠야가 데려온 고용인 둘이 들고 온 선물은 양으로 볼 때는 작은 것이었다.

"이것은 사향, 이것은 샤봉(비누)이라고 합니다. 또 이것은 아주 고급스런 포도주, 그리고 이것은……"

챠야가 꺼낸 것은 직경 일곱 치 가량인 도기에 든 액체였다. 그는 눈을 가늘게 뜨고 흔들어 보이고 이에야스 앞에 놓았다.

"그게 뭐지, 시로지로?"

"예. 기름입니다."

"기름……이라니 어디에서 뽑은 기름인가?"

"일본으로 말하면 비자나무 열매에서 짠 것, 즉 올리브라는 열매에서 짠 기름입니다. 향기를 맡아보십시오. 정말 좋은 냄새가 납니다."

"허어…… 이것은 이 도미와 조릿대 잎 냄새가 나는구나."

"귤 냄새는 나지 않습니까?"

"아, 그 냄새도 나는군. 과연 씨앗에서 짠 기름에는 없는 담백하면서도 고상한 기름 냄새야."

키요츠구는 이에야스의 웃는 얼굴을 확인하고 말했다.

"지금 오사카에서는 이 기름으로 만든 튀김이 유행하고 있습니다. 생선, 조류, 채소, 두부 등에서부터 고기 완자에 이르기까지 이 기름에 튀겨 밥상에 올립니다."

"허어, 이 기름으로?"

"예. 가령 여기에 있는 생선을 튀기려면 우선 머리를 자르고 배를 갈라 포를 뜹니다."

"으음."

"그런 뒤 밀가루를 살짝 입혀 펄펄 끓는 기름 속에 넣어 알맞게 튀긴 후 꺼냅니다. 그리고 뜨거울 때, 등자의 즙액으로 만든 식초 두세 방울을 떨어뜨려 후후 불면서 먹는 것입니다. 간장을 찍어도 좋고 소금으로 간을 해도 좋습니다. 식도락가들은 후춧가루를 조금 뿌려 먹기도 합니다."

"과연 맛이 있겠군."

드디어 이에야스는 입맛을 다시기 시작했다. 올리브유의 향기와 등자로 만든 식초, 후춧가루의 맵싸한 냄새가 이에야스의 혀끝에서 살아난 모양이다.

"그럼, 그대도 먹어본 일이 있겠군."

"예."

챠야 시로지로는 잠시 사이를 두었다가 녹을 듯이 웃었다.

"먹어보았을 뿐만이 아닙니다. 제 손으로 몇 번인가…… 튀겨도 보았습니다."

"허어!"

"말씀 드린 까닭은, 만약 오고쇼 님이 원하시면 튀겨드리려고 생각

204

했기 때문입니다."

"뭐, 그대가 내게 튀김을 만들어주겠다는 말인가?"

"예. 보시다시피 재료로는 여기에 팔팔 뛰는 생선이 산더미처럼 쌓여 있습니다."

"그것 고마운 일이군. 그럼, 이 도미는 어떨까? 지금 이 도미를 어떻게 요리할까 생각하고 있던 참이었어."

"도미!"

키요츠구는 진지하게 고개를 끄덕였다.

"그야말로 최고의 재료입니다. 아마 칭찬을 받게 될 진미 중의 진미가 되리라 생각합니다."

"잘됐어!"

이에야스는 기분이 좋아 무릎을 쳤다.

"그럼, 속히 그대에게 부탁하기로 할까. 그리고 챠아와 카츠타카, 그리고 마타에몬과도 나누어 먹을 것이니 여유 있게 튀기게."

챠야는 만족스러운 듯 단지를 흔들어 보이며 고개를 숙였다.

## 8

인간에게 주어진 '천수天壽'의 불가사의는 인간의 지혜로는 도저히 풀 길이 없는 수수께끼를 내포하고 있다.

그날 밤, 도미 튀김을 커다란 접시에 수북히 담아놓고 동석을 명령받은 사람들과 함께 작은 접시에 덜었을 때 이에야스는 매우 기분이 좋았다.

동석한 챠아 부인을 비롯하여 마츠다이라 카츠타카도 야규 무네노리도 요리를 만든 챠야 시로지로도 이에야스보다 먼저 맛을 보았다.

'시식'이기도 하고 독이 들었는지 검사하는 의미도 있었다. 모두들 —

"맛있다!"

"이것은 새로운 진미!"

감탄하는 모습을 보고 이에야스는 흐뭇한 얼굴로 젓가락을 들었다.

좌중에는 기름과 등자의 즙액으로 만든 식초의 냄새가 풍기고, 한 입 맛본 이에야스는 눈을 가늘게 뜨고 젓가락을 놓으면서 —

"촛대를 더 늘려라."

이렇게 말했다.

"이십일이라 설은 지났지만 챠야가 세배를 하러 왔으므로 오늘만은 초를 좀 낭비하겠어. 이런 진미를 어두운 데서 먹기란 아까워."

명령을 받고 젊은 무사가 두 자루의 촛대를 여섯 자루로 늘렸다.

이에야스가 다시 젊은 무사에게 말했다.

"여섯 자루는 너무 많아, 다섯 자루면 충분해."

한 자루를 끄게 했을 때 두번째로 분배를 명했다.

"뜨거울 때가 맛있어! 식기 전에 먹도록."

아직도 중앙에 놓인 접시에는 많은 튀김이 향기를 내뿜고 있었다. 그러나 모두 머뭇거리며 얼른 손을 대지 않았다.

"머뭇거릴 것 없어. 나를 보아라."

이에야스는 세 접시째를 받고는 드디어 큰 소리로 웃기 시작했다.

"젊은 사람들이 어째서 그리 숫기가 없나. 내가 젊었을 때는 실컷 자고 실컷 먹어두는 것이 무사의 관습…… 때로는 한 되나 되는 밥을 먹어치우고 이삼 일 동안은 먹지 않고 싸웠어…… 이런 재주를 자주 부리곤 했지."

그리고는 더 이상 튀김에 손을 대지는 않았다. 그러나 무네노리나 카츠타카보다 분명 두 배는 먹었다. 게다가 국을 두 그릇이나 마시고 밥도 수북히 두 공기를 먹었다.

술은 아주 소량, 이에야스는 매우 기분이 좋아 이튿날의 사냥터 이야기를 나누었다. 그리고 챠야에게 요즘 나가사키에서 유행하고 있는 노래를 부르게 했다. 그러다가 챠야 부인의 부축을 받으며 침소로 들어간 것은 해시亥時(오후 10시)가 가까워서였다.

그때까지는 아무도 이에야스가 누리는 생명의 등불이 그 한계에 이르렀다고 생각하는 자는 없었다.

이에야스가 침소로 들어간 뒤 모두 각자가 할당받은 방으로 돌아가 잠자리에 들었다. 나중에 생각하니 이에야스가 하늘로부터 받은 천수의 불꽃은 이미 꺼질 채비를 하고 틈새로 새어드는 바람이 불어닥칠 미묘한 계기를 기다리고 있었는지도 모른다. 아니, 좀더 깊이 생각하면, 평생 검소한 음식만 먹어온 이에야스에게 생명의 불이 꺼져감을 알고 하늘이 마지막 진미를 내렸는지도……

"큰일났습니다! 오고쇼 님이…… 측간에서 쓰러지셨습니다. 중태입니다. 이 일을 어서……"

시각은 이튿날 축시丑時(오전 2시).

"식중독이시다. 토하고 설사를 하시는데다 손을 쓸 수 없을 정도로 열이 높으시다."

삽시간에 좁은 타나카의 거처는 온통 소란에 휩싸였다.

# 발병發病

**1**

야규 무네노리가 달려왔을 때 이에야스는 이미 침소로 옮겨져 있었고 의식도 없었다. 아니, 의식은 있어도 눈을 뜨고 입을 열어 말할 기력이 없었는지도 모른다.

"주군, 주군……"

챠아 부인이 찬 물수건으로 이마를 식히면서 부르는 곁에서 ——

"야규 님, 어서 이 일을 슨푸 성과 에도에……"

마츠다이라 카츠타카가 외치듯이 말했다. 무네노리는 창백한 얼굴을 흘끗 보았을 뿐 그대로 침소에서 나올 수밖에 없었다.

'역시 무리였다……'

식중독이라고 하나 함께 식사했던 사람들은 아무렇지도 않다. 피로했기 때문이다.

야규 무네노리는 길을 잘 아는 무사 한 명을 데리고 슨푸를 향해 밤길을 달리면서 후회하는 마음을 누를 길 없었다.

어째서 의사를 동반하지 않았을까?

이에야스가 이번 봄의 여행에 대해 너무 열을 올리고 있었기 때문에 그만 그 말을 꺼낼 수 없었다. 물론 먼 여행이라면 반드시 수행해야 할 의사…… 의사가 단 한 사람도 수행하지 않았을 때 하필 이러한 일이 일어나다니.

'이 역시 천명이 아닐까……'

이 상상은 칸토로의 여행 이후 줄곧 곁에서 모신 무네노리에게는 너무나 잔혹하고 너무나 서글픈 일이었다.

이미 이에야스에게는 한 점의 사사로운 마음도 없다. 있는 것이라곤 사후의 준비뿐…… 더구나 다테 마사무네의 반심을 슬기롭게 억제하고, 타다테루의 일은 애써 입밖에 내지 않았다. 이제 남은 일은 쿄토에서 행할 타케치요의 관례…… 그 일에 모든 것을 걸고 일부러 몸을 단련하러 나온 길에 이렇듯 갑작스럽게 발병하다니……

무네노리는 마상에서 몇 번이나 눈물을 닦았다. 눈물을 닦을 때마다 최근에 특히 눈에 띈 이에야스의 맑은 눈동자가 가슴을 도려냈다.

맑디맑은 그 갓난아이 같은 눈은 이미 오욕에 찬 현세를 보아서는 안 될 눈이었던가.

슨푸로 달려간 무네노리는 맨 먼저 혼다 마사즈미를 깨웠다.

"오고쇼 님이 발병!"

외치는 말에 안에서 달려나온 마사즈미는 낯빛이 변해 —

"테츠사부로鐵三郎, 소테츠를, 의사 카타야마 소테츠片山宗哲를."

큰 소리로 코쇼에게 명하고 옷을 갈아입기 시작했다. 그 역시 의사를 동반시키지 않았다는 사실을 깨달은 모양이었다.

"그런데, 병세는?"

옷을 갈아입고 나온 마사즈미는 뜻밖에도 조용했다.

"저녁에 드신 도미 튀김…… 식중독이라고들 합니다마는, 역시 오장의 기력이 쇠하시지 않았나 생각됩니다."

"뭐, 도미 튀김?"

"예. 챠야 시로지로가 찾아와 직접 튀김을 만들어 올렸는데…… 독이 있는지 저희들이 시식했습니다만."

"도미 튀김…… 그런 음식은 드신 일이 없는데. 어쩌시다가 그런 이상한 것을……"

"축시에 측간에 가셨다가 구토를 하셨다고."

마사즈미는 이 말에는 대꾸하지 않았다.

"식중독이라면 특효약을 가지고 계실 터, 뇌졸중이시겠지. 내가 갈 때까지 살아 계셨으면 좋으련만……"

그리고 급히 에도로 사자를 보내고 나서 카타야마 소테츠를 비롯한 의사 세 명을 데리고 타나카를 향해 새벽길을 달렸다……


## 2


혼다 마사즈미가 의사를 거느리고 달려왔을 때, 이에야스는 눈을 가늘게 뜨고 도착했다는 말에 고개를 끄덕일 뿐이었다. 아무도 회복되리라고 생각지 않았다.

'드디어 우려하던 때가 오고 말았다……'

회자정리會者定離란 움직일 수 없는 세상의 법칙. 그런 줄 알면서도 이렇듯 숨가쁜 상황에 직면한 순간, 아직 알아두어야 하고 밝히지 않으면 안 될 일이 산적한 듯 절박한 느낌뿐이었다.

의사 카타야마 소테츠는 반 각(1시간) 가까이 이에야스를 세밀히 진맥하고 나서 ―

"뇌졸중은 아닙니다."

옆방으로 물러가 망연자실해 있는 마사즈미, 카츠타카, 무네노리 등의 얼굴을 번갈아 바라보면서 말했다.

"다만 위 부근에서 딱딱한 응어리가 느껴집니다. 그리고 열이 높으시므로 당분간은 절대 안정을 취하시도록……"

이렇게 말했을 때 마사즈미가ㅡ

"안 돼!"

큰 소리로 가로막았다.

"이런 곳에서 만일의 경우라도 생기면 어떻게 하겠는가? 속히 에도로 모실 준비를 해야 돼. 어떻게 하면 몸에 지장이 없을지 의사들은 곧 상의하도록."

그 무렵에는 슨푸에서 사카키바라 다이나이키, 사카이 마사유키酒井正行, 마츠다이라 이에노부松平家信 등도 달려와 있었다.

모두 병실을 들여다보기만 했을 뿐 말하는 것조차 허락되지 않았다. 말을 걸었다 해도 상대는 눈을 가늘게 뜨기만 할 뿐, 알아보는지 어떤지 확인할 방법도 없었다.

"역시 무리입니다."

의사들이 다시 움직이는 것은 위험하다고 고했다.

"섣불리 움직이시면 도중에……"

이렇게 말하고 눈을 깜빡이는 소테츠를 마사즈미가 다시 꾸짖었다.

"움직이지 않으면 회복될 수 있다는 말인가?"

"예…… 예. 맥박은 아직 뚜렷하게 뛰고 있습니다. 이삼 일 동안 경과를 보았으면 합니다."

"그렇다면 왜 진작 그 말을 하지 않았느냐? 곧 아드님들을 부를 필요는 없단 말이지?"

"글쎄…… 그것이……"

"그것이 어쨌다는 말이냐, 오고쇼 님의 평소 몸 상태에 대해선 잘 알고 있을 텐데?"

"하지만, 워낙 고령이시기 때문에……"

"그러니까, 곧 모셔다 대면케 해야 한다는 말인가?"

"글쎄…… 그것은……"

마사즈미는 초조하게 카츠타카를 돌아보았다.

"어떻게 하지? 대면도 못하시고 이대로 타계…… 이렇게 되면 우리들의 큰 불찰, 그렇다고 에도에서 지시도 있기 전에 너무 법석을 떠는 것도……"

카츠타카가 고개를 갸웃한 채 말했다.

"의사의 말을 따르는 편이 좋겠습니다. 이삼 일 정도 가만히 누워 계시도록 하고…… 가벼운 증세라 하여 세상에 소문이 퍼지지 않도록 하지요. 그러면 그동안 에도에서 지시가 있지 않겠습니까?"

이렇게 해서 겨우 결정을 보았다. 시녀들도 가까이 오지 못하게 했다. 그리고 가벼운 감기로, 경과를 보고 있다, 조금 차도가 있어 보이면 곧 슨푸로 옮긴다……

22일은 이렇게 숨막히는 긴장 속에서 흘러갔다.


# 3


이에야스의 의식은 구름이 많은 가을 하늘처럼 때로는 맑아지고 때로는 흐려지는 것 같았다. 이틀째 되는 날—

"에도에 알렸느냐?"

이렇게 말했을 때는 자기 얼굴을 가만히 들여다보는 마사즈미를 알아보는 것 같았다. 그런데 잠시 후에는 챠아 부인을 향해 정중히 인사를 하며 말했다.

"후일을 잘 부탁하오."

무서운 마음이 들 정도로 정중한 경어를 쓰고 곧 가벼운 숨소리를 내며 잠이 들었다.

"겨우 생명이라는 것을 알게 됐어……"

23일 정오 직전이었다. 맥을 짚고 있는 소테츠를 향해 이에야스는 심각하게 말했다. 이때도 의식은 분명히 있는 것 같았다.

소테츠는 황송하여 ——

"예."

대답했을 뿐이었다.

"생명이란 말이지, 대지에서 자라는 거야."

"예."

"……하늘을 향해 무럭무럭 자라는 큰 나무야. 크고 굵은 거야. 몇십 명으로는 안을 수도 없어. 하늘을 향해 쭉쭉 뻗어나고 있어."

"예."

"말라죽는다…… 그런 일은 없어. 그 정도로 큰 나무가 어찌 말라죽겠는가. 하지만 그대들에게는 보이지 않을 것이다."

"예. 저희들로서는 도저히."

"그럴 것이다. 신불이 내게 그렇게 말씀하셨어. 지금이야말로 생명의 나무를 보여주겠다고. 그래, 그 큰 나무의 중간 가지에서 여러 사람들을 만났어."

"예……"

"이마가와 요시모토今川義元가 가장 아래에 있는 가지에 앉아 부엉이같이 귀를 쫑긋 세우고 있었어. 오다 노부나가織田信長 공……은 백로 같은 모습이었어. 참, 타이코도 그 나무에 앉아 있었어. 앙상한 학 같은 모습으로 말이야. 내 손을 잡고 주르르 눈물을 흘렸어. 미안하다, 미안하다……고 하면서……"

소테츠는 난처한 표정으로 가만히 마사즈미를 돌아보았다. 마사즈미는 그 말을 이에야스의 망상이라 생각했는지 잔뜩 긴장한 얼굴로 시선을 피했다. 챠아 부인과 마츠다이라 카츠타카는 이에야스의 양쪽에서 얼굴을 가까이 대고 숨을 죽인 채 고개를 끄덕였다. 그들은 순순히 이에야스의 이 이상한 술회를 믿으려 하는 것 같아 보였다.

"참, 마타에몬은 없느냐?"

다시 이에야스가 말했다. 그 말을 듣고 경비를 위해 마루에 단정히 앉아 있던 무네노리도 마사즈미와 챠아 부인 사이로 조심스럽게 얼굴을 내밀었다.

"오오, 무네노리로군. 그대의 아버지 세키슈사이도 그 생명의 나무에서 만났어."

"예."

"그대의 아버지는 신겐 공보다 더 위의 가지에 앉아 있더군…… 그리고 공손하게 내게 말하더군. 오고쇼 님이 계실 가지는 좀더 위입니다……라고. 그대의 아버지는 예의바른 사람이야."

이에야스는 다시 눈을 감았다.

"생명의 나무는 그 끝이 태양까지 뻗어 있다. 말하자면 대지와 태양 사이에 가로놓인 다리와도 같은 것…… 죽는 것이 아니라, 모두가 모습을 감추고 이 나무로 돌아갈 뿐이야."

그 말을 듣고 소테츠는 나직한 소리로 마사즈미에게 말했다.

"이제 슨푸로 모시는 것이 좋으리라 생각합니다."

# 4

의사 카타야마 소테츠는 이에야스가 말한 생명의 나무 이야기를 듣고 드디어 임종이 다가왔다고 본 모양이었다.

그 무렵까지는 때때로 가래가 끓어 호흡곤란을 일으킬 때가 있었다. 그런데 24일 아침에는 열이 많이 내렸다.

이에야스는 언제나 지니고 다니던 만뵤탄萬病丹 서른 알과 기엔탄ぎえん丹 열 알을 먹겠다고 했다.

소테츠로서도 이해할 수 없을 정도의 회복세였는데, 그는 이 약이 환자에게 너무 강하다고 우려했다. 그러나 이에야스는 챠아 부인을 재촉하여 자기가 직접 만든 상비약을 복용하고 나서 뚜렷한 목소리로 마사즈미에게 말했다.

"내일 이십오일, 슨푸로 돌아가겠다."

이에야스는 날짜를 분명히 기억하고 있었다…… 간병하던 사람들조차 믿을 수 없을 정도로 이상한 일이었다.

그 후 이에야스는 다시 묘한 말을 꺼냈다.

"우리 모두는 생명의 나무에서 잠시 몸을 빌려온 것이야…… 다들 잘못 알지 마라……"

그 말을 들었을 때 카타야마 소테츠는 새파랗게 질려 몇 번이나 고개를 끄덕였다.

"역시 저희들의 생각으로는 멀리 미치지 못하는 분이십니다."

그 곁에서는 역시 슨푸에서 달려온 스덴이 수첩에다 무언가 부지런히 적어넣고 있었다. 쿄토의 이타쿠라 카츠시게에게 병세를 자세히 알리기 위해 쓰고 있었을 터.

25일 이에야스는 슨푸로 돌아갔다. 그곳에서 쇼군 히데타다로부터 급히 달려온 아오야마 타다토시를 만났다.

그리고 토도 타카토라를 불러 ―

"에도는 예정대로 조용해졌겠지?"

질문할 정도로 원기를 되찾았다.

그날 타카토라와 스덴이 연서하여 에도의 도이 토시카츠, 사카이 타다요. 사카이 타다토시酒井忠利 세 중신에게 보낸 서한에는 다음과 같이 씌어 있었다.

오고쇼 님은 정신이 차차 맑아지고 원기를 되찾게 되셨습니다. 그래서 오늘 25일, 타나카에서 슨푸로 돌아오셨습니다. 슨푸로 돌아오신 후 더욱 기분이 좋아지셨습니다.

그러나 그 무렵 이에야스는 이미 자기 천수가 다했음을 예감하고 있었다. 아니, 일단 목숨을 연장하게 된 것을 마음으로부터 고맙게 여기고, 그 순간 순간을 조용히 음미하며 남은 일을 처리하고 있는 듯이 보였다.

히데타다로부터는 아오야마 타다토시에 이어 안도 시게노부, 도이 토시카츠 등이 문병을 왔다. 다시 2월 1일에는 히데타다가 직접 에도를 떠나 슨푸로 향했다. 그때까지 오지 못했던 것은 아직 다테의 움직임이 마음에 걸렸기 때문.

히데타다는 2월 1일 진시辰時(오전 8시)에 에도 성을 떠나 주야를 가리지 않고 말을 달려 이튿날 술시戌時(오후 8시) 슨푸에 도착하여 아버지를 문병했다.

에도에서 슨푸까지는 도중에 하코네야마를 넘어야 하는 440리 26정(약 179킬로미터)의 먼 거리로 보통 닷새는 걸렸다. 그 거리를 히데타다는 서른여섯 시간 만에 달려왔다. 그것은 도중에 눈 한번 붙이지 못하고 달려왔다는 말이기도 했다.

그때는 이미 나고야에서 동생 요시나오도 달려와 있었다. 히데타다는 요시나오, 요리노부, 요리후사 세 동생을 데리고 이에야스의 머리맡을 찾았다.

네 사람이 함께 문병을 왔으므로 간호를 하던 챠아 부인은 충혈된 눈으로 그들을 맞이했다. 자기가 낳은 타다테루만이 제외되어 있었다. 이런 생각에 새삼스럽게 슬픔이 가슴에 북받쳐올랐다……


# 5


이에야스는 쇼군 히데타다가 도착했다는 사실을 알고는——

"누운 채여서 무례하기 짝이 없군……"

사과하고 나서 곧 물었다.

"에도는 평온하겠지?"

"예. 아주 평온합니다…… 하루 속히 회복하십시오."

이에야스는 그 말에는 대답하지 않고 온화한 시선을 히데타다와 나란히 앉은 세 아들에게 보내면서——

"모두 쇼군의 분부를 어겨서는 안 된다."

나직하게 말했다.

세 아들은 동시에——

"예."

대답했다.

"쇼군, 잘 부탁한다. 나를 대신하여……"

"명심하고 있습니다."

"그리고 오이."

히데타다 뒤에 있는 도이 토시카츠를 눈으로 불렀다.

"앞으로 이 세 사람이 할 일을 쇼군에게 말씀 드렸겠지?"

"예. 자세히 말씀 드렸습니다."

히데타다와 시선을 교환하면서 대답했다.

후에 '삼가三家'로 불리게 된 요시나오, 요리노부, 요리후사 세 가문에 대한 처우를 말한 것이었다.

만일 히데타다에게 도쿠가와의 종가宗家를 이을 아들이 없을 경우에
는 요시나오, 요리노부의 가계家系에서 후계자를 세울 것. 요리후사(미
토)의 가계는 대대로 부副쇼군으로서 쇼군을 보좌케 하되 그 가계에서
는 후계자를 세우지 말 것…… 이런 내용을 이에야스는 거듭거듭 도이
토시카츠에게 일러놓았던 터.

아홉 명의 아들 중 지금 살아 있는 사람은 히데타다, 타다테루, 요시
나오, 요리노부, 요리후사 등 다섯이었다.

'역시 타다테루의 이름은 나오지 않는다……'

챠아 부인은 고개를 숙인 채 굳은 자세로 말석에 앉아 있었다. 그러
나 때가 때인 만큼 그 슬픔을 아무도 깨닫지 못했다.

이윽고 이에야스가 가벼운 숨소리를 내며 잠이 들었기 때문에 히데
타다는 젊은 동생들을 재촉하여 병실을 나왔다.

원기를 회복했다……고는 하나 그 상태는 이미 완전한 회복을 바랄
수 없는, 천수가 다했음을 연상시키는 소강상태 이외의 아무것도 아니
었다.

'어린 아우들은 아직 모르겠지만……'

"당분간 슨푸에 머물며 정무를 보겠다. 그렇게 알고 에도와의 연락
에 차질이 없도록 하라."

히데타다는 도이 토시카츠와 혼다 마사즈미에게 이렇게 명했다. 그
리고 2월 2일부터 계속 슨푸 성에 머물렀다.

그 후에도 이에야스의 병세는 일진일퇴一進一退. 때때로 가래가 끓
고 맥박이 몹시 불규칙하게 변하곤 하여, 그럴 때마다 성안은 안타까운
긴장에 휩싸였다.

2월에 접어들어 쿄토에서도 속속 문병객과 사자들이 들이닥쳤다. 상
황上皇°의 사위인 코노에近衛 씨, 뇨인女院°, 친왕, 공경, 몬제키門跡°,

여러 절과 신사 등으로부터……

9일에는 궁정에서도 이에야스의 회복을 기원하기 위해 나이시도코로內侍所°에서 제사를 지내기로 하고, 그날의 행사를 츠치미카도 야스시게土御門泰重에게 집행하도록 했다.

그뿐만이 아니었다. 11일에는 천황이 직접 여러 사찰과 신사에 기도를 명했고, 다시 21일에는 산보인 기엔三寶院義演을 일부러 세이료덴清凉殿으로 불러 '보현연명법普賢延命法'을 시행케 했다.

이에야스가 병석에 눕게 되어서야 비로소 그가 얼마나 세상의 큰 기둥이었던가를 모두 절실히 깨달았다.

다이묘들도 속속 슨푸에 모이기 시작했다……

그 다이묘들 중에서도 문제의 인물인 다테 마사무네가 급히 센다이를 떠난 것은 2월 10일…… 그리고 에도를 그대로 지나쳐 슨푸에 닿은 것은 2월 23일이었다.

## 6

이에야스의 병세는 히데타다가 슨푸에 온 다음날인 3일에는 약간 회복되어 때때로 병상에서 일어나기도 했다. 그러나 다테 마사무네가 도착한 23일의 전날인 22일 아침에는 다시 병이 깊어져 일어날 수 없는 상태였다. 그러므로 ——

"마사무네가 문병을……"

이 말을 들었을 때 쇼군 히데타다 주변에는 약간 살기가 감돌았다.

"중태시므로 병석에는 안내할 수 없다."

"아직 의혹이 풀리지 않은 몸이 아닌가…… 우호적으로 대해서는 안 된다."

아오야마 타다토시가 강한 반감을 나타냈다. 혼다 마사즈미가 그 뒤를 이었다.

그러나 다테 마사무네는 완강했다. 이에야스를 문병할 수 없다면 즉시 쇼군을 만나겠다고 제의했다.

이러한 다테 마사무네의 태도에 쇼군 측근은, 부드럽게 상대의 반심을 소멸시키려고⋯⋯ 애써온 이에야스의 뜻을 알고 있는 만큼 어떻게 해야 할지 쉽게 결정할 수 없었다.

"오고쇼 님이 발병하셨다는 소식을 듣고, 만일 뵙지 못한다면 평생의 한이 되리라는 생각에서 밤낮을 가리지 않고 센다이에서 달려왔소. 마사무네의 마음은 오고쇼 님이 잘 알고 계시니 반드시 반겨주실 것이오. 도착했다는 인사만이라도 드리고 싶소."

거듭 청하는 바람에 결국 도이 토시카츠가 안내하기로 했다.

누가 무어라 해도 다테는 당대에 보기 드문 인물, 토도 타카토라와 야규 무네노리를 양쪽에 서게 하고, 칼은 미리 맡긴 뒤에 병실로 안내한다⋯⋯ 이렇게 결정했다. 칼에 대해서는 마사무네가 병실로 들어가기 전에 먼저 자기를 맞으러 나온 마츠다이라 카츠타카에게 맡기고 병실로 들어갔다.

도이 토시카츠가 다테의 문병을 알렸을 때 이에야스는 알아들은 것 같기도 하고 그렇지 않은 것 같기도 했다.

그들은 마사무네를 병실로 안내하여 머리를 조아리게만 할 생각이었다. 결코 꾀병도 아니고 임종한 사실을 숨기고 있는 것도 아니다⋯⋯ 고 알린 후, 만일 예의에 어긋난 태도를 취하면 쇼군 히데타다 앞에서 꾸짖겠다는 것이 측근들의 생각이었다.

그런데⋯⋯

마사무네를 안내했을 때 이에야스는 병상에 일어나 있었다. 하얀 침구를 포개어 기대고, 보랏빛 천으로 이마를 동여맨 그는 마사무네의 모습을 보고는——

"오오, 잘 왔소……"

또렷한 목소리로 말했다.

눈은 좀 붉어져 있었다. 그러나 시선은 맑고 부드럽기만 했다.

"내가 사람을 보낼까 했는데, 마침 잘 왔소……"

순간 마사무네는 몇 걸음 뒤로 물러나 넙죽 엎드렸다. 그리고 어깨를 크게 들먹이며 이상한 소리로 울기 시작했다.

뜻밖의 일이었다. 사나이가 이렇듯 격렬하게 통곡하는 것을 야규 무네노리는 아직 본 일이 없었다. 마치 풀피리를 서툴게 불어대는 듯한 소리, 전신을 들먹이며 울었다.

"이 세상에서…… 이 세상에서 가장 그리운 분이었습니다…… 마사무네는 그런 분을 만났습니다…… 만날 수 있었습니다. 만나기 어려운 시대에 같이 태어난, 가장 그리운 분을…… 다시 만났습니다."

이에야스는 부드러운 표정으로 몇 번이나 고개를 끄덕였다.

"그렇소. 같은 시대에 함께 태어났다가…… 내가 조금 먼저……"

## 7

"오고쇼 님!"

마사무네가 다시 외치듯이 말했다.

"다시 한 번 태어나주십시오! 아니 잠시만 더 살아 계십시오…… 마사무네가 앞으로 어떻게 하는가…… 오고쇼 님이 직접 보시고 떠나십시오……"

이에야스는 그 말을 듣는지 안 듣는지——

"부탁하오, 무츠노카미."

상대의 말에 덧붙여 말하고 ─

"내 생애를 통해서 무서운 사람…… 특별히 고마운 사람이 네 사람 있었소."

심각한 어조로 말했다.

"한 사람은 신겐 공이오. 신겐 공은 젊은 내게 싸우는 법을 가르쳐주었소…… 다음은 노부나가 공이오. 오다 노부나가…… 얼마나 무서운 이름이었는지 몰라요…… 그러나 그분에게 배우게 된 것 역시 고마운 일이었소."

그동안 마사무네는 옷깃을 여몄다. 마음의 자세도 가다듬었음이 분명했다.

"오다 노부나가 공도 고마운 분이라고요……?"

"뭐라고 했소?"

이에야스는 반문하고 나서 ─

"암, 고맙고 말고!"

힘주어 말했다.

"이 세상에 내 스승 아닌 것은 없었소…… 깊이 돌이켜보니 얼른 보기에는 우매한 것 같은 천민에게도 신불의 모습이 뚜렷이 새겨져 있었소. 무한한 가르침을 간직하고 말이오."

"으, 으음……"

"다음으로 나의 스승이 된 것은 타이코였소. 타이코가 내게 가르친 것은 시간의 흐름이라는 변화였소…… 아니, 그 변화에 어떤 모습으로 대처해야 하는가 하는 점이었소…… 타이코는 자신의 죽음을 통해 가르쳐주었소. 고마운 일이오."

마사무네는 가끔 심하게 오열하면서도 쏘는 듯한 시선을 이에야스에게 보내고 있었다.

"다음은 바로 그대요…… 그대가 조금만 일찍 세상에 태어났더라면 신겐 공이나 노부나가 공, 그리고 타이코에게도 절대로 뒤지지 않는 기량을 지닌 인물이 되었을 것이오…… 아니, 지금이야말로 그 기량을 더욱 빛내야 합니다…… 선택받은 신불의 빛나는 아들…… 부탁하오, 무츠노카미…… 내가 죽은 후 쇼군을……"

이에야스는 힘없이 침구에 머리를 기댔다.

챠아 부인이 당황하여 약탕을 그 입술에 댔다. 이에야스는 마실 기력도 없는 것 같았다.

"잘 알았습니다!"

마사무네의 목소리는 토도 타카토라와 야규 무네노리가 깜짝 놀라 마주볼 정도로 무겁고 크게 울리는 소리였다.

"다테 마사무네는 오고쇼 님을 만나지 못했다면 평생을 두고 어둠의 세계를 방황했을 불쌍한 맹수…… 인간으로서의 구실을 못했을지도 모릅니다…… 그러나 그 마사무네가 지금은 이 눈으로 빛을 볼 수 있게 되었습니다. 지금 마사무네의 눈에 비치는 것은 지상을 감싼…… 지상을 가득 채운 밝은 빛입니다. 그 빛이 마음 구석구석, 영혼 구석구석까지 파고드는 것만 같습니다."

여기까지 말한 마사무네는 다시 두 주먹을 무릎 위에 세우고 이에야스에게 시선을 못 박은 채 온몸을 떨면서 울고 있었다.

이에야스는 그 모습을 묵묵히 바라보고 있었다.

눈만은 살아 있다……는 느낌이었는데, 그도 또한 마사무네의 전신을 감싸고 있는 빛을 보는 듯한 얼굴이며 모습이었다.


# 8


토도 타카토라가 조용히 안도의 숨을 내쉬었다. 야규 무네노리 역시 저도 모르게 타카토라를 따라 안도의 숨을 쉬었다.

'드디어 마사무네도 눈을 떴다……'

이런 감동이 무언중에 두 사람으로 하여금 고개를 끄덕이게 했다.

마사무네가 말한 대로 어쩌면 그는 정말 이 세상을 비치는 빛 속으로 헤엄쳐나왔는지 모른다. 이 세상을 빛으로 감싼 자연의 큰 사랑, 자비의 결정으로서 지상에 존재하는 인간 본연의 모습이 그 눈에 비치게 되었는지도 모른다.

"울지 마시오, 무츠노카미 님."

잠시 숨을 멈췄던 이에야스의 입이 다시 움직이기 시작했다.

"참다운 인간에게는 죽음이 없소."

"예?"

마사무네가 깜짝 놀란 듯이 물었다.

"지금…… 무어라 하셨습니까?"

"참다운 인간에게는 죽음이란 없다고 했소."

"죽지 않는다……는 말씀입니까, 즉 삶과 죽음은 같은 것이라고?"

이에야스는 천천히 고개를 끄덕였다.

"이 세상이란 거대한 생명의 나무…… 우리는 그 큰 나무에서 뻗어난 가지요."

"예……?"

"그 작은 가지가 시든다고 해서 큰 나무가 시들었다고는 할 수 없지 않겠소. 큰 나무 자체는 해마다 자라고 해마다 꽃을 피웁니다. 생명의 큰 나무 안에 살고 있는 것을 죽었다고 본다면 잘못 아니겠소?"

순간 마사무네는 숨을 죽였다.

"알겠소, 나는 죽지 않아요."

"예……"

"이 몸은 모습을 감춘다 해도 생명의 큰 나무 속에 살고 있을 것이오.

큰 나무 그 자체가 얼마나 아름다운 꽃을 피우고 얼마나 자라는가, 이번에는 안에서 살펴보리다. 앞으로의 일은 지금대로…… 어떻게 하면 모든 생명을 통괄하는 이 큰 나무를 훌륭히 번성시키는가…… 단지 그것뿐…… 삶도 없고 죽음도 있을 리 없소."

마사무네는 흘끗 주위를 둘러보고 나서 무릎을 탁 쳤다. 그 동작이 무엇을 의미하는지, 그 자리에 있던 사람 중에서는 깨달은 자도 깨닫지 못한 자도 있었을 터.

야규 무네노리는 깨달을 수 있을 것 같았다. 인간이 자기 생명의 고향을 찾아냈을 때의 그 무어라 형언할 수 없는 환희…… 그런 것이 아니었을까?

"오고쇼 님!"

마사무네가 다시 굵고 나직한 소리로 불렀다.

"이 다테 마사무네는 앞으로 그 큰 나무 밑에서 살겠습니다. 절대로 떠나지 않고……"

열띤 소리로 말하는데, 시의 카타야마가 마사무네의 소매를 끌었다.

"더 이상 계시면 해롭습니다. 이제 그만……"

마사무네는 시무룩한 표정으로 입을 다물었다.

깨닫고 보니 이에야스의 눈은 어느 틈에 조용히 감겨 있었다.

"그래, 너무 피로하셨다는 말이지?"

"예. 지금까지 말씀하신 것만도 이미 기적…… 이 이상은 제발."

"미안하네. 오랜만에 뵙게 되어 너무 반가운 나머지 그만……"

그런 뒤 마사무네는 일동을 향해 정중히 머리를 숙였다.

"용서하시오. 그럼, 이만……"

 생사의 내력

# 1

야규 무네노리는 그날 밤 마사무네를 숙소로 찾아가 1각(2시간) 남짓 무릎을 맞대고 이야기를 나누었다.

실은 쇼군 히데타다의 내명이 있었기 때문이기도 했으나, 무네노리 자신도 만나지 않을 수 없는 흥미를 느꼈기 때문이다.

'그 호락호락하지 않은 마사무네가……'

과연 겉보기처럼 이에야스에게 굴복한 것인지? 이 역시 태연히 천주 교 신자임을 가장했을 때처럼 그 나름의 연극이 아닐까? 그런 의문이 어딘지 모르게 남아 있었다.

그런데 이번에는 그렇지 않았다……

마사무네는 숙소로 돌아와서도 눈물을 거두지 않았다. 비로소 자기 도 남에게 신뢰를 받게 되었다는 사실을 알았다…… 아니, 자기 같은 사람도 믿어주는 사람이 있었다…… 이러한 감동은 그의 생애에서 오 직 두 번, 하나는 자기를 키워준 코사이虎哉 선사였고, 또 한 사람은 이 에야스였다……고 술회했다.

"그리고 두 사람 모두 이 귀중한 사실을 깨닫게 해주었을 때는 이 세상을 떠나려 할 때였어……"

이렇게 말하고 이에야스의 죽음을 예감한 듯이 오열했다.

그 말을 듣고 있는 동안 무네노리도 울었다.

사나이와 사나이가 진정으로 서로를 알게 되었을 때는 죽기 직전…… 이제는 아무리 싸우려 해도 상대가 그 몸을 세상에서 감추려 할 때…… 이 얼마나 기괴한 일일까, 아니면 슬픈 인간의 업상業相일까?

'이것으로 하나의 대립은 사라졌다……'

히데타다에게 돌아가 보고할 때의 무네노리는 어느 틈에 마사무네의 변호자로 바뀌어 있었다.

"오고쇼 님의 위대하심이 외눈박이 용을 끝내 포용했습니다."

그러나 이 무네노리가 다시 슬픈 사실에 직면한 것은 쿄토에서 무가武家 상주관上奏官 곤노다이나곤權大納言° 히로하시 카네카츠와 산죠니시 사네에다가 칙사로 왔을 때였다.

이에야스는 그들이 도착했다는 말을 듣고 빈사상태의 병상에서 일어나 앉았다. 그리고 맨 먼저 꺼낸 말은—

"이것 큰일이다. 마츠다이라 타다자네松平忠實에게 곧 후시미 성의 경비를 강화하라고 일러라."

이러한 이상한 지시였다.

히데타다도 마사즈미도 깜짝 놀랐다. 챠아 부인은 드디어 의식이 혼미해졌다고 생각한 모양이었다.

더욱 놀란 것은 카타야마 소테츠로—

"일어나시면 안 됩니다. 그냥 누워 계십시오."

당황하며 이에야스의 어깨를 부축했다.

"비켜라! 물러가 있거라."

이에야스는 소테츠의 손을 뿌리쳤다.

"칙사가 올 정도라면 나는 중태야."

"그렇습니다…… 중태이오니 부디……"

"물러가라고 하지 않았느냐!"

다시 그의 손을 뿌리치고 마사즈미에게 말했다.

"내가 중태라는 말이 서쪽으로 번져 배반자라도 생기면 어떻게 하겠느냐. 우선 마츠다이라 타다자네를 후시미 성에 들여놓아라. 이에야스는 중태지만 천하는 미동도 하지 않는다…… 이것이, 이것이 조정의 문병에 보답하는 길이 아니겠느냐. 서둘러라, 마사즈미."

정신이 혼미하기는커녕 칙사의 문병으로 세상이 동요할까 걱정하는 냉철한 명령이었다.

"알겠습니다. 곧 시행할 것이니 그대로 누워 계십시오."

마사즈미가 대답하고 소테츠를 도와 눕히려 했다.

"안 된다!"

이에야스는 불가사의한 힘으로 그 손을 뿌리쳤다.


## 2


"물러가라! 소테츠, 물러가라. 마사즈미도 나가거라."

이에야스는 이렇게 소리지르고, 챠아 부인을 돌아다보면서——

"옷을 갈아입겠다. 이리로 가져오도록."

처절할 만큼 창백한 얼굴을 일그러뜨리고 질타했다.

더 이상 아무 말도 물을 필요가 없었다. 이에야스는 옷을 갈아입고 직접 칙사를 맞이할 생각이었다.

"그것은 무리…… 무리한 일입니다."

소테츠는 반쯤 울상이 되었다.

"그러시면 지금까지 요양하신 일이 허사…… 환자는…… 환자는 의사의 말에 따라야 합니다."

"뭣이? 뭐라고 했느냐, 소테츠?"

"환자는 의사에게 생명을 맡겨야 하는 것…… 의사의 권고를……"

"닥쳐라!"

이에야스는 몸을 떨면서 꾸짖었다.

"내 생명을 그대들이 어찌 알겠느냐. 내 생명은 누구보다도 내가 잘 아는 것……"

소테츠는 안타까운 듯이 얼굴을 찌푸리고 ──

"쇼군 님……"

히데타다에게 도움을 청했다. 순간 이에야스는 또렷하게 말했다.

"쇼군, 곧 소테츠를 물러가게 하라. 이 녀석은 한낱 의사에 지나지 않아."

그날의 언쟁은 이를 목격한 야규 무네노리의 생애에 지울 수 없는 강렬한 과제를 제기해왔다.

'그때 소테츠가 옳았을까, 아니면 오고쇼가 옳았을까?'

실은 그 이전에도 두 사람은 몇 번이나 의견을 달리한 일이 있었다. 이에야스는 소테츠가 권하는 약보다 자기가 직접 만든 약을 즐겨 복용하고는 했다. 그 복용량도 소테츠의 권유를 듣지 않았다.

이에야스의 상비약인 만뵤탄이나 기엔탄은 거의 식사다운 식사를 못하게 된 지금 이에야스의 몸에는 무리……라는 것이 소테츠의 의견이었다. 이에야스는 소테츠가 권하는 탕약을 마시는 한편 상비약의 복용도 중지하지 않았다.

"그럼, 조금 감량을 하시면……"

"걱정 마라, 내 몸은 내가 가장 잘 안다."

그럴 때마다 소테츠는 얼굴을 찌푸렸다.

이에야스 정도나 되는 인물도 병이 들더니 그야말로 흔히 볼 수 있는 고집쟁이 같은 말밖에는 하지 않았다.

"황공하오나 소테츠는 전의들과 같이 오고쇼 님의 생명을 맡아보고 있습니다."

실은 그것이 이에야스에게는 몹시 비위에 거슬리는 모양이었다. 이에야스는 생명이란 나무…… 즉 생명의 큰 나무 안에 있는 것이기 때문에 인간의 힘으로는 어쩔 수 없다고 생각하고 있었다.

"소테츠, 말을 잘못하는군. 나는 그대에게 생명을 맡기고 있는 것이 아니야, 병만 맡기고 있지……"

기분이 좋을 때는 이런 말을 하며 웃기도 했다. 그러나 칙사가 도착했을 때 마침내 크게 충돌하고 말았다.

"소테츠, 그대가 걱정하는 점은 이해할 수 있네만, 오늘은 물러가게. 옆방으로 물러가 있게."

쇼군 히데타다가 부드럽게 말했다. 소테츠는 이마에 핏대를 세우고 마지못해 물러갔다.

이에야스는 그 후 쇼군뿐만 아니라, 요시나오, 요리노부, 요리후사 세 아들에게까지 옷을 갈아입게 하고 자기와 쇼군과 함께 칙사를 맞이하도록 명했다.


# 3


그야말로 이상할 만큼 귀기鬼氣 서린 칙사와의 대면이었다.

서쪽 성에 머물고 있는 쇼군 히데타다와 함께 어린 세 아들 요시나오, 요리노부, 요리후사를 거느리고 본성 큰방에 앉아 칙사를 맞은 이에야스의 얼굴에는 한점의 핏기도 없었다. 처절할 만큼 창백한 얼굴에

좁쌀 같은 땀방울이 잔뜩 돋아 있었다. 사색이라기보다 오히려 죽음의 신 그 자체로 보였다.

칙사가 깜짝 놀라 문병의 말조차 망설였을 정도. 이때도 카타야마 소테츠는 자진하여 복도 입구까지 왔으나 방에 들어가는 것은 허락되지 않았다.

"주상께서 매우 걱정하시어 지난 이십일일에는 산보인을 세이료덴으로 불러 보현연명의 법회를 열게 하셨습니다. 동시에 각 사찰과 신사에도 일제히 기도를 드리게 하셨으니 하루 속히 완쾌하시기를……"

이 말에 이에야스는 또렷한 목소리로 대답했다.

"황공할 따름입니다…… 그리고 쿄토, 오사카 방면의 일은 쇼시다이와 힘을 합해 경비를 엄히 하라고 마츠다이라 타다자네에게 명했으니 주상께서는 안심하시도록……"

결코 오랜 시간은 아니었다. 칙사는 곧 별실로 물러가고 이에야스는 거실로 옮겨졌다.

그러나 시의인 카타야마 소테츠로서는 그동안이 견딜 수 없는 고통이었던 듯.

무엇을 위한 의약, 무엇을 위한 기도인가. 아니, 무엇을 위한 칙사, 무엇을 위한 문병인가. 모두가 병이 회복되기를 바라고 하는 일이 아닌가. 그런데 어째서 순순히 내 말을 받아들이지 않는 것일까. 중환자가 병상에 누워 문안을 받는데, 누가 나무랄 수 있다는 말인가. 의사들이 잠도 자지 못하고 노력하는 것을 도대체 오고쇼는 어떻게 보고 있다는 말인가.

소테츠가 걱정한 대로 거실로 옮겨진 이에야스는 한때 의식을 잃었다. 이 일로 하여 소테츠의 걱정은 심한 불평으로 변해갔다. 아마 그 불평을 이에야스도 병상에서 들었는지 모른다.

칙사는 서둘러 쿄토로 돌아갔다. 그들이 상상했던 이상으로 이에야스의 병은 무거웠다.

2월 29일 밤, 이에야스가 위독한 상태에 있었기 때문에 히데타다와 함께 세 아들, 그리고 중신들이 모여들었다. 그런데 이때도 작은 기적이 일어났다.

가만히 이에야스의 맥을 짚으면서 당장이라도 절망적인 선고를 내릴 듯이 보이던 소테츠가—

"숨이 되살아나셨습니다."

고개를 갸웃하며 중얼거렸다.

"맥이 고르게 뛰기 시작합니다. 이게 어떻게 된 일인지······"

이에야스는 이튿날 아침에는 묽은 암죽을 조그만 공기로 반쯤 마셨다. 쇠한 육체에서 규칙적으로 뛰는 심장만이 이상할 정도로 강하게 움직이고 있었다······

쿄토로 돌아간 칙사가 천황에게 병세를 보고하고 나서 얼마 지나지 않아 쇼시다이 이타쿠라 카츠시게로부터 슨푸로 연락이 왔다······ 칙사가 다시 이에야스를 문병하려 한다는 내용이었다. 우다이진을 지낸 도쿠가와 이에야스를, 그가 살아 있을 때 '다죠다이진太政大臣°'에 임명하려는 조정의 배려였다.

그 소식을 알렸을 때 이에야스는 불면불휴不眠不休로 간호하고 있는 카타야마 소테츠를 잘못을 저지른 자로 유형流刑에 처하라고 했다······

**4**

사람들은 모두 깜짝 놀랐다.

카타야마 소테츠는 불평이 많은 사나이였다. 그러나 충성심에는 조금도 빈틈이 없었다. 성실일변도, 표리가 없는 성격인 만큼 때로는 말이 많아지기도 했다…… 이런 성격은 누구보다도 이에야스가 가장 잘 알고 있을 터였다.

그런 소테츠를 유형에 처하라…… 아무리 노인의 변덕이라고는 하나 아무래도 이상했다. 그래서 마츠다이라 카츠타카가 제일 먼저 무마에 나섰다.

"심기를 거슬리는 실언을 했으리라 믿습니다마는, 본심은 오고쇼 님을 소중히 여기는 뜻으로 한 말……"

"안 돼."

"그러나 악의는 전혀 없는 사람이오니……"

이에야스는 그 말을 듣지 않았다.

"시나노로 유배를 보내라. 시나노의 타카시마高島가 좋겠어. 나는 그 얼굴을 보기가 싫어."

이 일은 순식간에 성안의 소문거리가 되었다.

"아버님의 명령이니 어기기 어렵다."

쇼군 히데타다는 인형같이 무표정한 얼굴로 이 기묘한 환자의 고집을 시행했다. 당연히 히데타다가 중재해주리라고 믿었기 때문에 소테츠 본인보다 다른 의사들이 더 놀랐다.

'인간 심리의 미묘한 점까지도 모두 꿰뚫어보시는 분……이라고 생각했는데 역시 폭군……'

야규 무네노리도 처음에는 이렇게 생각했다. 그의 이러한 생각은 이에야스가 다시 칙사를 맞이하여 직접 향응을 베풀겠다고 했을 때부터 크게 흔들렸다.

이에야스는 나날이 쇠약해져 이제는 누가 보아도 회복할 가망이 없는 것으로 여겨졌다. 시들어 사라지는 것은 '시간문제'였다. 그 이에야스가 직접 일어나 칙사를 대접하겠다고 하면 카타야마 소테츠는 의사로서 어떻게 대처할 것인가?

이 경우 가장 문제되는 것은 카타야마 소테츠의 기질이었다. 분명히 소테츠는 자기 몸을 내던지고라도 제지하지 않으면 안 된다고 생각할 터였다.

'말뿐인 봉사'로는 성이 차지 않는 모난 면을 지닌 이 고지식한 카타야마 소테츠, 생명을 내던지고라도 이에야스와 다투거나 아니면 홧김에 할복이라는 수단을 택할지도 모른다.

'이에야스는 소테츠의 그러한 기질을 알고 있었다. 알고 있었기 때문에 선수를 쳤다……'

곧 다죠다이진 임명이라는 칙령을 받들고 오는 칙사를 자신이 접대하지 않으면 안 된다…… 이렇게 결심하고 있었기 때문에 소테츠는 더 이상 곁에 두어서는 안 될 방해자로 여겨졌던 듯.

성실하고 외곬인데다 의醫는 인술이라 굳게 믿고 살아가는 사나이 카타야마 소테츠로서는 이에야스가 지닌 '사고방식'의 다른 한 면을 허용할 수 없었다.

이에야스의 다른 한 면…… 그것은 말할 나위 없이 조정을 중히 여기는 마음이었다.

그 마음을 무언중에 천하에 알리기 위해서는 빈사상태에 있는 실력자인 이에야스가, 자신의 죽음을 며칠이나 몇 시간 단축시키는 한이 있더라도, 일어나 직접 대접하는 일 이상 효과적인 방법이 어디 있다는 말인가!

이에야스는 칙사 응대를 '해야 할 일'이라 단정하고, 소테츠는 그 일을 인술의 진면목과 긍지를 걸고 제지하려 한다……

이에 대해 이에야스는 끝내 아무 말도 하지 않았다. 소테츠는 눈에 핏대를 세운 채 잠자코 시나노의 벽지인 타카시마로 유배되고, 이때부터 나카라이 로안半井驢庵이 주치의가 되었다.

# 5

소테츠의 유배와 거의 때를 같이하여 쿄토에서 다시 칙사가 왔다. 지난번과 마찬가지로 상주관인 히로하시 카네카츠와 산죠니시 사네에다 두 공경으로, 때는 3월 27일 숙소는 린자이 사 신관이었다.

이에야스는 칙령을 받기 위해, 예정대로 쇼군 히데타다와 함께 두 공경을 본성에서 대접했다.

도이 토시카츠와 혼다 마사즈미는 이에야스에게 병실 침구 위에 일어나 앉아 칙령을 받고, 대접은 쇼군과 요시나오, 요리노부, 요리후사 세 아들에게 맡기라고 진언했다. 그러나 이에야스는 완강하게 거절했다.

죽음은 이미 그 누구의 힘으로도 막을 수 없고, 바로 눈앞에 닥쳐 있었다. 두려운 일은 죽음이 아니라, 조정을 존중하는 '예禮'가 일본에서 사라지는 것이라고 했다.

"너희들도 잘 기억했다가 잊지 말도록."

이에야스는 세 아들에게 이르고 일어나 앉아, 사카야키月代°와 얼굴 화장을 챠아 부인에게 명했다.

지금 누운 채로 칙령을 받아 며칠, 몇 시간 더 생을 연장한다면 이에야스 자기의 뜻은 좌절되고 만다. 이에야스는 결코 키요모리 뉴도淸盛入道°도 아니고 도요토미 타이코도 아니다. 살아서 다죠다이진의 칙령을 받게 된 행복한 일본인이다. 이 감동을 그대로 칙사에게 알리는 일을 어찌 게을리 할 수 있다는 말인가. 그렇지 않아도 방안에서 숨을 거둘 수 있게 된 현실은 지나친 행운. 사람이 이런 행운에 안도하면 은총이 외면하고 말 터.

이에야스는 누누이 그런 의미의 말을 했다.

과연 측근들은 이 말을 어느 정도나 이해할 수 있었을까……?

그날의 칙사대접은 이 세상의 일이라고는 생각할 수 없을 정도로 장

엄했다. 숙연할 만큼 정적이 감돌았고, 그와 함께 놀랄 만큼 화려하기까지 한 연회였다.

후에 야규 무네노리는 이때의 일을 자세히 제3대 쇼군 이에미츠에게 전했다. 그 영향으로, 이에미츠는 칸에이 11년(1634) 상경했을 때, 다죠다이진의 칙명을 받았으나, 분수에 넘치는 일이라고 굳이 사양하며 받지 않았다.

이에미츠로서는 조부인 이에야스가 75년의 생애를 마감할 무렵 그토록 황공해하면서 받은 직위를 31세에 받는다는 것은 꿈에도 생각 못할 일이었다. 이는 무네노리가 말해준 그날의 정경이 얼마나 강하게 그의 가슴에 자리잡았는가 하는 증거이기도 하다.

무네노리는 이날의 일을 곧잘 사람들에게 말하곤 했다.

"이상하게도 그날부터 오고쇼의 얼굴이 더욱 크게 보였습니다. 내 눈 탓만은 아닙니다. 마음이 가난한 자가 죽을 때는 우선 콧방울이 주저앉고 눈이 움푹 패이며 얼굴이 말라붙어 숨이 있어도 송장처럼 보입니다. 그런데 깨달음에 이르러 영생의 길을 얻은 분의 얼굴은 도리어 더 크고 아름답게 됩니다. 이러한 모습이 왕생하는 자와 그렇지 못한 자의 차이겠지요."

이렇게 하여 이에야스가 칙사 일행의 도착을 기다리고 있을 때 린자이 사 신관을 출발한 일행도 행장을 갖추고 슨푸 성으로 들어왔다.

나카하라 모로야스中原師易와 하타 유키카네秦行兼가 앞에 서서 통행인들을 비키게 하고, 그 뒤를 칙령을 받든 후나바시 쇼나곤 히데스케舟橋少納言秀相, 카라스마루 다이나곤 미츠히로烏丸大納言光廣, 히로하시 츄나곤 후사미츠廣橋中納言總光, 요츠츠지 츄나곤 히로츠구四辻中納言廣繼, 코노 사이쇼 사네아키河野宰相實顯, 야나기하라 우다이벤 나리미츠柳原右大辨業光, 카라스마루 우츄벤 미츠카타烏幻右中辨光賢 등 슨푸에 문병하러 온 공경들이 위엄을 갖추고 따르고 있었다······

# 6

칙사 후위에는 오카베 나이젠노쇼 나가모리岡部內膳正長盛가 말에 올라 따르고 있었다.

쇼군 히데타다는 그들을 현관까지 나와 마중했다. 그리고 본성의 집 무실 윗자리로 칙사를 안내했을 때, 이에야스는 아랫자리에 의관을 갖추고 앉아 있었다.

아마도 칙사는 눈이 휘둥그레졌을 터.

칙령
쇼케이上卿, 히노日野 다이나곤(스케카츠資勝)
겐나 2년 3월 17일, 선지宣旨
종1품 미나모토노 아손源朝臣(이에야스)
임명任命 다죠다이진
쿠란도노카미藏人頭 우다이벤右大辨 후지와라노 카네카타藤原兼賢 봉봉奉

무장으로서 생존 중에 다죠다이진에 임명된 자가 이에야스 이전에는 세 사람밖에 없었다.

타이라노 키요모리平淸盛와 아시카가 요시미츠足利義滿, 그리고 도요토미 히데요시였다. 이에야스 이후에는 두 사람밖에 없었다. 2대 쇼군 히데타다와 11대 쇼군 이에나리家齊가 그들이다.

3대 쇼군 이에미츠는 끝끝내 조부의 공적을 기리기 위해 그 벼슬을 받지 않았다⋯⋯

이에야스는 그 칙령이 솔직히 말해서 기쁘기도 했고 황송하기도 했다. 그 증거가 29일의 향연 때 뚜렷이 나타났다.

빈사의 병상에 누워 있으면서도 이에야스는 슨푸에 있는 다이묘들을 모두 불러 그 자리에서 와카까지 발표했다.

태평성세 야마토大和(일본)에 향기롭게 핀
천만 대 이어나갈 꽃의 봄바람

아마 그 자리에서 읊기 위해 병상에서 지었을 터. 계절은 분명히 봄이었다. 그러나 꽃과는 반대로 그의 눈앞 몇 걸음 되는 곳에서는 죽음이 기다리고 있었다.

여흥으로는 타카사고高砂, 쿠레하도리吳服, 키카이喜界, 산바三番 등의 가락과 중국에서 유래한 태평악太平樂을 비롯하여 에이오營翁, 슌노덴春鶯囀, 아마安摩 등의 주악奏樂.

그 뒤에 「봄꽃이 만발하기를 기약한다」는 제목으로 와카를 읊은 것이 앞의 노래였다.

칙사가 숙소로 돌아간 뒤 이에야스는 다시 다이묘들로부터 축하를 받았다.

이에야스는 살아 있는 동안 조정의 신하로서는 최고의 지위에 올랐다. 기쁘기도 했겠으나 괴롭기도 했을 터.

이때 이에야스는 다이묘들에게 다음과 같이 말했다고 전한다.

"나의 천수가 다하려 하지만, 쇼군이 천하를 통할하므로 염려할 것 없다. 그러나 천하는 한 사람의 천하가 아니라 만민의 천하. 만일 쇼군의 정치가 도리에 어긋나 억조창생億兆蒼生이 고통을 겪게 된다면 다른 사람과 교체해야 할 것이다. 이로써 사해만민四海萬民이 안도하고 그 은혜에 젖을 수 있다면 나는 조금도 원망하지 않는다."

아마도 이 말은 그날 말고도 여러 번 입에 올렸을 터. 이 말은 이에야스가 신불에 대해 토로하는 진심인 동시에, 여러 다이묘들에게는 하나의 위협으로 들렸을 법도 하다.

"어떠냐, 나의 천하에 빈틈이 있느냐?"

이러한 위협.

이에야스는 다이묘들의 축하를 받고 난 후, 문병을 와서 그대로 슨푸에 머물러 있는 다이묘들에게 각각 영지로 돌아갈 것을 명했다.

"체재가 길어져 영민들이 봄 농사를 게을리 하면 큰일, 모두들 영지의 통치에 힘을 기울이도록."

이렇게 말하는 이에야스의 얼굴은 비단 무네노리의 눈뿐만이 아니라 누구의 눈에도 크게 보였을 터.


## 7


이에야스가 다이묘들에게 영지로 돌아가라고 한 것은 말할 나위도 없이 이 세상에서의 이별, 곧 '자기와의 작별'을 뜻했다.

칙사를 대접하는 일조차 이미 육체적으로 이에야스에게는 말할 수 없는 무리였다. 그러므로 미리 준비했던 '유품'을 다이묘들에게 분배한 4월 1일에는 누구의 눈에도 이에야스는 위독하게 비쳤다.

콘치인 스덴이 이타쿠라 카츠시게에게 보낸 서신에서도 분명히 그런 점을 엿볼 수 있다.


쇼코쿠相國°(이에야스) 님의 병세는 나날이 더 심해지셔서 재채기, 가래가 끊이지 않고, 열이 아주 높아 고통이 여간 아니십니다. 쇼군님을 비롯하여 상하 모두가 성에 대기하며 숨조차 못 쉬고 있는 형편입니다. 칙사가 상경한 이후 더욱 병세가 위독해지셨습니다. 이 늙은이를 매일 병석으로 부르시므로 그 은총은 황송할 뿐입니다. 삼가 눈물로써 소식을 전합니다.

이런 위독상태에 있으면서도 이에야스는 출발인사를 하러 온 다테 마사무네를 다시 한 번 자기 머리맡으로 불렀다.

당시로서는 보기 드문 일이었다. 개방적인 히데요시조차 숨을 거두었을 때 측근들은 이를 비밀로 했다. 이것이 관습이기도 했는데, 이에야스는 굳이 마사무네를 가까이 부르라고 했다. 그리고 유품으로 정성을 다해 쓴 묵적墨蹟을 주었다.

"천하의 일을 부탁하오."

완전히 믿는다는 듯이 말하고 ——

"앞으로 얼마나 더 살 수 있을지…… 기다리는 동안이 즐겁소. 평생 한 번뿐인 경험이니까."

웃어 보였다.

이때는 마사무네도 소리내어 울지는 않았다. 그러나 이에야스 곁으로 바싹 다가앉아 그 손을 잡았을 때는 마사무네의 외눈에서 끊임없이 눈물이 흘러내렸다.

마사무네가 돌아간 뒤 이에야스는 이번에는 호리 나오요리를 만나겠다고 했다.

나오요리에게는, 이승에서의 마지막으로 명할 게 있다……고 했다.

"내가 죽은 후 만일 전쟁이 일어나면 선봉은 토도 타카토라, 제이대는 이이 나오타카에게 명했다. 그대는 양진 사이에 위치하여 기습부대를 지휘하도록. 잊어서는 안 된다."

엄명을 내려 사람들을 깜짝 놀라게 했다.

"다시는 전쟁이 벌어지지 않는다."

이렇게 말하던 평소의 말과는 달리, 마치 당장 전쟁이라도 벌어질 것 같은 말투였다. 물론 이는 방심을 경계한 말이었다.

그 후 이에야스는 다시 콘치인 스덴, 난코보 텐카이, 그리고 쇼군 히데타다, 혼다 마사즈미 등 네 사람을 불렀다.

이미 시간의 관념이 없는 듯, 이에야스는 마사무네에게 말한 대로 자기 육체의 기능이 정지될 때까지 즐기면서 살고 있는 듯한 느낌이었다. 상대의 얼굴조차 잘 분간할 수 없는 듯——

"그대는?"

물었을 때 제일 먼저 얼굴을 가까이 가져가며——

"스덴입니다."

스덴이 울면서 대답했다.

"그렇군, 그 목소리를 들으니 콘치인이군."

이에야스는 고개를 끄덕이고서 마치 시를 읊듯이 말했다.

"쿄토에서 온 기술자들, 인쇄는 예정대로 진행되고 있겠지? 태평한 세상에서는 인간에게 책은 없어서는 안 될 마음의 양식이 된다…… 인간이란 배가 부르면 다음에는 영혼이 굶주리게 마련이야. 그 영혼을 기르는 양식은 학문…… 게을러서는 안 돼. 서둘러야 한다……"


# 8


아무리 훌륭한 대장부라도 죽음에 임하면 마음이 흔들리게 마련…… 그러나 이에야스는 아직도 죽는 순간까지의 삶을 즐기고 있었다.

당시 모두에게 잊혀진 경호의 자리에 있으면서도 야규 무네노리는 냉정한 관찰자였다. 그는 아직 이에야스가 당분간은 숨을 거두지 않으리라고 판단했다. 아니, 그 판단과 동시에 이에야스가 그 충실한 카타야마 소테츠를 어째서 멀리 보냈는지 알 수 있을 것 같았다.

그 이후 이에야스는 거의 의사들을 가까이 오지 못하게 했다. 의사들

역시 공연히 분노를 사면 어쩌나 싶어 대기하고 있기는 했으나, 소테츠처럼 일일이 지시하려 하지는 않았다. 그것을 기화로 이에야스도 순간순간을 즐기면서 자기가 죽은 후의 지시에 몰두하고 있었다.

"그대는 텐카이 님인가?"

스덴 다음으로 텐카이가 얼굴을 가까이했다.

"잇폰 친왕의 초빙은?"

이에야스는 아이들을 타이르듯 말했다.

"매사에 방심은 금물…… 나라를 위해 가장 중요한 점……이라 생각하고 부탁하는 것이오."

"안심하십시오. 조정에서도 기뻐하고 계십니다."

"그래, 잘됐군. 다음에는 마사즈미."

"예…… 여기 마사즈미가 있습니다."

"마사즈미, 그대는 너무 날카로워."

"예?"

"내가 죽은 뒤에는…… 만사를 부드럽게……"

"예."

"그리고 이에야스의 평생에 걸친 비원이 무엇이었던가……를 항상 생각하도록. 알겠나, 스스로 적을 만들어서는 안 돼."

"예, 명심하고……"

그때야 비로소 이에야스는 히데타다에게 시선을 옮겼다. 과연 상대가 확실하게 보이는지……? 어쩌면 지금까지 희미해졌던 청각이 예민해지고 그 대신 시각이 둔해진 모양이었다.

"쇼군."

이에야스는 이렇게 부르고 한숨 돌리며 미소지었다.

"보는 바와 같다."

"예."

"알고 있겠지…… 인간에게 나의 것이라고는 하나도 없다는 사실을. 몸도…… 생명도……"

"예."

"물이나 빛이나 공기처럼, 금은재화는 물론 내 목숨…… 내 아들…… 내 손자까지 무엇 하나 내 소유인 것은 없어."

이에야스도 이때만은 두 눈이 번쩍 빛났다. 불교의 무소유 정신을 후계자인 아들 히데타다의 가슴에 새겨주려는 노력의 표현일 터.

"이 세상 만물은 그 누구의 것도 아니야…… 누구의 것도 아니라는 말은 모두의 것……이라는 뜻이다."

"예."

"모든 사람의 것을 맡고 있다…… 내 목숨도 모든 사람의 것…… 그러므로 소중하게 간직해온 터."

"깊이 명심하고 있습니다."

"이제 나는 네게 유산을 물려주겠다. 이것으로 세번째다. 쇼군 직을 물려주었을 때, 서쪽 성에서 이 슨푸로 옮길 때, 그리고 이번에 세상에서 모습을 감출 때…… 네게 물려주지만 네 것은 아니야. 모든 사람이 맡긴 것…… 내가 맡고 있던 것을 쇼군에게 넘겨 맡기게 할 뿐이야…… 알겠느냐?"

<h2 style="text-align:center">9</h2>

히데타다에게는 이에야스가 말한——

'이 세상 만물은 맡은 것……'

이 사상이 별로 진기하지 않았다. 히데타다는 경건하게 고개를 숙이고 대답했다.

"안심하십시오. 저는 결코 종이 한 장 돈 반 푼이라도 사사로운 일에 쓰지 않겠습니다."

"그럴 거야. 그럴 사람이야, 쇼군은……"

이에야스는 만족한 듯 고개를 끄덕였다.

"그러나 몇 번이라도 반복해서 말하지 않을 수 없다. 그게 바로 만물의 이치니까."

"예."

"나는 쇼군에게 도쿠가와 가문의 대를 잇는 자로서 세번째 유산을 남긴다…… 알겠느냐?"

"감사합니다."

"그러나……"

이에야스는 숨을 돌리고 주위에 있는 사람들의 얼굴을 둘러보았다. 모두 같이 들으라는 의미임이 틀림없다.

이에야스의 뜻을 깨닫고 머리맡에 있던 사람들은 숨을 죽였다.

"그러나 너에게 주지만 네 것은 아니야. 너를 위해 써서는 안 돼."

"예, 마음에 새기고……"

"우선 만일의 경우를 위해 군비로 충당하라."

"군비로?"

"그래. 우리 가문은 세이이타이쇼군, 그런데 나라의 반란을 진압하지 못하거나, 외적의 내습을 격퇴하지 못한다면 직책을 다할 수 없어. 우선 그러한 만약의 경우에 대비하기 위한 군비로……"

"알겠습니다."

"둘째는 기근에 대비하여라."

"둘째는 기근?"

"그렇다. 농민들은 만민이 굶주리지 않도록 자신은 조식粗食을 하면서 땀흘려 일한다. 그러나 몇 년에 한 해쯤은 반드시 흉년이 든다……"

정치를 담당하는 자에 대한 하늘의 엄한 시험이라 생각하도록."

"예."

"그 반대로 풍년이 계속되는 해도 적지않아. 그런 해에는 쌀값이 떨어지고 쌀을 대수롭지 않게 여기게 된다. 이럴 때는 상인에게만 맡기지 말고 값싼 쌀을 사서 비축해야 한다."

"쌀을…… 상인으로부터?"

"그래. 그랬다가 기근이 닥치면 싼값으로 분배하는 거야…… 알겠느냐…… 우리 가문은 조정으로부터 정치도 위임받았어. 기근이 닥쳤다고 길에서 굶어죽는 자가 한 사람이라도 있게 해서는 안 돼. 그러므로…… 기근에 대비하여라."

그 자리에 있던 토도 타카토라가 입을 막으며 울기 시작했다.

그러나 이에야스는 즐거운 듯이 말을 계속했다.

"셋째로는 천재지변과 화재 등 불시에 찾아드는 재해 때 사용하여라. 하늘은 항상 우리가 방심하는지 아닌지를 시험하신다. 대비하고 있으면 아무런 우환도 없다…… 에도에도, 슨푸에도, 쿄토에도, 나니와 浪花(오사카)에도 차차 인가가 늘어가고 있다. 사소한 화재라도 엄청난 재해로 번질 수 있어. 위정자는 이를 잘 명심하여 즉시 복구해야 한다. 그렇지 않으면 인심이 동요하게 된다…… 그리고 네번째는……"

여기까지 말한 이에야스는 지친 듯이 ——

"나머지는 새삼스럽게 말할 필요도 없다. 하여간 너에게 건네기는 하나 네 것이 아니므로 사사로이 사용하지 말고……"

말꼬리가 가늘게 꺼져가는가 싶더니 그대로 코를 골며 잠들었다.

# 10

이렇듯이 히데타다에게 유언한 것은 이에야스 자신이 이미 죽음의 문턱에 이르렀음을 의식했기 때문이다.

그 기간은 칙사가 돌아간 4월 1일부터 5일까지였는데, 사람들은 이미 임종이 오늘이 아니면 내일이라 싶어 머리맡을 지켰고, 성 전체가 숨을 죽이고 지냈다.

그런데 4월 6일 이에야스는 소강상태를 되찾았다.

그때까지는 거의 목으로 넘기지 못했던 미음을 한 공기 정도의 적은 양이기는 했지만, 하루에 두세 끼 먹을 수 있었다. 그리고 의식도 다시 맑아졌다.

그러한 상태가 되었을 때 이에야스보다도 측근들이 자진하여 여러 가지 질문을 하고는 했다.

6일 아침, 안도의 숨과 함께 찌푸렸던 이마를 편 히데타다는 때마침 문병하러 왔던 에도 조죠 사의 존오存應, 료테키了的, 카쿠잔廓山 등 세 원로 스님과 미카와三河 다이쥬 사大樹寺의 로도魯道를 동반하고 이에야스의 머리맡으로 왔다.

빈사의 중환자 앞에 에도와 미카와의 보다이 사菩提寺˚ 승려들을 데려오는 데는 용기가 필요했다. 이에야스의 의식이 정상적이라면 그들을 보는 순간 당연히 장의에 대한 지시를 받으러 왔다고 생각할 것이기 때문이다.

히데타다는 두 절의 원로들이 문병하러 왔다는 말을 하고 일부러 화제를 다른 데로 돌렸다.

미즈노 타다키요水野忠淸에게 1만 석을 하사하고, 이시카와 타다후사石川忠總에게 이에나리家成의 뒤를 잇게 하고 싶다……고 이에야스에게 건의했다.

히데타다의 이 건의는 다분히 이에야스의 의식이 정확한가 혼미한 가를 살펴려는 의도를 품고 있었다.

이시카와 이에나리의 이름을 듣고 이에야스가 도쿠가와 가문의 창업에 공을 세운 이시카와 카즈마사石川數正의 자손과 오쿠보 타다치카大久保忠隣의 일을 상기하지나 않을까 해서였다.

이에야스는 미즈노 타다키요의 가봉加封도, 이시카와 타다후사에게 가문을 잇게 하는 것도 좋다고 했다. 그런 뒤 시선을 멀리 보내 생각하는 듯한 표정이 되었다.

"이에나리의 가계가 있으면 그래도 낫겠지."

작은 소리로 말했다. 그리고 다시 ──

"오쿠보는 기회를 보아…… 잘 처리하기 바란다."

역시 잊을 수 없었는지, 이에야스는 반은 입 속으로 중얼거리듯이 부탁했다.

그런데 이때였다. 이에야스의 심신이 아직 혼미해지지 않았다는 사실을 확인한 토도 타카토라가 묘하게도 흥분한 모습으로 옆방에서 병실에 나타났다……

"오고쇼 님! 제자로 삼아주십시오."

깨닫고 보니 타카토라는 흰 머리카락을 삭발하고 어깨에 가사를 걸치고 있었다.

"오고쇼 님이야말로 제가 이 세상에서 본 최고의 선지식善知識…… 제자로 삼아 같이 삼도내°를 건네게 해주십시오."

불문에 들어가 순사殉死하겠다는 청이었다.

이에야스는 처음에 토도 타카토라의 그런 모습을 의아스럽다는 듯이 바라보았다.

"오고쇼 님! 조죠 사나 다이쥬 사의 주지들이 산 증인…… 제 종지宗旨는 오고쇼 님과는 달랐습니다. 그러나 오늘부터는 이처럼 오고쇼 님

에게 귀의하겠습니다! 아니, 이미 귀의했습니다…… 텐쇼 십사년
(1586)에 처음 쥬라쿠聚樂 저택에서 뵈었을 때부터 저는 오고쇼 님에게
심취해 있었습니다. 오고쇼 님이야말로 살아 계신 부처…… 부디 이
타카토라의 소원을 살아 계실 때 이루도록 해주십시오……"

　그때였다. 무슨 힘이 있을까 싶은 이에야스의 입에서 놀랄 만큼 강한
거부의 목소리가 흘러나왔다.

　"안 돼! 안 된다, 타카토라……"

## 11

　"순사……란 당치도 않다."

　그 소리가 너무도 분명했기 때문에 흥분했던 타카토라가 도리어 놀
라 얼굴을 들었다.

　"순사란 생명을 사사로운 것으로 여기는 거야…… 안 된다."

　"그럼, 이렇듯 삭발한 이 타카토라를 제자로 삼아주시지 않겠다는
말씀입니까?"

　"제자라면……"

　이에야스는 머리맡에 앉은 승려들의 삭발한 머리를 둘러보고 나서
말을 이었다.

　"자기 것이 아닌 자기 목숨…… 타카토라, 그 목숨을 자기 멋대로 다
루어서는 안 돼."

　"어떤 경우에도?"

　"그대에게는 보다 더 중요한 일을 부탁했을 터. 만일 전쟁이 벌어지
면 나를 대신하여 선봉을 맡으라고……"

　"그런데, 그것은……"

"그뿐만이 아니다. 궁전의 수호는 이이 나오타카, 이세伊勢 신궁의 수호는 그대…… 그대는 이 말을 어떻게 들었는가? 일본은 궁전과 이세만 무사하다면 비록 전국이 소란해진다 해도…… 다시 본래의 평화를 되찾게 되는 거야. 궁전과 이세를 과일에 비유하면 그 씨, 집에 비유하면 대들보…… 일본인의 정신적 중추야…… 알겠는가, 타카토라? 마음이 빈 자는 주변의 파동은 알망정 부동의 중심은 잘 볼 수가 없어. 그 중심을 보지 못하는 자가 많아지면 만민은 고난의 구렁텅이로 빠진다…… 그러므로 나는 이세를 잘 지키라고 간곡히 그대에게 부탁한 거야…… 이가伊賀 지방을 그대에게 맡긴 것도 그 때문이었어…… 그대의 우정은 잊지 않겠다…… 얼마나 고마운지 몰라…… 그러나 그대가 진정 나를 생각한다면…… 만민에게 생명의 뿌리가 되는 이세를 굳게 지켜주기를 부탁하겠어."

타카토라는 또 무슨 말을 하려 했으나 입술만 떨었을 뿐 다시는 아무 말도 하지 못했다.

사물에나 마음에는 반드시 중심이 있었다. 그 중심이 이세……라는 말을 타카토라는 여러 번 들어왔다. 그러나 이 말이 확실한 실감으로 그의 입을 막은 것은 이때였다.

아닌 게 아니라 일본의 역사를 아무리 뒤져보아도 이세 신궁이 황폐했을 때 만민이 행복했던 예는 없었다. 이세 신궁은 언제나 백성의 생활을 대변하는 즐거운 그림자였고 바로 그 실체였다.

'그 이세를 수호하라는 의미로 이가 지방을 맡기셨다……'

"알겠느냐? 알았으면 진류인神龍院을 불러라. 조죠 사, 다이쥬 사의 주지가 있는 자리에서 내 장례에 대해 말하고 싶다."

이에야스는 토도 타카토라가 자기의 말을 납득했다고 믿고 시선을 다시 쇼군 히데타다에게 옮겼다.

"나는 세상에서 보기 드문 행운아야."

"예……? 무슨 말씀이신지……"

"전쟁터에서 죽지 않고…… 이렇듯 내 생각을 모두 부탁하고 갈 수 있으니까……"

그런데 이 이에야스의 술회는 뜻밖의 곳에서 다시 하나의 파문을 일으켰다.

이에야스는 자기의 생각을 모두 부탁했다…… 그 중에서 오직 카즈사노스케 타다테루의 일만이 누락되어 있었다.

곁에서 간호하고 있는 타다테루의 생모 챠아 부인에게는 살을 도려내는 듯한 고통이었다.

챠아 부인은——

"와아!"

소리내어 통곡했다.

# 입명왕생立命往生

**1**

과연 이때 이에야스가 챠아 부인의 고민과 슬픔을 알고 있었을까?

"울지 마라."

말은 했지만, 그 다음의 한마디는 타다테루와는 전혀 상관없는 위로가 되고 말았다.

"인간이란, 이 세상에서 만난 자는 모두 헤어진다…… 만난다는 것은 헤어짐의 시작이라는 뜻이야."

그리고 다시 히데타다를 향해 담담한 모습으로 사후처리에 대한 상의로 들어갔다.

이에야스가 눈을 감았다 하면 가능한 한 빨리 유해를 쿠노잔久能山으로 옮겨 장례를 지낼 것.

불교식 장례는 에도의 조죠 사에서 거행할 것.

위패는 미카와의 다이쥬 사에 모실 것.

"쇼군은 절대로 에도를 오래 비워서는 안 된다. 그러므로 만반의 준비는 내가 살아 있는 동안에 하도록 하라."

이때 히데타다가 부르러 보냈던 진류인 본슌神龍院梵舜이 텐카이와 스덴의 안내로 들어왔다. 그래서 우연히도 신神, 불佛 두 종교의 머리 맡 회의가 되고 말았다.

"유해는……"

이에야스는 그들을 만족스러운 듯이 바라보며 입을 열었다.

"우선 쿠노잔에 서쪽을 향해 묻도록."

"아니, 서향으로?"

이에야스에게 물은 것은 히데타다가 아니었다. 그 옆에 앉아 있던 혼다 마사즈미였다.

"그래. 나는 지금까지 인간의 생은 이 세상에 국한된 것이라 생각했어. 그런데 그렇지가 않았어…… 입명立命이라고도 하고…… 왕생往生이라고도 하여…… 인간에게 죽음이란 없다는 사실을 확실히 깨달았어…… 깨닫게 되어 저절로 마음가짐도 달라졌어."

텐카이가 무슨 생각을 했는지 가만히 무릎을 쳤다.

"옳으신 말씀!"

물론 이에야스가 그런 중얼거림을 들었을 리 없었다. 그는 때때로 안타까운 듯 입술을 떨면서 말을 계속했다.

"죽음을 피할 수 없다면 남은 일은 오로지 충성…… 할 일을 해야 하는 것이 당연한 도리가 아니겠느냐?"

"예…… 예."

"그래서 이 이에야스는 계속 서쪽을 노려보겠어…… 아직 서쪽이 마음에 걸리기 때문이다…… 궁정에 대해서만이 아니야…… 그보다 더 서쪽에는 남만도 있고 홍모인紅毛人˚의 나라도 있어. 우리가 침입할 필요는 없겠지만, 그래…… 침공을 받는 일이 있으면, 세이이타이쇼군을 지낸 나로서는 다시없는 불찰이야…… 그러므로 서쪽을 노려보면서 오로지 뜻을 모아……"

또다시 텐카이가 가볍게 무릎을 쳤다.

"서쪽을 노려보시고 선 채로 장례를 지내란 말씀이십니까?"

이에야스는 크게 고개를 끄덕였다.

"그래. 그것만이 인간은 죽지 않는다고 깨달은 자가 할 수 있는 일이 야. 그리고……"

"그리고……?"

"일 주기가 지나거든 시모츠케의 후타라산에 작은 암자를 세우고 제 사 지내도록…… 그렇게 해서 나는 칸토 팔 주를 지키는 수호신이 되려 고 해. 칸토 팔 주가 공고하면 일본은 평온할 것이야…… 모두 이 점을 명심하고……"

이때도 여기까지가 한계였다.

사람들이 숨을 몰아쉬면서 서로 마주보았을 때 이미 이에야스는 조 용히 잠들어 있었다.

히데타다가 눈물 속에서 진류인 본슌을 상대로 신토神道°의 의식대 로 쿠노잔에 장례 준비를 시작한 것은 4월 6일 이후였다.


## 2


4월 6일부터 10일에 걸쳐 소강상태를 유지하던 이에야스의 병세가 11일에는 다시 악화되고 말았다.

머리맡을 지키는 사람들의 일희일비—喜—悲를 외면한 채 이에야스 의 몸은 점점 더 시들어갔다.

12일 스덴은 다시 쿄토의 이타쿠라 카츠시게에게 서신을 보냈다.

"쇼코쿠 님의 상태는 (중략) 미음을 조금씩 겨우 넘기실 정도입니다. 구일 밤에는 약간 토하시고 혼미하시어 상하가 모두 여간 걱정하지 않았습니다. (중략) 워낙 고령이신데다 너무 무리를 하시어 많이 지치셨습니다."

그리고 곧 이어 절망적인 소식을 전하지 않을 수 없게 되었다.

"쇼코쿠 님의 병세가 더욱 악화되었습니다. 십일일부터는 전혀 식사를 못하시고 미지근한 물을 겨우 몇 모금 마실 정도입니다. 이미 내일도 기약할 수 없는 상태입니다. 그 고생하시는 모습, 뭐라고 말씀 드릴길이 없습니다."

이렇게 되었을 때 머리맡에서 거의 불면불휴로 간병을 하던 챠아 부인은 더 이상 가만히 있을 수 없었다.

수많은 소실 중에서 요즘 이에야스를 진정으로 간병하는 것은 오직그녀뿐…… 이에야스는 가끔 눈을 크게 뜨고 가만히 그녀를 바라다볼때가 있었다.

"피로할 테니 좀 쉬도록."

그럴 때마다 그녀의 가슴을 무섭게 찌르는 것은 자기 아들 타다테루의 일이었다.

'나만이 진정한 이에야스의 아내였는지 모른다……'

그녀는 임종의 자리를 지키면서 언젠가는 이에야스가 꺼낼 타다테루 이야기를 애타게 기다리고 있었다.

'잊지는 않으셨을 것이다.'

그런데 이러한 이에야스가 12일에는 언제 숨을 거둘지 모를 상태가되었다.

남에게 굽히기 싫어하는 기질인 챠아 부인은 타다테루 이야기를 먼저 꺼내지는 않겠다고 마음먹었다. 치밀하기 짝이 없는 이에야스가 자기 아들에 대한 일을 잊었을 리 없다. 유달리 강한 그 인내심으로 말을꺼낼 기회를 기다리고 있을 것이 틀림없다……고.

사실 후카야에서 근신 중인 타다테루는 타나카에서 이에야스가 쓰러진 이후 사흘이 멀다 하고 아버지의 병세를 물어왔다. 그때마다 챠아 부인은 근신 중인 몸이므로 경망한 짓은 엄히 삼가라고 회답하여 그 마음을 누르고는 했다.

만일의 경우 어머니가 통지해주겠다. 그 전에 아무 말 없이 찾아오기라도 하면 오히려 아버지의 마음을 어지럽게 된다고……

적은 많다……고 챠아 부인은 보고 있었다.

도이 토시카츠를 비롯한 히데타다의 측근들은 아직도 타다테루가 쇼군의 고지식한 성격에 반발하여 직접 오사카 성에 들어가 천하를 노리려 한다고 믿고 있었다

이에야스도 당연히 이러한 사실을 알고 있기 때문에 끈기 있게 말할 기회를 기다리고 있으리라 생각했다.

그런데 이에야스는 아무런 말도 하지 않은 채 내일을 알 수 없는 위독한 상태에 빠지고 말았다.

'이대로 있어도 될 것인가……?'

챠아 부인은 12일부터 13일 아침 드디어 후카야로 사람을 보낼 결심을 했다.

'이대로 알리지 않고 있으면 어머니로서, 또 아내로서 이중의 불신이 겹치게 될지 모른다……'


3


후카야로 옮긴 후부터 타다테루는 사람이 달라졌다. 이미 형의 시정施政을 비판하는 젊은 패기에서 벗어나, 자기가 처한 미묘한 운명을 조용히 바라보는 여유와 깊이를 지니게 되었다.

어머니 챠아 부인으로서는 그러한 아들 타다테루가 한층 더 측은하

고 사랑스러웠다.

'타다테루도 이제 어른이 되어 아버님의 아들로서 어떤 점이 불초였는가를 잘 알게 되었다.'

서신에는 반드시 이런 말이 씌어 있었고, 한마디라도 좋으니 아버지를 만나 사죄하고 싶다! 이대로 뵙지도 못한 채 별세하신다면 타다테루는 죽으려 해도 죽을 수 없다. 어머님도 잘 말씀 드려 마지막 대면을 할수 있도록 부탁해달라고 씌어 있었다.

이에야스의 처벌이 풀리지 않은 채…… 이 세상에서 화해를 하지 못한 채…… 사별하게 된다면 후일의 격노도 무서웠다.

'역시 어머니인 내가 주선해야 할 일……'

자기 아들의 마음을 깨닫고 서신을 썼다.

아버님은 이미 내일을 알 수 없는 중태. 만일의 경우 임종의 자리에 참석하지 못하면 큰일이므로 은밀히 슨푸 근처로 오도록……

'마지막으로 두 사람을 만나게 하는 일은 결코 자기 아들에 대한 편애가 아니다. 이에야스의 가슴속에 감춰져 있는 슬픔 앞에 바치는 분향이 되기도 할 것……'

그리고 13일 새벽에 전령을 통해 서신을 보냈다. 이와 거의 같은 시각에 타다테루로부터도 서신이 왔다.

예감이라는 것일까?

타다테루는 어머니의 통지를 더 이상 기다리지 못하고 후카야를 탈출하여 지금 슨푸에서 70리 가량 떨어진 칸바라蒲原를 지나고 있다는 서신이었다.

어떤 여장을 하고 떠났을까? 칸바라와 슨푸 사이에는 오키츠興津의 세이켄 사淸見寺가 아니면 몰래 묵을 숙소도 없다.

'가만히 있을 수 없다……'

챠아 부인은 서둘러 출입하는 상인의 점원에게 그 뜻을 일러 칸바라로 달려가게 했다. 그리고 두근거리는 가슴을 진정시키면서 이에야스의 침소로 돌아왔다.

이미 해는 높이 떴고, 하늘에는 한 조각의 구름도 없었다.

이에야스는 가끔 눈을 번쩍 떴다가는 다시 스르르 잠 속으로 빠져 들어가고는 했다.

사람들은 야간의 간호에 지쳐 옆방으로 물러가 있었고, 쇼군은 세 아우들과 함께 날이 밝을 무렵 서쪽 성으로 철수한 채 아직 나타나지 않고 있었다.

'이야기를 하려면 지금이 기회다……'

나쁜 짓을 하려는 것은 아니다. 빈사상태의 아버지에게 한 가지 일에 대해 안도감을 드리려는 배려가 아닌가…… 이렇게 스스로 합리화시켰다. 그 순간에도 자기 아들이 한 발짝 한 발짝 슨푸로 다가오고 있다는 생각을 하면 마음은 초조해질 뿐이었다.

"저어……"

눈을 뜬 순간에 깨우려다가 주저했다. 그러다 자신을 채찍질했다.

만약 미처 말도 하기 전에 타다테루가 당당히 슨푸 성으로 들어온다면 어떻게 될 것인가!

드디어 챠아 부인은 사시巳時(오전 10시) 전에 더운물을 들고 가서 이에야스를 깨웠다.

"저어, 부탁이 있습니다. 눈을 뜨십시오."


# 4


조용히 어깨를 흔들어 깨우는 순간 이에야스가 가만히 외쳤다.

"반드시 된다! 반드시 되는 거야……"

챠아 부인은 깜짝 놀라 손을 움츠렸다. 무심하게 자고 있는 듯이 보였으나 무슨 꿈을 꾸고 있는 모양이었다.

"저어, 무엇이라고 하셨는지? 무슨 꿈을 꾸셨는지요?"

정신을 차리고 다시 한 번 어깨에 손을 대었다.

"음……"

이에야스는 눈을 번쩍 뜨고 연신 주위를 돌아보았다. 주위에서 누군 가를 찾고 있다…… 아니, 꿈속에서 대화를 나눈 상대를 찾고 있는 눈 길이었다.

"무슨…… 무슨 꿈을 꾸셨습니까?"

"꿈……"

이에야스가 말했다.

"지금 사나다 마사유키眞田昌幸와 타이코를 만나고 있었어."

"어머…… 그럼, 저 유키무라幸村의 아버님이신……?"

"그래. 그놈…… 고집이 세서 말이야……"

이에야스는 크게 숨을 쉬고 약간 얼굴을 찌푸렸다.

"마사유키는 역시 이 세상에서는 절대로 전쟁이 없어지지 않는다고 하는군…… 인간은 그처럼 영리한 생물이 아니다, 욕심에 이끌려 반드 시 또……"

여기까지 말하고 가만히 고개를 저었다.

"꿈 이야기 따위는…… 그대에게 할 필요가 없겠지. 챠아, 물이 마시 고 싶군."

"예…… 여기 있습니다."

"맛이 있군. 목이 말랐던 참이었어."

"저어, 부탁이 있습니다."

"뭐, 부탁이……?"

이에야스의 시선이 천천히 챠아 부인의 얼굴로 돌아왔다.

"아니, 울고 있었군."

"예…… 저어, 부탁이란 다름이 아니라……"

"카즈사노스케의 일 말인가?"

"예…… 예."

"그 일로 지금도 타이코와 이야기했어. 내가…… 히데요리 님을 죽였으니까."

"카즈사를 한번 만나주셨으면 합니다. 카즈사는 아버님이 중태라는 것을 알고 안절부절못하여…… 실은…… 실은…… 허락도 없이 이 부근에까지…… 이승에서 자기 죄를 사죄하지 않으면 죽으려 해도 죽을 수가 없다고 하면서…… 부근까지 왔습니다."

챠아 부인은 단숨에 말했다. 그렇게 할 생각은 아니었다. 일일이 상대의 반응을 확인하면서 놀라지 않도록 하려 했었다.

그러나 절박한 어머니의 감정으로는 아무래도 무리였던 듯. 단숨에 말하고 나서 숨을 죽이고는 고개를 숙였다.

"부탁입니다! 챠아가…… 평생 처음 드리는 부탁입니다. 만약 면회를 허락하실 수 없다면 장지문 밖으로…… 다만 한 말씀이라도…… 던져주시기 바랍니다. 그렇지 않으면 그 아이 기질로 미루어 공연한 원한을 쇼군에게……"

이에야스는 물끄러미 챠아 부인을 바라본 채 있었다. 결코 몽롱한 상태의 눈빛이 아니었다. 그렇다고 부인의 말 한마디 한마디를 정확하게 듣고 있다고도 할 수 없는 메마른 시선이었다.

"주군! 챠아는 제가 낳은 자식이라고 해서 말씀 드리는 게 아닙니다. 비록 처벌을 받았으나 같은 아버님의 아들…… 부디 저를 보아서라도 한마디 이별의 말씀이라도……"

여기까지 말하고 챠아 부인은 저도 모르게 입을 다물었다. 마른 이에야스의 눈에 눈물이 맺혔기 때문이다.

5

'이해하셨다!'

챠아 부인은 생각했다. 역시 이에야스는 아버지가 아닌가. 잊고 계실 리가 없다. 그런데도 이렇게 누누이 말씀 드리다니…… 이런 생각을 하는 순간 자기가 도리어 잔인한 것 같아 얼른 더운물을 이에야스의 입으로 가져갔다.

"자, 한 모금 더 드십시오."

"챠아……"

"예."

"내가 그대에게 말하지 않았던가?"

"무……무……무슨 말씀인데요?"

"그 피리 말이야. 노부나가 공에게서 선물로 받은 그 유명한 노카제野風란 피리 말이야."

"그, 그것은 선반 위에 보관되어 있습니다."

"그래, 그것을 이리 가져와. ……훌륭한 피리야."

"아니…… 피리를 부시려고요?"

챠아 부인은 얼른 일어나 선반에서 붉은 비단 주머니에 든 피리를 가져왔다.

"피리를 꺼내도록."

이에야스가 말했다.

"그 사나운 노부나가 공도 들에 나가 이 피리를 부는 정겨운 일면이 있었어."

"예, 참으로 풍류란 이상한 것인 듯합니다."

그러면서 피리를 꺼내들어 이에야스에게 쥐어주려고 했다. 그런데 이에야스는 손을 내밀다가 그만두었다. 받아들고 바라보기조차 귀찮은 모양이었다.

"챠아."

"아니, 왜 그러십니까?"

"그 피리는 이 이에야스에게는 하나의 교훈이었어……"

"교훈……이라고 하시면……?"

"전쟁을 좋아하는 그 노부나가 공에게도 피리소리를 사랑하는 일면이 숨겨져 있다…… 인간은 전쟁과 인연을 끊을 수 없는 생물은 결코 아니다…… 이처럼 칼 대신 피리를 즐길 수도 있는 생물…… 이 세상에서 전쟁을 없앨 수 있다…… 인간은…… 인간은…… 절대로 어리석고 살벌하기만 한 것은 아니다……라는."

챠아 부인은 고개를 갸웃했다.

그 말은 알아들을 수 있으나, 무엇 때문에 지금 이 자리에서 피리 이야기를 꺼내는 것일까?

"챠아."

"예…… 예."

"내가 죽거든 이 피리를 카즈사노스케에게 유품으로 전하도록."

"그 유명한 피리를 카즈사에게?"

"그래. 이 피리를 주면 알 것이야. 그 아이는 결코 어리석은 자가 아니니까. 알겠나, 이 피리는 아버지가 인간을 믿도록 만든 다시없는 보물이었다……고 하면서 주도록."

"그러면, 이 피리를 가져오라고 하신 것은 처음부터 카즈사에게 주실 생각으로?"

"그래. 이 이에야스도 자식을 둔 아비가 아닌가. 카즈사만을 잊어버릴 리가 없지…… 알겠나?"

"예…… 그러나 이 피리를 제 손으로 주기보다는 주군이 직접 주시는 편이……"

이에야스는 천천히 고개를 저었다.

"그 아이를 만날 수는 없어. 타이코가 보고 있으니까…… 이에야스는 히데요리에게만 비정했는가, 아니면 자기 자식에게도 비정했는가…… 하고."

"아!"

챠아 부인은 놀라며 피리를 내려놓았다.


# 6


"그렇다면 이 피리는 돌려드리겠습니다."

챠아 부인은 와들와들 떨기 시작했다. 이에야스가 피리 하나만 주고 타다테루는 만나지 않겠다……는 뜻임을 알았기 때문이다.

"원망스럽습니다!"

챠아 부인은 큰 소리로 말하고 다시 이에야스의 어깨를 흔들었다. 그러나 이때 이에야스는 벌써 눈을 감고 있었다. 감은 눈언저리에 몇 방울 눈물이 맺혀 있었다.

그 눈물이 실은 챠아 부인을 평소와는 다른 여자로 환원시켰는지도 모른다.

"챠아는…… 챠아는…… 오늘날까지 마음을 꾹 누르고 살아왔습니다. 어째서 카즈사만을 그토록 미워하시는지…… 원망스럽습니다."

"……"

"카즈사가 다테 가문에서 아내를 맞았다…… 그 일은 카즈사의 잘못이 아닙니다. 젊은 혈기가 지나쳐서 혹시 무엄한 일을 저질렀는지는 모릅니다만…… 다 같은 주군의 아드님이십니다. 그런데도 왜 카즈사만을 이렇듯……"

"……"

"부탁입니다! 머리맡으로 부르실 수 없다면 장지문 밖에라도 오게 하여…… 카즈사냐, 잘 왔다…… 이 한마디만이라도…… 해주십시오!"

"……"

"용서하시라는 게 아닙니다. 그대로 근신은 시키시더라도 이승에서의 작별이니 챠아를 보아 한 말씀만이라도……"

그러나 이에야스는 미동도 하지 않았다.

'혹시 내 말이 이미 들리시지 않는 것은……?'

챠아 부인의 마음에 문득 대담한 생각이 떠올랐다.

"주군! 오고쇼 님! 허락하셨군요…… 감사합니다! 그럼, 주군의 분부에 따라서 카즈사가 슨푸에 도착하면 곧 이리로 부르겠습니다. 감사합니다……"

"챠아."

"예!"

"나를 좀 일으키도록."

"무리십니다."

"괜찮아, 일으키도록 해. 일어나서 그대에게 들려줄 말이 있어……"

"안 됩니다! 만약 그러시다가 용태가 악화되기라도 하면…… 하실 말씀이 있으면 누우신 채로……"

"그런가……"

이에야스도 일어나는 것이 무리인 줄 깨달았는지 어깨에 얹은 챠아 부인의 손위에 가만히 자기의 손을 겹쳤다.

"그럼, 이대로 말할 테니 잘 듣도록."

"예…… 예."

"이 세상에 자기 자식이 미운 아비가 있을까? 챠아, 나도 카즈사가 사랑스러워……"

그러면서 이에야스는 챠아 부인의 손등에 조용히 얼굴을 비볐다. 뜨겁고 땀이 밴 얼굴의 감촉이었다.

"그러나 아직도 사랑스러운 자를 사랑해도 좋을 만큼 평화로운 세상이 아니야. 그런 세상을 만들기 위해서는 이렇게 작은 희생을 쌓아가야만 해…… 알겠나, 그 이치를……"

챠아 부인도 이번에는 대답하지 않았다. 섣불리 대답할 일이 아니라고 자기 아들을 위해 경계했다.

<br>

## 7

"내가…… 노부야스信康를 잃은 것도 그러기 위한 인내였어…… 타이코는 망령이 들어 마지막에는 그 인내를 잊어버리고 만나는 자마다 내 아들을 부탁한다……고 고개를 숙였어……"

이에야스는 이제는 눈을 뜨고 있는 것조차도 괴로운 듯 챠아의 손을 뺨에 댄 채 눈을 감고 말했다.

"타이코의 이 무리한 푸념은 그 후 두 번에 걸친 전쟁을 일으키게 했어. 그 하나는 세키가하라, 또 하나는 오사카 전투…… 그 결과 쇼군에게 센히메라는 가련한 제물을 바치도록 했고, 다테 역시 이로하히메를 눈물의 씨앗으로 만들고 말았어…… 이런 것을 어느 지점에서 저지하는 큰 인내가 없다면, 그야말로 세상은 무간지옥無間地獄…… 무간지옥은 순리順理를 역리逆理로 삼는 인간의 부질없는 푸념 때문에 계속 생기게 되는 거야."

"……"

"그대는 아주 영리한 여자인 만큼 잘 알 수 있을 것이야…… 카즈사노스케는 사랑스럽다! 그러나 생각하는 바가 있어 이승에서의 대면은 할 수 없는 아이라고 결정했어. 이를 어기면 나의 평생 신념, 의義와 이理에 어긋나는 어리석음을 저지르게 돼…… 물론 이런 일까지 이해해 달라는 말은 여자인 그대에게는 무리일지도 모르지…… 이렇게 생각해주기 바라겠어. 이 이에야스에게는 이승에서 카즈사노스케를 만날 수 없는 까닭이 있다고…… 다른 아우들이나 천하의 다이묘들에게 본보기를 보이려는 이유도 있어…… 이에야스는 타이코와의 약속을 어기고 히데요리를 죽였어…… 이는 천하에 가장 중요한 도리를 밝히려다 저지른 과오…… 내 아들이라 해도 천하를 위해서 해롭다고 보았을 때는 가차없이 엄히 다스렸다…… 보아라, 저 카즈사노스케에 대한 처벌을……이라고."

"한 가지 여쭙겠습니다!"

챠아 부인이 외치듯이 말했다.

"그러면…… 그러면…… 주군은 카즈사노스케를 다이묘인 채로 둘 경우 결국 쇼군에게 반기를 들어 천하를 소란스럽게 할지도 모를 사람이라고……?"

이에야스는 눈을 떴다. 그리고 슬픈 얼굴로 챠아 부인을 가만히 바라보다가 천천히 고개를 끄덕였다.

"천하의 난은 말이지, 때로는 기량이 원수가 되어 미묘한 곳에서 싹트게 마련이야. 카즈사는…… 그런 의미에서 지나치게 기량이 뛰어났다…… 이렇게 생각하고 그 노카제를 주는 거야."

"어머……"

"그대로서는 뜻밖의 일이겠지. 나 역시 슬퍼! 그러나…… 우리 가문에서 평화를 위해 바치는 제물이라 생각하고 용서해주었으면 싶어."

이에야스는 이렇게 말하고 몸을 떨며 울기 시작했다.

챠아 부인은 이에야스에게 오른손을 잡힌 채 망연자실했다.

이에야스가 말하려는 뜻은 이해할 수 있었다. 아니, 그보다 더욱 분명히 느낄 수 있는 사실은 아무리 애원한다 해도 이에야스가 타다테루를 만나지 않으리라는 점이었다.

'이분은 타이코 전하에게 의리를 세우시려 한다…… 히데요리 님을 죽였기에 자기 아들 한 사람도 죽도록 하지 않을 수 없다.'

기질이 강하기로는 소실 중에서 으뜸가는 챠아 부인이었다.

챠아 부인도 이미 탄원이 무의미함을 깨닫고 침구 위에 던져진 그 유명한 노카제를, 마치 무서운 물건이라도 보는 듯한 눈으로 응시하면서 주워들었다.

'이에야스는 이 피리를 줌으로써 아들인 타다테루에게 무엇을 고하려 하는 것일까……?'

이에야스는 다시 한 번 챠아 부인의 오른손에 뺨을 비볐다.


# 8


"카즈사노스케는…… 허락도 없이 후카야를 떠났다고 했지?"

이에야스는 몽롱해지려는 의식에 마지막 노력을 기울여 챠아 부인의 시선을 찾았다.

"예…… 칸바라에서 슨푸로 오고 있습니다."

"그런가…… 세이켄 사에 숙소를 정하면 안 돼. 린자이 사가 좋다고 전하도록."

"무, 무어라 하셨습니까? 린자이 사까지 카즈사를 오게 해도……"

"그래."

이에야스는 가볍게 중얼거렸다.

"린자이 사에는 내가 어릴 때 글공부를 하던 방이 아직 그대로 있어. 그곳에 머물도록 해…… 그리고 그곳으로 가서 그 아이에게 이 피리를 전해주는 거야."

"그럼…… 저는 카즈사를 만나도 된다는 말씀입니까?"

조급히 묻는 챠아 부인에게 —

"안 돼!"

이에야스는 딱 잘라 말했다.

"카츠타카가 좋아. 카츠타카를 통해 전하도록 하는 거야. 그대는……
쇼군에게…… 카즈사노스케가 허락도 없이 슨푸로 온다고 해서 린자
이 사에 발을 묶어놓았으니 엄히 감시하라고…… 전하도록."

"어머! 쇼군에게 그런 일을?"

"허락도 없이 나온 것은 카즈사노스케의 무엄한 짓…… 법을 어지럽
힌 행위가 아닌가…… 만약 알리지 않으면 어떻게 된다고 생각하나?
카즈사노스케를 꺼리는 자들이 암살할지도 몰라. 그대보다는 내가 인
간 세상의 일을 더 알고 있다는 사실을 믿어주기 바라겠어."

"아니…… 그럼, 그럼, 주군은 쇼군에게 카즈사를 체포하도록 하시
겠다는 말씀입니까?"

"챠아, 나도 카즈사를 사랑해…… 쇼군은 즉시 린자이 사에 사람을
보내 감시하게 될 거야. 그러면 카즈사가 오히려, 오히려 안전하다고
생각지 않나?"

챠아 부인은 깜짝 놀라 숨을 죽였다.

그 말을 듣고 보니 과연 그랬다.

쇼군이 사람을 보내 엄히 경계하면, 설령 암살을 꾀하는 자가 있다
해도 손을 쓰지 못할 것은 당연한 일이었다.

그러나저러나 자기 자식을 린자이 사에 머무르게 하고 쇼군에게 고
발해야 하다니 이 얼마나 슬픈 모자의 숙연宿緣이란 말인가……?

"알 수 있겠지?"

이에야스는 중얼거리고 챠아 부인의 손에 또 얼굴을 비볐다.

"믿어줘, 나도 내 자식은 귀여워."

챠아 부인은 대답 대신 크게 울음을 터뜨리고 엎드렸다.

'어떤 일이 있어도 자세를 흐트러뜨려서는 안 된다!'

오래 전부터 챠아 부인이 마음먹은 각오였다. 그러나 이에야스의 마지막 말은 그런 이성의 둑을 무너뜨리고 말았다……

"어, 어째서 그러십니까?"

뜻하지 않은 울음소리에 옆방의 미닫이를 열고 들어온 것은 방금 이에야스가 피리를 주어 보내라고 한 마츠다이라 카즈타카와, 경비를 담당한 야규 무네노리 두 사람이었다.

"아니, 아무 일도 아니에요. 주군은 이처럼…… 다시 편안하게 잠드셨어요."

챠아 부인은 얼른 눈물을 감추고 자세를 바로 했다. 사실, 그것이 이에야스가 이 세상에 남긴 마지막 말이었다.

# 비원은 끝없이

## 1

머리맡으로 순식간에 히데타다를 비롯하여 마사즈미, 토시카츠, 스덴, 본슌, 텐카이 등이 들이닥쳤다.

이때 요시나오, 요리노부, 요리후사 세 동생은 동반하지 않고, 요리나오 대신 나루세 마사나리, 요리노부 대신 안도 나오츠구, 요리후사 대신 나카야마 노부요시가 같이 들어왔다. 쇼군 히데타다가 고통스러워하는 임종 직전의 아버지 모습을 어린 아우들에게 보이지 않으려는 배려에서 명령을 내렸기 때문이다.

그 배려에는 다분히 히데타다 자신의 불안과 두려움도 섞여 있었다. 이 세상에서 다시없이 고마운 아버지로 모시는 이에야스가 만약 임종 때 흐트러진 모습이라도 보이면 동생들의 생애에 그늘을 남긴다. 임종 때는 부를 것이니 그때까지 서쪽 성에서 대기하도록…… 이런 마음으로 각자에게 딸린 중신들을 동생들 대신 남게 했다.

그날 이에야스는 다시 두 번 눈을 뜨고 물을 찾았다.

그러나 이튿날이 되어서는 물조차 찾지 않았다. 몇 번인가 눈을 번쩍 뜨고는 이상한 듯 주위를 둘러보고 다시 눈을 감고는 했다.

"도대체 무슨 생각을 하고 계실까?"

15일 이른 아침이었다. 이미 임종은 시간문제, 밤새 머리맡을 지키고 있던 히데타다는 코쇼가 가져온 물로 세수를 하고──

"참, 정신이 없어 잊어버리고 있었군."

발병 이후 줄곧 성읍城邑에서 근신하고 있는 챠야 시로지로를 불러 쿄토로 돌려보냈다. 표면상으로는 히데타다의 친서를 쇼시다이인 이타쿠라 카츠시게에게 전한다는 이유에서였다.

"오고쇼 님은 천수天壽야. 너무 상심하지 말고 힘을 합쳐 하는 일에 전념하도록."

그리고는 다시 덧붙였다.

"챠야가 걱정을 하며 아직 슨푸에 있다. 그만 쿄토로 돌려보내라……고 말씀하셨어, 오고쇼가."

히데타다는 거짓말을 했다. 그러나 그 거짓말은 완전한 거짓말이라고는 할 수 없었다. 아직 숨을 거두지 않은…… 이에야스의 잠든 얼굴이 분명히 그렇게 말하고 있는 것처럼 히데타다에게는 생각되었다. 더구나 이렇게 말해 챠야를 쿄토로 돌려보낸 뒤 히데타다의 마음은 이상할 정도로 가벼워졌다.

그리고 이번에는 곁에서 지키고 있는 챠아 부인에게 말했다.

"우리가 지킬 테니 좀 쉬십시오. 그런데, 카즈사노스케는……"

"예…… 예."

"린자이 사에서 카츠타카가 전한 피리를 어젯밤 늦게까지 불고 있었다고 합니다."

챠아 부인은 눈이 휘둥그레졌다. 두 사람은 어젯밤부터 계속 이에야스의 머리맡을 지키고 있었다. 그리고 그동안 아무도 그런 보고를 해오지 않았다.

히데타다는 이 거짓말을 스스로는 깨닫지 못하고 있는 듯.

"부인이 피리에 대한 말을…… 하셨기 때문에 비로소 아버님의 마음을 읽을 수 있었어요. 칼을 버리고 풍류의 길을 택하라…… 거기에도 인생은 있다고……"

"무, 무슨…… 말씀입니까?"

"내가 두려워한 것은 아버님이 카즈사노스케에게 할복을 명하시는 일이었어요…… 그런데 피리…… 피리를 주셨어요. 정말 고마운 피리입니다."

히데타다는 다시 아버지의 잠든 얼굴을 들여다보았다.

"보십시오, 아버님은 카즈사노스케가 부는 피리소리에 귀를 기울이고 웃고 계십니다. 참, 나도 이제는 정신을 차려야……"

새삼스럽게 생각났다는 듯이 이타쿠라 시게마사를 돌아보았다.

"시게마사, 진류인을 부르게. 머리맡에서 확인해둘 일이 있어."


## 2


15일 오후부터 히데타다는 사람이 달라진 듯이 앞으로 해야 할 일을 차분히 지시하기 시작했다.

챠야를 돌려보내고, 타다테루에 대한 처리에도 마음을 정했기 때문임이 틀림없다.

우선 진류인을 불러 '신토神道와 불법의 절차'에 대해 묻고 나서 ——

"나는 아버님의 무언의 말씀을 깨달았어."

세 동생을 머리맡으로 불렀다.

"아버님은 너희들이 마음에 걸려 아직 세상을 떠나지 못하고 계시다. 각자 교훈을 마음에 새겨 결코 어김이 없을 것이니 안심하고 승천하시라고 맹세하도록 해라."

그리고 운명하게 되면 신토의 절차에 따라 쿠노잔에 장례를 지내도록 결정하고, 그 절차를 머리맡에서 상의하기 시작했다.

성실한 히데타다로서는 상당한 용기가 필요한 일……

아들로서 최후의 간병도 끝내기 전에 슬픔을 버리고 묘지나 묘소에 대해 신경을 쓴다…… 처음에는 몹시 불성실하게 생각되어 히데타다는 견딜 수가 없었다. 그러나 편안하게 잠든 아버지의 얼굴과 가끔 꼬리를 끄는 거친 호흡을 보고 있는 동안 그런 모든 것이 자기에 대한 아버지의 유언으로 생각되었다.

'그렇다. 아버님은 아직 무엇인가를 말씀하고 계신다……'

결단을 내리지 못하고 당황하고 있는 히데타다 자신의 태도가 안타까워 탓하는 모습이라면……?

'틀림없이 그렇다!'

이렇게 믿는 순간 히데타다는 마음을 결정했다.

"사카키바라 다이나이키를 부르도록."

진류인 본슌과의 상의가 끝나고 히데타다는 사카키바라 키요히사榊原淸久(뒷날의 테루히사照久)를 머리맡으로 불렀다. 키요히사는 17세부터 이에야스의 코쇼가 되어 33세가 되는 오늘날까지 계속 측근에서 모시고 있는 성실한 사람으로, 야스마사康政의 조카였다.

히데타다는 세 동생들 앞에서 그를 쿠노잔 묘지기로 명했다.

"나이키內記°, 그대를 오고쇼의 명에 따라 쿠노잔의 제주祭主에 명한다. 명령이니 어기면 용서치 않는다. 쿠노잔에는 네 사람의 승려를 두어 각각 소임을 다하게 하라. 이를 위해 제전祭田 오천 석을 내리고 그대에게는 따로 일천 석을 주겠다. 목욕재계하고 정성을 다하라."

울어서 눈이 퉁퉁 부은 키요히사에게 물론 이의가 있을 리 없었다. 그러나 과연 그는 이 명령이 이에야스의 잠든 얼굴에서 히데타다가 읽은 '순사' 방지를 위한 배려였음을 깨달았을까……?

이렇게 하지 않으면 일편단심인 키요히사는 이에야스의 죽음과 때를 같이하여 순사할 것이 틀림없었다……

키요히사가 황송해하며 물러갔다. 히데타다는 다시 쿠노잔에 모실 신체神體를 '미이케三池의 보검寶劍'으로 결정하고, 그것도 이에야스의 명이라고 했다.

그 무렵부터 히데타다 자신도 그 끊어질 듯 말 듯한 이에야스의 숨소리 사이로 새나오는 말…… 그 말의 실행이라고, 이에야스의 의사 그 자체임이 틀림없다는 확신을 갖게 되었다.

15일 중에는 아직 이에야스의 호흡이 끊어지지 않았다.

'무엇을 나에게 말씀하시려는 것일까……?'

16일 히데타다는 본슌, 스덴과 상의한 뒤 혼다 마사즈미를 부교인 히코사카 큐베에 미츠마사彦坂九兵衛光正에게 보내, 도편수 나카이 야마토노카미 마사츠구中井大和守正次에게 임시전각의 건축에 하자가 없는지 살펴보라고 명했다.

16일에도 이에야스의 맥박은 아직 더 할말이 있는 듯 뛰고 있었다.


# 3


히데타다는 세 동생들을 서쪽 성으로 물러가게 했다. 이미 16일도 한밤중이 지나고 다음날 축시丑時(오전 2시)가 다 되어 있었다.

16일 밤, 히데타다가 그만 쉬라고 했는데도 옆방이나 대기실로 가지 않고 다섯 사람이 남아 있었다. 혼다 마사즈미, 이타쿠라 시게마사, 도이 토시카츠 외에 사카키바라 키요히사, 사카이 타다토시 등. 그들 모두 지쳐 있었다.

마치 피로를 모르는 듯한 사람이 있었으니 바로 챠아 부인이었다. 그녀는 낮에 2각(4시간) 정도 휴식을 취했을 뿐 오늘밤도 꼬박 새울 생각인 듯했다.

히데타다는 이불 밑으로 두 손을 넣고 아버지의 어깨를 조용히 쓰다듬고 있는 챠아 부인의 얼굴을 보며 여간 가련한 생각이 들지 않았다. 이미 타다테루에 대해서는 그녀도 납득한 모양이었다. 아니, 납득한 이상으로 어느 면 안도하는 것 같기도 했다. 그리고 온몸으로 히데타다에게 무언가를 애원하고 있는 것 같기도 했다.

'그렇다…… 나도 다시 한 번 진심으로 반성해보아야 한다.'

아직 아버지에게는 안심하고 떠날 수 없는 무언가가 남아 있는 건 아닐까…… 그래서 아버지는 맥박으로 이야기하고 있다. 그 소리를 정확히 들을 수 있는 아들이 되고 싶다! 아니, 들을 뿐만 아니라, 빈틈없이 실천하는 아들이 되어야 한다……

이미 실내는 조용하고, 앉아 있는 사람들도 반쯤 자고 있었다……고 히데타다가 생각했을 때 갑자기 챠아 부인이 친어머니인 오아이於愛 부인처럼 보였다.

히데타다는 자세를 바로 하고 가만히 헤아려보았다.

완전히 풀이 죽어 있던 챠야는 쿄토로 돌려보냈고, 타다테루도 경호하도록 명했다. 사카키바라 키요히사의 순사는 미연에 방지했으며, 쿠노잔 장례준비도 빈틈 없이 조처했다.

쿄토는 이타쿠라 카츠시게와 마츠다이라 타다자네가 공고히 지킬 것이고, 에도는 사카이 타다요가 잘 지키고 있었다.

아버지가 걱정하던 『스루가駿河 문고』 정리와 『군서치요』 간행에 대해서는 하야시 도슌이 쿄토에서 온 기술자들을 독려하면서 밤낮으로 노력을 기울이고 있었다.

'그 밖에 아버님의 마음에 걸리는 일이 있다면……?'

역시 이시카와, 오쿠보 등 옛 가신들에 대한 일인지도 모른다. 그러나 이에 대해서도 벌써 처리가 끝났다. 미노美濃 오가키大垣의 성주 이시카와 타다후사에게는 이에나리의 대를 잇게 하고, 타다후사를 따르던 오쿠보 타다타메大久保忠爲에게는 오가키에서 새로운 논을 개간케 하여 장차 가문을 일으킬 길을 열어주었다.

'그러나 아직 아버님은 무언가 걱정이 계신 것 같다……'

문득 다시 이에야스의 잠든 얼굴을 보고 히데타다는 깜짝 놀라 자세를 바로잡았다. 주위는 심연 같은 정적뿐, 촛대에서 타오르는 촛불마저 숨을 죽인 듯한데, 분명 이에야스의 목소리가 귓전을 때렸다.

"나는 이제 천수를 다하려 하지만, 쇼군이 천하를 통치하므로 아무 걱정도 하지 않는다. 그러나 천하는 한 사람의 천하가 아니라 만민의 천하. 쇼군의 정치가 도리에 어긋나 억조창생이 고통을 겪는다면 다른 사람에게 자리를 내주어야 한다. 그렇게 함으로써 사해만민이 편안하여 그 은혜에 젖을 수 있다면 나는 조금도 원망하지 않겠다."

히데타다는 깜짝 놀라 주위를 돌아보았다. 이에야스가 눈을 번쩍 뜨고 시선을 자기에게 못 박고 있는 게 아닌가……

"쇼군."

"예."

히데타다는 황망히 엎드렸다.


## 4


"쇼군."

다시 이에야스가 불렀다.

"잊어서는 안 된다, 내가 남긴 말을……"

"예."

"이 세상 만물은 그 누구의 것도 아니다. 그 누구의 것도 아니라는 말은 모든 사람을 위해 있다……는 말이다."

"이미, 깊이 마음에 새기고 있습니다."

"모든 사람을 위해…… 이것이 가장 중요한 핵심인 게야. 모두를 위해서라는 말은 지금 살아 있는 사람들만의 것……이라는 뜻이 아니야. 앞으로 한없이 태어날 수많은 사람들을 위해 소중히 써야 한다……는 조심성을 말한다. 지레짐작하여 지금 살아 있는 자들이 모두 서로 나누어 가진다면 아무 의미도 없다."

"예."

"모두가 이처럼 세상에서는 벌거숭이로 사라지는 것."

"결코 그런 잘못은 저지르지 않겠습니다. 자손을 위해 소중히!"

"그래, 알았다면 좋아. 새삼스럽게 말하지 않겠다."

"아니, 무엇이든…… 다시 한 말씀만…… 저는 아버님의 말씀을 한 마디라도 더 많이…… 한마디라도 더 많이 듣고자 합니다."

"그렇다면 말하겠다. 평소의 마음가짐에 대해서…… 나는 항상 절약을 제일가는 미덕으로 여기고 살아왔다. 금은재화가 내 것이 아니라 여러 사람들이 맡긴 소중한 것이기 때문에."

"예."

"맡았던 그 모든 것을 이제 쇼군에게 넘겨주겠다."

"감사히 생각합니다."

"쇼군에게 넘겨주지만 쇼군의 것은 아니야. 그러므로 쇼군 자신을 위해 사용해서는 안 된다."

"그 점…… 깊이 가슴에 새기고 있습니다."

"첫째, 우리 가문은 세이이타이쇼군, 일단 유사시에는 군비로……"

"그리고 두번째는 기근에 대비하라고 하셨습니다."

"그래. 몇 년에 한 번씩은 가뭄이 들어 땅이 타서 흉년이 든다. 그럴 때 노상에서 굶어죽는 사람이 한 사람이라도 나오면 안 된다. 그런 때를 위해 항상 준비를 게을리 하지 않아야 한다.

"예."

"셋째와 넷째는 말하지 않아도 알 터. 나도 남도 다 같은 신불의 자식, 태양의 사랑스런 자식이다…… 그 이치를 안다면 전쟁이란 하늘에 대한 무엄한 모반임을 깨닫게 될 터. 사람이란 서로 죽이기 위해 있는 게 아니라, 서로 돕고 격려하면서 번영하기 위해 있다. 남이 밉다…… 는 마음이 생겼을 때는 악마가 고개를 들었다고 크게 부끄러워해야 한다. 그러면 반드시 하늘의 은총이……"

여기까지 들었을 때였다.

"저어, 주군의 맥박이…… 주군의……"

챠아 부인이 세게 무릎을 흔드는 바람에 히데타다는 깜짝 놀라 정신을 차렸다. 아버지 머리맡에 앉아 꾸벅꾸벅 졸고 있었던 듯.

'아니, 그렇지 않다. 아버님의 마지막 교훈이었다.'

히데타다는 정신을 차리고 우선 의사를 부르고, 이어서 이타쿠라 시게마사를 급히 서쪽 성으로 달려가게 했다.


5


서쪽 성에서 세 아우들이 달려오기 전에 이미 본성에 있는 이에야스의 거실은 사람들로 거의 차 있었다.

시녀의 방에서 달려온 소실들은 이따금 눈물을 닦으면서도 빈틈없이 '임종하는 사람의 입에 넣어줄 물'을 준비하고 있었다.

오와리 재상을 선두로 한 세 아우들이 히데타다의 뒤에 도열했을 때는 이미 날이 완전히 밝아, 새들의 지저귐 속에 처마 끝에서 빗방울이 떨어지고 있었다.

4월 17일——

히데타다는 맥을 짚고 있는 의원들의 손에 시선을 떨군 채——

'역시 칸토를 순시하신 것이 무리였어.'

새삼스럽게 생각했다.

그러나 이미 전쟁은 없어졌다고 하여 케이쵸라는 연호를 '겐나'라고 고치고, 그 이듬해에는 이 '겐나'를 어지럽혀서는 안 된다고, 드디어 다테 마사무네를 제압하여 겐나를 겐나답게 만든 아버지의 생애는 마지막까지 더할 나위 없이 충족된 것이었다.

'그렇다, 이 죽음 또한 사사로운 것이 되게 해서는 안 된다……'

히데타다는 사람들을 꾸짖었다.

"눈물을 흘리지 마라. 오고쇼 님은 그런 연약함을 싫어하신다."

벌써 소실들 중에는 손에 염주를 들고 염불을 외우는 사람도 있었고, 여기저기서 울음을 터뜨리는 사람도 있었다.

"작별하실 준비를."

맥박이 멎기 시작한 모양이었다.

의사의 말과 함께 마츠다이라 카스타카가 경건하게 히데타다 앞에 물을 담은 그릇과 쟁반을 받쳐들고 왔다. 히데타다는 흰 솜에 물을 적시고 숨을 쉬는지 아닌지도 알 수 없는 아버지의 입술을 축였다.

'어쩌면 이렇게도 크신 얼굴일까.'

그토록 오래 병석에 있었으면서도 콧마루도 콧방울도 오히려 여느 때보다 더 크고 더 위엄에 차 보였다.

'대왕생이란 이런 것일까?'

히데타다는 쟁반을 조용히 챠아 부인 앞으로 돌렸다.

챠아 부인은 깜짝 놀라 마주보았다. 그녀만이 피가 응어리진 듯한 새

빨간 눈이었다. 다음에는 오와리 재상이 작별인사를 할 차례…… 이렇게 생각하고 있었기 때문에 놀랐을 터.

히데타다는 조용히 고개를 저으며, 챠아 부인에게 솜을 주었다. 아무도 없었다면 ─

"타다테루 대신……"

속삭였을지도 모른다.

챠아 부인도 솜에 물을 적시는 동안 그런 히데타다의 마음을 깨달은 듯. 와락 복받치는 설움을 억누르며 얼른 입을 한 일 자로 꽉 다물고 이에야스에게 다가갔다.

"다음은 오와리 재상."

히데타다가 큰 소리로 말했다.

"모두들 마음속으로 아버님에게 다시 한 번 맹세하도록 하라."

이렇게 해서 차례차례 자식들의 작별인사가 끝나고 혼다 마사즈미의 손에서 도이 토시카츠의 손에 쟁반이 건네졌을 때, 이기리스(영국) 왕이 보낸 오란다(네덜란드) 시계가 옆방에서 땡땡 울리기 시작했다.

"열 점点, 지금 막 먼길을 떠나셨습니다."

시의가 말했다. 열 점은 지금의 열 시, 즉 사시巳時 ─

여자들이 일제히 울음을 터뜨렸다.

히데타다는 자세를 무너뜨리지 않고 말했다.

"다음……"

# 6

아직 숨이 남아 있는 사람을 대하듯, 모인 사람들에게 마지막 작별인사를 시키면서 히데타다는 북받치는 오열을 억눌렀다.

각오하고 있던 아버지와의 이별……이 슬픈 것은 아니었다. 삶과 죽음이라는 빡빡한 시간에 한정되어 있는 인간의 생애가 끝없는 영겁 속으로 묻혀들어가는 그 순간이 슬펐다.

아버지는 죽는 것이 아니라고 했다. 단지 이승에서 몸을 숨길 뿐, 생명은 여전히 보다 큰 생명의 큰 나무에 살아 있다고……

그러나 아직 깨닫지 못한 지금의 히데타다에게는 하나의 비유로밖에 실감되지 않았다.

시시각각 싸늘해지는 아버지의 체온, 이제는 두 번 다시 열리지 않을 입술, 가볍게 감겨진 눈꺼풀이 역시 '죽음'이란 모든 것의 종말임을 연상시킬 뿐. 아니, 그렇게 생각되는 자신의 마음이 큰 불효로 여겨져서 견딜 수 없이 슬픈 히데타다……

'그렇다. 아버지 정도나 되는 분이 돌아가셨을 리 없다. 지금도 조용히 히데타다가 무엇을 하는지 보고 계시다. 조언해줄 사람을 잃은 히데타다가……'

히데타다는 더 이상 견딜 수 없어 측간으로 갔다.

측간에서 나올 때 히데타다는 비로소 비가 멎고 흐릿하게 비치고 있는 햇살을 깨달았다.

'등꽃이 피었구나……'

히데타다는 그 꽃과 몰라볼 만큼 푸르게 짙은 정원수, 또 비에 젖은 잔디를 뚫어지게 바라보았다. 그리고 이런 것들 모두가 아버지가 살아 계실 때와 전혀 다름이 없다고 깨달으면서 다시 서둘러 측간으로 되돌아갔다.

히데타다는 참을 수 없어 이를 악물고 온몸을 긴장시킨 채 목놓아 통곡했다.

'못난 놈! 슬픈 것은 너만이 아니다! 모두 다 참고 있다. 오와리도 토토우미도……'

다시 측간에서 나왔을 때 히데타다는 이미 눈물을 잊은 도자기와 같은 깔끔한 얼굴의 지휘자로 돌아와 있었다.

작별인사가 끝난 뒤 곧 유해를 씻고 미리 준비한 관에 모시기 시작했다. 아직도 얼마간 체온이 남아 있었다.

불교식이었다면 불경을 올려야 했지만, 불사는 불당에서 하기로 하여 여자들을 그쪽으로 보냈다. 그리고 나서 ——

'아직 살아 계시다⋯⋯'

히데타다는 자기 자신에게 되풀이하여 말했다.

유해를 씻을 때 아직 체온이 남아 있었던 것이 히데타다에게는 그나마 위안이 되었다.

'돌아가실 리 없다! 그 체온은 앞으로도 계속⋯⋯'

입관이 끝났다.

히데타다는 마사즈미와 토시카츠를 재촉하여 가신들을 별실로 불러오게 했다.

"오늘 사시에 다죠다이진 종일품 미나모토노 아손께서 먼길을 떠나셨다⋯⋯ 이미 모두에게 알렸듯이 오늘 중에 쿠노잔으로 영구를 모시도록 준비하라."

중신들은 미리 그 말을 들었기 때문에 그다지 놀라지 않았다. 그러나 여자들은 깜짝 놀랐다. 여자들의 상식으로는, 어떤 일이 있어도 만 이틀 동안은 성안에 모셔두어야 했다. 그런데 사시에 돌아가신 분을 그날 중으로 쿠노잔으로 운구하다니⋯⋯

"이 얼마나 잔인한 일인가."

"아무리 미천한 자라도 좀더 그 영혼을 위로하는 법인데⋯⋯"

그렇게 하는 것은 이에야스의 뜻에 어긋난다고, 히데타다는 무서울 만큼 냉정한 태도로 지시를 내렸다.

해질 무렵 다시 보슬비가 내리기 시작했다.

# 7

히데타다의 지시는 모두 '유언'이라는 형식을 취했다.

물론 그렇게 말하지 않아도 누구 한 사람 그 명을 거스를 자는 없었고, 이의를 제기하는 자도 없었다. 오히려 슬퍼할 사이도 없이 히데타다의 지시에 따라 황급히 유해를 옮기려 하고 있었다.

"오와리 재상 요시나오와 토토우미 재상 요리노부 및 쇼쇼 요리후사少將賴房는 직접 운구에 참가할 필요는 없다. 각각 대리인을 보내도록 하라."

히데타다는 이렇게 명한 뒤 린자이 사에 머물고 있는 카즈사노스케 타다테루에게 부교 히코사카 미츠마사의 부하 20기騎를 은밀히 증파하여 엄히 경계하도록 했다.

이 경계는 물론 또 하나의 의미를 담고 있었다. 처벌을 받아 칩거를 명령받은 카즈사노스케 타다테루에게 아버지가 돌아가셨음을 넌지시 깨닫게 하려는 배려였다.

세 아우들을 운구에 참가시키지 않은 이유는 간단했다. 나이 어린 그들이 슬퍼한 나머지 침착하지 못한 행동을 할지도 모른다……는 이유. 그러나 그것은 표면적인 이유일 뿐, 그 이면에는 사려분별이 뛰어난 대리인들을 운구 행렬에 참여시켜 만일의 사태에 대비하기 위해서였다.

요시나오의 대리인은 나루세 하야토노쇼 마사나리成瀨隼人正正成, 요리노부의 대리인은 안도 타테와키 나오츠구, 그리고 요리후사의 대리인은 나카야마 비젠노카미 노부요시中山備前守信吉. 모두 이에야스가 생전에 더없이 사랑하고 신뢰하던 사람들이다.

이 운구는 물론 정식 장례가 아니었다. 유체를 그대로 쿠노잔에 옮겨 장례식을 기다린다. 따라서 제주인 히데타다도 참가하지 않고, 행렬의 통솔은 도이 오이노카미 토시카츠가 담당했다.

유체가 성을 나선 것은 유시酉時(오후 6시)가 조금 지나서였다.

이미 주위는 어둑어둑하고, 촉촉히 비가 내리는 가운데 군데군데 횃불이 밝혀져 있었다. 소식을 듣고 나와 행렬 옆에 꿇어엎드리는 백성들의 모습은 여간 가련하지 않았다.

선두는 혼다 코즈케노스케 마사즈미. 이어서 마츠다이라 우에몬노다이부 마사츠나松平右衛門大夫正綱, 이타쿠라 나이젠노쇼 시게마사板倉內膳正重昌, 아키모토 타지마노카미秋元但馬守 등이 따르고 있었다. 그 뒤를 도이 토시카츠와 앞에서 말한 세 아우들의 대리인들에게 호위된 유해가 따르고 있었다.

그리고 콘치인 스덴, 난코보 텐카이, 진류인 본슌이 그 뒤를 따랐다. 그 밖의 수행원은 행렬이 쿠노잔 밑에 도착했을 때는 그곳부터는 입산이 금지되었다.

그날 밤 유해를 곁에서 지킨 것은 먼저 산에 가 있던 사카키바라 다이나이키 키요히사 이하 앞서 말한 총신 등 몇 사람뿐이었다.

이튿날인 18일, 임시전각을 짓는 공사의 망치소리 속에, 비가 갠 뒤의 새벽 안개 속에서 날이 밝았다.

날이 새고 보니 그곳은 눈부실 만큼 시야가 웅대한 별천지였다.

이에야스의 말대로 대지에서 태양까지 꿰뚫는 생명의 큰 나무가 있다면 이곳은 도대체 어느 정도의 높이에 해당할까……?

서남쪽으로 펼쳐진 바다는 멀리 하늘과 이어지고, 왼쪽 스루가 만의 구부러진 해안선은 대지와 바다의 이음새에 맑고 하얀 선을 떠올리며 영원한 회롱을 하고 있었다.

'무엇을 속삭이고 있는 것일까?'

그 속삭임에 문득 귀를 기울이고 싶어지는 경관이었다.

"실로 미망迷妄에서 초탈한 경지……"

텐카이가 말했다.

"그래, 여기서 바라보고 있으면 지수화풍地水火風의 근원을 잘 알 수 있지."

불교에서는 생명을 인연에 따른 지수화풍 4대 원소의 화합과 변화의 결과라 보고 있었다.

그 무렵 공사의 망치소리는 더욱 높아졌다.


# 8


이에야스의 장례식이 신토에 따라 쿠노잔에서 거행된 것은 19일 해시亥時(오전 10시)였다.

부교 히코사카 큐베에, 쿠로야나기 쥬가쿠黑柳壽學, 그리고 도편수 나카이 야마토노카미 마사츠구의 노력으로 그날 저녁때까지는 사방 세간의 임시전각을 비롯하여 토리이鳥居°, 담장, 등롱(2개)까지 깨끗이 완성되었다. 좌우에 장막을 치고 전각까지의 25간 거리에는 새 멍석을 깔고 영구를 맞이했다.

그날 쿠노잔 의식에 참가한 사람들은 마츠다이라 일족을 비롯하여 미카와 이래의 옛 신하와 그들의 자손…… 사카이도 있었다. 혼다도 있었다. 우에무라植村도 있었다. 아베도 있었다. 안도, 미즈노, 아오야마, 이타쿠라…… 그 가운데서도 창을 받쳐든 오쿠보 신파치로大久保新八郎(야스마사康正)의 모습이 사람들의 눈길을 끌었다.

이에야스는 결코 생명을 횡적으로 이어지는 것이라고 보지 않았다. 그는 전쟁터에서 많은 사람들을 잃었다. 그리고 그 혈육에 이상할 정도로 애착을 나타냈다. 아니, 단순한 애착이 아니었다. 거기에는 그의 사상과 실천의 뿌리가 있었다.

모든 것을 영원한 시각으로 포착하여, 때로는 꾸짖고 때로는 반발해도 다음 순간에는 언제나 자신의 생명관에 따라 반성하고 정정되었다. 모든 것이 그의 책임이 되고 무거운 짐이 되었으나, 그는 이러한 짐으로부터 피하려 하지 않았다.

일흔다섯 해…… 실로 평화의 비원으로 일관하고, 묻히는 유해까지도 일어선 채로 서쪽을 바라보는 엄격함…… 아니, 1년이 지나면 다시 후타라산으로 옮겨 평화의 뿌리가 되겠다는 끝없는 기원의 왕생…… 그 처절한 의지 앞에 난세가 무릎을 꿇고, 오늘밤에는 이 산꼭대기의 삼엄한 어둠 속에 바람조차 없었다.

히데타다는 묵묵히 영구를 모신 수레를 따랐다. 그 뒤를 중신과 측근들 또한 이에야스의 위대한 의지를 떠올리며 행렬에 참가했다.

이 절실한 비원이 어떻게 살려지고 어떻게 자라며 어떻게 완숙되어 갈 것인가? 그것은 이에야스의 책임이 아니다. 그 위대한 의지에 참여하는 후세 사람들의 노력과 기량…… 그 공과는 역사가 새로운 눈으로 엄하게 심판해나가리라……

문득 모든 불을 끄고 소음을 금했다. 그리고 행렬이 임시전각으로 향한 뒤, 산마이散米°, 다음에 고쿄御鏡°, 이어서 고헤이御幣° 순으로 진행되었다. 고헤이는 사카키바라 키요히사가 받쳐들고, 본슌은 방울을 울렸다. 그 다음에 히데타다의 인도로 영구가 나가고 에보시烏帽子°를 쓴 사람들이 뒤따랐다. 다음에는 활 100자루, 화살, 다음이 총포 100자루, 탄환 궤짝, 이어서 창 200자루…… 영구가 본당으로 들어가려 할 때 본슌이 고쿄를 들고 산마이를 뿌렸으며, 타이마大麻°를 바치고 하라이祓い를 행했다.

영구가 본당에 안치되고, 다시 등롱에 불이 켜졌다. 신에게 올리는 상, 후식 야채 여섯 상, 이어서 정성껏 마련된 서른여섯 가지 음식이 바쳐졌다. 본슌이 먼저 영전에 나가 세 가지 주문을 외우고, 세 가지 오하라이大祓°를 행했다. 축문 읊는 소리가 밤공기를 갈랐다.

바람은 없었다. 바다에 면한 이 산꼭대기에서는 좀처럼 보기 드문 일이었다. 사람들은 숙연히 머리를 숙였고, 하늘과 땅도 함께 축문 소리에 귀기울이는 듯한 한 순간……

같은 무렵 린자이 사 한 방에 홀로 남은 타다테루는 유품인 피리를 손에 든 채 넋을 잃고 앉아 있었다.

이곳 또한 어쩌면 이렇게도 고요할까. 단 한 자루의 촛불이 타다테루의 불안한 그림자를 다다미疊°와 벽 가득히 드리우고 있었다. 그는 이미 카츠타카로부터 아버지의 임종도 오늘밤 의식이 치러지는 시간도 들어 알고 있었다.

'그렇다, 나는 이 피리로 아버님의 명복을……'

타다테루는 피리에 입을 댔다. 그러나 아직 불지 못하고 있었다. 온몸의 힘이 무언가에 빨려들어가, 누구를 원망하고 누구를 의지하려는 지조차 뚜렷하지 않은 망연한 몽환夢幻 속에 내던져져 있었다.

린자이 사 숲 위에 작은 별 두세 개가 빛나고 있었다.

―끝

# 무소유를 가르치는 '이상 소설'

대하 역사소설 『도쿠가와 이에야스德川家康』는 몇 가지 점에서 경이로운 기록을 가지고 있다.

첫째는 방대한 분량이다. 1950년 3월 29일부터 1967년 4월 15일까지 무려 17년 동안 4,725회에 걸쳐 『츄니치中日 신문』, 『홋카이도北海道 신문』, 『코베神戶 신문』등 3사 연합 계열 일간지에 동시 연재된 작품으로, 이를 200자 원고지로 옮겼을 경우 5만 매에 육박하는 엄청난 양에 달한다. 이는 일본 문학사상 전무후무한 기록일 뿐만 아니라, 단일 작품으로는 세계에서도 최대 규모의 대작으로 손꼽히고 있다.

둘째는 독자들의 놀라운 반응이다. 미처 연재가 끝나기도 전에 코단샤講談社에서 책으로 엮어 발행하자 삽시간에 3,000만 부가 매진되고, 그 후 장서본과 문고본을 합쳐 1억 부 이상의 발행 부수를 기록하는 가공할 정도의 호응을 얻으면서 계속 애독되고 있다.

이처럼 『도쿠가와 이에야스』가 공전의 대기록을 세우며 독자들의 사랑을 받는 이유는 어디에 있을까.

우선 이 소설은 재미있다. 재미가 소설의 필수적인 요건은 아니라 해도, 재미가 없으면 독자의 관심에서 멀어진다. 그런 의미에서 이 작품은 훌륭히 성공을 거두고 있다.

작품의 무대는 일본에서 센고쿠戰國 시대라 불리는 16세기의 격동과 전란의 난세, 그 후반기에 미카와三河의 작은 호족의 아들로 태어난 도쿠가와 이에야스가 처절한 동란의 소용돌이에 휘말리면서도 역경을 극복하고 성장하여 천하를 손에 넣어 평화의 기초를 다지기까지의 폭넓은 역사가 담겨 있다.

스루가駿河의 이마가와今川, 오와리尾張의 오다織田라는 양대 세력 사이에 낀 미카와의 운명은 문자 그대로 형극의 길이었다. 주인공 이에야스는 여섯 살에 이마가와의 인질로 잡혀가 고난을 겪는 데서부터 인생을 출발하여, 장성해서는 동맹자인 오다 노부나가織田信長의 견제를 받아 아내와 맏아들을 죽이는 고통을 당해야 했으며, 노부나가의 뒤를 이어 패권을 잡은 도요토미 히데요시豊臣秀吉에게는 양자라는 이름으로 아들을 인질로 보내고 여러 번의 결혼 경험을 거친 중년의 여동생을 정실로 맞이하고 나중에는 그에게 신종臣從하는 굴욕을 당했다.

그러나 이에야스는 인내에 인내를 거듭하면서 빈틈없는 천하통일의 포석을 깔면서 신중하게 처신해 나간다. 이 과정에서 150여 명에 달하는 무장들과의 사투가 반복되고 음모와 책략이 난무하며, 난세를 사는 여인들의 처절한 몸부림이 교차되는 가운데 혼돈에서 통합을 향해 변하는 시대가 흥미롭게 전개된다.

더구나 작가는 스토리를 전개함에 있어 어디까지나 사실史實을 중시하여 당시의 사회, 세태, 문화, 정신적 풍토, 국민성까지 리얼하게 묘사함으로써 역사의 근간을 왜곡시키지 않는 건실한 태도를 견지했다는 점이 독자의 공감을 얻고 있다. 이 점에서 역사를 무대로 삼되 작가의 공상을 지나칠 만큼 분방하게 구사한 종래의 역사소설 내지 시대소설과는 궤도를 달리하고 있다. 이러한 일이 실제로 작가에게는 힘든 모험이었다. 인간의 진실성이란 때로는 소설의 흥미라는 궤도에서 벗어나는 경우가 많기 때문이다. 그러나 작가는 사실에 충실하면서도 독자에게 권태감은 주지 않는 능란한 창작 기교를 유감 없이 발휘하여 일단 읽기 시작한 독자는 좀처럼 책에서 눈을 떼지 못하게 하고 있다.

또한 작가는 고난과 위기에서 배양된 이에야스의 처세술, 혼미한 사회를 극복하는 전략, 부하를 육성하고 통솔하며 조직을 슬기롭게 움직여 나가는 탁월한 통제력 등을 현대적 안목으로 묘사함으로써, 때마침 전후戰後의 경제 부흥기에 대두한 일본의 새로운 경영 마인드와 합치되어 이에야스 붐을 조성하게 되어 이 작품이 '경영의 지침서'로 폭발적인 인기를 끌게 되었다.

그러나 소설 『도쿠가와 이에야스』의 작품적 가치는 이상과 같은 표면적인 점에서만 찾으려 해서는 안 된다. 진정으로 우리가 주목해야 할 것은 바로 작가가 추구한 평화에 대한 희원希願이다.

오랜 종군작가 생활을 통해 전쟁의 비극과 평화의 소중함을 직접 체험한 작가는 이 작품을 쓰게 된 동기를 책의 서문에서 다음과 같이 말하고 있다.

"인간의 세계에 과연 만인이 바라마지않는 평화가 있을 수 있을까. 만약에 있다면 그것은 도대체 어떤 조건하에서일까. 아니 그보다 먼저 그 평화를 방해하는 것의 정체를 밝혀, 이것을 인간 세계에서 추방할 수 있을지 없을지의 한계를 찾아보고 싶었다."

따라서 작가는 이 소설을 통해 도쿠가와 이에야스라는 한 인간을 파헤치기보다는, 도대체 그와 그를 둘러싼 주위의 흐름 속에서 무엇이 오랜 동안에 걸친 전란에 종지부를 찍고 평화를 정착시켰는가 하는 데 무게를 두고 있다. 물론 그것은 이에야스 혼자만의 힘은 아니다. 불세출의 천재 노부나가가 있고, 노부나가의 업적을 계승한 히데요시가 있었으며, 다시 그 배후에는 전쟁에 지친 민심이 있었기에 가능했던 것은 말할 나위도 없다. 그러나 이 배경을 이룬 민심의 흐름은 노부나가와 히데요시 시대에도 똑같이 있었음에도 불구하고 어째서 이에야스의 손에 의해 비로소 완성되었느냐 하는 의문이 생긴다.

작가는 그 해답을 이에야스의 사상에서 찾고 있다. 전쟁은 소유욕에서 비롯되는 것이고, 소유욕을 버리지 않은 한 전쟁은 종식되지 않는다. 이렇게 볼 때 소유욕을 버리지 못한 노부나가도 히데요시도 결국은 그 붕괴의 싹을 자기 내부에서 키우고 있었다고 할 수 있다. 이에야스는 인생의 후반기에 이를 깨달았다. 그 결과 도달한 것이 인간 혁명의 필요성이고, 그 혁명의 배경이 되는 이념, 즉 불교가 가르치는 '무소유無所有'의 사상이었다.

무소유는 '태어날 때도 알몸, 죽을 때도 알몸'이라는 한 마디로 요약된다. 이 사상에 입각할 때 세상에서 인간이 소유하는 것은 모두 허상虛像에 불과하고 실은 신불로부터 잠시 맡겨진 것에 불과하다는 것을 깨닫게 된다. 그러므로 인간은 누구나 그 맡겨진 것을 소중히 여겨 만민을 위해 활용해야 한다는 것이다. 작가는 이에야스가 만년에 이 사상을 바탕으로 하고 주자학朱子學을 통치 이념으로 삼아 엄격히 실천함으로써 평화를 정착시키고 전쟁이 없는 265년 간에 걸친 에도 바쿠후江戸幕府의 기틀을 다지게 되었다는 사실을 설득력 있게 피력하고 있다.

그런 의미에서 이 작품은 단순한 흥미 위주의 역사소설이나 시대소설이 아니고, 작가의 말처럼 인류의 영원한 테마인 평화를 이에야스라는 역사적 인물에 가탁假託하여 추구한 하나의 '이상 소설'이라 할 수 있다.

이 책은 코단샤에서 발행한 1987~1988년 판본을 저본으로 하여 만 3년 간에 걸쳐 역자 나름대로 심혈을 기울여 번역했다는 점을 밝혀둔다. 이 작업은 역자에게 있어 결코 용이한 일이 아니었다. 어려운 출판 여건하에서도 정열을 가지고 격려해주신 솔 출판사의 임양묵 사장과 자료 수집에서 교정에 이르기까지 노력을 아끼지 않은 편집부 여러분의 수고가 있었기에 비로소 번역이 가능했다는 것을 고백하며 감사를 드린다. 그리고 번역하는 과정에서 뜻하지 않은 오류, 적절하지 못한 역어譯語의 구사가 있었다면 앞으로 판을 거듭함에 따라 수정할 것을 약속하며 독자 여러분의 많은 질정을 바라마지않는다.

2001년 여름
역자 씀

작품 해설

# 21세기와 도쿠가와 이에야스

최 관(고려대 일어일문학과 교수)

## 1. 천하 떡

울지 않는다면 죽여버리겠다, 두견새야. (오다 노부나가)

울지 않는다면 울게 만들어주겠다, 두견새야. (도요토미 히데요시)

울지 않는다면 울 때까지 기다리겠다, 두견새야. (도쿠가와 이에야스)

이것은 일본 중세 말의 기나긴 전란을 종결시키고 통일을 이룩한 오다 노부나가織田信長, 도요토미 히데요시豊臣秀吉, 도쿠가와 이에야스德川家康라는 세 인물의 성격을 평가한 에도江戶 시대의 시가이다. 이 시가에서 노부나가는 성급하고 잔인한 성격으로, 히데요시는 자신의 뛰어난 능력을 과시하는 인물로, 그리고 이에야스는 끈기와 인내의 인물로 그려져 있다.

또한 일본을 둘러싼 이들 세 인물의 패권 장악의 과정을 다음과 같이 평한 시가도 있다.

오다가 찧고
하시바羽柴가 반죽한 천하 떡을
앉은 채로 먹은 도쿠가와

　일본의 통일과정을 떡 만들기에 비유한 시가로, 그 의미는 오다 노부
나가가 힘들여 천하통일의 기반을 구축하였고, 그 뒤를 이은 도요토미
히데요시가 천하통일을 완성하고 죽자, 도쿠가와 이에야스가 힘 안들
이고 앉아서 천하 즉 일본을 차지하였다는 것이다. 이 시기에서 하시바
는 히데요시가 도요토미라는 성씨를 사용하기 전의 성씨이며, 천하 떡
은 통일된 일본을 말한다.
　이들 오다 노부나가(1534~1582), 도요토미 히데요시(1536~1598),
도쿠가와 이에야스(1542~1616)로 이어지는 난세의 세 영웅은 센고쿠
戰國 시대의 혼란이 최고조에 이른 16세기 중반에 태어났다. 이들은 서
로 다른 환경에서 성장하여 각자의 독특한 개성과 전략으로 전란의 일
본사회를 평정하고 새로운 시대를 개척하였다. 이들이 펼쳐보인 각축
과 격변의 역사는 일본사의 다른 시대에서는 찾아볼 수 없는 것으로,
일본인들에게는 꿈과 현실이 교차하는 영원한 낭만의 시대이자 오늘을
사는 지혜를 얻을 수 있는 시기로 끊임없이 재해석되고 있다.
　먼저 이들 세 인물의 생애를 살펴보기로 하자.


## 2. 난세의 세 영웅

### 1) 오다 노부나가
　1467년 무로마치 바쿠후室町幕府 8대 쇼군將軍의 후계자를 둘러싼
오닌應仁의 난이 발발한 이후, 일본사회는 각지에서 군웅이 할거하며

전란이 끊이지 않는 센고쿠 시대로 돌입하였다. 바쿠후의 통제력은 날이 갈수록 약화되어 끝내 바쿠후는 있으나마나 한 상태로 전락하였고, 기존의 권위와 질서가 뿌리째 흔들리는 혼란의 시기를 맞이한 것이다. 각지의 관리나 호족들은 무력으로 영지의 지배력을 강화하고 주변으로 세력을 확대해갔다. 수단과 방법을 가리지 않고 오직 승리하는 자만이 살아남아 모든 것을 장악하는 처절한 생존 경쟁하에서 주군을 배반하거나 주군의 자리를 빼앗는 하극상이 빈번히 일어났으며, 일족의 생존을 위하여, 혹은 적을 무찌르기 위하여 정략결혼이나 적과의 동침을 서슴지 않는 세상이 되어버린 것이다.

그러나 다른 한편으로는 기존의 질서가 무너짐에 따라 출신 가문에 상관없이 능력이 뛰어난 자라면 누구라도 출세할 수 있는 새로운 세상이 도래한 것이다. 또 일개 장사꾼이나 떠돌이무사에서 영주의 자리에 오르는 자가 나오는 등 무궁무진한 기회의 세상이기도 하였다.

이러한 난세의 소용돌이 속에서 점차 능력을 갖춘 걸출한 센고쿠 무장戰國武將이 출현하여 본인의 거점을 확실히 장악하고 세력을 키워가며 상대를 견제하는 구조가 정립되어갔다. 북에서부터 에치고越後(니가타 현新潟縣)의 우에스기 켄신上杉謙信, 카이甲斐(야마나시 현山梨縣)의 타케다 신겐武田信玄, 스루가駿河(시즈오카 현靜岡縣)의 이마가와 요시모토今川義元, 아키安藝(히로시마 현廣島縣)의 모리 모토나리毛利元就, 큐슈九州의 시마즈 타카히사島津貴久 등등 각지를 지배하는 쟁쟁한 영웅들은 각각 자신에 의한 천하통일을 꿈꾸었다. 누가 이러한 견제와 대결구조를 깨뜨리고 수도 쿄토京都에 입성하여 일본의 패자로서 천하를 호령할 것인가 하는 경쟁으로 센고쿠 시대는 새로운 양상으로 접어들었다.

노부나가는 오와리尾張(아이치 현愛知縣) 지방의 새로운 실력자인 오다 노부히데織田信秀의 장남으로 1534년에 태어났다. 원래 오다 일족은 바쿠후의 명을 받아 오와리를 대신 통치하였던 여러 일족 중의 하나였는데, 뛰어난 무장이었던 노부히데 대에 이르러 세력을 키워 오와리 지방을 거의 장악하고 주변 지역을 공략할 정도로 위세를 떨치게 되었다. 그렇지만 노부히데가 사망하자 오다 일족은 분열의 조짐을 보이기 시작하였다. 18세의 나이에 오다 가문을 계승하게 된 청년 노부나가는 먼저 자신을 적대시했던 동생과 친척들을 죽이고 오다 일족의 분열을 평정했다. 그때까지 예상을 뒤엎는 돌출 행동으로 사람들을 놀라게 했던 그는 이 시기에 이르러 일반인의 상상을 뛰어넘는 기발한 능력과 행동력으로 오와리를 통일한 뒤, 쿄토 입성을 목표로 대군을 이끌고 진격해온 이마가와 요시모토 군을 오케하자마桶狹間 전투에서 격파함으로써 그 이름을 일본 전국에 날리기 시작했다. 도쿠가와 이에야스와 동맹을 맺어 오와리 동쪽 지역의 안정을 꾀한 다음에는 북쪽의 미노美濃(기후 현岐阜縣) 지방으로 진출을 꾀하였다. 오와리와 인접해 있으며 쿄토로 진출하기 위해서는 꼭 필요한 미노는 그 당시 노부나가의 장인인 사이토 도산齊藤道三이 지배하고 있었다. 원래 사이토 도산은 기름장사에서 출세하여 미노를 장악한 자로, 권모술수에 능하면서도 용맹성을 겸비하여 미노의 독사, 전국의 효웅梟雄으로 불렸지만, 장남 요시타츠義龍와의 불화 끝에 부자의 연을 끊고 싸우다가 패하여 죽게 된다. 기회를 노리고 있던 노부나가는 장인의 복수를 명목으로 출전하여 요시타츠를 무찌르고 미노를 정복한다.

본격적인 천하통일 사업의 길에 뛰어든 노부나가는 1568년, 마침내 허울뿐인 15대 쇼군 아시카가 요시아키足利義昭를 호위하고 쿄토에 입성하는 데 성공하여 키나이畿內(쿄토 인근 지방의 총칭) 일대의 실질적인 지배자로 등장한다. 1573년에는 자신에게 대항하여 군사를 일으킨 쇼군을 쿄토에서 추방하여 무로마치 바쿠후를 멸망시키고, 자신의 통일 사업에 걸림돌이 되어온 숙적 아사이淺井 · 아사쿠라朝倉 연합군을 아네가와姉川 전투에서 무찌른다. 또한 강력한 총포부대를 편성하여 타케다武田의 기마군단을 나가시노長篠 전투에서 괴멸시키는 등 노부나가의 천하통일에 반대하는 각지의 세력들에 대한 진압이 행해진다. 아사이 가문을 지원하면서 자신에게 대항하던 불교세력에 대한 노부나가의 분노는 대단한 것이어서, 불교의 성지로 알려진 히에이잔比叡山 엔랴쿠 사延曆寺를 불태우고 수천 명의 승려를 무자비하게 살해함으로써 세상을 놀라게 하였다. 이 사건 이후 불교도들은 노부나가를 불적佛敵이라 칭하며 증오하였고, 특히 진종眞宗(다른 말로는 잇코 종一向宗)의 혼간 사本願寺 신도들이 무장 봉기하여 ——이를 잇코 신도의 반란이라 한다—— 각지에서 노부나가에 대항하였지만, 노부나가는 이들 세력을 철저히 무력으로 탄압하였다.

노부나가가 통일사업에 전력을 투구하던 16세기 후반은 총포의 전래, 포르투갈·스페인 선교사의 내항에 의한 포교 활동, 유럽과의 무역 등으로 이전과는 다른 분위기가 고조되어가던 시기였다. 노부나가는 이러한 분위기와 선교사, 총포 등을 정치적·군사적으로 적절히 잘 활용하는 한편, 자신의 통일사업을 방해하는 불교세력은 무자비할 정도로 철저히 탄압하였던 것이다. 불교 성지였던 엔랴쿠 사의 학살, 잇코 신도의 탄압, 잇코 종의 중심지인 이시야마石山 혼간 사 공격 등은 당시 사람들을 공포에 떨게 하였다. 이렇게 각지의 불교세력의 저항을 억누르고 권력기반의 강화를 꾀한 노부나가는, 비와 호琵琶湖 연안에 위치한 아즈치安土에 화려하고 웅대한 아즈치 성安土城을 쌓기 시작하였다. 아즈치는 쿄토에 인접한 수륙교통의 요충지이며 군사상의 거점에 해당하는 지역으로, 노부나가는 이 아즈치 성을 천하경영을 위한 본거지로 삼았던 것이다. 또한 성 아래에 누구나 자유롭게 장사를 할 수 있는 자유시장을 열어 수많은 상인들이 모이도록 하는 등 당시로는 파격적인 정책들을 시행하였다. 불교세력의 탄압에 비해 천주교도와 상인

층에게는 최대한의 자유를 보장함과 더불어 그들을 우대하여 새로운 기풍을 조장하였고, 그 결과 활기를 찾은 시장의 번영과 경제의 발달은 노부나가가 전국 제패로 나아가는 데 큰 도움을 주었음은 물론이다.

또한 노부나가는 출신보다는 능력 위주로 사람을 발탁 중용하였으며 능력에 따라 논공행상을 하는 파격적인 면을 지니고 있었다. 미천한 신분에서 수직 상승한 히데요시의 출세는 능력과 공적을 중시하는 노부나가가 있었기에 가능한 일이었다.

키나이 일대를 완전 장악한 노부나가는 시바타 카츠이에柴田勝家, 하시바 히데요시 등의 무장들을 각지에 파견하여 천하평정에 박차를 가한다. 통일을 절반쯤 성취한 1582년, 소수의 근위병만을 데리고 쿄토의 혼노 사本能寺에 숙박 중이던 노부나가는 예상치 못한 공격을 받게 된다. 자신의 휘하 무장인 아케치 미츠히데明智光秀가 대군을 이끌고 기습 공격을 해온 것이었다. 그리하여 일본 통일을 눈앞에 두고서 48세의 나이로 노부나가는 생을 마감하고 오다 정권은 미완성인 채로 와해되어버렸다. 지금도 일본어에서 '적은 혼노 사에 있다(敵は本能寺にあり)'라고 하면 내부에 반란자가 있다는 뜻으로 사용되고 있다.

일반적으로 알려진 노부나가의 즉흥적이고 잔인한 성격, 파격적인 행동 뒤에는 오직 일본 통일을 향해 달려온 그의 지칠 줄 모르는 열정이 있었다. 다른 영주들이 자신의 영지 보전에 전념할 때 그의 시야는 한 지방의 차원을 뛰어넘어 일본 전체를 향하고 있었던 것이다. 센고쿠 시대에 종지부를 찍고 웅대하고 화려한 성을 쌓으며 기존의 권위를 무시하고 스스로 신으로 군림하려 했던 노부나가의 일생은 결실을 보지 못한 채 그가 중용한 아케치 미츠히데에 의해 혼노 사의 화염 속으로 사라졌지만, 그의 통일 유업은 휘하 무장이었던 히데요시에 의해 계승 완성되어 센고쿠 시대를 종식시켰다.

## 2) 도요토미 히데요시

비록 아케치 미츠히데가 주군 노부나가를 패망시키고 쿄토를 장악하였지만 세상은 그의 뜻대로 돌아가지 않았다. 오카야마岡山의 타카마츠 성高松城을 공략 중이던 히데요시가 대군을 거느리고 전광석화처럼 재빨리 철군하여 돌아왔고, 호응을 기대하였던 영주들의 반응도 없었던 것이다. 미츠히데가 왜 주군인 노부나가를 살해하려고 했는가에 대해서는, 여러 부하 앞에서 노부나가가 미츠히데에게 심한 모욕을 주었다던가, 미츠히데의 충성심에 대한 노부나가의 의심을 그가 감지했다던가 하는 등의 갖가지 설이 있지만, 본질적인 측면에서 본다면, 당시 무장으로는 보기 드물게 조정의 예법에 능통하고 학식과 교양을 지닌 미츠히데와 새로운 사고로 거침없이 기존의 틀을 깨며 나아갔던 노부나가의 갈등이 파국으로 치달은 것으로 판단할 수 있다.

결국 쿄토 입구의 야마자키山崎에서 히데요시 군과 미츠히데 군이 정면으로 격돌하고, 이 전투에서 패한 미츠히데는 비참한 죽음을 맞게 된다. 미츠히데의 천하는 불과 12일 만에 막을 내리고 이제 주군의 복수에 성공한 히데요시의 시대가 열리게 된다.

미츠히데 군을 무찌르고 노부나가 사후의 주도권을 장악한 히데요시는, 노부나가의 후계자를 정하고 그 후견인이 되어 오다 가신단을 지휘했다. 이러한 조치에 격렬히 반발한 시바타 카츠이에를 시즈가타케賤ヶ岳 전투에서 격파하고 노부나가의 유업을 이을 후계자로 일본 통일 사업을 착착 진행해갔다. 노부나가의 차남인 노부오信雄 · 도쿠가와 이에야스의 연합군과 코마키小牧 · 나가쿠테長久手 전투를 벌인 뒤 외교적 수단으로 이에야스를 굴복시키고, 1585년에는 조정으로부터 칸파쿠關白(신하로서 오를 수 있는 최고위직) 직위를 임명받아 실질적인 일본의 지배자로 행세하기 시작했다.

특정 귀족 가문만이 오를 수 있는 칸파쿠 직에 히데요시처럼 미천한

출신이 임명된 것은 일본역사상 전대미문의 사건이었다. 실제로 히데요시는 노부히데 군의 말단 아시가루足輕(최하급 병사)였던 키노시타 야에몬木下彌右衛門의 자식으로 1536년(1537년 출생설도 있음)에 오와리에서 태어났다고 한다. 재혼한 어머니를 따라 양부 아래서 성장한 히데요시는 어려서 가출하여 각지를 떠돌아다니다 마침내 노부나가의 부하가 되었고, 특출한 지혜와 전공으로 점차 두각을 나타냈다. 능력을 중시하는 노부나가의 눈에 든 히데요시는 기존 무장들의 질시 속에서 눈부실 정도로 빠르게 출세 가도를 달렸다. 1573년에는 아사이 가를 멸망시킨 공으로 오미近江(시가 현滋賀縣) 지방을 하사받아 영주로 출세한다. 아사이·아사쿠라와의 전투에서 선봉을 맡은 히데요시는 아사이 가문을 멸망시키기 직전에, 아사이 나가마사淺井長正에게 시집가 있던 노부나가의 여동생 오이치お市와 나가마사 사이에 태어난 어린 세 딸 오챠챠お茶茶, 오하츠お初, 오에お江를 구출하였다. 나중에 오이치는 시바타 카츠이에에게 다시 시집을 갔고, 히데요시의 보호 아래서 성장한 오이치의 장녀 오챠챠는 훗날 히데요시의 측실이 되어——요도淀 부인이라 불린다——츠루마츠鶴松와 히데요리秀賴를 낳았다. 또한 오에는 도쿠가와 히데타다德川秀忠(에도 바쿠후 2대 쇼군)와 재혼하여 장녀 센히메千姬를 낳았고, 센히메는 다시 히데요리와 결혼하는 등 복잡한 사돈 관계를 맺게 되었다.

　노부나가의 중신이 된 히데요시는 초기의 키노시타 토키치로木下籐吉郎에서 성씨를 하시바로 바꾸었으며, 일본을 장악하고 칸파쿠가 되어 후지와라藤原를 성씨로 하였다. 후지와라 씨는 고대 일본 최고의 귀족 가문이었다. 다시 다음해에는 조정으로부터 도요토미豊臣 성씨를 하사받아 도요토미 히데요시가 되었다.

　최고 권력자로서 히데요시는 쿄토와 오사카에 쥬라쿠聚樂 저택, 후시미 성伏見城, 오사카 성大坂城 등을 화려하고 거대하게 쌓아 자신의 힘을 내외에 과시하며 대군을 동원하여 일본 통일을 완성한다. 서쪽 끝 큐슈까지 병사를 동원하여 시마즈島津 씨를 평정하였고, 1590년에는 마지막 남은 저항 세력인 동쪽 오다와라小田原의 명문 호죠北條 씨를 멸망시킨 뒤, 북쪽 지역 영주들도 굴복시켜 완전한 통일을 이루었다. 히데요시의 전국통일은 물론 무력에 의한 것이었지만, 그는 천황의 권위도 충분히 이용하였다. 비록 센고쿠 시대라고는 하지만 최고의 통치자로서 국가를 경영하기에는 너무나도 출신이 미천한 히데요시는, 적극적으로 조정에 접근하여 조정의 권위를 이용하는 전략을 택했던 것이다. 난세를 거치며 황폐해진 조정의 재건을 위해 많은 돈을 기부하여 조정 귀족들의 환심을 사고, 스스로는 조정의 최고 관직에 올라 그 권위로 무장들을 지배했다. 여러 영주들의 영지를 딴 곳으로 강제로 바꾸거나 영지를 몰수하기도 하고, 도시 호상豪商과의 제휴, 병농분리, 타이코 켄치太閤檢地(히데요시에 의한 전국적인 수확량 조사 사업) 등의 중요한 정책을 시행하여 전제 권력의 확립을 꾀하였다.

일본을 통일한 히데요시는 칸파쿠 직을 양자인 히데츠구秀次에게 물려주고 그 자신은 타이코太閤(칸파쿠 직을 물려준 사람에 대한 호칭으로, 이후에는 히데요시를 가리키는 말이 됨)가 되어 조선침략 준비에 몰두하였다. 히데요시의 비뚤어진 야망은 결국 스스로를 태양의 자식이라 칭하며 각국에 굴복을 요구하는 국서를 보내기에 이르렀고 급기야는 일본 최초의 해외 침략 전쟁인 임진왜란을 일으켰던 것이다. 센고쿠 시대의 혼란에서 벗어나 이제 통일된 일본사회의 안정과 평화를 누리려던 민중의 염원은 다시금 조선과의 전쟁의 소용돌이 속에서 사라져버렸다. 주지하는 바와 같이 초반에 승승장구하던 일본군은 조선 수군과 의병의 활약, 명군의 참전 등으로 점차 수세에 몰리게 되었고, 고전을 거듭하다 히데요시의 사망으로 조선에서 철군한다. 히데요시는 임진왜란의 와중에 태어난 어린 히데요리의 앞날을 걱정하여 칸파쿠 히데츠구

를 자결시키는 등 갖가지 대비책을 마련하였지만, 그가 죽자 정권의 주
도권은 곧 이에야스에게로 흘러갔다.

히데요시가 죽은 다음해에 토요쿠니 신사豊國神社가 창건되면서 천
황으로부터 토요쿠니 다이묘진豊國大明神(혹은 호코쿠 다이묘진)이라는
신호神號가 내려지고, 그 후 그는 토요쿠니 다이묘진으로 받들어 모셔
진다. 자기를 신비화시키며 천황과의 관계를 강조하던 히데요시의 생
애는 에도 시대의 서민들 사이에서 출세담의 상징으로 전설화되어 전
승된다. 천황 중심의 근대 일본이 성립하면서부터는 조정을 중시하며
서민에서 출세한 불세출의 영웅으로 이미지가 증폭되어갔고, 아시아
침략을 획책하던 군국주의하에서는 대동아공영권大東亞共榮圈의 선구
자로까지 숭배되었던 것이다.

### 3) 도쿠가와 이에야스

1542년 미카와三河(아이치 현愛知縣) 지방의 오카자키岡崎 성주인 마
츠다이라 히로타다松平廣忠의 아들로 태어난 이에야스(아명은 타케치요
竹千代)는 6살 때부터 인질 생활을 하는 운명에 놓인다. 스루가駿河(시
즈오카 현靜岡縣)의 지배자인 이마가와 요시모토今川義元의 세력권하에
있었던 히로타다는, 오와리의 새로운 실력자 오다 노부히데의 공격을
받자 이마가와에게 원군을 요청하며 인질로 이에야스를 보낸다. 그렇
지만 이에야스는 인질로 가는 도중에 오다 측에 붙잡혀 오와리로 호송
되고, 히로타다 사후에 이마가와와 오다가 포로교환 협정을 맺게 됨에
따라 다시 스루가의 슨푸駿府(시즈오카 시靜岡市)로 보내진다. 그 후 18
세가 될 때까지 이마가와의 감시하에서 슨푸에서 기나긴 인질 생활을
하게 된다. 이마가와 요시모토의 저택에서 성인식을 치르고 요시모토
義元의 한 자를 받아 모토노부元信라 칭하였고, 이마가와 일족의 여자
인 츠키야마築山 부인과 결혼한 다음에는 모토야스元康로 개명하였다.

그러다가 1560년, 이마가와가 쿄토 입성을 목표로 대군을 거느리고 출발할 때 겨우 이에야스는 이마가와 군의 선봉이 되어 고향 미카와 땅을 다시 밟을 수 있게 된다. 이마가와 군이 예상을 뒤엎고 오와리 오케하자마 전투에서 노부나가 군에게 패하고 요시모토가 전사하는 사태가 발생하자, 이에야스는 그 틈을 타서 이마가와의 세력권에서 벗어나 독자의 길을 걷기 시작한다. 노부나가와 회견하여 화친을 이루고 이름도 이에야스로 개명한다.

십여 년의 인질 생활 끝에 돌아온 이에야스는 그 동안 분열되었던 미카와 지방의 통일을 이루고, 도쿠가와로 성을 바꾼 다음에는 노부나가의 천하통일 사업을 도우며 적극적으로 영지를 확대해간다. 노부나가 군과 연합하여 아네가와 전투를 치르고, 또 나가시노 전투에서 당시 천하무적이라는 타케다의 기마군단을 무찌른 다음에는 스루가 지역으로까지 이에야스의 세력이 뻗어나간다. 그렇지만, 노부나가로부터 자신의 부인이 적인 타케다 가와 내통했다는 의심을 받게 되자 욱일승천하는 노부나가와 대적할 수 없음을 깨닫고 할 수 없이 부인인 츠키야마 부인과 장남인 노부야스信康를 자살시키는 시련을 겪기도 한다.

그 후 노부나가의 요청을 받아 소수의 수행원만을 데리고 쿄토를 거쳐 당시 최대의 항구도시인 사카이堺를 방문하던 중에 혼노 사에서 노부나가가 살해되었다는 급보를 접한다. 도중의 위험을 무릅쓰고 영지로 급히 돌아온 이에야스가 군사를 정비하여 아케치 미츠히데를 공격하려 할 때, 히데요시가 야마자키山崎 전투에서 미츠히데를 격파하였다는 전갈이 온다. 히데요시가 노부나가 가신단을 평정하며 후계자로서의 입지를 굳히는 데 분주한 틈을 타서, 이에야스는 노부나가의 지배하에 있던 구 타케다 가의 영지인 카이, 시나노信濃(나가노 현長野縣) 지역을 접수하여 미카와, 토토우미遠江(시즈오카 현 서부), 스루가를 포함한 다섯 지방을 영유하는 대영주로 부상하게 된다.

노부나가의 아들인 노부오를 도와 코마키·나가쿠테 전투를 벌여 국지전에서는 히데요시에게 승리를 거두었지만, 그 동안 노부오가 히데요시에게 굴복하자 전투의 명분이 사라진 이에야스는 히데요시와 화친을 맺고, 아들인 오기마루於義丸(훗날의 유키 히데야스結城秀康)가 히데요시의 양자가 되는 조건으로 쿄토에 상경하기로 한다. 히데요시도 나이든 여동생 아사히히메朝日姬를 보내 정실이 없는 이에야스와 재혼시키고, 더욱이 노모를 이에야스에게 보내는 파격적인 조치를 취한다. 대단한 효자로 알려진 히데요시가 자신의 친어머니를 인질로 보냈다는 것은 히데요시로서 할 수 있는 최선을 다한 것이었다. 두 명의 실질적인 인질을 잡은 이에야스는 상경하여 히데요시에게 신하의 예를 취하고, 이후 이에야스는 히데요시가 죽을 때까지 그의 지휘하에 놓인 유력한 대영주로서 맡은 바 역할을 성실히 수행하여 간다.

1590년 오다와라의 호죠 씨 정벌에 종군하고, 호죠 씨 멸망 후에는 히데요시의 지시에 따라 대대로 지켜온 미카와를 떠나 칸토關東 지역으로 영지를 옮기고 에도 성江戶城을 거점으로 삼는다. 표면적으로는 전보다 영지가 훨씬 늘어나 칸토 지역 250만 석을 지배하는 대영주가 된 것이지만, 내막은 권력의 핵심부에서 떨어져 새로운 영지의 관리와 경영에 힘을 쏟도록 만든 히데요시의 조치였던 것이다. 그렇지만 이에야스는 이러한 조치를 역으로 잘 살려 임진왜란 때 조선에 군대를 파견하지 않았고, 칸토 지역의 무사들을 잘 규합하여 막강한 군대를 동원할 수 있는 실력을 쌓아갔다. 히데요시의 말년에는 다섯 타이로大老(히데요시의 말년에 설치한 직제로, 정무를 총괄함)의 필두로서 자타가 공인하는 제2의 실력자로서의 자리를 차지하였고, 히데요시가 병사하자 그의 죽음을 숨기고 조선에 나가 있던 일본군의 철수를 지휘하였다.

히데요시 사후, 일본의 패권을 놓고 동서 양군이 격돌한 1600년 세키가하라關ヶ原 전투에서 이시다 미츠나리石田三成 등의 서군을 격파

한 뒤, 이에야스는 명실공히 일본 최고의 실력자로서 실질적으로 일본을 지배한다. 1603년에는 쇼군 직을 임명받고 에도 바쿠후를 열어, 노부나가, 히데요시 정권과는 달리 바쿠후에 의한 새로운 정권의 성립을 선포하였다. 2년 뒤에는 히데타다秀忠에게 쇼군 직을 넘기고 도쿠가와 가문에 의한 쇼군 직의 세습과 일본 지배를 천하에 보여주었다. 이후 1868년 메이지 유신明治維新에 의해 근대 천황제 국민국가가 탄생할 때까지 260여 년 간 도쿠가와 쇼군이 일본을 지배하였다.

죽음을 얼마 안 남겨둔 1615년에는, 여전히 오사카 성을 근거로 하고 있던 요도淀 부인과 히데요리秀賴를 중심으로 한 도요토미의 잔존 세력을 공격하여 도요토미 가를 멸망시키고, 다른 한편으로 무가와 조정의 귀족에게는 그들이 지켜야 할 제반 법도를 제정하여 공포하였다. 이렇게 하여 도쿠가와 가에 의한 천하안태天下安泰를 명확히 한 다음 해인 1616년, 75세로 파란만장한 생애를 마감하였다.

사후에 쿠노잔久能山에 매장되었지만, 이에야스의 자문역을 담당하던 승려 텐카이天海의 주장에 따라 다음해에 닛코산日光山에 다시 매장된다. 당시 천황은 토쇼 다이곤겐東照大權現이란 신호神號를 하사하고 이에 따라 세워진 닛코日光 토쇼구東照宮와 닛코산은 에도 시대 동안 도쿠가와 쇼군 집안의 성지로 신성시된다. 이에야스에게 사후 붙여진 다이곤겐大權現은 보살이 중생을 구하기 위하여 현세의 모습을 빌려 나타난 것을 존중하여 부르는, 말하자면 불교의 신에 대한 호칭인 것이다. 히데요시가 사후 다이묘진大明神으로 토요쿠니 신사에 모셔졌던 점을 고려하면, 두 인물의 신격화도 신토神道와 불교로 서로 성격을 달리하여 진행됐던 것이다.

## 3. 영웅의 발자취

### 1) 새 시대의 새 인간, 노부나가

노부나가, 히데요시, 이에야스의 생애를 대외인식의 측면에서 살펴 보면 또 다른 특성을 발견할 수 있다.

먼저 노부나가는 마치 혼란과 전란을 종식시키고자 태어난 인물처 럼 일본의 통일사업에 매진하였다. 바쿠후를 멸망시키고 기존의 무장 들과는 달리 중세적인 가치관인 불교의 권위를 부정하였으며, 새로운 신앙체계를 전파하는 선교사의 우대, 새로 대두되기 시작한 다도의 존 중, 상인층의 자유로운 활동 보장 등을 행하였다. 새 부대에 새 술을 담 으려는 정신으로 형식과 내용의 양면에서 모두 혁신을 감행했던 것이 다. 노부나가가 이렇게 나아갈 수 있었던 데는 자신의 힘으로 새로운 세계를 열어가려는 강한 의지와 능력 외에, 당시 일본과 서양의 접촉에 의한 자극이 있었음을 간과할 수는 없을 것이다.

1543년 큐슈 남쪽의 작은 섬 타네가시마種子島에 포르투갈 인이 표 착한 이래로 총포(화승총)가 전래되고 프란시스코 하비에르 등의 선교 사에 의해 천주교가 전파되었다. 처음에는 선물용이었던 총포가 차츰 무기로서 그 효능이 부분적으로 인정받아갈 무렵, 노부나가는 총포의 단점을 보완하기 위해 차례대로 연속발사를 할 수 있도록 훈련시킨 대 규모의 총포부대를 편성하였다. 훗날 센고쿠 시대의 전술 변화를 가져 왔다고 평해지는 노부나가의 총포부대는 타케다 군과의 나가시노 전투 에서 가공할 위력을 드러내 당시 천하무적이라 일컬어지던 타케다의 기마군단을 일시에 괴멸시켜버린다. 노부나가가 강력하게 통일 사업 을 추진할 수 있었던 배경에는 이러한 강력한 총포부대가 있었던 것이 다. 다른 무장들이 소극적으로 대처하고 있을 때 적극적으로 신무기를 받아들여 이를 전술화할 줄 아는 힘이 노부나가에게는 있었다.

이러한 총포의 전래와 활용이 기술적인 측면이라면, 천주교의 전래와 선교사와의 교류는 노부나가에게 새로운 세계에 대한 인식을 심어주었다고 할 수 있다. 빵, 메리야스, 망토, 포도주 등의 서양문물이나 무역상의 이득에 그치지 않고, 유럽이라는 또 다른 세계의 존재와 둥근 지구를 둘러싸고 벌어지는 세계의 변화를 알았던 것이다. 천축天竺(인도), 지나支那(중국대륙, 한반도 포함), 본조本朝(일본)를 전세계로 인식하였던 일본의 전통적인 삼국 세계관에서 벗어나, 선교사들이 가지고 온 지구의와 세계지도 속에서 일본의 위치와 나아갈 바를 생각하지 않을 수 없었을 것이다. 노부나가가 선교사들을 자주 접견하였다는 사실은 그들을 통해 이국세계를 알려는 호기심 정도가 아니라, 세계의 변화는 아랑곳하지 않고 끊임없이 지속되는 국내의 전란을 하루빨리 종식시켜야 한다는 의지에 자극을 받았기 때문이라고 볼 수 있다. 노부나가가 우상파괴에 앞장서서 자신의 통일사업을 방해하던 불교도를 무자비하게 탄압한 점이나, 천하경영의 포부를 안고 쌓은 아즈치 성의 가장 높은 건물을 천주각天主閣이라 부르고 그곳에서 많은 시간을 보냈다는 점 등은 천주교와의 접촉에 의한 결과라 할 것이다. 센고쿠 시대의 무장들이 성을 쌓을 때 가장 높은 건물을 천수각天守閣(일본어로는 텐슈카쿠)이라 하는데, 아즈치 성의 6층 건물은 발음은 같지만 다른 한자인 천주각天主閣(일본어로는 텐슈카쿠)이라 불렀다고 한다. '천주天主'란 물론 당시 일본에 전파된 천주교의 유일신인 '데우스=천주님'를 가리키는 말이다. 선교사를 우대하였고 아즈치 성 아래에 천주교 신학교인 세미나리요seminario를 세우도록 허락한 노부나가였다는 것을 고려하면, 단순히 서양의 이국문화에 대해 관심을 보인 것 이상으로 그 자신이 천주교에 깊이 심취하고 있었음을 보여준다고 할 수 있다.

노부나가에게 있어서 천주교와 서구문물은 외적인 자극에서 그의 내면에까지 커다란 영향을 주어, 말년에는 사람들로 하여금 자신을 새로운 신으로 모시도록 하는 데까지 나아갔다. 자신의 생일인 5월 3일을 참배일로 정하고 그날은 살아있는 신으로서 사람들의 예배를 받았다고 한다. 노부나가가 추구한 신의 세계는 명확히 밝혀지지 않았지만, 그는 일본사에서 찾아보기 어려운 극히 이질적인 기질의 영웅으로 자신이 개척한 새 시대의 문 앞에서 불의의 기습을 받고 생을 마감하였던 것이다.

### 2) 야망이 낳은 파멸, 히데요시

히데요시는 기본적으로 주군 노부나가의 유업을 계승하여 완성하고자 한 인물이었다. 히데요시는 자신의 뛰어난 재능과 정치적인 수완을 발휘하여 노부나가 가신단을 통솔하고 지방의 군웅들을 굴복시켜 수년 만에 일본 통일을 달성하였다. 노부나가와 달리 미천한 출신이라는 자신의 한계도 조정의 권위를 이용하는 수완을 발휘하여 해결하였다. 노부나가의 직위가 우다이진右大臣에 머물렀던 것에 비하여, 히데요시는 칸파쿠 그리고 타이코라는 신하로서 오를 수 있는 최고의 직위에 올라 그 권위로써 각 무장들을 통치하였으며, 상상을 뛰어넘는 화려함과 퍼포먼스 등을 민중에게 보여줌으로써 최고 권력자임을 과시하였다.

불세출의 영웅으로 일컬어지는 히데요시였지만 그는 자신의 능력의 쓰임새와 한계에 대해서는 모르고 있었다. 최하급 병사의 자식에서 한 지방을 다스리는 영주로, 더 나아가 일본의 통일을 완성한 패자로 숨돌릴 틈 없이 비약적인 출세 가도를 달려온 그는 멈출 수 없는 자기 과신에 빠졌던 것이다. 그의 망상은 일본 국내를 벗어나 국외로 뻗어나가기 시작하였지만, 그의 형편없는 한자 실력이 보여주듯 제대로 된 지식을 갖추지 못하였던 히데요시는 외국에 대하여 잘 알지 못하였다. 외국에서도 일본처럼 전투에서 승리하면 그곳의 농민이 복속하여 쉽게 지배할 수 있으리라 생각하였고, 그의 이러한 대외인식은 각국에 보낸 국서에서 보이듯 자신을 태양의 아들로 비유하며 군사를 보내기 전에 미리 복속할 것을 요구하는 오만불손한 태도를 취하게 하였다.

이렇게 독단과 자기 과신의 늪에 빠져 있던 히데요시에게 천주교는 노부나가처럼 매력적일 수 없었으며, 자신의 능력으로 주변국을 평정하여 일본 풍습을 이식시키려는 정복욕에 가득 찬 야망만이 그를 사로잡았던 것이다. 조선 국왕이 자기에게 굴복하지 않은 것에 분노한 그는 센고쿠 시대의 분열된 일본이 하나로 통일되면서 나온 에너지를 조선을 향해 쏟아 붓는다. 소위 일본 최초의 해외 침략전쟁인 임진왜란이 바로 절대 권력자 히데요시의 독단에 의해 일어난 것이다. 히데요시는 일본군이 초반에 한양을 점령하자 명나라를 정복한 뒤 자신은 명나라에 가서 말년을 보내며 인도까지 취하겠다는 등의 망상을 보이기도 하였다. 이것이 무력으로 동양을 제패하고 천황의 정신을 전세계에 퍼뜨리려는 일본의 선구적인 영웅으로서 훗날 일본의 군국주의자나 국수주의자들이 히데요시를 숭배하게 된 원인이 되기도 한다. 그렇지만 실제 일본군은 한반도에서 한치의 땅도 빼앗지 못하고 고전을 거듭하다 히데요시가 죽자 바로 철수해버렸다. 이민족의 수많은 침략을 막아내며 민족성을 유지해온 한민족의 역사적 힘은 자발적인 의병의 봉기를 이끌어냈으며, 이러한 의병의 존재를 당시 일본에서는 미처 생각지 못했던 것이다. 민족 생존의 문제는 어느 한 때의 힘의 강약으로 결정될 수 없는 것이며, 설사 일시적으로 정복에 성공한다 할지라도 오래갈 수 없는 것임을 역사는 보여주고 있다.

결국 히데요시의 무모한 야망은 평화를 희구하던 일본민중에게 고통을 안겨주었으며, 그 스스로는 임진왜란의 와중에서 병사하였고, 그가 세운 정권은 후대로 연결되지 못하고, 도요토미 가문은 파국을 맞는 결과를 낳고 말았다.

### 3) 자기 성찰에서 새 시대의 창출로, 이에야스

이에야스는 긴 인질 기간과 노부나가와 히데요시의 통제를 받는 2인 자로서 일생의 대부분을 자기 인내와 절제를 하며 보낼 수밖에 없었다. 이에야스가 불교적 심성을 지닌 인간으로 나아간 것은 이와 같이 그의 생존 환경을 보면 충분히 이해할 수 있는 것으로, 실제로 그의 주변에는 뛰어난 고승들이 있었다. 그렇지만 이에야스가 자기 생존을 위한 인내와 절제만으로 최후의 승자가 될 수는 없었을 것이다. 끝없는 자기 성찰의 생활을 통하여 인간의 심성을 이해하게 되고, 이들이 모여 이루어진 세상을 바꾸는 길을 찾아 노력한 결과였다고 보여진다. 단순히 때를 기다려온 것이 아니라 오히려 때를 만들어온 것이었다.

자기 구제에서 세상 구제로의 의식 변화는 전란 후의 새로운 일본 건설로 이어지고, 이를 위한 삶이 자신의 인생임을 자각하지는 않았을까? 임제종의 스덴崇傳, 천태종의 텐카이天海 등 새 세계의 도래를 바라는 고승들의 자문을 받으며 이에야스는 새 시대를 열어갔던 것이다.

안정된 사회 평화로운 사회를 구축하기 위해 이에야스가 고심 끝에 이루어낸 기본 틀은, 역대 무가 정권들이 전통적으로 지켜온 바쿠후 제도를 보완하여 계승한 강력한 바쿠한幕藩 체제의 구축과 주자학의 충의 정신을 강조하여 하극상의 센고쿠 시대를 거치며 변질된 무사들의 정신윤리를 새로 세우는 것이었고, 대외적으로는 일본에서 유럽 세력들의 각축전이 벌어지는 것을 막고, 임진왜란으로 인해 단절된 조선과의 국교 회복을 통하여 조선으로부터의 복수전을 미연에 차단하고 신생 바쿠후의 성립을 대내외적으로 과시하도록 하는 것이었다.

이러한 정책 중에 바쿠후의 관학으로 주자학이 자리잡게 된 것은 조선 성리학과 깊은 관계가 있었다. 당시 선종 승려로 훗날 근세 일본유교의 시조로 받들어지는 후지와라 세이카藤原惺窩는 조선 사절단을 통하여 조선의 성리학을 접하고 깊은 감화를 받는다. 특히 임진왜란 때

포로로 잡혀온 젊은 유학자 강항姜沆과의 교류를 통하여 본격적으로 조선 유학을 배우게 된다. 조선 유학의 영향 속에서 유학자로 변신한 세이카의 학문은 제자인 하야시 라잔林羅山에게 전수되는데, 이에야스의 자문역이었던 세이카의 추천으로 등용된 하야시 라잔은 신생 에도 바쿠후의 정치이념과 법도를 주자학의 차원에서 제정하였고, 이는 바쿠후의 관학官學으로 나중에는 정학正學으로 정착된다. 바쿠후의 이러한 태도는 지방의 학문에도 영향을 미쳐 일본 각지에서는 임진왜란 때 끌려온 조선 유학자와 그의 후손들이 지방 유학의 발전에 커다란 역할을 수행하였고, 전 에도 시대를 통틀어 조선의 성리학 특히 이퇴계의 학문에 대한 일본학자의 숭배열은 계속되었다.

이에야스는 조선과의 국교 회복을 위하여 열과 성을 다하였다. 츠시마의 도주 소宗 씨를 파견하여 자신은 임진왜란과 아무 관련이 없다는 점을 강조하며 관계 개선을 꾀하였는데, 조선왕조는 북방에서 세력을 확장하는 만주족의 위협에 대처하기 위하여 남쪽 일본과의 관계를 안정시켜둘 필요성에 따라, 임진왜란의 참담한 피해를 입은 국민 감정과는 상관없이 일본측의 요청을 받아들이게 된다. 일본에서 임란 당시 저지른 왕릉 도굴범을 잡아보내고, 국서를 먼저 보내라는 등의 형식을 요구하고, 이것이 받아들여지자 조선왕조는 임란 포로를 생환한다는 회답 겸 쇄환사回答兼刷還使라는 이름으로 사절단을 파견하였다. 이리하여 임란이 끝난 지 불과 9년 만에 국교가 재개되었고, 이에야스는 조선 사절단을 최고 국빈의 예우로 맞이한다. 4회 사절단부터는 통신사란 이름으로 4, 5백여 명의 인원이 파견되어 국빈의 대접을 받으며 에도까지 왕래하는 일대 이벤트가 되었다. 특히 에도 바쿠후가 선교사를 추방하고 쇄국정책을 펴나가는 와중에 유일한 국교수교국으로서 조선과의 대등 호혜의 외교 관계는 근세말까지 유지된다.

이에야스가 구축한 근세일본은 대외적인 평화 관계 그리고 철저한 준비와 계산하에 성립된 바쿠한 체제의 틀 속에서 안정적으로 지속되었던 것이다.


## 4. 21세기와 이에야스

일반인들로는 상상하기 어려운 길을 걸어 새 시대를 개척한 이에야스의 이미지는 반드시 긍정적인 것만은 아니었다. 이러한 인식은 힘 안 들이고 천하 떡을 먹었다는 당시의 야유가 잘 보여주고 있다. 표면적으로 이미가와 아래서의 기나긴 인질 생활, 그리고 노부나가, 히데요시의 2인자로서의 생활을 보낸 뒤에 천하를 장악하게 되었으므로, 그의 일생이 '인내'로 일관되어왔다는 점에는 대부분의 평가가 일치하고 있다. 그러나 이유야 어찌되었든 그 과정에서 이에야스가 정실인 츠키야마 부인과 장남 노부야스 그리고 손자사위 도요토미 히데요리를 죽였기 때문에, 그의 인내의 이면에는 자신의 목적을 위해 처자까지 죽인 냉혹한 인간이라는 인상이 더해져 민중의 사랑을 받기에는 한계가 있었다. 더욱이 에도 바쿠후를 처부수고 천황을 신격화하면서 성립된 근대일본에서 이에야스는 황실을 억압한 에도 바쿠후의 창시자라는 점에서 제대로 평가될 수 있는 사회적 분위기가 형성되지 않았었다. 오히려 전란 뒤의 평화를 가져온 이에야스보다 외국과 침략전쟁을 벌인 히데요시가 영웅시되는 아이러니가 생겼던 것이다.

그러다가 일본이 패전 후에 고도성장을 이룩해감에 따라 뛰어난 조직관리자로서, 한편으로는 구조의 어려움을 자기 성찰과 인내로 극복한 자로서 조금씩 이에야스에게 관심을 갖게 되었다고 보여진다.

이제 성장과 팽창 위주의 근대에서 탈근대로 전환되어 문화적 삶을 추구하는 21세기의 오늘날에 이에야스가 살았던 시대와 그의 생애는 또다시 새롭게 조명될 것이다.

그렇지만 혼란 속에서 살아남아 새 시대를 창출한 이에야스의 생애는 결코 그의 어느 한 측면만을 통해 재단되어져서는 안 되고, 오히려 그의 생애를 일관하였던 끝없는 자기 성찰과 새로운 시대를 열려는 노력을 통해 평가되어야 할 것이다. 오늘날 이에야스의 일생이 주는 의미를 찾는다면, 그것은 어려움 속에서도 결코 서두르지 않고 길게 보는 삶, 성공 이후를 생각하여 항상 배우고 노력하는 연구자적인 삶에 있는 것은 아닐까.

이에야스 유훈의 첫머리에는 다음과 같은 말이 있다.

"사람의 일생은 무거운 짐을 지고 머나먼 길을 가는 것과 같다. 서두르지 말지어다."

# 《 3부 주요 등장 인물 》

### 가라시아ガラシア 부인 | 1563~1600 |

아케치 미츠히데의 차녀로 이름은 타마이고 가라시아는 세례명이다. 텐쇼 6년(1578)에 호소카와 타다오키와 결혼하고, 혼노 사의 변이 일어나자 아케치 미츠히데의 딸이라는 이유로 탄바 미토노에 유폐된다. 세키가하라 전투 때는 남편인 타다오키가 이에야스를 따라 아이즈 정벌에 나서고 없을 때 거병한 이시다 미츠나리 군이 그녀의 집을 포위하고 인질이 될 것을 요구하지만, 이를 거부하고 가신에게 자신을 베라고 명한다.

### 고요제이後陽成 천황 | 1571~1617 |

텐쇼 14년(1586) 11월에 즉위하여 36년 간 재위한다. 도요토미 히데요시, 도쿠가와 이에야스, 도쿠가와 히데타다 등의 원조를 받아 황실의 존엄 회복에 힘쓴다. 또 고요제이 천황은 학문을 좋아하여 『이세 이야기』, 『겐지 이야기』 등을 스스로 강의하기도 한다.

### 고토 모토츠구後藤基次 | 1560~1615 |

마타베에라고도 불리며 케이쵸 5년(1600)의 세키가하라 전투에서 쿠로다 나가마사의 수하로 활약하며 용맹을 떨친다. 후에 오사카 여름 전투에서 히데요리에 맞서 분전하다가 전사한다.

### 나오에 카네츠구直江兼續 | 1560~1619 |

우에스기 카게카츠의 가신으로 세키가하라 전투에서는 서군에 가담하여 우에스기 군을 이끌고 모가미 군과 전투를 벌이지만, 서군의 패배를 예상하고 철수한다. 그 후 우에스기 가의 존속을 위해 도쿠가와 가와의 융화를 꾀하는 등 정치 공작을 펴서 패전 후의 처벌을 면하기도 한다. 케이쵸 19년(1614)에는 카게카츠를 따라 오사카 전투에 참가하여 전공을 쌓는다.

### 난부 토시나오南部利直 | 1576~1632 |

우에스기 카게카츠가 거병하자 이에야스의 명에 의해 데와로 출병한다. 오사카 겨울 전투에도 참전하는 등 도쿠가와 가에 충성을 다한다.

### 다테 마사무네伊達政宗 | 1567~1636 |

다테 테루무네의 아들로 텐쇼 18년(1590) 오다와라 전투에서 히데요시의 수하로 들어간다. 히데요시 사후에는 도쿠가와 가에 접근하여, 장녀인 고로하치를 이에야스의 아들 타다테루에게 시집보낸다. 유소년 시절에 오른쪽 눈을 잃어서 "애꾸눈 용장"이라 불린다.

### 도요토미 히데요리豊臣秀賴 | 1593~1615 |

도요토미 히데요시의 차남으로 어머니는 히데요시의 첩인 요도 부인이다. 히데요시의 양자인 히데츠구의 자살에 의해 정식으로 도요토미 가의 상속자가 된다. 도쿠가와 이에야스 군과 벌인 두 차례의 오사카 전투에서 패배하여 어머니 요도 부인과 함께 자결한다.

### 도쿠가와 이에야스德川家康 | 1542~1616 |

히데요시 사망 후 1600년 세키가하라 전투에서 우키타, 시마즈, 쵸소카베, 이시다, 코니시 등 서군을 격파하여 대항세력 일소에 성공한다. 1603년 세이이타이쇼군에 임명되어 에도에 바쿠후를 열지만 1605년 쇼군 직을 아들 히데타다에게 물려주고 자신을 오고쇼라 칭한다. 은퇴 후에는 슨푸에서 산다. 1614~1615의 오사카 겨울 · 여름 전투에서 도요토미 가를 멸망시키고 천하통일에 성공한다. 1616년 4월 14일 향년 75세의 나이로 파란만장한 생을 마감한다.

### 도쿠가와 히데타다德川秀忠 | 1579~1632 |

아명은 나가마츠이고 도쿠가와 이에야스의 셋째아들이다. 세키가하라 전투에서는 우에다 성에서 사나다 마사유키의 저항으로 참전이 늦어지게 된다. 셋째아들이지만 쇼군의 자리를 이어받는데, 실권은 여전히 이에야스가 잡고 있었다고 한다. 온후하고 신중한 성격이었으며, 정치 외교면에서 뛰어난 수완을 발휘, 이에야스의 뜻을 충실하게 받들며 다이묘 통제, 바쿠후의 기반을 견고하게 다지는 데 공헌한다.

### 마에다 겐이前田玄以 | 1539~1602 |

처음에는 히에이잔의 승려였으나 나중에 오다 노부나가를 모신다. 혼노 사의 변 때는 노부타다의 아들인 히데노부를 호위하며 키요스 성으로 도망치고, 그 후 히데요시에게 소속되어 쿄토의 다섯 부교 중 한 사람이 되며 탄바 카메야마 성의 성주가 된다. 세키가하라 전투에서는 서군과 뜻을 같이하지만, 이에야스의 허락으로 영지는 평화를 유지한다.

### 마츠다이라 타다나오松平忠直 | 1595~1650 |

오사카 여름 전투에서 사나다 유키무라를 베고, 게다가 3,700여 명의 목을 베는 전공을 세웠음에도 아무 은상도 받지 못하여 바쿠후에 불만을 갖게 된다. 겐나 9년에 병을 핑계로 직무를 태만히 하고, 광란, 모반에 대한 소문도 퍼지게 되어 처벌을 받는다.

### 모가미 요시아키最上義光 | 1546~1614 |

요시미츠라고도 불리며, 모가미 가의 11대 당주이다. 세키가하라 전투에서는 동군에 소속되어 우에스기 카게카츠와 일전을 벌인다.

### 모리 테루모토毛利輝元 | 1553~1625 |

빗츄 타카마츠 성의 공방 이후 히데요시에 소속되어 히데요시 수하의 다이묘 중 최대의 영지를 소유한다. 히데요시 사후에는 히데요시의 유언에 의해 히데요리를 보좌하고, 세키가하라 전투에서는 서군의 맹주로 추대되지만, 패전으로 영지가 스오, 나가토로 축소된다. 아들인 히데나리에게 대를 물려주고, 출가하여 겐안, 소즈이라 불린다.

### 미우라 안진三浦按針 | 1564~1620 |

에도 전기에 최초로 일본에 도래한 영국인 항해사. 본명은 윌리엄 아담스. 해외에 대한 관심이 많은 이에야스가 오사카 성에서 처음 만나고는 대외 정책의 고문으로 중용한다. 이에야스에게 국제 정세, 서양 사정을 알려주며, 무역을 위해 내항하는 스페인 선과 영국 선과의 교섭에도 참가한다. 일본 여성과 결혼하고 일본에서 사망한다.

### 사나다 마사유키眞田昌幸 | 1545~1609 |

텐쇼 13년에 이에야스가 호죠와 강화하기 위한 조건으로 사나다의 영지인 누타를 양도하자, 마사유키는 이에 불복하고 이에야스와 단교한다. 그 후 도요토미 히데요시와 뜻을 같이하고, 그 명에 따라 한때 누타를 호죠에게 양도하지만, 오다와라 전투 후에 다시 회복한다. 세키가하라 전투에서는 서군에 가담하여 세키가하라로 향하는 히데타다 군의 애를 먹인다. 패전 후 동군에 가담한 장남 노부유키의 공에 의해 목숨은 보전한다. 오사카 겨울 전투 발발 전에 사망한다.

### 사나다 유키무라眞田幸村 | 1567～1615 |

마사유키의 차남으로 처음에는 우에스기 카게카츠를 섬기다 텐쇼 15
년 도요토미 히데요시의 근신이 되고, 세키가하라 전투에서는 서군에
가담하여 우에다 성에서 농성하며 도쿠가와 히데타다 군과 대치한다.
케이쵸 19년(1614), 오사카 겨울 전투가 일어나자 히데요리의 요청에
응해 오사카 성에서 농성하며 오사카 성 외곽에 사나다 성을 지어 도쿠
가와 군과 격전을 벌인다. 이듬해 여름 전투에서도 도쿠가와 군을 괴롭히며 도쿠가와 군
본진에 육박하지만 뜻을 이루지 못하고 죽음에 이른다.

### 사카이 타다요酒井忠世 | 1572～1636 |

사카이 시게타다의 장남으로 미카와에서 태어난다. 우타노스케라고도
불린다. 처음에는 이에야스를 섬기다가 나중에 히데타다의 가신이 된
다. 히데타다, 이에미츠 시대의 원로로 바쿠후 창업의 기초를 다진다.
젊은 이에미츠가 가장 두려워하는 사람이었다고 한다.

### 사카키바라 야스마사榊原康政 | 1548～1606 |

열세 살부터 이에야스를 섬긴다. 냉정하고 기민하며 또 부하에 대한
마음 씀씀이가 좋아 이에야스의 신임을 받는다. 세키가하라 전투 이후
에는 천하의 정사에 힘을 쏟다 케이쵸 11년(1606)에 사망한다.

### 스미노쿠라 료이角倉了以 | 1554～1614 |

금융업자이자 의사인 요시다 소케이의 장남으로 쿄토에서 태어났다.
아명은 요시치이고, 이름은 미츠요시. 호상豪商으로 베트남과의 해외
무역을 통해 막대한 부를 쌓는다. 케이쵸 15년(1610)에는 오사카와 쿄
토를 직접 수운水運으로 연결한다.

### 시마즈 요시히로島津義弘 | 1535～1619 |

통칭 마타시로. 텐쇼 14년에 분고로 침공하여 오토모 가를 괴멸상태에
빠지게 하고, 치쿠젠, 부젠을 제외한 큐슈 전역을 제압한다. 그렇지만,
이듬해 도요토미 히데요시의 큐슈 정벌에 저항하지 못하고 항복하여
오스미 한 지방만을 소유하게 된다. 세키가하라 전투에서는 서군에 소
속되어 패전을 앞두고 동군의 중앙을 돌파하여 사카이에서 해로로 탈
출, 칩거에 들어간다.

### 안코쿠지 에케이安國寺惠瓊 | ?~1600 |

승려로 선종 최고의 자리까지 출세한다. 히데요시 사망 후에는 이시다
미츠나리와 함께 이에야스와 맞서다가 미츠나리와 마찬가지로 처형된
다.

### 야마노우치 카즈토요山內一豊 | 1546~1605 |

노부나가의 수하였지만, 스물다섯 살 때 노부나가의 명으로 히데요시
의 신하가 되고, 가신단 중에서는 고참에 들어간다. 히데요시 사망 후,
이에야스를 따라 아이즈를 정벌하고, 세키가하라 전투에서는 재빠르
게 이에야스의 동군에 가담한다.

### 오다 노부오織田信雄 | 1558~1630 |

오다 노부나가의 차남이다. 혼노 사의 변 후 천하쟁탈전에 뒤늦게 참
가하여 도요토미 히데요시와 적대 관계에 놓인다. 나중에 히데요시의
오토기슈御伽衆가 되고, 히데요시 사후에는 히데요시의 아들인 히데요
리의 후견인이 되지만, 도쿠가와 내통한다. 요도 부인과의 혈연을
핑계로 오사카의 정보를 도쿠가와 쪽에 흘리며 자신의 보신을 꾀한다.

### 오다 우라쿠사이織田有樂齋 | 1547~1621 |

오다 노부나가의 동생으로 이름은 나가마스. 혼노 사의 변 때 우라쿠
사이는 니죠 성에 있었는데, 오다 노부타다 자살 후에 탈출하여 기후
로 도망간다. 한때 노부오를 지지하지만 결국 히데요시의 수하가 된
다. 세키가하라 전투에서는 동군에 참가하고, 오사카 여름 전투에서는
도요토미 쪽의 모사謀士가 되지만, 개전 전에 성을 나와 쿄토 니죠 성
에 은거한다.

### 오다이於大 | 1528~1602 |

미즈노 타다마사의 딸. 도쿠가와 이에야스의 생모이다. 덴즈인傳通院
이라고도 불린다. 에도에서 후시미로 옮겨 조용히 노후를 보내다 자손
만대 도쿠가와 가문이 번성하길 기도하며 75세의 나이에 눈을 감는다.

### 오만お万 | 1547~1619 |

츠키야마에게 고용된 시녀로, 이에야스의 첩이 되어 오고小督 부인이
라 불린다. 아들인 유키 히데야스가 성장하여 히데요시의 양자가 되
자, 함께 오사카로 간다. 신분이 낮고, 소행이 좋지 않아서 출산 후에
는 이에야스가 멀리했다는 설도 있다. 히데야스는 젊어서 병사하고,
비탄에 빠진 오만은 출가하여 쵸쇼인長勝院이라 불린다.

### 오바타 카게노리小幡景憲 | 1572~1663 |

아명은 마고시치로이고 관직명은 칸베에. 도쿠가와의 가신이다. 병법
의 대가로 특히 타케다 가의 병법에 대한 조예가 깊다. 이에야스도 "군
법은 타케다의 병제를 따르자"라는 말을 하였고, 오바타의 문하는 2천
을 헤아렸다.

### 오쿠보 나가야스大久保長安 | 1545~1613 |

도쿠가와 이에야스는 "어떻게든 될 수만 있다면 사람들을 많이 모으
고, 금은을 많이 확보하고 싶다"고 말한 적이 있었다. 그 희망의 후반
부를 멋지게 실현시켜준 것이 원래 카이의 타케다 가에 속해 있던 오쿠
보 이와미노카미 나가야스이다. 아버지에게 측량을 배우고 나중에 나
가사키에서 수학과 화학을 공부한 나가야스는 수은을 사용하는 새로
운 야금술까지 터득하고 있었다. 이와미 은산의 부교가 되어 이와미의 산은량을 급격하게
증가시켜놓자, 이에야스는 몹시 기뻐했다고 한다. 그 외에도 각종 광산을 운영하며 경제
적으로 이에야스의 천하제패에 결정적인 역할을 한다.

### 오쿠보 타다타카大久保忠教 | 1560~1639 |

통칭 히코자에몬. 타다타카도 열여섯 살부터 이에야스를 섬겼다. 형
타다요를 따라 출전하여 종종 공명을 세우지만, 좀처럼 상을 받지 못
한다. 한때 2000석을 받지만, 다시 1000석으로 떨어졌다가 이른네 살
이 되어서야 2000석의 다이묘가 된다. 명문 출신으로는 대우라는 면에
서 불우했다. 고참 가신으로서 쇼군에게 종종 직언을 했기 때문에 '천
하의 존의尊意 파수꾼'이라고도 불렀다.

### 오타니 요시츠구大谷吉繼 | ?~1600 |

초기의 행적은 불명하지만, 텐쇼 11년(1583)의 시즈가타케 전투에서 무
공을 세운다. 큐슈 원정에서는 군량을 맡아 출전하고, 임진왜란에서는
명군과의 교섭을 담당한다. 세키가하라 전투에서는 서군에 가담하여

병을 얻은 몸을 가마에 싣고 참전하지만, 동군에 가담한 코바야카와 군의 습격을 받고 결국 전사한다.

### 요도淀 부인 | 1567∼1615 |

아명은 챠챠茶茶. 아사이 나가마사의 장녀로, 어머니는 오다 노부나가의 여동생인 오이치. 스물세 살에 히데요시의 측실이 되고, 아들인 츠루마츠鶴松를 출산. 요도 성을 받는 등 히데요시의 총애를 한 몸에 받으며 히데요시의 정실인 키타노만도코로와의 대립이 깊어진다. 츠루마츠는 어려서 사망하지만, 그 2년 후에 아들 오히로이拾(훗날의 히데요리)를 출산하여 다시 히데요시의 총애를 받는다. 히데요시 사망 후 이에야스와의 정권 쟁탈전에 패해 오사카 성에서 히데요리와 함께 자살한다.

### 우에스기 카게카츠上杉景勝 | 1555∼1623 |

우에스기 켄신의 아들이다. 텐쇼 14년(1586) 오사카 성에서 도요토미 히데요시에게 신하의 예를 올리고, 그 후 에치고를 통일한다. 히데요시 사후에는 다섯 타이로의 한 사람이 되고, 케이쵸 5년(1600) 이시다 미츠나리와 함께 도쿠가와 이에야스 협공작전을 모색하지만, 세키가하라 전투의 패전 소식을 듣고 이에야스에게 항복한다.

### 우키타 히데이에宇喜多秀家 | 1572∼1655 |

시코쿠 평정, 큐슈 평정에서 활약하고, 이 무렵 마에다 토시이에의 딸로 히데요시의 양녀가 된 고히메와 결혼한다. 조선 출병에서 큰 무공을 세워, 곤노츄나곤의 자리에 오르며 후에 다섯 타이로大老의 한 사람이 된다. 히데요시 사망 후에도 도요토미 정권의 중진으로 활약하며, 세키가하라 전투에서는 서군의 부대장으로 참전한다. 전쟁에 패한 후 스스로 출두 그의 아들 히데타카와 함께 하치죠 섬으로 유배되어, 그 섬에서 50년을 보내고, 84세의 나이에 죽는다.

### 유키 히데야스結城秀康 | 1574∼1607 |

아명은 오기마루이고, 이에야스의 차남이다. 코마키 전투 후 인질로 히데요시의 양자가 된다. 그 후 유키 하루토모의 양자가 되어 유키 가를 상속받는다. 세키가하라 전투에서는 우에스기 카게카츠의 진격을 저지한다.

### 이시다 미츠나리石田三成 | 1560~1600 |

관직명은 지부쇼유治部少輔. 미츠나리는 원래 학문 수행을 위해 절의 소승이 되었던 사람이어서 무력보다는 지략이 뛰어난 인물 쪽이다. 히데요시는 그것을 간파하고, 사카이 부교 등 부교 직에 임명하여, 미츠나리는 도요토미 정권에서 다섯 부교의 한 사람으로서 강력한 실력을 발휘한다. 히데요시 사망 후에도 도요토미 정권의 위신을 유지하기 위해 이에야스와 대립. 세키가하라 전투에서도 서군의 주역으로 참가하지만 패하여 처형된다.

### 이이 나오마사井伊直政 | 1561~1602 |

토토우미의 이이 집안은 대대로 이마가와 가의 가신이었지만, 나오마사가 두 살 때, 오다 가와 내통했다는 의심을 사서, 아버지가 살해된다. 나오마사는 친족 집에 숨어 지내다가 열다섯 살 때 이에야스에게 발탁된다. 세키가하라 전투에서 입은 총상이 계기가 되어 42세의 나이에 급사한다.

### 이케다 테루마사池田輝政 | 1564~1613 |

츠네오키의 차남. 초기에는 노부나가를 따라 각지의 전투에 참가하였다. 혼노 사의 변 후에는 히데요시의 수하로 들어간다. 히데요시의 중개로 도쿠가와 이에야스의 딸인 스케히메와 결혼한다. 세키가하라 전투에서는 동군에 소속되어 활약하고, 도쿠가와의 시대가 되자 테루마사는 하리마 히메지의 52만 석 성주가 되지만, 다이묘 중에서는 실력이 아니라 아내의 힘이라고 야유하는 사람도 많았다.

### 카메히메龜姬 | 1560~1625 |

이에야스가 열아홉에 낳은 딸. 오빠인 노부야스, 어머니인 츠키야마와 함께 이마가와 가의 인질이 되었다가 오케하자마 전투 후에 이에야스에게로 돌아온다. 텐쇼 4년(1576), 이에야스가 타케다 씨와 대항하기 위한 포석으로써 오쿠다이라 노부마사와 결혼한다. 노부마사가 영지인 미노에서 죽자 카메히메는 삼천 석을 받고 머리를 깎고 중이 된다.

### 카토 요시아키加藤嘉明 | 1563~1631 |

시즈가타케 전투에서 "일곱창"의 한 사람으로 활약한다. 이후 도요토미 수군의 수장으로서 오다와라 정벌, 임진왜란, 정유재란 등에도 참전한다.

### 카토 키요마사加藤淸正 | 1562~1611 |

관직명은 히고노카미肥後守. 조선에서의 호랑이 퇴치로 유명한 키요마
사는, 히데요시의 외가 쪽 친척으로, 어렸을 때부터 히데요시를 섬겼
다. 히데요시 사망 후에도 그의 아들인 히데요리를 보좌하며, 도요토
미 정권의 안정을 꾀하지만, 오사카 전투에 앞서 병사한다.

### 코니시 유키나가小西行長 | ?~1600 |

통칭 야쿠로. 히데요시의 가신으로, 네고로, 사이가의 반란을 진압한
다. 임진왜란 때 선봉으로 조선에 침공하여, 부산, 평양을 점거한다.
케이쵸 2년(1597) 정유재란 때 재차 조선으로 침공하지만, 이듬해 히데
요시의 죽음으로 조선에서 철수한다. 무단파인 카토 키요마사, 후쿠시
마 마사노리, 쿠로다 나가마사 등과 대립하고, 세키가하라 전투에서는
서군의 주력으로 활약하다가 패해 처형된다.

### 코바야카와 히데아키小早川秀秋 | 1582~1602 |

키타노만도코로의 오빠. 세 살 때 히데요시의 양자가 되어 나중에 코
바야카와 가를 계승하게 된다. 세키가하라 전투에서는 서군의 장수로
서 1만 5천의 군사를 이끌고 마츠오야마에 포진하여, 2개 지방을 할양
받는 조건으로 도쿠가와 쪽의 편을 들겠다고 약속하지만, 전투가 시작
되자 기회주의적인 태도를 보이며 움직이지 않는다. 히데아키의 태도
에 화가 난 이에야스는 마츠오야마에 총포를 발사하여 히데아키를 위협하자 이에 겁을 먹
은 히데아키는 즉시 마츠오야마를 내려와 오타니 요시츠구의 진영을 공격한다. 서군에 있
어서는 치명적인 배신이었다. 전투 후 2년 후에 21세의 나이로 사망한다.

### 쿠로다 나가마사黑田長政 | 1568~1623 |

요시타카의 적자로 아버지가 히데요시의 수하이기 때문에 오다 노부
나가의 인질로서 히데요시의 거성 나가하마에서 유년기를 보낸다. 세
키가하라 전투에서는 동군에 가담하여 무공을 세운다. 그 후 오사카
전투에도 참전하며 토자마 다이묘로서 도쿠가와 가에 철저하게 순종
적인 자세를 보인다.

### 쿠로다 요시타카黑田孝高 | 1546~1604 |

칸베에官兵衛 또는 죠스이如水라고도 불린다. 텐쇼 5년(1577), 오다 노
부나가의 명을 받은 히데요시의 츄고쿠 정벌에 참가하여 각지에서 활
약하였다. 그렇지만 아라키 무라시게의 모반 때는 아라키를 설득하러

사자로 갔다가 그대로 체포되어 이듬해에 다리가 불구가 된 채 구출된다. 노부나가 사후에도 히데요시의 무장으로서 활약하지만 너무 재주를 부려 히데요시로부터 소외당한다. 세키가하라 전투에서는 큐슈의 서군에 소속되어 있는 성들을 차례로 함락시키며 천하 제패에 대한 꿈을 갖기도 한다.

### 쿠키 요시타카九鬼嘉隆 | 1542~1600 |

이세의 시마타 성주로 처음에는 이세의 키타바타케를 모시지만, 쿄토 입성 중인 오다를 알현하고, 오다의 수하로 들어온다. 그 이전에는 이세 해적 칠인방 중 한 명으로 꼽혔고, 오다 군에서도 해군의 지휘자로 활약한다. 혼노 사의 변 이후에는 히데요시의 수하가 되고, 코마키 · 나가쿠테 전투에서는 반 노부오 파로 활약한다. 세키가하라 전투에서는 서군에 소속되어 전투를 벌이다 패하여 자살한다.

### 키무라 시게나리木村重成 | 1593~1615 |

도요토미 히데요리의 가신으로, 나가토노카미로도 불린다. 죽음을 각오하고 투구에 향을 피우고 오사카 여름 전투에 출전, 도쿠가와 최대의 강병 이이 나오타카와 일전을 벌이다 전사한다. 수급을 확인하다가 머리카락에서 향내가 나는 것을 깨달은 이에야스는 마지막까지 자신의 각오를 잊지 않으려는 마음에 감탄하여 시게나리의 죽음을 진심으로 슬퍼했다고 한다.

### 키타노만도코로北の政所 | 1548~1624 |

네네라고도 불린다. 열네 살 때 노부나가의 하인이던 도요토미 히데요시와 결혼한다. 히데요시 사후에도 계속되어 도요토미 가신단은 네네를 중심으로 하는 오와리 파와, 요도를 중심으로 하는 오미 파로 분열한다. 히데요시 사후에는 코다이인이라 이름을 바꾸고 비구니가 되어 쿄토에 은거한다. 오와리 파가 도쿠가와에 가담하자 네네도 도쿠가와의 비호를 받으며 이른여섯 살까지 산다.

### 킷카와 히로이에吉川廣家 | 1561~1625 |

킷카와 모토하루의 셋째아들. 임진왜란과 정유재란 때 도요토미 히데요시를 따라 조선으로 출병한다. 케이쵸 5년(1600) 세키가하라 전투에서는 서군의 패배를 예측하고 도쿠가와 이에야스의 동군에 가담한다.

### 타나카 요시마사田中吉政 | 1549~1609 |

히데요시의 가신으로 오다와라 정벌 후 미카와 오카자키의 성주가 된다. 히데요시의 천주교 탄압하에서도 일족이 모두 세례를 받는다. 세키가하라 전투에서는 동군에 소속되어 이시다 미츠나리를 생포한다.

### 타치바나 무네시게立花宗茂 | 1569~1642 |

도요토미 히데요시로부터 "동쪽에 타다카츠(혼다 타다카츠)가 있다면 서쪽에는 무네시게가 있다"라는 말을 들을 정도로 전술에 뛰어나다. 세키가하라 전투에서는 서군에 소속되어 쿄고쿠 타카츠구를 공격하지만, 도쿠가와 쪽의 승리를 예측하고, 오사카 성으로 퇴각한다. 오사카 농성에 대비한 것이다. 서군에 가담한 죄로, 방랑의 세월을 보내다가 후에 방면되어 오사카 겨울·여름 전투에 출전한다.

### 텐카이天海 | 1536~1643 |

괴승 즈이후가 개명한 이름이다. 난코보 텐카이라고도 불린다. 출생과 경력은 불명하다. 이에야스와 불교 교리에 대한 문답을 하다가 그 탁월함에 이에야스가 반했다고 한다. 노부나가의 히에이잔 토벌 이후 쇠퇴해가던 천태종을 이에야스의 명을 받고 부흥시키는 등 종교적인 측면에서 이에야스의 자문 역할을 한다.

### 토도 타카토라藤堂高虎 | 1556~1630 |

아사이 나가마사 등 여러 주군을 섬기다가 도요토미 히데요시의 수하가 되어 코마키·나가쿠테 전투, 큐슈 정벌 등에서 활약한다. 히데요시의 사후 도쿠가와 이에야스에게 가서 그의 신뢰를 받게 된다. 오사카 여름 전투에서 큰 공을 세우는 등 대표적인 무장 가운데 한 사람으로 꼽히지만, 토토우미의 제제 성, 탄바의 츠키야마 성의 축성에도 뛰어난 재능을 발휘한다.

### 토리이 모토타다鳥居元忠 | 1539~1600 |

이에야스의 가신으로 아네가와 전투, 미카타가하라 전투 등에서 많은 무공을 세운다. 진실한 인물로 기탄없이 이에야스에게 간언을 했다. 세키가하라 전투에서는 그가 수비하고 있던 후시미 성이 이시다 미츠나리의 대군에 포위되었을 때, 신하의 자살 권유를, 싸우는 것이야말로 장수의 참된 길이라며 뿌리치고, 100분의 1에도 미치지 못하는 병력으로 맞서다가 전사한다. 훗날 '미카와 무사의 귀감'이라 칭송받는 충절의 무장이다.

### 하야시 라잔林羅山 | 1583~1657 |

에도 전기의 유학자로, 후지와라 세이카의 수제자. 이름은 노부카츠이고 통칭 마타사부로라 불린다. 상인 가문에서 태어나지만 병약하여 독서에 심취한다. 10대 때부터 쿄토에서 논어를 강의하였고, 스승인 후지와라 세이카의 추천으로 이에야스의 수하로 들어간다. 주자학의 수용과 보급에 가장 큰 공이 있고, 바쿠한幕藩 체제하의 관학으로서 기초를 쌓았다. 유학뿐만 아니라 국문학, 사학 등에도 업적을 쌓았다.

### 호소카와 타다오키細川忠興 | 1563~1645 |

호소카와 후지타카의 아들. 아버지와 함께 오다 노부나가를 섬기며 마츠나가 히사히데 공략 등에서 공명을 떨쳤다. 혼노 사의 변이 일어났을 때는 아케치 미츠히데의 딸 타마(가라시아)와 결혼한 상태였지만, 히데요시의 수하에 있었다. 히데요시 사후에는 도쿠가와 이에야스의 수하가 되어 세키가하라 전투 등에서 공을 세운다.

### 호소카와 후지타카細川藤孝 | 1534~1610 |

통칭 유사이幽齋. 혼노 사의 변 후 인척인 아케치 미츠히데의 협조 요청을 거부하고, 히데요시의 수하로 들어간다. 세키가하라 전투 때는 타나베 성에서 서군에 포위되어 60일 간 저항하지만, 조정의 칙령으로 서군은 포위를 풀고, 후지타카는 성을 연다. 이것은 유사이의 재능을 아끼는 고요제이 천황이 그의 죽음을 막기 위해 조치한 배려였다고 한다.

### 혼다 마사노부本多正信 | 1538~1616 |

이에야스의 가신이다. 혼노 사의 변 후 히데요시의 시대가 되자, 내정이나 외교정책이 중시되게 된다. 마사노부는 무인으로서의 능력은 떨어지지만, 실무에는 뛰어나서 이에야스의 두터운 신임을 받아, 자신의 행정능력과 지략을 유감 없이 발휘하기 시작한다. 에도 성의 경영, 세키가하라 전투 후 처리에도 수완을 발휘하고, 2대째 히데타다의 후견인으로서 국정의 중추를 맡는다.

### 혼다 타다카츠本多忠勝 | 1548~1610 |

'이에야스에게는 과분한 것이 두 개 있다. 중국의 갑옷과 혼다 헤이하치로(통칭)'라는 말을 들을 정도로 극찬을 받는 이에야스의 가신이다. 텐쇼 12년(1584)의 코마키·나가쿠테 전투에서는 히데요시의 수만에 달하는 군대를 단 300기로 맞서려는 담력을 보여 히데요시로부터도 '서쪽에 타치바나 무네시게가 있다면 동쪽에 혼다 헤이하치로가 있다'는 격찬을 듣는다. 또 그는 미카와의 명물 사슴 뿔 투구를 썼는데, 적군들은 이것을 보기만 해도 혼비백산했다고 한다. 이세에서 63세의 생을 마감한다.

### 혼아미 코에츠本阿彌光悅 | 1558~1637 |

혼아미 코지의 아들로 미술 공예 부문에 금자탑을 쌓은 예술가다. 당대 일본 문화의 꽃이라 칭송받았으며, 이에야스로부터 타카가미네에 광대한 토지를 하사받아, 그곳에 예술가 마을을 세워 예술가 지도자로서도 걸출한 면을 보인다.

### 후지와라 세이카藤原惺窩 | 1561~1619 |

아즈치 모모야마, 에도 전기의 유학자. 고매한 인격과 교양을 갖추고, 이에야스에게 예를 갖춘 인물, 천하국가의 길을 가르친다. 세속적인 출세는 안중에 없었기 때문에 이에야스의 중용을 고사하고, 대신 수제자인 하야시 라잔을 추천한다.

### 후쿠시마 마사노리福島正則 | 1561~1624 |

히데요시의 아버지 쪽 친척이라 하고, 키요마사와 마찬가지로 유소년 시절부터 히데요시를 섬긴다. 히데요시 사망 후, 이시다 미츠나리 등과 대립하여, 세키가하라 전투에서는 동군의 선봉에 선다. 그 때문에 전후, 아키·히고 49만 8천 석을 받고, 히로시마 성주가 된다. 그러나 이에야스 정권하에서는 오사카 전투에서 도요토미 가와의 관계 때문에 의심을 사 에도에 잡혀 있기도 하고, 히로시마 성을 마음대로 수리했다는 죄로 영지를 잃는 등, 비운이 끊이지 않는다. 결국은 시나노 카와나카지마로 유폐되어 병사한다.

# 《 에도 용어 사전 》

**고쿄御鏡** | 신령으로 모시는 거울.

**고헤이御幣** | 신전에 올리거나 신관神官이 불제에 쓰는 막대기 끝에 흰 종이나 천을 끼운 것.

**곤노다이나곤權大納言** | 다이나곤은 다이죠칸太政官의 차관. 곤權은 관직 앞에 붙어, 정원 定員 이외의 신분임을 나타내는 말.

**나가츠보네長局** | 궁중이나 바쿠후의 대전에서 길게 늘어서 있는 시녀들의 방.

**나이시도코로内侍所** | 일본 황실의 세습적 보물인 야타노카가미八咫鏡를 안치하고 여자 관 리가 지켰던 전각.

**나이키内記** | 조칙 등을 기초하고 위기位記를 쓰며 궁중의 기록을 맡아보던 관직.

**남만南蠻** | 무로마치室町 시대에서 에도江戸 시대에 이르기까지 해외 무역의 대상이 된 동 남아시아나 그곳에 식민지를 가진 포르투갈·스페인을 일컫는 말. 또, 그 시대에 건너온 서양 문화(기술, 종교). 네덜란드를 홍모紅毛라고 한 데 대한 말.

**뇨인女院** | 인院의 칭호를 받은 천황의 생모·공주 등의 존칭. =몬인門院.

**다다미疊** | 일본식 주택의 방바닥에 까는 것으로, 짚으로 만든 판에 왕골이나 부들로 만든 돗자리를 붙인 것. 일반적으로 크기는 180×90cm이며, 일본에서는 현재도 방의 크기를 다다미의 장수로 나타내는 경우가 많다.

**다이묘大名** | 넓은 영지와 많은 부하를 둔 무사의 우두머리.

**다이죠단大上段** | 검법에서 칼을 머리 위로 쳐드는 자세.

**다죠다이진太政大臣** | 정치를 통괄하는 다이죠칸의 최고 벼슬.

**라쇼몬羅生門** | 와타나베 츠나渡邊綱가 라쇼몬에 사는 귀신과 싸워 그의 팔 하나를 잘랐다 는 전설을 각색한 노能의 하나.

**로죠老女** | 쇼군이나 영주의 부인을 섬기는 시녀의 우두머리.

**몬제키門跡** | 황족이나 귀족의 자제가 법통을 잇는 사찰. 또는 그 주지.

**바쿠후幕府** | 무신 정권 시대에 쇼군이 집무하던 곳, 또는 그 정권.

**보다이 사菩提寺** | 조상 대대의 위패를 모시는 절.

**부교奉行** | 행정, 재판, 사무 등을 담당하는 무사의 직명.

**사공육민四公六民** | 봉건 시대에 농민의 수확의 4할을 연공年貢으로 거둬들이던 일.

**사네모리實盛** | 헤이안平安 시대의 무사 사이토 사네모리齋藤實盛가 마지막 전투 때 비단 예복을 입고 백발을 검게 물들이고 싸웠다는 전설을 각색한 노能의 하나.

**사루가쿠猿樂** | 일본의 중세 시대에 행해진 민중 예능. 익살스러운 동작이나 곡예를 주로 하다가 차츰 연극화되어 노와 쿄겐으로 갈라졌다.

**사카야키月代** | 남자가 관冠이 닿는 이마 언저리의 머리카락을 반달 모양으로 미는 것. 또는 그 부분.

**산기參議** | 다이죠칸 내의 관직. 다이진, 다이나곤, 츄나곤의 다음 지위.

**산마이散米** | 제사 드릴 때 부정을 없애기 위해 신전神前에 뿌리는 쌀.

**산보三方** | 신불이나 귀인 앞에 음식 등을 받쳐 내놓는 굽 달린 소반.

**산킨코타이參觀交代** | 에도 시대에 바쿠후가 행한 다이묘 통제책으로, 다이묘들을 1년 걸러 에도에 출사出仕시킨 제도. 그들의 처자는 인질로 에도에 거주시켰다.

**삼도내** | 불교에서 사람이 죽어서 저승으로 가는 길에 건너게 된다는 내를 이르는 말. 삼도천三途川.

**상황上皇** | 양위讓位한 천황天皇의 존칭.

**세이간靑眼** | 칼끝을 상대편의 눈 높이로 겨누는 자세.

**세이이타이쇼군征夷大將軍** | 무력과 정권을 장악한 바쿠후의 실권자. 쇼군의 정식 명칭.

**셋케攝家** | 섭정이나 칸파쿠에 임명될 수 있는 지체 높은 집안.

**소죠僧正** | 승관 계급의 최고위직. 다이소죠大僧正, 소죠, 곤노소죠權僧正로 나뉜다.

**쇼군將軍** | 무력과 정권을 장악한 바쿠후의 실권자. 정식 명칭은 세이이타이쇼군.

**쇼코쿠相國** | 다죠다이진, 사다이진, 우다이진의 중국식 호칭.

**슈인죠朱印狀** | 무가武家 시대에, 해외 통상을 허가하는 쇼군將軍의 주인朱印을 찍은 공문서.

**신카게류新陰流** | 카게류陰流를 바탕으로 한 검술의 한 유파로 야규 무네요시가 창시한 검법.

**신토神道** | 일본 황실의 조상인 아마테라스오미카미天照大神나 국민의 선조를 신으로 숭배하는 일본 민족의 전통적인 신앙.

**에보시烏帽子** | 관례를 올린 남자가 쓰는 검은 모자.

**오고쇼大御所** | 은퇴한 쇼군이나 그의 거처.

**오반가시라大番頭** | 헤이안 시대 이후, 쿄토의 궁성이나 시가를 교대로 경비하던 각 지방의 무사를 오반이라 하였고, 오반가시라는 그 우두머리.

**오하라이大祓 い** | 온 백성의 죄와 부정을 씻기 위해 행하는 신토의 액막이 의식.

**와카和歌** | 일본의 고유 형식인 5음, 7음을 바탕으로 하여 만들어진 정형시. 5 · 7 · 5 · 7 · 7의 5구 31음으로 된 시.

**요닌用人** | 다이묘大名 밑에서 서무 · 출납을 맡아보는 사람 또는 그 직명.

**요리토모賴朝** | 1147~1199. 미나모토노 요리토모源賴朝. 카마쿠라 바쿠후鎌倉幕府의 초대 쇼군將軍으로 무신정권의 창시자.

**이리가와入側** | 툇마루와 사랑방 사이에 잇는 통로.

**잇폰 친왕一品親王** | 친왕 중에서 가장 품계가 높은 사람.

**정토종淨土宗** | 호넨法然 법사(1132~1212)를 개조로 한다. 이후 제자 신란親鸞(1173~1263)의 출현으로 정토진종淨土眞宗이라는 새로운 종파가 성립되었다. 현재 정토진종은 일본 불교의 최대 종단을 형성하고 있다.

**조동종曹洞宗** | 선종禪宗의 한 파. 카마쿠라鎌倉 시대 초기의 중 도겐道元이 송宋나라 여정如淨에게서 법을 배워 일본에 전하였다.

**츠보가리坪刈り** | 농작물의 작황을 검사할 때 평균적으로 된 곳의 한 평 내지 몇 평을 베어 전체의 소출을 셈하는 방법.

**친왕親王** | 황족의 하나. 천황의 형제 · 황자皇子를 일컫는 말.

**카치徒步 · 徒士** | 도보로 주군을 따르거나 선도하던 하급 무사. 카치자무라이와 같다.

**칸에이寬永** | 1624~1644년의 일본 연호.

**칸파쿠關白** | 천황을 보좌하여 정무를 담당하는 최고위의 대신.

**코쇼小姓** | 주군을 측근에서 모시며 잡무를 맡아보는 무사.

**코시지越路** | 호쿠리쿠北陸 지방의 다른 명칭.

**키요모리 뉴도淸盛入道** | 미나모토源 가를 대신하여 정권을 잡은 타이라平 가문의 무장으로 딸을 황후로 들여보내 외척으로 전횡을 일삼음. 타이라노 키요모리平淸盛.

**타이마大麻** | 신토에서 신전神前에 제사지낼 때 공물로서 막대 끝에 늘어뜨린 것.

**타이코太閤** | 본래 섭정攝政 또는 다죠다이진太政大臣의 경칭敬稱. 나중에는 칸파쿠의 직위를 그 자식에게 물려준 사람에 대한 높임말. 여기서는 히데요시를 가리킴.

**텐슈카쿠天守閣** | 성의 중심부 아성牙城에 3층 또는 5층으로 쌓아올린 망루.

**토리이鳥居** | 신사 앞에 세우는 기둥문.

**하타모토旗本** | (진중에서) 대장이 있는 본영. 또는 그곳을 지키는 무사.

**홍모인紅毛人** | 붉은 머리털을 가진 서양인을 가리키는 말. 구체적으로는 네덜란드 인을 가리킨다.

## 《 도쿠가와 이에야스의 유품 》

● 초상

카노 탄유狩野探幽 작 　　　　　도쿠가와 요시나오 德川義直 작

● 작품

「원숭이도」 도쿠가와 이에야스德川家康 작

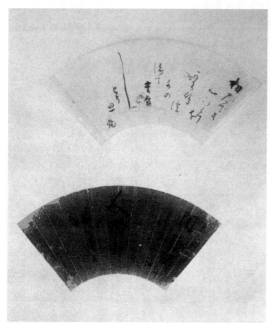

「시가선면詩歌扇面」
도쿠가와 이에야스 작

● 갑옷

도쿠가와 미술관장

쿠노잔 토쇼구 박물관장

키슈 토쇼구 소장

미토 토쇼구 소장

칸코쿠 신사 소장

● 그 외 유품

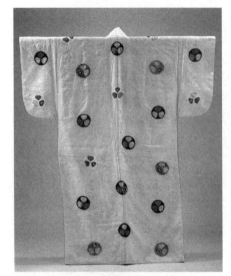

코소데小袖

(앞)　　　　　　　　　　　　(뒤)

진바오리陣羽織

진바오리

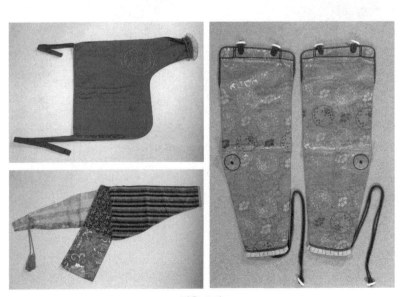

갑옷 토시

337

군센軍扇

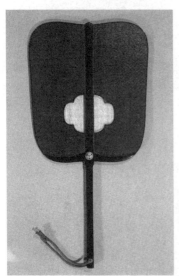

군바이軍配

지휘채

# 《 도쿠가와 이에야스의 이름과 관직 변천사 》

## ◈ 마츠다이라 타케치요松平竹千代 | 0~14세 |
· 미카와의 다이묘. 마츠다이라 히로타다의 장남. 어머니는 오다이.
· 6세. 이마가와 요시모토의 인질로 가다가 중간에 오다 노부히데(노부나가의 아버지)에게 납치되어 감.
· 8세. 이마가와 씨의 포로 오다 노부히로와의 교환 성립. 슨푸로 감.

## ◈ 마츠다이라 지로사부로 모토노부松平次郎三郎元信 | 14~15세 |
· 14세 때 관례. 이름을 지어준 사람은 이마가와 요시모토. 그 모토元 자를 빌려 개명.
· 15세 때 세키구치 치카나가의 딸(츠키야마 · 요시모토의 조카)과 결혼.

## ◈ 마츠다이라 쿠란도 모토야스松平藏人元康 | 16~22세 |
· 16세 때 첫 출전.
· 조부, 키요야스의 야스康를 따서 개명.

## ◈ 마츠다이라 쿠란도 이에야스松平藏人家康 | 22~25세 |
· 22세. 노부나가와 키요스 동맹을 결성. 이마가와 씨와 결별하고, 요시모토에서 빌린 모토를 버린다.

## ◈ 도쿠가와 이에야스德川家康 | 25~75세 |
· 25세. 미카와를 통일. 조정에서 종5품하, 미카와노카미三河守에 임명되었다.
· 도쿠가와로 개성.
· 29세. 종5품상.
· 32세. 정5품하.
· 35세. 종4품하 우콘에右近衛 소장.
· 38세. 종4품상.
· 44세. 정3품 후쿠츄나곤副中納言
· 45세. 종2품 후쿠다이나곤副大納言
· 54세. 정2품 나이다이진內大臣
· 62세. 우다이진右大臣
· 62세. 세이이타이쇼군征夷大將軍
· 74세. 종1품 다죠다이진太政大臣
· 75세. 정1품으로 추서됨.

## 《 도쿠가와 이에야스 연보 》

◆—서력의 나이는 도쿠가와 이에야스의 나이

| 일본 연호 | 서력 | | 주요 사건 |
|---|---|---|---|
| 텐분<br>天文 | 11 | 1542<br>1세 | 12월 26일, 마츠다이라 히로타다의 아들로 미카와의 오카자키에서 태어난다. 어머니는 오다이. 아명은 타케치요. |
| | 16 | 1547<br>6세 | 8월 2일, 마츠다이라 히로타다는 그의 아들 타케치요(이에야스)를 인질로서 이마가와 요시모토에게 보낸다. 도중에 타케치요는 납치되어 오와리의 오다 노부히데에게 보내진다. |
| 코지<br>弘治 | 원년 | 1555<br>14세 | 3월, 스루가에서 관례를 올리고 마츠다이라 지로사부로 모토노부라 개명. |
| | 3 | 1557<br>16세 | 정월 15일, 슨푸에서 이마가와 요시모토의 조카딸 카메히메와 결혼. 카메히메는 츠키야마라 불림.<br>4월 2일, 이름을 모토야스라 개명. |
| 에이<br>로쿠<br>永祿 | 원년 | 1558<br>17세 | 2월 5일, 이마가와 요시모토의 명에 의해 미카와 테라베 성의 스즈키 시게타츠를 공격한다(이에야스의 첫 출전). |
| | 5 | 1562<br>21세 | 정월, 오와리 키요스로 가서 오다 노부나가와 맹약을 한다. |
| | 6 | 1563<br>22세 | 7월 6일, 이마가와 씨의 지배를 벗어나서 이름을 이에야스라 개칭한다. |
| | 9 | 1566<br>25세 | 12월 29일, 도쿠가와라 성을 고치고 종5품하 미카와노카미에 임명된다. |

| 일본 연호 | | 서력 | 주요 사건 |
|---|---|---|---|
| 에이<br>로쿠<br>永祿 | 10 | 1567<br>26세 | 5월 27일, 적자 노부야스가 오다 노부나가의 딸 토쿠히메를 아내로 맞이한다. |
| | 12 | 1569<br>28세 | 9월 16일, 마츠다이라 사네노리에게 명해 이시카와 이에나리와 함께 카케가와 성을 지키게 한다. |
| 텐쇼<br>天正 | 3 | 1575<br>34세 | 5월 21일, 나가시노 전투에서 노부나가와 이에야스가 타케다 카츠요리를 격파한다. |
| | 5 | 1577<br>36세 | 8월 27일, 타케다 신겐이 토토우미 요코스카로 출진하지만, 이에야스가 이를 격파한다. |
| | 6 | 1578<br>37세 | 3월 9일, 타케다 카츠요리의 스루가 타나카 성을 공격한다.<br>11월 2일, 타케다 신겐이 오이가와를 건너 토토우미 오야마에 도착했다는 정보를 듣고 출진을 명한다. |
| | 7 | 1579<br>38세 | 7월 16일, 노부나가는 이에야스에게 노부야스가 자결할 것을 요구한다.<br>8월 3일, 미카와 오카자키 성으로 간다. 이어서 아들 노부야스를 미카와 오하마로 보낸다.<br>8월 29일, 이에야스의 가신인 오카모토 헤이에몬 등이 이에야스의 정실인 츠키야마를 살해한다.<br>9월 15일, 이에야스의 아들 노부야스가 21세의 나이로 자살한다. |
| | 9 | 1581<br>40세 | 3월 22일, 타케다 카츠요리의 타카텐진 성을 함락시키고, 토토우미를 평정한다. |

| 일본 연호 | 서력 | 주요 사건 |
|---|---|---|
| **텐쇼**<br>天正    10 | **1582**<br>41세 | 3월 11일, 타케다 카츠요리는 오다 · 이에야스 군의 공격을 받아 카이에서 자살한다.<br>6월 2일, 오다 노부나가는 아케치 미츠히데의 공격을 받아 혼노 사에서 49세의 나이에 자살한다. 노부나가의 적자인 노부타다도 니죠 성에서 자살한다.<br>6월 14일, 아케치 미츠히데를 토벌하러 군사를 이끌고 오와리 나루미로 진출한다. |
|      12 | **1584**<br>43세 | 3월 13일, 군사를 이끌고 오와리로 진출하여 오다 노부오와 키요스에서 회견한다. 같은 날, 미노 기후의 이케다 모토스케 등이 오다 노부오의 성인 이누야마 성을 공격한다.<br>3월 28일, 하시바 히데요시는 오와리로 나와 라쿠덴에 진을 친다. 이에야스는 키요스에서 코마키로 출진한다.<br>4월 9일, 하시바 히데요시의 수하인 미요시 노부요시(히데츠구), 이케다 쇼뉴(츠네오키), 모리 나가요시 등이 미카와로 출격할 것을 상의한다. 이에야스는 이것을 오와리 나가쿠테에서 습격하여 격파한다(코마키 · 나가쿠테 전투). |
|      13 | **1585**<br>44세 | 6월 26일, 종기가 생겨 고생한다.<br>11월 13일, 이에야스의 가신인 이시카와 카즈마사가 쿄토로 도망간다.<br>11월 28일, 히데요시가 오다 나가마스를 보내 이에야스를 쿄토로 부른다. 이에야스는 이를 거부한다. |
|      14 | **1586**<br>45세 | 정월 27일, 오다 노부오가 히데요시와 이에야스의 화해를 위해 오카자키에서 이에야스와 회견한다. |

| 일본 연호 | | 서력 | 주요 사건 |
|---|---|---|---|
| 텐쇼<br>天正 | | | 4월 23일, 히데요시의 여동생인 아사히히메와의 혼인을 청하기 위해 혼다 타다카츠를 오사카 성으로 파견한다.<br>5월 14일, 히데요시의 여동생인 아사히히메와 결혼한다.<br>9월 26일, 히데요시는 오만도코로를 인질로 보내기로 약속하고 이에야스의 상경을 요구한다. 이에야스가 이에 따른다. |
| | 18 | 1590<br>49세 | 정월 21일, 히데요시는 도쿠가와 이에야스를 오다와라 정벌의 토카이도 선봉으로 삼는다.<br>2월 7일, 이에야스의 선봉 사카이 이에츠구, 혼다 타다카츠, 사카키바라 야스마사, 히라이와 치카요시, 오쿠보 타다요, 이이 나오마사 등이 병사를 이끌고 스루가를 출발한다.<br>7월 13일, 히데요시가 오다와라로 들어간다. 이에야스의 영지 미카와 · 토토우미 · 스루가 · 카이 · 시나노를 넘겨받고, 히타치를 제외한 칸토 7개 지방과 이즈 1개 지방을 포함하여 오미 · 이세 등 11만 석을 이에야스에게 준다.<br>7월 20일, 정식으로 칸토 이봉을 포고한다.<br>8월 1일, 무사시 에도 성으로 들어간다. |
| | 19 | 1591<br>50세 | 7월 1일, 난코보 텐카이가 에도 성에서 문안을 드리고, 이에야스를 만난다. |
| 케이쵸<br>慶長 | 1 | 1596<br>55세 | 5월 8일, 이에야스는 나이다이진 정2품, 마에다 토시이에는 곤노다이나곤이 된다. |

| 일본 연호 | | 서력 | 주요 사건 |
|---|---|---|---|
| 케이쵸<br>慶長 | 2 | 1597<br>56세 | 8월 5일, 히데요시는 히데요리를 도쿠가와 이에야스, 마에다 토시이에 등 다섯 사람의 타이로에게 부탁한다. 이에야스, 토시이에는 이시다 미츠나리 등 다섯 부교와 서약서를 교환한다.<br>8월 25일, 이에야스를 비롯하여 마에다 토시이에는 히데요시의 상喪을 비밀에 부치고, 토쿠나가 나가마사와 미야모토 토요모리를 조선에 파견하여 장수들에게 귀환을 명한다. |
| | 4 | 1599<br>58세 | 정월 19일, 다테 마사무네와 후쿠시마 마사노리, 하치스카 카즈시게(이에마사) 등과 혼인의 약속을 한다. 이날 마에다 토시이에, 우키타 히데이에는 이코마 치카마사와 쇼타이를 이에야스를 힐문하는 사자로 이에야스와 마사무네에게 파견, 히데요시의 유명遺命에 어긋난 것을 추궁한다.<br>9월 9일, 오사카 성으로 문안을 가서 히데요리를 배알한다.<br>이해 겨울, 카가 카나자와의 마에다 토시나가에게 이심이 있음을 듣고, 이를 토벌하려 한다. 토시나가는 카로인 요코야마 나가카즈를 보내서 변명한다. |
| | 5 | 1600<br>59세 | 3월 16일, 오란다 배 리프데 호가 분고에 표류한다. 이에야스는 그 배의 이기리스 인 윌리엄 아담스를 오사카 성으로 부른다.<br>6월 2일, 오사카 성에서 여러 장수를 모아 아이즈 정벌 군사 회의를 연다.<br>7월 11일, 오타니 요시츠구, 마시타 나가모리, 안코쿠지 에케이 등이 이시다 미츠나리와 오미 사와야마 성 |

| 일본 연호 | 서력 | 주요 사건 |
|---|---|---|
| 케이쵸<br>慶長 | | 에서 회합하고, 아키 히로시마의 모리 테루모토를 총대장으로 영입하여 이에야스를 토벌할 것을 논의한다.<br>7월 13일, 킷카와 히로이에는, 안코쿠지 에케이가 획책한 이시다 미츠나리, 오타니 요시츠구 등과 우에스기 카게카츠의 협공에 의한 이에야스 공략에 반대하고, 모리 테루모토의 출진을 저지하기 위해 테루모토에게 간언한다.<br>7월 17일, 도요토미의 부교 나츠카 마사이에, 마시타 나가모리, 이시다 미츠나리 등이 이에야스의 죄업 13개조를 올리고, 이에야스를 토벌할 것을 여러 다이묘에게 주장한다.<br>7월 24일, 시모츠케 오야마로 출진한다. 다음날, 토리이 모토타다의 보고를 받고 여러 장수들을 소집하여 거취를 묻는다.<br>쿠로다 나가마사, 후쿠시마 마사노리 등이 이에야스에게 아군이 되겠다는 서약서를 제출한다.<br>9월 15일, 양군은 마침내 미노 세키가하라에서 전투를 벌인다. 코바야카와 히데아키는 동군에 호응하여 오타니 요시츠구의 배후를 습격한다. 이로 인해 서군이 대패한다(세키가하라 전투).<br>9월 17일, 이시다 미츠나리의 오미 사와야마 성을 공격한다. 18일, 미츠나리의 아버지 마사츠구와 형 마사즈미 등이 자살하고 성은 함락된다.<br>9월 21일, 타나카 요시마사는 이시다 미츠나리를 오미 이부키야마 산중에서 사로잡아 이에야스에게 보낸다.<br>10월 1일, 이시다 미츠나리, 코니시 유키나가, 안코쿠지 에케이를 쿄토 로쿠죠 강가에서 참수하고 산죠 다리에 효수한다. |

| 일본 연호 | | 서력 | 주요 사건 |
|---|---|---|---|
| 케이쵸<br>慶長 | 7 | 1602<br>61세 | 정월 6일, 종1품이 된다.<br>이달, 히데타다에게 칸토의 땅 20만 석을 준다.<br>이달, 이에야스의 생모 미즈노 씨(오다이)가 상경한다.<br>5월 8일, 사타케 요시노부의 히타치 60만 석을 거둬들이고, 데와 아키타의 20만 석을 준다.<br>8월 28일, 이에야스의 생모 미즈노 씨(오다이)가 야마시로 후시미에서 사망한다. 향년 75세. |
| | 8 | 1603<br>62세 | 2월 12일, 종1품 우다이진이 되고, 세이이타이쇼군이 된다. 에도에 바쿠후를 연다.<br>7월 28일, 히데요리는 히데타다의 딸 센히메와 약혼한다. |
| | 15 | 1610<br>69세 | 정월, 나루세 마사나리를 오와리 도쿠가와 요시나오(요시토시)의 사부로 삼고, 안도 나오츠구를 슨푸 도쿠가와 요리노부의 사부로 삼는다.<br>2월, 오와리 나고야 성의 축성을 개시하고, 홋코쿠, 사이고쿠의 여러 다이묘에게 이것의 부역을 명한다.<br>윤2월 2일, 시나노 마츠시로 성주 마츠다이라 타다테루를 에치코 후쿠시마 성으로 영지를 옮기게 한다.<br>이해 봄, 히데요리와 센히메가 정식으로 혼례를 치른다. |
| | 18 | 1613<br>72세 | 4월 25일, 사도 부교 오쿠보 나가야스가 사망한다. 향년 69세. 곧이어 이에야스는 나가야스의 죄를 규명하고 그 유산을 몰수, 자식의 할복을 명령한다. |
| | 19 | 1614<br>73세 | 10월 1일, 쇼시다이인 이타쿠라 카츠시게가 오사카의 소요를 슨푸에 보고한다. 이에야스는 오사카 토벌을 |

| 일본 연호 | 서력 | 주요 사건 |
|---|---|---|
| 케이쵸<br>慶長 | | 결의하고 여러 다이묘에게 출진을 명령한다.<br>10월 10일, 슨푸에 모인 여러 다이묘를 알현하는 자리에서, 영지로 돌아가 군비를 정비하고 군령을 기다릴 것을 명한다.<br>10월 11일, 히타치 미토 성주 도쿠가와 요리후사에게 슨푸 성을 맡기고, 몸소 군대를 이끌고 슨푸를 출발한다.<br>10월 20일, 오사카 쪽에서 사람을 보내 니죠 성을 불지르고 이에야스를 저격하려 한다. 쇼시다이 이타쿠라 카츠시게가 이 사람을 붙잡아 이에야스에게 보고한다.<br>12월 5일, 히데타다가 오사카 성 총공격 날짜를 잡고 이에야스에게 아뢴다. 이에야스가 이를 허락하지 않는다.<br>12월 21일, 오사카 공격군에게 명하여 본진에서 퇴각하도록 한다. 또 큐슈에서 온 여러 군사들도 영지로 돌아가도록 한다(오사카 겨울 전투).<br>12월 22일, 측실 아챠 부인과 이타쿠라 시게마사를 오사카 성으로 파견하여, 히데요리와 그의 생모 요도 부인의 서약서를 받게 한다. |
| 겐나<br>元和 | 1<br>1615<br>74세 | 정월 30일, 이에야스의 가신 도이 토시카츠가 토토우미 나카이즈미에 도착하여 이에야스에게 오사카 성 해자 매립공사 상황을 보고한다. 아울러 히데타다가 센히메에게 자결을 명했음을 보고한다.<br>3월 18일, 히데타다가 도이 토시카츠를 슨푸로 보내, 이에야스와 비밀 회의를 하게 한다. 이에야스가 오사카 재출진을 허가한다.<br>4월 7일, 사이고쿠의 여러 다이묘에게 출진 준비를 명한다. |

| 일본 연호 | 서력 | 주요 사건 |
|---|---|---|
| **겐나**<br>元和 | | 4월 26일, 이에야스와 히데타다가 28일을 출진의 날로 정한다.<br>같은 날, 오사카 쪽의 쿄토 방화 음모를 전해듣고, 다음날의 출격을 중지한다. 쇼시다이 이타쿠라 카츠시게가 이 방화의 주모자 이하 수십 명을 체포한다. 이에야스는 출진의 날을 5월 3일로 연기한다.<br>5월 3일, 출진을 거듭 연기하여 5월 5일로 정한다.<br>5월 5일, 니죠 성에서 카와치 호시다로 출진한다. 히데타다도 후시미 성에서 카와치 스나로 출진한다.<br>5월 7일, 이에야스, 히데타다가 군사를 오사카 성으로 진격시킨다.<br>5월 8일, 전 우다이진 정2품 도요토미 히데요리(23세), 생모 요도 부인(49세)이 오사카 성에서 자살한다. 오노 하루나가, 하야미 모리히사, 모리 카츠나가, 오쿠라 부인 등이 순사한다(오사카 여름 전투). |
| 2 | 1616<br>75세 | 정월 21일, 챠야 시로지로가 바친 튀김을 먹고 병에 걸린다.<br>4월 1일, 병이 악화되고, 노신 혼다 마사즈미, 난코보 텐카이, 콘치인 스덴 등을 불러 후사를 부탁한다.<br>4월 17일, 75세의 나이로 슨푸에서 사망한다. 유해는 스루가 쿠노잔으로 옮긴다. |
| 3 | 1617 | 3월 15일, 히데타다가 이에야스의 묘지를 시모츠케 닛코로 이장한다. |

# 《 도쿠가와 이에야스 관련 연보(1614~1615) 》

◆——서력의 나이는 도쿠가와 이에야스의 나이

| 일본 연호 | 서력 | 주요 사건 |
|---|---|---|
| 겐나<br>元和 | 1<br>1615<br>74세 | 9월 26일, 히데타다는 사자로 도이 토시카츠를 슨푸로 보낸다.<br>9월 29일, 이에야스는 칸토에 매사냥을 간다는 구실로 슨푸를 출발하여 에도로 향한다.<br>10월 10일, 이에야스가 에도 서쪽 성으로 들어간다.<br>10월 14일, 다테 마사무네의 노신 카타쿠라 카게츠나가 사망한다. 향년 59세. 아들 시게츠나가 계승한다.<br>10월 21일, 이에야스가 무사시 토다에서 매사냥을 하고, 카와고에로 간다.<br>10월 28일, 이에야스가 무사시 카와고에 키타인에서 난코보 텐카이를 만나 잇폰 친왕의 동림東臨과 토에이잔의 조영을 상의한다.<br>10월 30일, 이에야스가 무사시 카와고에를 출발하여 오시로 간다.<br>11월 9일, 이에야스가 무사시 오시를 출발하여 이와츠키로 가고 이어 코시가야로 간다.<br>11월 15일, 이에야스가 무사시 코시가야를 출발하여 카사이로 가고 이어 시모우사의 치바, 카츠사의 토가네로 간다.<br>11월 23일, 히데타다가 에도로 돌아온다.<br>11월 27일, 이에야스가 에도로 돌아온다.<br>12월 16일, 이에야스가 슨푸로 돌아온다. 도쿠가와 요리노부가 스루가 키요미즈로 마중 나온다.<br>12월 19일, 이에야스가 적손 타케치요(이에미츠)와 함께 조정에 배알할 것을 계획하고 다음해 입궐을 위해 연초에 행해지는 칙사의 신년인사를 사양한다. |

| 일본 연호 | 서력 | 주요 사건 |
|---|---|---|
| **겐나**<br>元和 | 2<br>1616<br>75세 | 정월 9일, 이에야스가 에도로 가서 적손 타케치요의 성년식을 행하고자 하는 뜻을 도이 토시카츠를 통해 에도에 전하게 한다.<br>정월 12일, 이에야스가 이즈미가시라의 은거지 조영을 중지시킨다.<br>정월 19일, 이에야스가 콘치인 스덴, 하야시 도슌에게 명하여 『군서치요』를 간행하게 한다.<br>정월 21일, 이에야스가 스루가 타나카에서 매사냥을 하기 위해 출발한다. 챠야 시로지로가 올린 튀김을 먹고 22일 아침 병에 걸린다.<br>정월 25일, 이에야스가 병든 몸으로 슨푸로 돌아온다.<br>2월 2일, 히데타다가 슨푸에 가서 이에야스의 병문안을 한다.<br>2월 10일, 다테 마사무네가 이에야스의 병문안을 위해 센다이를 출발한다. 같은 달 23일에 도착한다.<br>2월 25일, 이에야스가 마츠다이라 타다자네에게 야마시로 후시미 성 수비를 명한다.<br>3월 17일, 이에야스가 의사 카타야마 소테츠를 시나노로 유배 보낸다.<br>3월 27일, 전 우다이진 도쿠가와 이에야스가 다죠다이진이 된다.<br>3월 29일, 이에야스가 슨푸에 체류 중인 공경과 여러 다이묘들에게 돌아갈 것을 명한다.<br>4월 11일, 이에야스가 하야시 도슌을 불러 유명遺命한다. 뒷날, 도슌은 히데타다의 명을 받들어 슨푸문고의 서적을 정리한다.<br>4월 16일, 바쿠후는 이에야스의 사후, 유해를 스루가 쿠노잔에 제사지내기 위해 진류인 본슌에게 이 뜻을 |

| 일본 연호 | 서력 | 주요 사건 |
|---|---|---|
| 겐나<br>元和 | | 전한다.<br>4월 17일, 전 세이이타이쇼군 다죠다이진 종1품 도쿠가와 이에야스가 사망한다. 향년 75세. 영구가 스루가 쿠노잔으로 옮겨진다.<br>4월 19일, 바쿠후는 스루가 쿠노잔에 임시 전각을 짓고 진류인 본슌에게 이에야스의 제사를 올리게 한다.<br>4월 22일, 히데타다가 스루가 쿠노잔의 이에야스 묘를 참배한다.<br>4월 24일, 히데타다가 스루가를 출발하여 에도로 돌아온다.<br>5월 17일, 바쿠후는 이에야스의 법회를 에도 조죠 사에서 집행한다. 히데타다가 참례한다.<br>5월 29일, 바쿠후가 사카이 타다토시, 아오야마 타다토시, 나이토 키요츠구를 타케치요(이에미츠)의 사부로 삼는다.<br>6월 7일, 혼다 마사노부가 사망한다. 향년 79세.<br>9월, 히데타다는 센히메를 이세 쿠와나 성주 혼다 타다마사의 적자 타다토키에게 재가시킨다. 이와미 츠와노 성주 사카자키 나오모리가 센히메를 납치하려 모의하다 적발된다. 바쿠후는 나오모리에게 자살을 명하고, 그의 봉지를 몰수한다. |
| 3 | 1617 | 3월 15일, 히데타다가 이에야스를 시모츠케 닛코산으로 이장한다. 이날 혼다 마사즈미 등이 운구를 따라 스루가 쿠노잔을 출발한다.<br>이달, 닛코 토쇼구 조영이 완성된다.<br>4월 12일, 히데타다가 에도를 출발하여 닛코산으로 간다.<br>4월 18일, 닛코 토쇼구 법회를 행한다. |

옮긴이 이길진李吉鎭

1934년 황해도 출생. 1958년 서울대학교 사회학과를 졸업하였다.
일본 문학 작품 및 일본 문화에 관련된 많은 책들을 유려한 우리말로 옮겼다.
주요 역서로는 가와바타 야스나리의 『설국』, 이마이 마사아키의 『카이젠』,
오에 겐자부로의 『사육』, 기쿠치 히데유키의 『요마록』,
야마오카 소하치의 『오다 노부나가』, 『사카모토 료마』 등이 있다.

| 부록의 자료 제공 및 감수는 고려대학교 일어일문학과 최관 교수님께서 해주셨습니다.

## 도쿠가와 이에야스 제32권

1판 1쇄 발행  2001년  7월 31일
2판 3쇄 발행  2023년  5월  1일

지은이  야마오카 소하치
옮긴이  이길진
펴낸이  임양묵
펴낸곳  솔출판사

주소  서울시 마포구 와우산로29가길 80(서교동)
전화  02-332-1526
팩스  02-332-1529
이메일  solbook@solbook.co.kr
홈페이지  www.solbook.co.kr
출판 등록  1990년 9월 15일 제10-420호

한국어판 ⓒ 솔출판사, 2001
부록 ⓒ 솔출판사, 2001

이 책의 '부록'은 독자들이 일본의 전국시대를 폭넓게 조망할 수 있도록
전공 학자와 편집부가 참여, 오랜 시간과 많은 비용을 들여 작성한 것입니다.
저작권자인 솔출판사의 서면 동의 없이 무단 전재와 무단 복제를 금합니다.

ISBN    979-11-86634-57-8    04830
ISBN    979-11-86634-22-6    (세트)

• 잘못된 책은 구입한 곳에서 바꿔드립니다.
• 책값은 뒤표지에 표시되어 있습니다.